La casa de
la puerta dorada

Elodie
Harper

La casa de la puerta dorada

Elodie
Harper

Traducción de
Susana Olivares y
Gloria Estela Padilla

Ediciones Destino
Colección Áncora y Delfín
Volumen 1706

Título original: *The House With the Golden Door*

Ediciones Destino, un sello editorial de Editorial Planeta, S. A.
Avda. Diagonal, 662-664, 08034 Barcelona (España)
www.edestino.es
www.planetadelibros.com

Primera edición: julio de 2025
ISBN: 978-84-233-6808-2
Depósito legal: B. 10.580-2025
Composición: Realización Planeta
Impresión y encuadernación: Limpergraf, S. L.
Printed in Spain - Impreso en España

Para mi queridísimo hijo, Jonathon,
te amo con toda mi alma

75 d. C.
Parentalia

I

> De las criaturas vivientes, solo el hombre ha recibido la aflicción... y, de igual modo, la ambición, la codicia y una infinita sed de vivir.
>
> PLINIO EL VIEJO, *Historia natural*

El pintor se equilibra sobre una plataforma de madera, con sus pinceladas ocultas a la vista mientras le da vida a la diosa. Amara lo observa. El resto del fresco está completo: es una escena de cacería que rodea su pequeño jardín y solo falta por terminar el rostro de Diana. Amara respira profundamente, disfrutando los aromas de la primavera. A sus pies están los narcisos esparcidos, como estrellas blancas que endulzan el aire.

—Nadie puede hacerle justicia a su belleza —afirma el pintor, que se aleja por un breve momento de su obra para estudiarla antes de continuar con el pincel.

Amara sabe que no se refiere a la diosa Diana. Podría haber contratado a cualquiera para que pintara a una diosa, pero eligió a este hombre, Prisco, porque alguna vez fue amante de su amiga Dido y era el único artista capaz de dibujar su semblante.

—Sé que lo harás —responde ella. O por lo menos eso espera. El resto de la pintura es obra de los artesanos de Prisco, que cobran mucho más barato. Costó diez veces más contratar a Prisco, el dueño de la empresa, para inmortalizar a su amiga.

—Era la mujer más exquisita —declara Prisco—.

Emanaba una luminosidad incomparable. Aún puedo recordar cómo cantaba.

Dido murió hace apenas tres meses y Amara siente que le arden los ojos por las lágrimas. Parpadea para que Prisco no las note. Es extraño tenerlo en su casa. La última vez que se vieron, ella y Dido eran esclavas y Prisco, un cliente regular que le pagaba a su proxeneta para tener una noche con Dido mientras Salvio compraba la compañía de Amara en la habitación contigua. Ahora es una liberta que le paga a él, y sospecha que ninguno de los dos sabe cómo tratar al otro después de este cambio de circunstancias.

Se vuelve a alejar de la pared y observa su trabajo.

—Creo que he terminado.

Amara se adelanta unos pasos.

—¿Puedo verlo?

—Claro. —Prisco desciende de la plataforma y al fin permite que su pintura quede a la vista.

Dido está parada con una mano en el pecho y con la otra apunta al otro lado del jardín. Amara contempla a su amiga muerta. Prisco ha capturado la perfecta simetría de su rostro, la suavidad de su boca y, más que nada, sus ojos, oscurecidos por una tristeza que nunca pudo ocultar. En ese momento la azota el dolor y se da la vuelta para no mirarla. Prisco baja la mano que había levantado en ademán de consolarla, temeroso quizá de ofenderla si la toca. Pasa un largo tiempo antes de que ella pueda reunir la confianza para hablar.

—Nunca podré agradecerte lo suficiente por esto.

—Es un placer para mí —contesta—. Me reconforta en cierto modo pensar que su belleza no se ha perdido del todo. —Prisco se para junto a Amara, aunque deja el espacio suficiente entre ellos como muestra de respeto—. Pero ¿me permites preguntarte algo? ¿Por qué elegiste recordarla así?

Con un gesto, el pintor señala a la pared que los rodea

y Amara contempla la escena, tan diferente de aquella que Prisco acaba de pintar. Un ciervo con rostro humano es destazado por perros de caza; su hocico brilla de sangre y muestra dientes aguzados en la boca muy abierta. A través de las costillas en el cuerpo destrozado del ciervo se asoma el rojo de su corazón. Es Acteón, transformado en ciervo por la diosa Diana solo para que sus propios sabuesos lo hagan pedazos. Ese es el precio que debe pagar por ver a la diosa desnuda. Diana apunta hacia él mientras muere, lo que convierte la melancolía de Dido en señal de cruel indiferencia.

—Tenía el corazón más puro —responde Amara—. ¿Quién más puede ser Dido sino la diosa virgen?

Ambos saben que ha evitado su pregunta, y Prisco asiente, ya que es demasiado educado como para insistir.

—Por supuesto.

Amara espera mientras él recoge sus pinturas y las guarda con cuidado en una caja, y su aprendiz desmonta la plataforma para llevarla de regreso al taller. Más tarde, Amara los acompaña por el atrio hasta la puerta. No hay necesidad de que le entregue el dinero ahora, ya que puede confiarse en que Rufo, su patrón y amante, pague una cuenta cuando así le plazca. En el umbral, Prisco duda.

—Espero que no te importe que... —sus palabras quedan en suspenso, y luego recupera la compostura—. Salvio me pidió que te diera sus buenos deseos por tu salud y su sentido agradecimiento a los dioses por tu buena fortuna. Te tiene en alta estima.

El rostro de Amara no revela señal alguna de la agitación que siente por este recordatorio de su antigua vida. Es consciente de que sin duda Juvento, el portero, está escuchando cada palabra, aunque guarda silencio en su puesto.

—Tu amigo es muy amable. Por favor, trasmítele mi agradecimiento y buenos deseos por su salud. —Amara inclina la cabeza, amable pero distante, y se aleja antes de que Prisco pueda decir cualquier otra cosa. La mención de Salvio le ha inundado la mente de recuerdos indeseados. Las manos de Salvio en su cuerpo, su desnudez, su peso sobre ella, y luego, peor aún, el temor y la oscuridad de su antigua celda en el burdel, la violencia y el dolor. Su pasado es el torbellino Caribdis que tira de ella bajo las olas adonde no puede respirar.

Amara sube deprisa la escalera hacia su estudio privado, intentando no correr, y cierra la puerta de golpe. Le tiemblan las piernas. Se sienta frente al escritorio, con las manos abiertas sobre la superficie de madera, y hace el intento de aplastar el creciente pánico. Su mente la engaña de nuevo y le provoca la sensación de que no está ahí, donde sus ojos le dicen que está sentada, sino allí, en La Guarida del Lobo de Félix. La sangre golpetea en sus oídos mientras busca en el escritorio aquella caja que siempre la calma. La siente pesada en sus manos. La baja y abre la tapa. Dentro está todo el dinero que ha ganado desde que vino a vivir aquí, una combinación de préstamos que ha cobrado y la generosa mesada que Rufo le da. Recorre las monedas con los dedos, sintiendo su peso tranquilizador, y escucha el sonido que hacen al caer, como el suave murmullo de la lluvia.

Ella misma dispuso la habitación tan diferente como fuera posible del estudio de Félix, colocó los muebles en ángulos extraños para hacer que todo se viera distinto. Los muros son blancos, no rojos, y, a intervalos sobre las paredes, pequeños cupidos se balancean con elegancia; uno con un arpa, otro con un arco. Cada figurita pálida, cada pincelada cuidadosa en sus cuerpos, está pintada más finamente que cualquier cosa en La Guarida del Lobo, y, sin embargo, las imágenes son menos brillantes que los cráneos de toro y los zócalos negros que recuerda. Si cierra los ojos, sabe que los verá. Hay algo en estar sentada detrás de un escritorio que le hace pensar en su viejo amo. Aun en sueños, así es como lo recuerda. Las angulosas líneas de su cuerpo inclinado sobre los libros, la cabeza ladeada al levantar la vista, la fuerza de sus manos.

Un golpe en la puerta la sorprende, devolviéndola al presente.

—¿Quién es?

Martha entra y Amara le sonríe, pero su sirvienta solo mira al suelo.

—Ama, ¿quiere que la prepare para ver a Drusila? —El acento de Martha es tan marcado que a veces le cuesta entenderla.

Martha tiene los hombros redondeados y su postura es encorvada. Al principio, Amara pensaba que la chica era tímida, pero ahora reconoce que es el retraimiento deliberado de su condición de esclava renuente. Ella también usaba esa misma reticencia contra Félix. Amara tiene que reprimir su molestia. «Esta niña no sabe la suerte que tiene de estar aquí en esta hermosa casa, y no allí, en el burdel.»

La chica es hebrea y la capturaron en la reciente incursión contra Masada, o por lo menos eso le contó Philos, el mayordomo de la casa. Fue él quien eligió qué otros dos esclavos lo acompañarían aquí en nombre de su amo. Rufo, que es el dueño de Martha, no le dijo nada de ella. Para él, los esclavos no son personas. Le «prestó» todos los sirvientes a Amara junto con el mobiliario, y no se le ocurrió explicar sus diferentes personalidades, como tampoco perdió el tiempo describiendo la historia de las mesas o de la base de las lámparas. La única esperanza de Amara es que Rufo nunca se acueste con Martha, aunque la chica es bastante bonita. Eso podría explicar por qué es tan poco amigable.

—Gracias —le dice Amara incorporándose en el escritorio—. Eres muy amable al recordármelo.

Bajan por la escalera a la primera de las habitaciones privadas de Amara junto al atrio. Martha ya tiene preparado el tocador. Es imposible que Amara no piense en su amiga y compañera loba Victoria cuando se sienta frente a todos los perfumes y cosméticos. Recuerda todas las botellas baratas que Victoria solía alinear con tanto cuidado en el alféizar de su ventana en el burdel y el esfuerzo que siempre hacía para tener el mejor aspecto. En su memoria, el recuerdo de Victoria —sus negros rizos que le caían sobre los hombros, su áspera risa y el tonito de sus comentarios sarcásticos— es tan vívido que le parece imposible que no entre en el cuarto y exija su turno en el tocador. Martha empieza a peinar el cabello de su ama y Amara coge un delicado frasco de cristal con forma de flor, lo destapa y se lo lleva a la nariz. Es jazmín, la única esencia que Rufo quiere que se ponga. Martha resopla cuando Amara baja la botella, y tira del peine. Tanto movimiento arruina sus intentos por peinar los rizos de su ama.

Al terminar, Martha levanta el espejo de plata. Amara siempre prefiere maquillarse sola. Coge el kohl y se retoca el maquillaje de los ojos donde se le ha corrido, pero no se unta ninguna pasta sobre la piel. Eso era muy caro cuando trabajaba en el burdel, y ahora Rufo está acostumbrado a su rostro sin maquillaje. La única vez que se pintó para él, lo detestó. Todas las palabras que usa para describirla, *encantadora*, *delicada*, *ingenua*, ella las toma como instrucciones más que como elogios. No importa que haya trabajado en un burdel, que haya sido más inteligente que el proxeneta más violento de Pompeya o que pueda mover montañas con su rabia. Eso no es lo que su amante desea ver, así que lo oculta.

—Gracias —dice Amara—. Ahora puedes empezar a trabajar en la cocina.

—Pero ¿no necesita que vaya con usted? —Martha parece nerviosa—. El amo dijo que es mejor que no camine sola.

Una cosa es tener que soportar a una criada inconforme; Amara no la quiere además como espía.

—Las calles no me dan miedo —replica con una sonrisa fría, sabiendo que la chica la entenderá—. Estoy bastante acostumbrada a recorrerlas.

Martha inclina la cabeza y sus mejillas se encienden, ya que sin duda maldice el día en que los romanos la trajeron a rastras desde su tierra para servir a una prostituta. Amara la deja y avanza por el atrio hacia el enorme portón de madera. Juvento duda un instante antes de dejarla salir sin acompañante y mira alrededor para ver si Philos, el mayordomo, está allí para dar su permiso.

—Hoy Philos está con el amo —le dice Amara con impaciencia—. ¿Me puedes dejar salir para que asista a la clase de arpa que Rufo ya ha pagado?

—Por supuesto, ama —responde Juvento, y se hace a un lado.

Esta es una calle más tranquila que aquella donde vivía; el burdel estaba en una intersección frente a un bar y a tiro de piedra de otro, pero, aun así, salir al empedrado siempre provoca que Amara se sienta como si hubiera saltado de un tranquilo estanque hacia un río en rápido movimiento. Zigzaguea para atravesar los lienzos que cubren su entrada con tiras de tela roja, amarilla y naranja que ondean con la brisa. La casa que le alquila Rufo está detrás de una tienda de ropa, una de varias en la calle. La tendera, Vírgula, asiente cuando ella pasa, sin que parezca molestarle la vecindad de una concubina. Después de todo, ambas comparten al mismo casero, un amigo de Rufo a quien Amara todavía no conoce.

La calle es estrecha, pero Amara se adueña del espacio en el pavimento con una mirada que atraviesa a media distancia, obligando a los demás a cederle el paso. Un hombre cargado de una brazada de prendas de cuero, aunque jadea, se hace a un lado. Amara no lo reconoce.

Se acabaron los tiempos en que tenía que cruzar miradas con cualquier hombre en la calle.

Después de un corto rato llega a casa de Drusila. La cortesana más deseable de Pompeya no vive lejos y su calle es paralela a la de Amara. Esa es la razón por la que sabe que Rufo tolerará que recorra sola ese trayecto. Esta casa no está alquilada, sino que le pertenece a Drusila, y el hermoso taller de cristales que hace de fachada también es suyo. Amara se detiene unos instantes a mirar al interior. La cristalería se vuelve más complicada conforme la vista se adentra. Las tazas y botellas de perfume más simples, amontonadas sobre el mostrador, dan paso a las jarras en forma de peces y a una urna rodeada de uvas verdes, con un par de ninfas que fungen como brazos del recipiente. Su mirada siempre se siente atraída hacia el mismo sitio. Una repisa con pequeñas estatuillas de dioses. Entonces piensa en la hermosa Palas Atenea de cristal que estaba en casa de sus padres y se pregunta quién la tendrá ahora.

Amara siente el corazón lleno de alegría al entrar por el umbral hacia el atrio de Drusila. El portero inclina la cabeza cuando ella pasa junto a él; siempre es bienvenida en este lugar.

—¡Ya estás aquí! —grita Drusila, se inclina sobre el balcón interior y su rostro se llena de hoyuelos por la sonrisa, la misma que Amara le devuelve. Drusila es, aparte de Dido, la mujer más hermosa que haya conocido jamás. Su túnica amarillo claro cubre de un tono cálido su piel, y el cabello negro le enmarca el rostro como una corona de laureles. «Podría ser Héspere», piensa Amara, «la diosa del sol poniente».

Amara se apresura por la escalera. Siempre ha disfrutado de la compañía de Drusila, incluso más cuando sus encuentros ocurren sin la presencia de sus amantes, cuando sabe que todo lo que dice su amiga es genuino. Se abrazan en el balcón y admiran la ropa de la otra para luego ir al dormitorio de Drusila, que es donde tiene su arpa.

—¿Cuándo te comprará la tuya? —pregunta Drusila al sentarse juntas; Amara está colocada frente al instrumento, y su amiga, cerca, detrás de ella para instruirla.

—Hoy, si se lo permito —responde con un suspiro—, pero no soy lo bastante buena todavía; no quiero que me escuche.

—Así podrías practicar sola todos los días. Mejorarías con más rapidez.

Amara sabe que es cierto y se da cuenta de que el arpa es más difícil de dominar de lo que había anticipado. Cada vez que toca la lira para Rufo, sin importar lo bella que sea o la habilidad con que lo haga, lo único que él quiere saber es cuándo lo entretendrá tocando el arpa. No hay malicia en cómo lo pregunta; todo es un anhelo parecido al de un chico, pero su insistencia la hace sentirse insegura. Desearía que disfrutara el instrumento que ya sabe tocar.

—No sé por qué insiste tanto con esto —responde, y les da unos golpecitos a las cuerdas.

Drusila le acaricia la espalda con suavidad y le peina el cabello para pasarlo sobre uno de sus hombros.

—Creo que esa es una señal alentadora —afirma—. Está dejando su huella. Te convierte en la concubina perfecta de acuerdo con sus gustos. Si invierte el suficiente dinero en ti, ya no buscará en ninguna otra parte.

Amara siente un revoloteo de ansiedad. La preocupación de perder el interés de su patrón es una sombra constante.

—Probemos de nuevo con Safo —dice—. Casi lo consigo la última vez.

Tocan por una hora o más. Amara es una alumna dedicada que nunca se queja cuando Drusila la hace practicar los mismos acordes una y otra vez. Por su parte, Drusila es una maestra exigente que no solo trasmite sus conocimientos musicales, sino también sus consejos sobre la postura que debería adoptar Amara para verse lo más atractiva posible mientras toca.

—Creo que basta por hoy —dice Drusila, y recorre la mano sobre el brazo de Amara—. Te estás poniendo tensa. Lo que te he dicho antes va en serio, deja que Rufo te compre tu propio instrumento. Aprenderás más rápido.

Amara sigue a su amiga hasta el diván. La sirvienta, Thalía, les ha dejado un poco de vino y pasteles.

—Todo este esfuerzo... —comenta Amara mientras se sirve un bollo, al tiempo que se dice a sí misma que comerá menos más tarde—. ¿Puedes imaginarte a Rufo y a Quinto pasando las tardes decidiendo cómo complacernos?

—Quinto no, por supuesto —afirma Drusila, y frunce el ceño.

—Pero si te adora.

Drusila sacude la cabeza.

—Tarde o temprano, será inevitable que un hombre como Quinto quiera la emoción de algo nuevo, y estoy preocupada de que sea más temprano que tarde. —Juguetea con su copa de vino. Es azul, comprada sin duda en la tienda que alquila, y el rojo del vino resplandece purpúreo a través del cristal—. Sabes que no estoy enamorada de él, pero un nuevo hombre siempre causa trastornos. Ahora ya me he acostumbrado a Quinto.

Amara no está del todo segura de creer a Drusila cuando dice que no ama a Quinto. Es difícil dedicar tanta atención a complacer a un hombre sin terminar sintiendo algún afecto por él.

—Tengo que seguir acordándome de que debo racionar los trucos que aprendí en el burdel —responde Amara, y levanta una ceja— para dejarle a Rufo unas cuantas sorpresas.

Drusila ahoga la risa.

—¡Esa maniobra que me contaste! Creo que incluso Quinto se sorprendió cuando intenté usarla.

Ambas ríen y Amara se acomoda contra los cojines, disfruta porque con su amiga tiene la libertad de decir lo que quiera. Su aprendizaje en el burdel fue espantoso, y todo lo que Félix la obligó a hacer lo aprendió al coste más alto posible, pero ahora ha escapado y casi parece haber valido la pena.

—Hoy Prisco ha terminado la pintura —dice.

—¿Cómo crees que reaccionará Rufo cuando se dé cuenta de que es Dido?

—Philos dice que ni siquiera se dará cuenta —responde Amara encogiéndose de hombros—. Para él, era solo una esclava.

—¿Hablas de Rufo con Philos? —La voz de Drusila suena brusca—. ¿Te parece prudente?

—Philos era mi amigo desde antes, cuando los dos éramos... —Amara duda, sin querer pronunciar la palabra—. Cuando los dos éramos esclavos.

—Pero ahora ya no lo eres y él sí. Philos le pertenece a tu amante. Ten cuidado con lo que dices. Podría sentirse obligado a repetírselo a su amo.

—Confío en él —responde Amara—. No creo que me haga eso. —Espera que eso sea cierto. Se siente demasiado avergonzada para reconocer la verdad ante Drusila: que está tan sola que no podría tolerar distanciarse de Philos y aceptar que es el siervo de Rufo y no su amigo. ¿Con quién más se puede hablar en esa casa?—. ¿Cómo está Primo? —pregunta para cambiar de tema.

—¡Oh! —Drusila palmotea y el rostro se le ilumina de gusto—. ¡Le va muy bien con sus letras! Es un niño tan listo. Ven, ven, te llevaré a verlo. Le encantará presumir enseñándote lo que hace. —Se levanta de un salto del diván y estira la mano. Amara se la coge y deja que Drusila la conduzca por la escalera al piso inferior.

Cruzan el atrio en dirección al jardín, donde Primo

se pasea entre las flores, parloteando sobre una abeja y agitando su manita regordeta bajo los ojos vigilantes de su niñera. Se parece tanto a su madre. Los mismos hoyuelos cuando sonríe, y esos ojos grandes y oscuros. Drusila abre los brazos y el pequeño corre hacia ella para abrazarla alrededor de las rodillas. Amara sonríe. Ni siquiera sabía de la existencia de Primo hasta un mes después de que Rufo la liberara. Drusila protege a su hijo de todos, excepto de sus amigos más cercanos.

—¿Qué has aprendido hoy? —le pregunta Drusila—. ¿Qué le puedes contar a tu mami?

—¡Las abejas viven en palacios de cera! —declara, y levanta la vista hacia su madre y luego hacia Amara, como si la retara a contradecirlo—. ¡Convierten las flores en miel!

Drusila lo mira con adoración mientras el pequeño trasmite su sabiduría de niño de tres años con sobrada arrogancia. Amara se sorprendió al enterarse de quién era el padre del chico. Pópido es uno de los grandes de Pompeya, tan viejo que Primo debe de ser muchos años menor que los nietos legítimos de su padre. El anciano no reconoce como suyo al hijo de Drusila.

Sentada con su amiga y mirando al niño jugar en el jardín, Amara casi puede imaginar que ahora vive en la dichosa seguridad. Pero, aunque no está presente, sigue sintiendo que las manos de Rufo la detienen..., y sabe que tiene el poder para dejarla caer. Su dinero es lo que la trajo aquí; él es quien le paga a Drusila por su tiempo, y Amara sabe que nunca habría adquirido un lugar tan valioso en la vida de su amiga si hubiera tenido un amante menos prestigioso. Cuando se conocieron en los Baños de Venus, Drusila siempre estaba rodeada de otras concubinas menos poderosas. Amara es solo una de las muchas mujeres que la rodean.

El tiempo a solas con Drusila es precioso, pero Amara no se atreve a quedarse. Necesita prepararse para la visita de Rufo esa noche. Ha estado ocupado las dos últimas semanas con su familia celebrando la Parentalia, un festival doméstico en conmemoración de los ancestros, por lo que ha tenido poco tiempo para verla. El festival ha sido un incómodo recordatorio de su sitio periférico en la vida de Rufo y de su propia situación como una huérfana sin ningún arraigo.

Se levanta, murmurándole a Drusila sus disculpas sobre Rufo, y su amiga la acompaña hasta la puerta. Drusila deja atrás a Primo, aunque con cierta renuencia, a pesar de que en cuestión de instantes volverá a estar libre para reunirse con su hijo.

—¿Crees que Rufo estaría complacido si le dieras un hijo varón? —Drusila le hace la pregunta justo cuando Amara está a punto de salir a la calle.

—No estoy segura —responde sorprendida—. No lo creo. —Le resulta difícil explicarle por qué, pero está casi segura de que a Rufo no le gustaría verla como madre. Y sigue poniendo mucho cuidado en evitar el embarazo.

—Siempre es una apuesta —coincide su amiga, que asiente pensando sin duda en el desalmado Pópido—. No te olvides de mencionar esta noche el arpa. Que te vaya bien, amor.

Drusila se desliza de nuevo hacia su casa y Amara se queda parada en el umbral, donde la soledad empieza a avanzar sobre ella. Cuando era una esclava, visitaba la casa de Drusila en compañía de Dido. También se iban juntas y caminaban por las calles cogidas de la mano hacia La Guarida del Lobo. La aflicción la golpea con tal fuerza que, por un momento, no se cree capaz de mantener la compostura. «Ahora tengo mi libertad —se dice—. Eso es lo único que importa.» Da unos pasos hacia el empedrado con un rostro frío que no revela nada sobre la pérdida que siente.

2

> «Son esclavos», dice la gente. No. Son seres humanos. «Son esclavos.» Pero comparten el mismo techo que nosotros.
>
> SÉNECA, *Cartas de un estoico*

El agua apenas está tibia cuando Martha le salpica la piel. Amara está desnuda y se lava, asegurándose de que sus piernas estén completamente lisas después de eliminar cualquier vello sobrante. Bañarse en casa no es tan agradable como remojarse en el agua caliente de los Baños de Venus, pero es la única manera de asegurarse de estar fresca en la noche para su amante.

Cuando Amara se convence de estar limpia, se rocía jazmín destilado en las palmas y se frota todo el cuerpo. El perfume es abrumadoramente dulce, pero sabe que se irá desvaneciendo para cuando llegue Rufo, y será algo que aumente su disfrute de ella.

—¿Estás segura de que has comprado el queso que le gusta? —le pregunta Amara mientras se unta el jazmín en los brazos.

—Sí —responde Martha, que mantiene la vista fija en el suelo.

—¿Y el guiso? ¿No habrás cocido de más las alubias?

—No.

—No estuvo contento la última vez.

Martha se queda en silencio. Tiene que compartir las labores de la cocina con el portero, Juvento, y ninguno de los dos es particularmente bueno en eso. Por lo común,

Amara envía a uno de ellos a comprar algo en un puesto de comida en la esquina y lo recalienta en casa. Estira la mano para coger la seda diáfana que siempre se pone para entretener a Rufo cuando la visita a solas. El vestido deja muy poco a la imaginación. Amara desearía que Victoria o Berenice estuvieran aquí en lugar de Martha. Entonces podría preguntarles cómo se ve y recibir una respuesta sincera.

Cuando está vestida, Martha la vuelve a peinar. Un último toque de kohl alrededor de los ojos y al fin Amara va al comedor para esperar a su patrón. Nunca come ahí cuando está sola; sería demasiado ostentoso. Martha ha encendido las lámparas de aceite que descansan sobre las altas columnas de bronce y que iluminan las pinturas con sus llamas. Las desafortunadas amantes mortales de Júpiter yacen sobre las paredes en varios grados de desnudez. Junto a la puerta, Ío aparece en el momento en que se convierte en vaca, mientras Leda abraza a un cisne sobre el diván donde Amara está sentada. Nunca se siente cómoda en esta habitación. Las pinturas le recuerdan demasiado al burdel, aunque las escenas están pintadas con mejor gusto.

La casa está en silencio. No hay nadie más que ella y los dos esclavos que pertenecen a su amante. Juvento sigue sentado en su diminuto espacio junto a la puerta, mientras que Martha calienta el guiso de alubias en la cocina. El aire de febrero es frío y Amara se ha cubierto con un chal alrededor de los hombros para no temblar. El corazón le late con rapidez por el nerviosismo y la anticipación. Le encantaría comer un poco de pan para que se le asentase el estómago lo suficiente para comenzar con el vino. Podría pasar un buen rato antes de que llegase Rufo, y Amara observa fijamente el atrio que se va oscureciendo, como si pudiera forzar con la mente la aparición de su amante para poder comer.

El estómago le gruñe y luego se le asienta. Mejor una

concubina gorda que una que esté asqueada. Coge un trozo de pan del plato y lo muerde. Aparte del bollo dulce en casa de Drusila, eso es todo lo que ha comido durante el día. La última vez que Rufo estuvo en casa, intentó rodearle por completo la cintura con las manos, pero sus dedos ya no estuvieron cerca de tocarse en la espalda. Siempre la sostiene de ese modo y la felicita por lo delgada que es. Ella nunca le ha dado importancia ni se ha imaginado que de verdad estuviera midiendo así lo gorda que estaba.

—Por lo menos nadie puede decir que te mato de hambre, pajarita —se había reído entonces, y luego la soltó.

Amara se sintió mortificada, y luego furiosa. ¿Qué esperaba? ¿Que estuviera igual de delgada que cuando estaba en el burdel y apenas podía pagar una comida al día? Sin embargo, se tragó el enfado. «Rufo no es cruel», se dijo. Es afortunada de tener un patrón tan devoto. Y quizá ni siquiera fue una crítica, quizá simplemente era una apreciación. Incluso podía estar bromeando. Aun así, ha decidido comer menos, para ir a lo seguro.

Suena el ruido metálico de la puerta y se oye el murmullo de voces masculinas. Amara deja caer el pan y se quita el chal al mismo tiempo que sube las piernas al diván, en un intento por parecer tan seductora como sea posible. Vislumbra una figura que se acerca. Es difícil ver con claridad cuando la habitación está tan iluminada y el atrio es tan oscuro, pero, aun así, puede ver que no es Rufo. El hombre es demasiado delgado y sus pasos no resultan tan pesados. Amara se sienta de nuevo y el corazón le late por la decepción al comprobar que se trata de Philos.

—El amo dice que siente mucho no poder venir esta noche. —Philos no se acerca demasiado a ella y, en cambio, se queda junto a la puerta. A diferencia de Juvento, que no pierde ocasión de echar una ojeada a la novia de su amo cuando lleva el vestido transparente, Philos mantiene la vista en el rostro de Amara—. Tiene que cenar con Helvio.

—Oh —responde Amara, que busca su chal para volverse a cubrir—. ¿Seguro que esa ha sido la razón?

—En otro tiempo, cuando Félix seguía siendo su dueño, fue Philos quien le contó que Rufo tenía una segunda amante. En aquel entonces le juró que el amorío con la sirvienta no significaba nada para su amo, y eso resultó ser cierto.

—Te lo juro —contesta—. De verdad que estaba muy decepcionado de no poder verte.

Amara suelta un suspiro de alivio. Puede ver que Philos da un paso hacia atrás y sabe que está a punto de irse.

—¿No te quedarías a comer algo? —espeta, ya que no quiere estar sola.

—¿Aquí? —pregunta Philos con incredulidad. Se quedan mirándose el uno al otro y las mejillas de Amara le arden por la vergüenza. Philos baja la voz—. Sabes que no puedo. ¿Qué clase de esclavo se come la comida de su amo en su propio comedor? —«Con su propia concubina», podría haber añadido, pero no lo hace.

—Tienes razón —asiente ella—. Lo siento.

Los dos permanecen en un silencio incómodo, Amara sentada en el diván y Philos de pie junto a la puerta. Sospecha que se siente tan solo como ella, a pesar de sus declaraciones sobre lo que es apropiado.

—Si quisieras tomar una bebida en el jardín —dice él, hablando lentamente, como tanteando la situación—, entonces podría quedarme un rato y contarte cómo le ha ido al amo el día. Creo que eso es algo aceptable para un mayordomo.

Amara no sabe si este último comentario es una broma. El trato solía ser tan cómodo entre ellos. Todavía puede recordar sus palabras cuando una noche la sacó del burdel para llevarla con su amo. «¿Quién querría ser esclavo? Cuando eres joven, te follan; cuando eres viejo, te joden.»

El recuerdo del vulgar comentario de Philos le dibuja una leve sonrisa en los labios. Coge dos copas de vino y le indica con la mano que lleve la jarra.

—Muy bien —le dice.

Amara camina por el jardín y él la sigue. Dido está perdida entre las sombras, en el muro. Se sientan en un banco de piedra con la jarra de vino y las copas entre ellos, con la muy considerable distancia que ha dejado Philos, que ocupa tan poco espacio como le es posible. Él declina el vino, como Amara sabía que haría.

—Entonces ¿de qué tienen que hablar Rufo y Helvio esta noche, en su reunión?

—De las celebraciones —responde—. Rufo se ha ofrecido a presentar un espectáculo en el teatro después de la campaña. Helvio está muy contento de ahorrarse el gasto, pero es menos generoso en cuanto a retirar su nombre de él.

Este año, Helvio se postula para la elección como edil en Pompeya, y está casi seguro de que va a ganar. El cargo es tanto ceremonial como administrativo, y se espera que los elegidos gasten su propio dinero para dar espectáculos gratuitos para el público. Rufo, el amante de Amara, planea postularse en la elección del año siguiente, y quiere obtener apoyos antes.

—¿Y no es posible que ambos se lleven un poco del crédito? —pregunta Amara.

—Estoy seguro de que a la larga sucederá eso —contesta Philos. Estira el brazo hacia una de las plantas que crecen junto al banco y rompe una ramita, que después tritura entre sus dedos, lo cual hace que el aroma se esparza. Es tomillo. En un instante, el olor devuelve a Amara a su infancia y al recuerdo de su padre cuando preparaba una infusión de esa hierba con agua caliente y miel para aliviar la tos de algún paciente. «Sirve para la digestión y también es buena para la melancolía.» Philos está destrozando pedazo a pedazo la ramita y tira cada trocito al suelo—. ¿Cómo van las clases de arpa?

—Drusila cree que debería permitir que Rufo me compre una para que pueda practicar en casa. Aunque no estoy segura de que algún día se me llegue a dar bien. —Bebe el vino y siente cómo su calor se le esparce por todo el cuerpo—. Y después de la clase de música hemos visto a Primo. Estaba aprendiendo las letras en el jardín.

—Ah —exclama Philos—. Recuerdo haber hecho eso de niño en la casa donde nací. —La luz se está disipando, pero todavía brilla lo suficiente como para que Amara detecte la sonrisa que le provoca esa evocación. Ha dejado de destrozar el tomillo.

—¿Alguna vez fuiste libre? —inquiere ella, sorprendida de hacer una pregunta tan personal. Está segura de que Philos nació en la servidumbre.

—No, siempre he sido esclavo —replica—. Solo que bien educado. —Ella lo mira, y desearía saber más, pero no quiere entrometerse. Él vuelve a sonreír y Amara se da cuenta de que le gusta su curiosidad; tiene un brillo travieso en sus ojos grises. Así se parece más a cómo lo recuerda, cuando eran amigos de verdad—. «Háblame de un hombre complejo» —dice, cambiando al griego—. «Musa, dime cómo deambuló y se perdió cuando hubo destruido al sacro pueblo de Troya, y adónde fue, a quién conoció y el dolor que sufrió en las tormentas del mar.»

—¿Estudiaste a Homero? —Amara está sorprendida.

—Un poco de Homero —la corrige Philos—. Para ser sincero, eso es casi lo único que recuerdo. Apenas aprendí un centenar de versos de la *Odisea* antes de que los hijos del amo se opusieran a que yo los recitara.

—¿Por qué harían eso? —pregunta Amara.

—Porque se me daba bien —responde. Ella espera que prosiga con su relato, pero parece incómodo, como si se diera cuenta de que ha hablado demasiado sobre sí mismo—. Lo siento, no quiero... —Se detiene sin terminar lo que fuera que iba a decirle—. Debería ir a pedirle a Martha que guarde la cena. Rufo ha dicho que vendrá contigo lo más pronto que pueda. Tal vez mañana. Buenas noches.

Se levanta y recorre aprisa el jardín y desaparece en el oscuro atrio. Amara lo ve irse y eso le provoca una sensación de opresión en el pecho. No está segura de si el dolor que siente dentro es de hambre o de soledad. Habría sido más sensato pedirle a Martha que le trajera un poco del guiso, no había necesidad de que ella se quedara sin cenar tan solo porque Rufo no se ha presentado, pero no quiere pedirle a Philos que vuelva. Hace unos meses era una esclava de un nivel inferior al de cualquier otra persona en este lugar. Ahora todos deben servirle. Es fácil imaginar lo que los otros podrían decir a espaldas de la amante-puta de burdel.

Le duele pensar que Philos pueda compartir el desprecio. Sabe que pronto irá a su habitación —o más bien a su celda—, ese diminuto y oscuro espacio semejante a una alacena debajo de la escalera. Es más pequeño, incluso, que su celda en el burdel. Sin embargo, allí no tendrá que entretener a nadie. Se sirve más vino. Amara sabe que Philos debe de llevar una vida mucho más solitaria aquí que en casa de Rufo, donde sin duda tenía todo un grupo de amigos, esa *familia* alternativa que todo esclavo se va formando mientras sirve. Tal vez le molesta el cambio a esta casa medio vacía. Amara tiene incluso menos idea de lo que piensan los otros dos. El portero Juvento estará encorvado toda la noche en su cuchitril, incapaz de abandonar su puesto, ni siquiera para dormir. Martha estará acostada en una pequeñísima habitación en el piso superior. En su mente, puede ver el almacén en el apartamento de Félix, el mismo que Rufo pagó para que ella lo tomara como alojamiento, en lugar de dejar que sufriera cada noche en el burdel durante los meses anteriores a que la comprara. «Paris debe de seguir durmiendo allí», piensa, e imagina a su viejo compañero de cuarto acurrucado en el suelo. Nunca sintió mucho aprecio por él. El esclavito de Félix, y prostituto a media jornada, estaba muy lejos de ser un amigo. De hecho, Paris y Amara se pasaban la mayor parte del tiempo discutiendo en ese cuarto, pero ahora se descubre pensando en él con una especie de afecto naciente.

—No seas idiota —murmura, libre de soltar groserías porque está sola. Amara le da otro trago a la copa. El vino le quema. No es a Paris a quien extraña. Sus amigas del burdel están tan frescas en su mente que casi las siente más tangibles que el jardín en el que está sentada. A esta hora, sabe que se estarán preparando para el embate de los clientes, bromeando juntas para aligerar la oscuridad. Se pregunta si Berenice seguirá teniendo un tarro de pasta de oro para untársela en los párpados, si habrá logrado sacar un poco de tiempo para estar hoy con su amante Gallus o si Victoria continuará burlándose de ella por eso. Amara aferra el tallo de la copa. Victoria. Las dos tienen un lazo que las une, no solo por amor, sino por una deuda de sangre; un lazo tan sagrado para los dioses como para los hombres. Sin Victoria, Amara no estaría viva. Fue ella quien lo arriesgó todo al matar a un hombre para salvarle la vida, y Amara no se lo ha pagado. En cambio, abandonó a su amiga para convertirse en la amante de un rico y dejó que Victoria se pudriera en el burdel.

La culpa la embarga, y su sensación es tan caliente como el vino. Mira la pintura de Dido, que es apenas poco más que una figura oscura sobre su cabeza. La sombra se nubla cuando los ojos se le llenan de lágrimas.

—Buenas noches, amiga mía —le dice a la pared. Amara acaba con su copa, se levanta y lo deja todo en el banco para que Martha lo recoja por la mañana.

El estudio es rojo. Félix está de espaldas a ella, pero es solo cuestión de tiempo que se dé la vuelta. Abre la boca para gritar, pero no brota ningún sonido. Quiere correr, pero sus piernas parecen de plomo. No puede moverse con suficiente velocidad. Él se le acerca con un cuchillo en la mano, el mismo que blandió en las Saturnales la noche en que Dido murió. Sabe que la violará y que no puede hacer nada para detenerlo. Félix le apunta la hoja del cuchillo hacia el ojo y le dice: «Te he echado de menos».

Amara despierta sin poder respirar. Tiene el rostro mojado por las lágrimas y necesita un momento para recordar dónde está. Luego solloza y, desesperada, se acurruca debajo de las sábanas, clavándose las uñas en las palmas de las manos, con los puños cerrados. Incluso en las garras del pánico, sabe que no puede arriesgarse a quedarse con los ojos horribles e hinchados. «Ya pasará», murmura, asfixiada en la oscuridad, y se niega a llorar. «Ya pasará.» Las pesadillas la atormentan más ahora que está en un lugar seguro que cuando soportaba los horrores de su vida en estado de vigilia.

Debajo de las sábanas el ambiente es sofocante. Amara se asoma y se fuerza a levantarse de la cama. Los mosaicos del suelo están fríos. Se estira y se obliga a alejar el miedo, como si pudiera sacudírselo de la punta de los dedos. Su habitación es pequeña, sin espacio para nada más que una cama y una cómoda, pero es tranquilizadora. Una ventana interna que da al tablino es la única fuente de luz natural. Frescos de ramas floridas rodean el estrecho espacio y le dan el suave color de las flores de manzano. Lámparas de aceite descansan en los nichos labrados en las paredes. Cuando están encendidas por las noches, Rufo dice que parecen estrellas que brillan entre las copas de los árboles.

Pensar en su amante le produce alivio. Deja una mano reposando sobre el corazón y piensa que Rufo la protegerá de Félix; siempre lo ha hecho.

Amara empieza a vestirse, ya que prefiere hacerlo ella en lugar de llamar a Martha para que la ayude. Coge su prenda favorita de la cómoda: la toga blanca que Plinio le regaló. Sigue siendo el vestido más bonito que posee, aunque la tela se está deshilachando un poco. Si no le hubiera cedido todos sus derechos a Rufo, entonces Plinio, el almirante de la flota romana, habría sido su patrón. Fue Plinio quien le dio su libertad y su nombre. Amara no cree que alguna vez llegue a hartarse de esas cuatro palabras, en especial la última: Gaia Plinia Amara, liberta. Se abrocha el vestido blanco a la altura del hombro y susurra su nuevo título como un encantamiento. Espera volver a ver al almirante algún día para agradecerle todo lo que hizo por ella.

Abre el pestillo de la puerta y sale a su segunda habitación. Martha ya está allí, sentada en un banquito y esperándola. Parece cansada. En cuanto ve a su ama, se obliga a incorporarse con un jadeo.

—No hay necesidad de que te levantes tan temprano —le dice Amara, avergonzada—. Por favor, puedes descansar hasta que te llame.

—El amo dijo que debo atenderla —responde Martha, que avanza hacia el tocador y le indica que se siente para que pueda arreglarle el cabello.

Las dos mujeres guardan silencio mientras la sierva trabaja repasando los rizos de Amara para volverlos a dejar presentables, ya que se han despeinado por dormir sobre ellos.

—¿Eras una sirvienta en tu pueblo? —pregunta finalmente Amara—. ¿En Masada?

Martha se detiene de manera tan abrupta que a Amara el tirón sobre el cuero cabelludo le provoca un gesto de dolor.

—¿Quién le ha dicho eso?

—Tú debes de haberlo mencionado —responde Amara. No quiere revelar que lo escuchó de Philos.

—No era sirvienta, no. Estaba casada. —La voz de Martha es monótona. Vuelve a su labor.

Amara se da cuenta de que Martha también podría haber sido madre y de que quizá se está entrometiendo en el más profundo dolor de otra mujer: que le hayan robado o asesinado a sus hijos.

—Lo siento —dice—. Es difícil que te alejen de tu hogar. Y de tu familia.

—Es la voluntad de Dios —responde Martha—. No soy quién para cuestionarlo.

«Y tú tampoco», es la implicación que deja en el aire.

Amara se da por vencida y deja que la otra mujer guarde sus secretos. Al fin y al cabo, la sirvienta no tiene otra cosa. Cierra los ojos e imagina que es su amiga Victoria la que le arregla el cabello y que los dedos que puede sentir son de alguien que la ama. Victoria siempre acostumbraba a despertar a todos en el burdel con sus cantos matutinos, sin importar lo oscura que hubiera sido la noche anterior. El recuerdo de su dulce voz le provoca una sonrisa. Martha termina de arreglarle el pelo en silencio y luego sostiene el espejo para que Amara se pinte los ojos. Cuando terminan, ama y sierva se separan. Amara sospecha que con una mutua sensación de alivio.

Camina hacia el jardín. Ahora el banco está vacío; las copas y la jarra han sido retiradas del lugar. Sobre su cabeza, el cielo azul pálido anuncia un nuevo día con el sol que apenas acaba de salir. Puede oler el rocío, aún fresco en el aire. El agua cae en la fuente con un gentil murmullo y una pequeña Venus de mármol se inclina sobre el borde del estanque. Amara siente que la inunda la felicidad. Esto es lo que significa ser libre y tener todo esto para disfrutarlo.

Se agacha para observar de cerca el tomillo que Philos desbarató ayer e investigar qué otras hierbas medicinales podrían estar creciendo alrededor. Después de todos estos meses aquí, no les había prestado atención.

—No hay necesidad de que les temas a las flores. Todas sienten vergüenza ante ti.

Da un salto, sorprendida por su voz.

—¡Rufo!

Su patrón la observa desde una esquina del jardín. Ella corre a su lado para abrazarlo.

—Siento tanto haberte decepcionado anoche, querida —dice, y la estruja con un abrazo de oso—. He venido en cuanto he podido.

Amara levanta la vista hacia él con ojos de adoración. El temor de perder su protección es tan real como si de verdad lo amara.

—Estoy tan feliz de que ahora estés aquí —responde, y deja que la bese—. Aunque no estoy segura de poder perdonar a Helvio por impedir que vinieras.

Rufo se deja caer en el banco con un quejido.

—¡Qué tipo tan pretencioso! —Amara se sienta a su lado y él le pone una mano sobre la rodilla—. No creerías lo que está planeando. Quiere celebrar los Juegos Taurios a finales de mayo para apaciguar a los dioses del inframundo.

—¿Por qué?

—Por el temblor que tuvimos en enero. Está convencido de que vendrá otro gran terremoto.

—Pero ¡si casi no se notó! —exclama al recordar la forma en que el suelo se había sacudido y retumbado como un trueno distante. Aquel suceso casi había terminado antes de que Amara se diera cuenta de lo que pasaba, aunque sí que causó una fractura sorprendentemente grande en el atrio y dejó las calles llenas de las tejas de los techos.

—No estuviste aquí cuando el desastre en el año de Mario y Afinio —contesta Rufo, que también suena un poco pretencioso—. Todavía seguimos reparando los daños. —Agita una mano, como si quisiera despedir a un Helvio imaginario—. En cualquier caso, me alegro de que haga sus Juegos Taurios, solo que ahora está sugiriendo que un festival de teatro para las Floralias justo antes les restará valor. Es ridículo. Hasta Cicerón lo hizo, y ¡ni siquiera lo han elegido! Imagínate lo presuntuoso que será después.

—Te ganarás su favor, sé que será así. Y cuando seas edil al año siguiente, podrás hacer lo que quieras. —Amara entrelaza sus dedos con los de Rufo, intentando ocultar su nerviosismo y preguntándose si será un buen momento para hacerse más indispensable en su vida—. Estaba pensando —continúa— que tal vez podrías invitar una noche a Helvio para que venga aquí. Podría montar un espectáculo musical para vosotros y así hacerle ver lo importantes que son las artes escénicas para ti. Te iba a sugerir que compraras un par de músicos. Podrías patrocinarlos como tuyos.

—¿Quieres comprar músicos? —le pregunta Rufo con sorpresa. En su vida anterior, la gente alquilaba a su proxeneta a Amara y a Dido para que cantaran en las cenas. Así es como conoció a Plinio. Rara vez la música era el único servicio que estaba obligada a ofrecerles.

—No estoy sugiriendo que me dejes actuar en cualquier parte, sino en esta casa —aclara presurosa—, pues disfrutaba poniéndole música a la poesía junto con Dido y me encantaría entretenerte de ese modo. Drusila estaría muy interesada en compartir el gasto, si también pudiera usar nuestros músicos de vez en cuando. Pensábamos que tal vez unos flautistas.

—Así que vosotras dos habéis estado conspirando, ¿verdad? —Rufo se ríe—. Bueno, déjame pensarlo. Tal vez los compre para ti cuando puedas tocar el arpa para mí. —Philos llega con una bandeja con vino dulce, pan y el queso blanco desmenuzado que Martha compró expresamente ayer, y la coloca en la pequeña mesa en el lado del banco donde está Amara. Ella intenta cruzar una mirada con él para agradecérselo, pero Philos no la mira y se retira tan silencioso como ha llegado—. ¿Qué te dijo ayer Drusila sobre tus clases? —continúa Rufo sin tener en cuenta a su esclavo. Tampoco se ha percatado de que Dido está pintada en la pared—. ¿Estás mejorando?

—Piensa que me serviría tener mi propio instrumento en casa para practicar —contesta Amara, y le pasa una copa de vino a Rufo.

—Pero ¡si eso es justo lo que he estado diciéndote todo este tiempo! —exclama, y lleva los ojos al cielo. Toma un sorbo.

—Me preocupa que todavía no te guste cómo toco —confiesa Amara—. No quiero decepcionarte.

—Pajarita nerviosa —dice Rufo, y se inclina para besarla de nuevo—. ¿Qué más podría hacer sino adorarte? —Amara le sonríe y en su interior se avergüenza del apodo. Rufo empezó a llamarla así después de liberarla, como una broma por una carta en la que Plinio la comparaba con un ave que no puede cantar si está cautiva. Su patrón baja la copa y la atrae hacia su lado—. Amor, quizá ahora mismo no sea lo mejor, esta mañana no tengo mucho tiempo —le murmura en el cabello mientras desliza las manos entre los pliegues de su vestido.

—Solo dame un momento —le pide Amara, que piensa en todo el jazmín que no roció antes en su cuerpo y, peor aún, en el anticonceptivo que nunca quiere que Rufo vea.

—No tardes —contesta él, y la suelta. Amara se aleja del atrio y se da la vuelta con esa mirada deliberada que le enseñó Victoria, la misma que sabe que su amante no puede resistir. Sus miradas se encuentran y, en ese momento, se siente invencible. Es imposible imaginar un tiempo en el que ese hombre pierda el deseo por ella.

Cuando Rufo se va, pasa unos momentos a solas frente al tocador. Le tiemblan un poco las manos al recoger la botella para retocarse el kohl. La baja de nuevo. Ha sido un exceso de confianza intentar ese truco en particular para impresionar a Rufo, el mismo que Félix siempre le exigía y que está repleto de recuerdos desagradables. Tiene suerte de que su amante haya estado tan perdido en el placer como para notar su titubeo. Al menos su apuesta sirvió a su propósito.

Amara vuelve a coger el kohl y, esta vez, sus manos son más firmes. Levanta el espejo por sí misma sin llamar a Martha y dibuja las líneas oscuras alrededor de sus ojos. Su reflejo la mira con más arrojo del que siente en su interior.

Encuentra a Juvento y Philos riendo juntos cuando sale al atrio. Hablan, apoyados contra la pared, en un dialecto local y se regodean de un chiste que solo ellos entienden. Juvento es mucho más fornido que Philos y tiene una barba espesa, mientras que el mayordomo está afeitado. Sin embargo, en momentos como este, son tan parecidos como si fueran hermanos. Amara sabe que el portero le debe el puesto a Philos y observa que tiene un trozo de pan en la mano. Philos debe de habérselo traído de la cocina. Los dos se quedan callados cuando ella se acerca.

—¿Ha venido alguien a visitarme hoy? —pregunta.

—Una mujer está esperando en el banco de fuera —le informa Philos—. Ninguno de nosotros la ha visto antes. Es Metela, de los Baños de Venus.

Amara asiente hacia Juvento.

—Puedes dejarla pasar.

—¿Quieres que te redacte un contrato? —le pregunta Philos.

—Primero dame un poco de tiempo a solas con ella —responde Amara—. ¿Podrías traer la bandeja del jardín?

—Por supuesto.

Metela entra. Es el tipo de mujer casada y respetable que antes se habría negado a reconocer a Amara en la calle, pero ahora entra a su casa. Parece nerviosa y a la defensiva.

—Me alegra tanto que vengas de visita —exclama Amara, y la abraza—. Siento haberte dejado esperando.

Metela le devuelve la sonrisa, pero parece recelosa. Amara sigue con el torrente de comentarios amables mientras dirige a su invitada hacia el tablino, su estudio público para recibir a los visitantes, y empieza a charlar sobre Julia Felix, su amiga en común y dueña de los baños privados donde ambas se conocieron. Para cuando las dos mujeres están sentadas una frente a la otra y Philos ya ha dejado la comida y el vino sobre la mesa, Metela parece más cómoda.

El tablino es una de las mejores habitaciones de la casa. A espaldas de Amara hay un gran ventanal que deja entrar el aire y los aromas del jardín. Los muros son amarillos y de un panel a otro vuelan las aves, o se posan sobre las ramas en flor. Al otro lado de la ventana hay un pavo real pintado con la cola abierta en glorioso despliegue detrás de la cabeza de Metela, y unas palomas reposan sobre el dintel de la puerta. Amara no entra en materia de inmediato. Comparte el vino y le pregunta a Metela sobre su familia, habla con efusividad sobre los logros de los hijos de su invitada y asiente compasivamente ante sus historias sobre su suegro tiránico. Todo el tiempo que Metela habla, Amara le presta atención. Enterarse de la vida de un cliente es un truco que aprendió de su viejo amo. La habilidad de Félix con los préstamos de dinero siempre fue excepcional y su sombra se extiende sobre estas reuniones, pues los recuerdos que Amara guarda de él no son del todo desagradables. Se cubren con el mismo encanto relajado, como si fueran una capa que oculta su pasión compartida por obtener ganancias.

—¿Tu patrón está enterado de... tu negocio? —le pregunta Metela, que al fin toca el tema. Se da la vuelta para mirar las paredes brillantes y las delicadas golondrinas pintadas en pleno vuelo detrás de los hombros de su anfitriona, calculando el valor que debe de darle Rufo a su concubina. Su familia es muy conocida en Pompeya, e incluso más ahora que está siguiendo los pasos de Hortensio, su padre, en la política.

—¡Oh! —responde Amara, y sacude la mano en el aire—. No es un negocio. Odiaría que pensaras que lo es. Solo ayudo de vez en cuando a mis amigos. En lo que puedo.

—No es una gran suma —responde Metela—. Solo quince denarios. No tendré dificultad en pagarlos, pero preferiría que la situación fuera discreta. A mi esposo no le gustaría que lo molestara con esto.

Amara comprende que no se lo dirá a su marido.

—Es una nimiedad entre mujeres —concuerda—. No hay necesidad de involucrar a nadie más.

Metela desabrocha el brazalete que lleva en la muñeca y lo posa lentamente sobre el escritorio.

—Esto es muy valioso para mí —declara.

—Te prometo que lo cuidaré —responde Amara, y coge la pulsera para examinar el bronce grabado con el debido respeto. Coloca con todo cuidado la pieza de joyería en una cajita para que Metela no se sienta angustiada al verla—. Además, mis cuotas son razonables. Cinco por ciento de interés mensual. Más cinco por ciento adicional si no se paga el préstamo en tres meses.

Metela asiente, aunque parece menos complacida por esta información.

—Muy bien —accede.

Amara se levanta y va hasta la puerta para abrirla

como indicación para que Philos entre. Él ya está dentro de la habitación antes de que Amara tome asiento de nuevo. Le murmura algo cuando él se inclina para coger la cajita de la mesa y le comunica cuál es la cantidad. A Amara le sorprendió que Philos declinara su oferta de recibir una comisión por los contratos de préstamo que él redacta. Ella misma no se puede imaginar negándose a aceptar dinero de nadie, nunca.

Sigue charlando con Metela mientras Philos escribe el contrato. Se lo entrega a ambas para que lo firmen, pero Metela duda por un instante antes de hacer la marca en la cera. Cinco por ciento no es, ni con mucho, tan alto como la abusiva comisión que Félix acostumbraba a cobrar; sin embargo, Amara no cuenta con una red violenta para protegerse o para reclamar los préstamos, ni tampoco puede imaginar que alguna vez las necesite. Todas sus clientas son mujeres y desde hace mucho sospecha que son un mercado más confiable.

Una vez firmado el convenio, Metela parece ansiosa por irse. Amara sabe que eso es normal después de un trato, así que sigue a Metela de vuelta al atrio y se empeña en presumir de jardín; habla de los narcisos e intenta serenar a su invitada con la pretensión de que esto no es otra cosa que una visita social.

—Qué pintura tan extraordinaria —afirma Metela, que parece un poco indecisa ante la salvaje escena de cacería que la rodea.

Amara sonríe.

—La casa ya venía decorada —responde.

Después de un poco más de charla incómoda acerca de la fuente, Amara conduce a su clienta hacia el portón. Ignora a la anciana andrajosa que ahora está sentada junto a la escalera en el atrio. La figura encorvada podría confundirse con facilidad con una vieja esclava doméstica que no merece que se la tome en cuenta.

En cuanto se despiden y se asegura de que Metela está

fuera de su vista, Amara se vuelve hacia la anciana. La figura se pone de pie y se retira la capucha del rostro. Es Fabia, la recadera del burdel y antigua prostituta, además de ser la esclava más antigua de Félix.

—Gracias por venir —le dice Amara al mismo tiempo que coge las manos que Fabia le tiende entre las suyas—. Te he echado de menos.

3

> Y todo este tiempo, los pobres esclavos tienen prohibido mover los labios para hablar, no digamos comer. El más leve murmullo se controla con un palo; ni siquiera los ruidos accidentales como una tos, un estornudo o un hipo se libran de una paliza.
>
> SÉNECA, *Cartas de un estoico*

Amara y Fabia se sientan en el jardín con el guiso de alubias de la noche anterior y un montón de panes sobre la mesa, junto a ellas. Devoran la comida como lobas: Fabia con la voracidad que le provoca estar casi muerta de hambre y Amara por su ayuno autoimpuesto. Sabe qué aspecto deben de tener: una puta vieja y otra joven que sacian su apetito, con el guiso derramándoseles por la barbilla, pero no le importa.

—Está bueno, sí que lo está —dice Fabia, que pasa otro trozo de pan por su tazón ya rebañado—. Tienes una buena cocinera.

—Le diré a Martha que te ha gustado —responde Amara.

—Mírate —le dice Fabia, que se apoya levemente y la contempla con los ojos entrecerrados, capaz por fin de centrarse en su compañera ahora que ha amortiguado lo peor de su hambre—. ¡Mira lo bien que te ha ido! Apenas puedo creerlo.

La pintura de Dido está a espaldas de Fabia, y a Amara le complace que no la haya visto aún para no tener que enfrentar el dolor de Fabia.

—¿Cómo están todas? —pregunta—. ¿Cómo está Victoria? ¿Y Berenice? ¿Sigue con Gallus? ¿Le está yendo mejor a Británica?

—Todo continúa igual —responde Fabia, que coge otro trozo más de pan y le da un buen trago al vino—. Berenice sigue pensando que Gallus se casará con ella. Quizá lo haga, quién sabe. Y al fin el jefe ha conseguido reemplazos para Dido y para ti. Dos de Grecia. Una chica y un chico, así que mi Paris está contento porque podrá pasar menos tiempo en el burdel. Aunque son un poco jóvenes, si me lo preguntas. Eso le molestó a Victoria.

—¿Félix la sigue obligando a quedarse arriba por las noches?

Fabia asiente.

—Es un desgraciado. La mantiene ahí una semana, como si fuera una especie de esposa, y luego de allá va de vuelta al burdel. Victoria es una chica fuerte, pero eso bastaría para quebrarle el ánimo a cualquiera, que todo el tiempo frustren tus esperanzas. Es un truco que aprendió de... —La anciana se queda callada.

—¿Su padre? —pregunta Amara.

—Sabes que no puedo —murmura Fabia.

Amara le sirve más vino.

—Amiga mía, te juro que Félix no tiene espías aquí.

—Supongo que no —responde Fabia, y luego se bebe el vino de golpe—. Sí, lo aprendió de su padre. Es lo que le hacía el viejo amo a Felícula, la madre de Félix. —La mención del nombre le provoca a Amara una sensación parecida a unos dedos fríos que le recorrieran la piel. Puede recordarlo, labrado en los muros del burdel. «Aquí me follé a Felícula»—. Cómo amaba al viejo esa tonta —suspira Fabia—. Siempre inventándole excusas patéticas para justificarlo. Era una cosita diminuta, sorprendentemente popular entre la clientela. Nunca lo pude entender. No era muy lista.

—¿Dónde vivía Félix en aquel entonces?

—Donde fuera que estuviera su madre. Siempre colgado de ella como un mono. Sé que ahora es un mierda, pero era el niño más bonito de todos. Con esos enormes ojos marrones. —Baja la copa vacía y Amara se la llena de nuevo—. Si soy franca, era incluso más bonito de lo que era mi Paris a esa edad.

Amara sabe que, si Fabia empieza a hablar de su hijo Paris, será imposible cambiar de tema.

—¿Qué pasó con Felícula?

—¿No tienes más de ese guiso? —Fabia se vuelve hacia Amara y ambas se entienden. No solo son dos amigas que se reúnen. Todo tiene su precio.

—Claro que sí —responde Amara, y levanta la tapa de la gran sopera que Martha les ha dejado para servirle con el cucharón un tercer plato.

—Félix no puede enterarse de que te he contado todo esto —le ruega Fabia mientras ve cómo se llena su tazón—. Eso vale más que mi propia vida.

—No te han seguido, ¿o sí?

—No —contesta Fabia—. Siempre me aseguro. Tampoco es que a alguien le importe de verdad adónde voy, siendo la viejita que soy. —Detiene un momento la conversación para comer y Amara la observa.

El hambre de Fabia es un recordatorio de lo que pudo haber sido su vida si Rufo no la hubiera rescatado; la deshonra y la indigencia de una prostituta cuando pierde su apariencia. Servirle a la anciana es una forma de reconocer su propia buena fortuna, un recordatorio del filo de la navaja en el que todas viven. Además de que, si no fuera por Fabia, no tendría manera de saber lo que les sucede a sus amigas o en qué cosas anda Félix. Amara no está segura de para qué le servirá tener toda esa información sobre su antiguo amo, pero se siente impulsada a obtenerla.

Las últimas alubias se acaban y Fabia repasa con la cuchara los bordes, decidida a no dejar ni una gota.

—Esto está tan bueno. Me mantendrá llena toda la semana, sí que lo hará —exclama Fabia, y levanta la vista hacia Amara—. Hacía mucho tiempo que no pensaba en Felícula. ¿Por qué estás tan interesada en todas esas cosas del pasado?

Amara se encoge de hombros.

—Entonces ¿qué fue de ella?

—Si crees que Félix es malo, deberías haber conocido al viejo amo. —Fabia se estremece—. Ese pobre niño vio cómo su padre golpeaba a su madre y quién sabe qué otras cosas a lo largo de los años. Incluso allí estaba Félix cuando ella murió. —Amara comprende lo que sucedió antes de preguntárselo a la anciana. Fabia asiente al ver la expresión en su rostro—. Supongo que el amo no tenía la intención de matarla, pero era una cosita tan frágil... Le rompió el cuello.

En su mente, Amara puede ver a Félix arrodillado en el suelo, mirando hacia el escritorio de su padre, y recuerda lo que dijo sobre su madre. «Murió cuando yo tenía diez años.» El horror es demasiado grande como para que pueda hablar y se queda mirando la fuente, dejando que el suave murmullo del agua ahogue los latidos que oye en sus oídos. La compasión es el último tipo de emoción que le debe a Félix, pero le pesa el corazón al pensar en todo lo que debe de haber sufrido y el dolor que debe de seguir cargando.

—Pensé que se convertiría en alguien diferente —afirma Fabia, y se sirve el vino cuando es evidente que Amara está demasiado distraída como para hacerlo—. Me refiero a Félix. Su madre era una chica tan dulce y él la adoraba. La seguía a todas partes, pero su padre se ocupó de él después de eso, no sé si fue por culpa o por qué, e hizo a Félix a su imagen y semejanza. Es probable que le haya sacado a golpes cualquier tipo de bondad. Y ahora él lo repite con Victoria.

La mención de su amiga sorprende a Amara.

—¿Crees que Félix podría llegar alguna vez a hacerle daño a Victoria? ¿A hacerle daño de verdad?

Fabia parece afligida.

—Creo que le pega más que antes —admite—. Es más violento desde que te fuiste. Más impredecible.

—¿Desde que me fui? —pregunta Amara, sorprendida—. ¿Por qué? ¡Le pagaron una maldita fortuna!

—Bueno, no sé qué sucedía allí arriba entre vosotros dos —dice Fabia, que coge el último trozo de pan de la mesa—. Todo el tiempo que pasabas a solas con él. No es asunto mío.

—No pasaba nada. Solo me ocupaba de su contabilidad.

Fabia levanta una ceja con escepticismo.

—Entonces, quizá fue por la muerte de Dido, pero siempre pensé que tú eras la que le gustaba. —Agita el pan hacia Amara y deja caer unas migajas—. Además, ¡todas esas preguntas que haces sobre él! Pensé que esa era la razón. Una especie de cosa de amantes.

Las palabras de Fabia hacen que Amara regrese al estudio rojo. Otra vez frente a Félix, con su voz dentro de la cabeza. «Te he echado de menos.» Quizá siempre había elegido no entender a qué se refería él.

—Nunca hubo nada de eso —responde, haciendo a un lado el recuerdo y guardando bajo llave la vergüenza—. ¿Te apetece un poco de fruta? Y después debes contarme en qué cosas anda Paris.

Las visitas de Fabia siempre duran horas. Al final, Amara se ve obligada a inventar una excusa para que se vaya, afirmando que Rufo está a punto de volver de alguna reunión secreta. Deja que Philos escolte a la anciana hasta la puerta para mantener la débil apariencia de que esas reuniones son solo por caridad y no por amistad. Puede escuchar a Fabia exclamar mientras cruza el atrio, al tratar de alargar su estancia unos cuantos momentos más, y el murmullo de las respuestas tolerantes de Philos. Siempre es amable con Fabia y le dice *señora*, como si fuera una mujer respetable. Fabia suelta una risita nerviosa de placer cada vez que él usa ese término, como si olvidara que ya no es una coqueta bonita y joven.

Amara se queda a solas con Dido. Observa a su amiga, pero la mirada de la pintura se dirige hacia el ciervo moribundo. Los ojos de Dido no se encontrarán con los suyos, ni siquiera como la sombra que son. Antes de que la liberaran, Amara se prometió hacer todo lo que estuviera en sus manos para comprar a Dido para traerla a vivir a esta casa. Ahora está muerta, pero Victoria sigue viva.

—¿Les está yendo bien a tus amigas? —pregunta Philos con actitud alegre al acudir para recoger las cosas de la comida. Fabia siempre parece divertirlo. Por instinto, Amara se levanta a ayudarlo, pero él retrocede cuando las manos de la mujer tocan las suyas.

—Lo siento —se disculpa Amara, y vuelve a sentarse—. No me gusta... —Deja la idea en el aire de por qué le resulta difícil ver que Philos la sirve.

—Si te hace sentir mejor, te diré que te sirvo porque eso es lo que Rufo ha ordenado —afirma Philos mientras apila los tazones. Su rostro es imperturbable, imposible de interpretar para ella—. Igual que tú vives aquí porque eso le complace. No hay nada que ninguno de los dos pueda poner en duda o de lo cual podamos sentirnos mal.

Todo lo que dice es cierto, pero a Amara no le resulta reconfortante.

—Debes de preguntarte por qué sigo viendo a Fabia.

—Para nada —dice Philos, y levanta la vista hacia ella. Ahora su expresión es más amable—. ¿Por qué no deberías ayudar a una anciana? No es su culpa que esté hambrienta. La amistad es la cosa más natural del mundo.

—Eso es cierto —responde Amara; las palabras de

Philos agregan peso a la idea que se está formando en su cabeza. Hace un ademán de impaciencia hacia la bandeja—. ¿Puedes dejar eso? Hay una compra que necesito discutir contigo.

—¿Ahora? —Philos está sorprendido por el cambio de actitud.

—Sí, necesito tu consejo. —Amara se levanta de nuevo con inquietud. Después de decidir lo que se debe hacer, su sensación de urgencia la abruma—. De inmediato. —Se apresura a subir a su estudio privado y él la sigue.

Philos se queda parado en la entrada, observándola, mientras ella saca la caja de dinero de la gaveta. Abre la tapa de golpe y revuelve el interior, contando el total, aunque ya se lo sabe de memoria.

—¿De qué va esto? —La voz del esclavo adquiere un tono grave y, ahora que están solos, su actitud es más informal—. ¿Qué estás haciendo?

—Fabia me dijo que Félix se está volviendo más violento con Victoria. La lleva arriba un tiempo y luego la vende de nuevo. Es justo lo que su padre hacía con su madre. —Sostiene un par de pendientes que Rufo le regaló y los mira con los ojos entrecerrados, intentando adivinar cuánto valen—. Félix vio a su padre matar a su madre, ¿lo sabías? —dice al mismo tiempo que se vuelve hacia Philos—. Imagínate de lo que podría ser capaz, lo que podría hacer.

Philos se sienta sobre un baúl sin que ella le dé permiso, y esa es una libertad impensable que nunca se tomaría con Rufo. Parece completamente tranquilo en comparación con la ansiedad que ella demuestra. Es exasperante.

—Siento oír eso sobre Victoria —afirma—, pero eso no quiere decir que Félix la vaya a matar. No es su padre.

—¡Es un puto monstruo! —grita ella. Las manos le tiemblan tanto que no puede seguir contando el dinero. Se lleva una mano a la garganta, recordando la presión de los dedos de Félix—. No sabes cómo es que alguien así sea tu dueño. —En cuanto lo dice, se da cuenta de que, de hecho, Philos sabe exactamente cómo es eso. Todos los años de abuso que soportó cuando su dueño no era Rufo, sino el abuelo de este, Terencio.

—Félix ya no es tu dueño —responde Philos. La mira con tal tristeza que la invaden unas ganas de llorar—. Ahora estás a salvo de él. Estás a salvo aquí. Ya no puede hacerte daño.

—Pero se lo está haciendo a Victoria.

Philos no la contradice.

—Eso no es tu culpa ni tu responsabilidad.

Su reconocimiento de la aflicción de Victoria no le sirve de nada para aliviar la suya. Amara le da la espalda, intentando tranquilizarse. Necesita convencerlo, no llorar con él.

—Le debo la vida a Victoria —dice con tono más frío—. Estaría muerta sin ella. Es una deuda de sangre y no me queda otra opción.

—No —replica él, que ya entiende lo que está pensando—. No puedes hacerlo.

—¿Por qué no? Le dije a Rufo que quería comprar algunos músicos y no me lo negó. ¡Victoria es una gran cantante!

—Dijiste flautistas.

—¡¿Estabas escuchándonos?!

—No soy el marco de una puerta —contesta Philos con irritación—. Tengo oídos y estabais hablando.

—Rufo nunca me hace mucho caso —responde Amara—. No se va a acordar. Además, de todos modos, ¿por qué le importaría? ¿Qué diferencia le supone a él que se trate de una cantante o de un flautista? —Philos frunce el ceño y ella recuerda la advertencia de Drusila sobre dónde está colocada la lealtad de su interlocutor—. Sin ánimo de ofender... —tartamudea.

—Lo sé —dice él, distanciándose de ella con una

mirada de aversión hacia el tono adulador de su voz—. No te voy a delatar; no soy tu carcelero.

—Entonces ¿estás de acuerdo en que podría no importarle?

—No se trata de Rufo —dice Philos—. Aunque no creo que sea inteligente demostrar independencia; no es el tipo de comportamiento que le gusta.

—Entonces ¿de qué se trata?

—¡Se trata de ti! —responde con exasperación—. Piensa en lo mucho que te has esforzado para librarte de Félix, y ahora quieres estar en deuda con él. —Agita la mano hacia las monedas y las joyas esparcidas sobre el escritorio—. Félix nunca va a acceder a un precio razonable. ¿Y luego qué? ¿Tendrás que ir al burdel todos los meses para pagarle? ¿Qué tipo de riesgo es ese?

—Rufo podría pagarlo —dice Amara, indecisa.

—Dudo que el precio que Félix exija sea algo que quieras admitir ante Rufo.

—¿Y si le pidiera la mitad?

—Por favor, no lo hagas.

—¡Es que la quiero! ¿No lo entiendes? ¿De qué vale mi libertad si no ayudo a alguien a quien quiero?

—No puedes comprar a todos los que alguna vez quisiste cuando eras esclava.

—No, no a todos, pero sí podría rescatar a Victoria. Si fueras libre, ¿no hay alguien a quien comprarías? Debe de haber alguien a quien ames así.

La angustia evidente en el rostro de Philos hace que Amara desee no habérselo preguntado.

—A mi hermana —responde.

—A mí ya no me queda familia. Dido está muerta y Victoria es mi hermana.

Amara y Philos se miran fijamente y él es el primero en desviar la mirada.

—Sigo pensando que es una mala idea —insiste—.

Puede que ahora estés a salvo de Félix, pero ¿qué sucederá si lo invitas de nuevo a entrar en tu vida? ¿Si le debes todo ese dinero? Lo echarás todo a perder. Piensa en lo mucho que te asusta.

Amara roza las monedas con los dedos, pero no recibe a cambio la sensación usual de tranquilidad. La idea de gastar toda esa preciosa seguridad, incluso en Victoria, le provoca la necesidad de amontonar hasta la última moneda dentro de la caja y cerrarla con llave.

—Crees que soy una cobarde.

—¡No! —exclama Philos—. Eso es ridículo. Yo mismo le tendría miedo si hubiera sido mi amo. ¿No crees que le temía a Terencio? ¿Crees que no le sigo temiendo, a pesar de que esté muerto?

Amara recuerda sus pesadillas, el peso constante que lleva encima, la carga de todo lo que le hizo Félix. Siente que su determinación flaquea.

—¿Eso nunca se quita?

Philos no le pregunta a qué se refiere. Nunca lo han hablado, excepto de manera fugaz cuando ocultó su sufrimiento pasado con una broma, pero sabe que él entiende cómo es sentirse físicamente impotente y utilizado por otro. La respuesta está en su silencio.

—Lo volveré a pensar esta tarde —dice ella levantándose de la silla, enfadada con él por obligarla a confrontar su propia vulnerabilidad— y mañana te haré saber cuál es mi decisión.

4

> Puedes darte cuenta de que ha estado en la casa de un proxeneta... Es una aduladora.
>
> SÉNECA, *Las declamaciones*, I, 2

La oscuridad todavía cae temprano en las noches de febrero. Amara se retira a su dormitorio porque no quiere estar sola en la casa vacía. Evita el jardín, con la imitación sombría de su amiga. Esta noche, la ausencia de Dido es desgarradora. La pérdida siempre golpea a Amara de esa forma, es imposible saber cuándo llegará. Se sienta en la cama y se abraza las rodillas, como si pudiera contener su dolor, impedir que se derrame en un torrente de horror, como las tripas del ciervo pintado.

Si tan solo la visita de Rufo no hubiera sido tan breve. Piensa cuánto más relajada se habría sentido si él hubiera vuelto por la noche. Tal vez si lo viera más, la falta de compañía no le afectaría tan profundamente. Amara decide que practicará con el arpa durante horas cuando se la manden, cualquier cosa que pueda atraerlo aquí y llenar sus días con un propósito. Sin embargo, aunque la visitara todas las noches, sabe que, para ella, Rufo nunca significaría ni la mitad de lo que significaba Dido. Amara se imagina a su amiga sentada en su antigua celda. Se imagina llamándola y viendo que se da la vuelta con una sonrisa y el afecto reflejado en sus ojos. El conocimiento de ser amada de manera incondicional por otra persona.

«Has escapado de La Guarida del Lobo —se dice—. ¡Eres libre! Agradece lo que tienes.» Se reclina sobre la cama y observa la luz que parpadea sobre las flores de manzano desde una única lámpara de aceite. La mantiene encendida por las noches para espantar la oscuridad. Gracias a su generoso amante, puede darse el lujo de desperdiciar el combustible. El aire es frío aquí y el ambiente es tranquilo. La puerta está cerrada, pero, incluso si no lo estuviera, sabe que nadie entrará y la maltratará; esto no es el burdel. Recuerda todas esas noches que planeaba cómo conseguir su libertad, desesperada por escapar a un lugar como este. ¿Cómo es que ahora lo único en que puede pensar es en las amigas que dejó atrás?

Puede imaginarlas aquí en este momento, cómo reirían juntas y llenarían el jardín con sus voces. Se revuelve en la cama. No es solo la culpa la que la induce a liberar a Victoria, aunque la culpa es bastante devastadora. La idea de su amiga en esta casa le produce una sensación de dicha casi tan grande como su temor hacia Félix. Sabe que Philos lo entiende, aunque haya tratado de persuadirla de lo contrario. Es evidente por la expresión de su rostro cuando mencionó a su hermana. Amara se queda mirando fijamente las sombras que bailan en el techo y sabe que ahora él también estará acostado solo, tal vez pensando en su familia, igual que ella piensa en Victoria. Espera no haberlo herido al recordarle sus pérdidas. O, tal vez, eso es en lo que piensa todas las noches.

Las sábanas la sofocan y las aparta a un lado para sentarse de nuevo. La imagen de Philos acostado tan cerca la perturba. Es un hombre mucho más delgado que Rufo y, sin embargo, de alguna manera su presencia siempre se nota cuando está en una habitación; es consciente de él todo el tiempo, de dónde está en la casa. «Solo es que estoy sola —piensa—. Eso es todo. Soledad.»

Amara exhala y cierra los ojos. Intenta pensar en Rufo. En su mente cuenta sus bondades, en gran medida como cuenta las monedas en su caja de dinero. Los regalos que le ha dado, la casa que alquiló para ella y, más que nada, la libertad que le concedió. Se queda pensando en esto último, pero el recuerdo de las Saturnales, la noche en que recobró su libertad, es fugaz. Las imágenes pasan del rostro de Rufo al de Dido, a la fría respuesta de su amante hacia su dolor, y luego a Menandro.

Esa noche fue la última vez que lo vio. Mientras que la imagen de Rufo es nebulosa y difícil de mantener en su mente, todos sus recuerdos de Menandro son tan nítidos y claros como un cristal, e igual de cortantes. Humilló brutal y públicamente al hombre al que amaba, en lugar de arriesgarse a perder a su amante rico. Solo de pensarlo ahora, le entran ganas de que la trague la tierra. Se dice que era su única opción. Menandro era un esclavo y no podían hacer nada el uno por el otro, mientras que Rufo tenía el poder para transformar su vida, pero el conocimiento de lo que cuesta esa decisión la hace sentirse más vieja y cansada que Fabia.

Amara se desploma de nuevo en la cama. La libertad ya le ha costado un alto precio y no puede dejarlo todo o no le quedará nada para sí misma.

Amara siente la presencia de Philos cuando se le acerca con la bandeja antes de siquiera volverse hacia él. La mañana es fresca, demasiado fría como para sentarse en el jardín, pero la parte pública de la casa es donde se siente más a gusto. Está envuelta en un caro manto rojo, otro de los regalos de Rufo.

—¿Has tomado una decisión? —le pregunta Philos mientras pone la comida sobre la mesa.

—Sí.

—¿Y de verdad no puedo convencerte de lo contrario?

—No.

Amara cree que se lo discutirá, pero, en su lugar, él suspira como si no fuera diferente de lo que esperaba.

—Entonces será mejor que pensemos en cómo hacerlo.

Se sientan juntos en el banco, con la bandeja entre ellos, a discutir el asunto en voz baja. La noche anterior, Amara había decidido poner más distancia con Philos, pero en su presencia le resulta difícil. Tiene los brazos cruzados sobre el pecho, y Amara se da cuenta de que debe de tener frío al estar sentado allí, vestido solo con una túnica. Se arrepiente de no haberle sugerido que se sentaran en el estudio.

—Es importante que le digas a Rufo tanto como sea posible. Que seas franca con él. Me parece que es preferible solicitar su permiso.

—¿Qué pasa si dice que no? No podría ir contra su voluntad.

—Desearía que no dijeras cosas como esas.

—¿Como qué? —responde ella, e inclina la cabeza con los ojos muy abiertos, en una pose que le copió a Berenice en el burdel—. ¿Que siempre seré obediente?

—Sabes muy bien a qué me refiero —le responde, y desvía la mirada para ocultar su sonrisa—. En ese caso tendrás que esperar que su compasión por un cuento de amor y lealtad supere su enfado por que no se le haya consultado antes. Supongo que eso podría suceder, siempre y cuando Victoria sea de verdad una buena música.

Amara asiente.

—Le encantará su canto.

—¿Y no es demasiado... vulgar?

—No —afirma, avergonzada de pronto y con la esperanza de que Philos no piense así de ella.

—Debes tener en mente un máximo cuando negocies con Félix.

—Lo tengo.

—¿Cuál es?

—No te gustará. Si te lo digo, me desanimaré, pero te juro que lo puedo pagar.

La expresión de Philos se endurece un poco. Parece resentimiento.

—¿Estás segura de que quieres gastar tu dinero en esto?

La confunde la frialdad de su pregunta. Amara piensa en la caja de dinero que tiene arriba. Cuanto más pesada se vuelve, más segura se siente ella. Enfrente, la fuente continúa con su alegre tamborileo, con la Venus de piedra que yace relajadamente sobre el borde del agua. El aire es fresco y lleva el aroma de las primeras flores de primavera. Todo esto es suyo: la tranquilidad y la seguridad. Tal vez sea una tonta por arriesgarlo, incluso por Victoria.

Se percata de que Philos la observa y se siente expuesta.

—No tienes que hacerlo —le dice él.

—Sí tengo que hacerlo, si quiero vivir en paz conmigo misma. —Philos guarda silencio, y a Amara se le ocurre que quizá no esté pensando en ella en absoluto, sino que teme por sí mismo—. Puedo decirle a Rufo que no lo sabías. Le puedo decir que te mentí y que creías que él me había dado permiso. Si eso te lo hace más fácil.

Philos frunce el ceño.

—¿Por qué lo harías?

—¿Por qué deberías meterte en problemas? No es justo, ¿verdad? Victoria no es tu amiga.

Amara se da cuenta de que lo ha alterado.

—No tienes que mentir por mí. Nunca te lo pediría. Y aparte... —Amara espera mientras él se esfuerza por encontrar las palabras—. No coincido con tu decisión —dice al fin—, pero la entiendo. Ayer tenías razón en lo que dijiste. Si fuera libre, yo haría lo mismo. Al menos, eso espero. —Se levanta sin mirarla—. Avísame cuando quieras irte. Te acompañaré.

Amara sospecha que el comentario de Philos puede haber sido un elogio, pero no sabe cómo responder.

Cuando él se retira, Amara camina hacia la pintura de Dido. Desde este ángulo bajo, al levantar la vista, su amiga parece distorsionada, con ojos entrecerrados y mirada severa.

—Lo habría hecho por ti —murmura, y coloca las manos sobre los pies de Dido-Diana—. Lo correcto sería hacer lo mismo por Victoria, ¿no crees? —Sigue la mirada melancólica de la diosa hacia el ciervo mitad humano. Amara no se atrevió a pintar el rostro del hombre que más querría ver en el lugar de Acteón, ese mismo al que culpa de la muerte de Dido. El odio le hierve en el corazón—. Tienes razón —exclama—. Le dolerá perderla.

Vírgula saluda a Amara cuando ella y Philos salen de la casa. La vendedora de telas está colgando un lienzo de lino recién teñido en una repisa; en realidad es su esclava la que lo cuelga mientras que Vírgula la supervisa. Amara nota que las manos de la chica están pintadas de color naranja y se pregunta si alguna vez podrá quitarse el color. Ni Philos ni la sierva dicen nada mientras las dos mujeres libres conversan.

—Si alguna vez quieres un regalo para tu hombre —dice Vírgula—, aquí tenemos unos nuevos linos. Blancos como la nieve. Perfectos para una celebración si gana su candidato. —Sonríe y asiente hacia el lema de la elección que está pintado en el muro de su tienda y que proclama que Helvio es la mejor elección para edil. Es evidente que Vírgula sabe cómo congraciarse con la gente que importa.

—Qué maravillosa idea —responde Amara—. Por favor, apártame un poco y después vendré a elegirlo. —Asiente y pasa de largo, con Philos detrás de ella. Cuando llegan al final de la calle, Amara espera a que él camine a su lado. Es el mismo acto de cortesía que acostumbraba a mostrarle cuando la sacaba del burdel, aunque ahora sería imposible que él le ofreciera el brazo o que ella se lo aceptara.

Caminan juntos, pero dejan un espacio decoroso entre los dos cuando van por la acera, lo cual provoca que los que intentan rebasarlos hagan ruidos desaprobatorios o digan groserías por la frustración. Al poco tiempo llegan hasta la tienda de comestibles en la intersección con la Vía Veneria, que Amara siempre considera como el margen de su nuevo barrio. Una vez que logran esquivar los barriles de aceitunas verdes aliñadas y abrirse camino entre los clientes que pierden el tiempo en la tienda, empieza a sentirse más ansiosa.

—No quiero quedarme atrapada dentro con Félix —le comenta a Philos—. Necesitamos testigos, y creo que lo mejor será pedirle a Paris que lo haga salir a la plaza, fuera de El Gorrión.

Las mujeres de Félix son conocidas por todos en El Gorrión, una taberna a la vuelta de la esquina de La Guarida del Lobo. Amara considera que el dueño, Zoskales, es prácticamente su amigo; además, su camarero Nicandro era casi amante de Dido. Se da cuenta de que no ha visto a Nicandro desde la noche en que asesinaron a Dido. Pensar en lo dolorosa que debe de ser su pena hace que le pese el corazón.

—Da igual dónde os reunáis —dice Philos—, sabes que Félix hará todo lo posible por hacerte sufrir. Tienes que ir preparada.

Amara casi desearía no haber demostrado de manera tan obvia su hostilidad hacia Félix tras la muerte de Dido.

—Lo sé —responde.

—No solo me refiero a que sea un asco de persona —añade Philos, quien la sorprende por la palabrota que ha usado—. Te hará enfadar solo para tratar de disuadirte de tu negociación. No se lo permitas. —Ahora Philos está más cerca y ha dejado de lado parte de su actitud sumisa—. Ya hace mucho que nadie te habla del modo en que él lo hacía. Para Félix, siempre serás una esclava. Espero que no cedas a su precio máximo.

—Si tengo que irme, lo haré.

—¿Incluso si Victoria te lo ruega?

Amara traga saliva y odia la idea de que eso pase.

—No lo haría. Victoria nunca ruega nada.

—¿Crees que hay algo que no haría cualquier ser humano si estuviera tan cerca de disfrutar su libertad?

—Si Félix sabe que me iré, no me presionará hasta ese punto. Querrá el dinero.

Se acercan a esa vieja parte conocida del pueblo y les resulta más fácil andar juntos por el amplio pavimento de la Vía Veneria. El camino asciende por la colina. En la parte más alta está el foro, que ella sabe que estará lleno con los gritos de los vendedores ambulantes y el golpeteo de las construcciones en el cercano Templo de Venus. Una carreta llena de bloques de piedra traquetea a su lado, y Philos empuja a Amara hacia una orilla para protegerla del polvo.

Siguen avanzando y finalmente llegan a la plaza que hay fuera de los baños. Amara titubea un momento. Aquí era donde solía cazar a los clientes. «Pescar», como diría Victoria. Observa a los hombres que salen con paso tranquilo por la entrada, con los rostros brillantes por el calor de la sala de vapor, y siente una punzada de temor.

—Podemos volver —le sugiere Philos, que nota su creciente miedo.

—No puedo abandonarla —responde Amara—. ¡No puedo!

Philos parece preocupado y, por un instante, Amara piensa que va a discutir con ella para obligarla a regresar a casa. Casi espera que lo haga.

—Como quieras —contesta.

Se ponen en marcha de nuevo y pasan frente a los baños para tomar la calle estrecha que lleva al burdel. Amara deja que sus pies la guíen, abandonando su voluntad al hábito de su cuerpo. Luego dan la vuelta a la esquina y allí está: La Guarida del Lobo. El edificio se yergue sobre la calle, en el cruce, y su sombra se inclina hacia Amara. En ese momento quiere coger a Philos del brazo, sin importarle lo impropio que pueda ser, pero se obliga a continuar sin su apoyo.

Se detienen en la puerta del apartamento de Félix. Amara golpea con fuerza la madera y se oyen los pasos que bajan por la escalera y el retumbo de una cerradura, y luego les abre Paris.

El joven esclavo la mira sorprendido, y en ese instante se ve a sí misma a través de sus ojos. Con el cabello recogido en un moño de complejos rizos sobre la cabeza, el costoso manto que Rufo le compró y el aire de riqueza que lleva, igual que el aroma del jazmín que cubre su piel.

—¿Está tu amo?

Paris pasea los ojos con nerviosismo entre ella y Philos.

—Tal vez —responde.

—Dile a Félix que la liberta del almirante ha venido a hacerle una oferta por la esclava llamada Victoria. Estaré esperando fuera de El Gorrión.

Paris asiente con lentitud y cierra la puerta. Amara se vuelve hacia Philos.

—Ahora ya no hay vuelta atrás —dice—. Quédate conmigo.

—Aquí estoy —responde él.

5

> Son las cosas que dicen los esclavos; el sarcasmo ruin, las calumnias inmundas de la lengua de un vendedor callejero.
>
> MARCIAL, *Epigramas*, X, 3

El Gorrión es más pequeño y sórdido de lo que recuerda, y le parece imposible que haya pasado tantas horas de su vida en este lugar y que alguna vez fuera un sitio en el que se sentía cómoda y a salvo. Asombrados, todos guardan silencio cuando se acerca a la barra en compañía de Philos. Las únicas mujeres que ponen el pie en una taberna como esta son prostitutas. Zoskales necesita tomarse un minuto para reconocerla.

—¡Amara! —exclama, y luego retrocede, inseguro de cómo saludarla. Mira a Philos—. ¿Este es tu...?

Se da cuenta de que Zoskales está desconcertado y de que no sabe si el hombre que viene con ella es su patrón o su escolta.

—Este es Philos, el mayordomo de mi patrón —lo interrumpe—. Por favor, no tengo mucho tiempo. He venido a comprar a Victoria. ¿Serías mi testigo?

—¿Quieres molestar a Félix? —le pregunta Zoskales con actitud un poco menos amigable—. Sabes que en eso no te voy a ayudar.

—¡No! —responde, y se obliga a reír—. ¡Como si me atreviera! Solo quiero un testigo y nada más.

El tabernero asiente con cautela.

—Muy bien. Le preguntaré a Félix si le molesta, pero

ahora creo que será mejor que esperéis fuera. Este no es lugar para vosotros.

—¿Nicandro no está? —pregunta, y trata de no parecer herida por la reacción de su viejo amigo.

—Lo vendí —replica el hombre. Amara se lleva la mano a la boca. Perder al hombre que amaba a Dido es como perder otra parte de ella. Zoskales se da cuenta de su angustia y cede—. Fue por su propio bien, mi amor —dice, y baja la voz—. Temía lo que podría decirle a Félix después de que Dido muriera. Ahora trabaja en la taberna de Aselina, en la Vía Veneria.

Amara responde con un movimiento de cabeza.

—Gracias. —Ella y Philos salen. La multitud en la plaza se divide apenas, dejándoles un poco de espacio y mirándolos con una mezcla de curiosidad y agresividad. Amara empieza a preocuparse de que, después de todo, podría ser más seguro hacer el trato en el estudio de Félix.

Se para a un lado del camino, mirando hacia el burdel. La figura de Félix, incluso su caminar, le resulta tan familiar que cuando aparece es casi como ver a un viejo amigo. Entonces él se acerca y, en el momento en que puede enfocar bien su rostro, el odio de Amara se enciende de inmediato. «Dido recibió la puñalada que iba dirigida a este hombre.» Da un paso hacia atrás y siente que Philos roza su brazo con la punta de los dedos. Es un recordatorio de la manera en que ella y Dido solían comunicarse, los gestos silenciosos entre los esclavos. «Pero ahora soy libre —se recuerda—. Félix no es mi dueño.»

Berenice y Victoria caminan detrás de su amo, y ver a sus amigas le provoca un vuelco en el corazón; las ha echado tanto de menos. Es lo único que puede hacer para frenarse y no salir corriendo a abrazarlas. Félix no pierde el tiempo en saludos ni deja un espacio respetuoso entre ellos. Se acerca tanto que Amara puede sentir cómo se tensa Philos a su lado.

—Entonces ¿a cuál de estas quieres? —dice Félix, y

hace un ademán hacia sus mujeres—. ¿O has venido a por las dos?

Amara observa los rostros esperanzados y desesperados de Victoria y Berenice, y siente que la abruma la angustia. De inmediato Félix la ha pillado desprevenida.

—Vengo... —titubea. No puede admitir la verdad frente a Berenice—. Vengo a por las dos.

—Entonces serán quince mil sestercios —responde Félix, y se oye la carcajada de los hombres parados en la plaza, que ven cómo el proxeneta pone en su sitio a la niña rica.

—No seas idiota —responde Amara, cuyo enfado la hace volver a adoptar su antiguo estilo más vulgar.

—¿Es mucho? —Félix enarca las cejas—. ¿No valen tanto para ti? ¡Mírate, poniéndole precio a la amistad! —Se da la vuelta hacia sus mujeres—. Parece que en el fondo no os quiere.

Félix la mira de reojo, esperando a que se desmorone, pero el enfado logra entumecer su dolor.

—Nadie envejece más rápido que una puta —responde con una voz tan fría como la de él—. Eso es lo que me dijiste una vez. Este par no servirá para nada más que para perder su valor con cada año que transcurra, y tú lo sabes. Así que yo no me quedaría ahí burlándome, por lo menos no si las ganancias siguen siendo importantes para ti. —Amara no tolera ver las reacciones de sus amigas, de modo que mantiene la mirada fija en Félix. Un ligero tirón revela que está apretando la mandíbula. No hay nada que le moleste más que se le falte al respeto en público.

—Como te he dicho, el precio son quince mil.

—Tres —responde Amara, eligiendo la cantidad que había esperado que Félix estuviera dispuesto a aceptar por una sola de las mujeres.

—¡Ahora quién es la tonta! —Félix se ríe de ella—. Es evidente que no puedes pagar por las dos, no me hagas perder el tiempo. ¿Cuál quieres? —Tira a Berenice del brazo—. Esta es joven y me durará más, pero también es más floja. —Berenice toca el camafeo barato que lleva al cuello y que fue un regalo que Amara recuerda que le dio Gallus, su amante. La mirada de desconcierto y pena en su rostro le provoca deseos de llorar—. O podrías llevarte a mi puta más trabajadora. —Félix apunta con un dedo hacia Victoria. Se dirige entonces a los borrachos que ahora están reunidos escuchándolos y disfrutando del espectáculo—. Si alguno piensa que ha follado con una zorra mejor que esta, le puedo devolver su dinero. —Un par de hombres ríen y uno grita lo que las mujeres pueden esperar que les haga después.

Amara se vuelve hacia Victoria. En su memoria, su amiga siempre está riendo, incontenible, inconquistable como su nombre, pero ahora está cansada, descorazonada y, de algún modo, más pequeña. Amara solía envidiar la manera en que Victoria llevaba su ropa, pero en esta luz implacable lo único que puede ver es lo ordinaria que es. Victoria le devuelve la mirada, casi sin esperanza, y, en ese momento, Amara sabe que cedería más de mil veces la caja de madera y todo lo que significa para ella con tal de liberar a su amiga.

—Victoria —afirma, y la voz se le quiebra. No puede mirar a Berenice.

—Nueve mil —responde Félix.

—¡Has dicho que quince mil por las dos! ¡Eso es más de la mitad!

—Esta vale más para mí.

—Te doy tres mil quinientos.

—Ocho.

—Cuatro.

—Seis —responde Félix, y esa reducción súbita cuando estaba esperando a que dijera siete la coge por sorpresa. Él le sonríe y ella entiende a qué se refiere. Seis es el precio que Plinio le ofreció cuando el almirante la compró para Rufo en las Saturnales. También son mil sestercios por encima del límite superior que ella se había marcado y que la hundirían en deudas.

—Cinco —contesta Amara—. Eso ya es mucho más de lo que recibirías por ella en el mercado libre.

—Por menos de seis mil nada —replica Félix, y ella sabe que no se echará atrás. Menos ahora que lo ha declarado ante la multitud.

—En ese caso, también quiero a Británica como parte del trato.

—¡¿Británica?! —Félix hace una mueca, sorprendido y receloso—. ¿Por qué quieres a la britana?

—Porque es mi amiga y no quiero que muera aquí. Los dos sabemos que fue una mala inversión para ti y que no sirve para otra cosa que para acumular pérdidas.

—¿Qué pasa si te digo que no?

—Entonces me voy.

Félix la mira fijamente, evaluando si lo dice en serio. Ella mantiene el rostro impasible, desmintiendo a su corazón, que late con fuerza.

—Hecho —responde al final—. Buena suerte para encontrarle algún uso a esa perra britana. Aunque estoy seguro de que tu patrón estará encantado con tener a otra puta codiciosa a la que alimentar.

Amara se vuelve hacia Philos para que le entregue las tablillas. El rostro del esclavo es inescrutable, pero sabe que debe de temer lo que su amo dirá sobre tener dos esclavas de burdel, por no mencionar cómo se las arreglará ella para pagar esa enorme deuda.

—Antes de firmar —dice Amara— hay una última condición. La venta solo mencionará a Británica. Quiero que liberes a Victoria, no que me la vendas. Los seis mil serán una compensación por tu generosidad.

Victoria grita y está a punto de caer de rodillas por la conmoción. Philos se adelanta y la coge del codo para afianzarla. Félix no responde y Amara no sabe si lo ha sorprendido o no.

—¿Por qué no la liberas tú? —pregunta, aunque ya sabe la respuesta—. Ah, ¡ya veo! Tú también eras una esclava hace demasiado poco tiempo como para hacer eso. —Félix le chasquea los dedos a Amara del modo en que lo hacía cuando todavía era de su propiedad—. Primero firma por el dinero y yo la liberaré.

—Libérala y luego firmo.

—Si me permitís la sugerencia —dice Philos, que da un paso al frente antes de que Amara y Félix puedan empezar a regatear otra vez—. Redactaré un contrato diferente. El pago será tanto por transferir la propiedad de la esclava conocida como Británica como para compensar a Félix por concederle la libertad a la esclava llamada Victoria. De ese modo, tanto el dinero como el don de la libertad son legalmente vinculantes. Si no se hace el pago, Félix recuperará a las dos mujeres. Si no libera a Victoria, o no entrega a Británica, no se hará ningún pago.

Amara se da cuenta de que a Félix no le gusta aceptar sugerencias de un esclavo, pero Philos mira al antiguo amo de Amara con una expresión apacible y sin cuestionamiento alguno que no da indicio del desagrado que siente. «Así mira a Rufo», se percata ella en ese momento.

—Ponlo por escrito —le indica Félix a Philos— y, cuando ambos lo hayamos leído y firmado, le daré su libertad.

—Quisiera llamar a Zoskales como testigo —le dice Amara.

Félix se encoge de hombros.

—Llama a quien quieras. —Uno de los bebedores va a buscar al tabernero.

Félix y Zoskales firman primero y luego Philos le entrega la tablilla a ella. Amara estudia por un momento el acuerdo, tratando de no enfocarse en la exorbitante tasa de interés de Félix, y firma. Philos también lo hace y lo sella en nombre de ella.

Félix se vuelve hacia Victoria y la coge de la mano. Amara puede ver que su amiga está temblando.

—Victoria, frente a testigos y a la vista de los dioses, te concedo tu libertad —declara—. Ahora tomas mi nombre como Gaia Terencia Victoria, liberta. —Victoria empieza a llorar, abrumada, y Amara recuerda el momento en que Rufo le dio la libertad y cómo el tiempo se detuvo cuando su corazón no fue capaz de asumir la magnitud del hecho. Félix tira de Victoria para acercarla y la besa—. Ahora eres libre —le dice, y le acaricia con ternura el cabello para quitárselo del rostro—. ¿Serás mi esposa?

Todos se quedan en un silencio atónito. Victoria le devuelve la mirada a Félix y, en ese instante terrible, Amara sabe que dirá que sí.

—¡No! —grita Berenice—. ¡No! —Aferra a Victoria y tira de ella para arrancarla de las manos de Félix—. ¡No lo hagas! —le grita y le sacude los hombros—. ¡No lo desperdicies, no me hagas eso! —Apunta hacia Amara—. ¡Te ha elegido a ti! ¡Podría haberme ido con ella! Podría haber sido yo la que se fuera. Podría haber sido yo. —Berenice se desploma en el suelo entre sollozos y Amara se apresura junto a ella.

—Lo siento —le grita, y la coge entre los brazos—. Lo siento tanto. ¡Se lo debía a ella! Tenía que elegirla, tenía que hacerlo.

Victoria baja la mirada hacia sus dos amigas, que lloran hechas un ovillo, mientras que la costosa capa de Amara está ahora arrastrándose por la tierra. Luego se vuelve hacia Félix.

—La respuesta es no.

6

> Aún puede sentir los golpes de su amo y quiere pasárselo bien.
>
> Petronio, *El satiricón*

Amara se queda mirando a Victoria. El kohl alrededor de sus ojos se ha corrido por sus lágrimas y parece aterrada, pero sigue logrando sostenerle la mirada a Félix. Victoria lo ha amado tanto tiempo y ha soportado tantas crueldades que casi no parece posible que haya encontrado el valor para dejarlo. Amara apenas puede creerlo y, por la expresión de su rostro, Félix tampoco. Algunos de los hombres de la muchedumbre emiten risitas al ver cómo la puta rechaza a su proxeneta. Amara los teme y sabe que su antiguo amo jamás perdonará tal humillación.

Félix no reconoce la respuesta de Victoria. En lugar de ello, se inclina para poner a Berenice de pie con violencia antes de propinarle un fuerte golpe en la parte posterior de la cabeza. Amara emite un grito y Philos da un paso hacia delante, como para intervenir. Félix se vuelve hacia él y le lanza una mirada del más intenso desprecio. Philos da un paso atrás. Todos saben que el dueño legal de Berenice puede hacer lo que desee con ella.

—No te retrases en tus pagos, Amara —exclama Félix mientras abandona la plaza, arrastrando a Berenice tras él—. Espero verte aquí, ¡en persona!

Amara siente que podría vomitar. Dentro de su cabeza, todavía puede oír las palabras de Berenice. «Podría haberme ido con ella.» Victoria coge su mano y Amara se percata de que Victoria está temblando y de que apenas puede tenerse en pie.

—Ahora estás a salvo —le dice a su amiga abrazándola, y trata de enfocarse en la amiga que ha elegido, no en la que ha dejado atrás.

Philos se les acerca.

—Necesitamos ir a por la otra mujer y marcharnos —susurra—, antes de que las cosas cambien. —Amara mira a su alrededor. Todavía hay un grupo de hombres en la plaza y las están observando. Acaba de revelar que tiene varios miles de sestercios de sobra, un blanco más que invitador para los ladrones.

Zoskales parece compartir su ansiedad. Agita las manos hacia los hombres que todavía se congregan a su alrededor.

—Se acabó la diversión —declara, pastoreando a los clientes hacia la taberna—. Todavía hay mucho que beber allí dentro.

Philos aprovecha la distracción y con prisa las lleva a ella y a Victoria por el camino hasta el burdel. Thraso, el capataz de Félix, hace guardia frente a la puerta. Verlo allí, exactamente como lo recuerda Amara, es como dar la vuelta a una esquina para toparse con su pasado. Detrás de él, el edificio constituye una presencia malévola, saturada de infelicidad, de la peste del hollín y de la sensación de miedo. Puede oír a Berenice sollozando en el interior.

—¿A la britana? —pregunta Thraso, que sacude la cabeza cuando se aproxima—. ¿Quieres a la maldita britana?

—Dámela —ordena Amara. No tolera estar ahí un minuto más, de pie ante el umbral de sus pesadillas mientras oye el sufrimiento de Berenice—. Me pertenece.

Thraso se queda mirándola hasta que el recuerdo de sus golpes regresa a ella de manera tan intensa que casi puede sentirlos sobre la piel.

—Espera aquí.

Unos momentos después, emerge Británica, parpadeando en la luz del día. Es casi tan alta como Thraso y parece todavía más descuidada de lo que Amara recuerda. Su cabello pelirrojo luce trasquilado y corto como el de un hombre, y una deshilachada túnica exhibe sus brazos pálidos y musculosos. El rostro de Británica se ilumina con una sonrisa cuando ve a Amara.

—Vienes a por mí —carraspea, casi empujando a Thraso al salir hasta la calle.

—¡¿Esa cosa habla?! —exclama Thraso. La negativa de Británica a hablar una sola palabra en latín siempre fue una de sus muchas formas de resistencia a la vida en el burdel.

Británica se da la vuelta de repente. Hierve de cólera.

—Sí, ¡hablo! —Escupe a los pies del capataz—. ¡Vete a la mierda!

De no haber sido por tener la ventaja de la absoluta sorpresa de Thraso, Británica habría sentido la fuerza de su puño contra el rostro. En lugar de ello, Philos aprovecha el instante de asombro para alejarlas del peligro. Empiezan a correr, ignorando las amenazas que Thraso lanza a sus espaldas. Amara mira hacia atrás. No los está siguiendo; se mantiene en su puesto frente a la puerta del burdel. Félix debe de haberle dado órdenes para dejarlos ir.

La Guarida del Lobo desaparece cuando dan la vuelta a la esquina y se pierden entre un grupo de mujeres que hacen fila para entrar a los baños. Se abren paso entre ellas, intentan no tropezarse con los pies ni los ropajes de nadie. Dentro de la muchedumbre, Amara nota la histeria que surge dentro de su pecho, como una burbuja en busca de aire. Su horror por haber abandonado a Berenice empieza a desvanecerse, superado por la creciente sensación de gozo ante su escape. Coge la mano de Victoria con fuerza. La enormidad de la libertad apenas empieza a calar; puede verlo en la manera ebria en que Victoria contempla sus alrededores, como si apenas los estuviera advirtiendo al comprender que su vida le pertenece ahora solo a ella.

Sobre la Vía Veneria, la gente se vuelve para ver al extraño trío de mujeres, con Philos detrás de ellas. Un grupo de clientes que sale de una panadería las señala con descaro antes de empezar a reírse. Amara descubre que no le importa. Desde que Rufo la liberó, ha disfrutado de todos los lujos de ser una mujer mantenida, junto con su aislamiento. Ahora ya no está sola.

Giran hacia su calle. Está encantada ante la mirada de asombro de Victoria al ver todas las telas que se exhiben cuando llegan a la fila de tiendas de ropa.

—¿Aquí? ¿Vives aquí? —exclama Victoria mientras pasea los dedos por el lienzo de lana roja que cuelga de la entrada de la tienda de Vírgula. Esta sale para saludar a Amara y se detiene, perturbada por el estado que presentan las nuevas acompañantes de su vecina.

Philos está parado frente a la puerta, esperándolas, haciéndole gestos a Amara para que se dé prisa. Los lingotes de latón que sobresalen de la puerta a medio abrir brillan como oro en la luz. Amara se disculpa con Vírgula y le promete regresar, y acompaña a sus amigas al interior del estrecho pasillo. En cuanto entran, Philos le ordena a Juvento que cierre los postigos y después da la vuelta para enfrentarse a Amara. Parece hecho trizas.

—Pero ¡¿qué has hecho?!

—Lo que tenía planeado hacer —responde con parquedad, disgustada con el tono de Philos.

—¡¿Seis mil sestercios?! —exclama. Su tono de voz es cada vez más estridente—. ¡Eso es el doble de lo que valen y el doble de lo que tienes! —Philos señala a Victoria—. ¿Crees que alguna vez estará a salvo ahora que se ha enemistado con Félix? ¿Crees que alguno de nosotros logrará estarlo jamás? ¿Y cómo puedo explicar...? —Se detiene, sin palabras para describir a Británica—. ¡Rufo se pondrá furioso! ¡Lo estás poniendo en ridículo! —Amara jamás había visto enfadado a Philos y le sorprende la pasión que detecta en su voz.

—Estoy segura de que puedo convencer a Rufo —responde, desestimando su enfado y encogiéndose de hombros—. Y no era mi intención engañarte. Británica ha sido una idea de última hora.

—¡Tú no eres el ama de esta casa! —le contesta Philos, bajando la voz para que Juvento no pueda oírlo—. No tienes nada. Todo lo que se encuentra aquí le pertenece a él, incluyéndote a ti. Lo único que posees es su amor, y lo despilfarras. —Se aleja, demasiado enfurecido como para decir nada más. Ella lo ve alejarse al tiempo que siente que su ansiedad se agudiza.

—Vaya —tercia Victoria levantando una ceja de la manera irónica que a Amara tanto le gusta y que tanto recuerda—. Encantador el esclavo que tienes por aquí.

—No es mi esclavo —la corrige Amara.

—No —coincide Victoria de manera solemne—, y lo acaba de dejar más que claro. —Amara no puede evitar sonreír, a pesar de que la broma la incomoda—. Lo que sí puedo decir es que es de lo más fina, esta casa que no te pertenece.

Victoria se da la vuelta para mirar en torno al atrio. Amara observa la casa con ella, como si lo hiciese por primera vez. El techo elevado sobre ellas, con su pequeño espacio cuadrado abierto al cielo y los rayos de sol cayendo sobre el estanque de agua de lluvia que se encuentra debajo. Sobre las paredes, las columnas pintadas engañan a la vista, y, en medio de ellas, hay pequeños retablos con escenas de la vida de Venus. El estanque no es de mármol, sino que está recubierto con restos de ánforas; la casa es pequeñita comparada con las grandes mansiones en las que ella y Dido solían presentarse, pero Amara sabe que es como un palacio en comparación con el burdel.

—Cuando hayamos explorado todo el lugar —afirma

Victoria, con los ojos brillantes de la emoción—, ¿crees que alguno de los sirvientes que no te pertenecen nos podrán dar algo de beber para que podamos disfrutar de nuestra libertad inexistente?

—Beber primero. —Es Británica. Brincan al oír su voz, con su acento áspero e inusual. Está parada en la entrada, con las piernas bien abiertas, impasible ante el mosaico de estrellas bajo sus pies. Detrás de ella, Amara puede ver a Juvento, que no le quita los ojos de encima, incapaz de ocultar la curiosidad que le despierta esta extraña mujer.

—¿Va a acompañarnos? —susurra Victoria, cogiendo a Amara por el codo para tratar de apartarla del alcance del oído de la otra mujer.

—Por supuesto —responde ella—. Podemos ir a mis habitaciones y beber algo de vino, y os conseguiré algo de ropa nueva a las dos. Después, podemos ver la casa.

Victoria levanta las cejas, pero no dice más. Británica las alcanza con un par de zancadas. Amara se siente intranquila debido a que incluso hoy, en un día que no debería estar más que lleno de felicidad, las dos mujeres no pueden ocultar su antipatía. Llama a Martha, le pide que traiga agua para el baño y se dirige a sus aposentos. Sus dos amigas la siguen.

La primera habitación de Amara es apenas lo bastante grande como para recibir invitados, con un sillón y una mesa lateral, además del tocador donde Martha le arregla el cabello. Observa el friso negro que corre alrededor de las paredes. Pálidas ninfas juguetean por él, cantando y tocando la lira, con volutas de seda color rosa y amarillo envolviéndoles las extremidades como si se tratara de humo. Las ninfas son la razón por la que Rufo le dijo a Amara que había elegido la casa, para celebrar sus habilidades musicales. Al invitar a sus amigas al interior, siente una oleada de gratitud y afecto por él, seguida de una sensación de intranquilidad. ¿Acaso existe alguna posibilidad de que su amante pueda enfurecerse tanto como teme Philos?

Victoria lanza un chillido de emoción al ver el tocador.

—¡Tienes un espejo! ¡Y es de plata! ¡Y mira todas estas botellas! ¿Puedo probar tu perfume? ¿De qué es? ¡Déjame ver! —Quita el tapón de la botella sin darle a Amara oportunidad alguna de responder y pone un pequeño toque de jazmín destilado sobre su muñeca. Martha, que regresa con una tina llena de agua y un hato de paños sobre el brazo, se muestra sorprendida al ver a una desconocida manipular las cosas de Amara.

—Puedes dejar las cosas, Martha —le dice Amara—. Nosotras nos encargamos. Solo tráenos en un rato algo de vino y pastelillos. —Martha asiente, evidentemente decepcionada por tener que abandonar una fuente tan abundante de chismes. Tan pronto como se marcha, Victoria y Británica se desnudan y empiezan a echarse agua encima mientras se frotan con los ásperos paños para limpiarse. Amara entra en su dormitorio y abre el cofre de su ropa, de donde saca dos de los tres vestidos con los que Plinio la obsequió. Les tiene más afecto a ellos que a todas las vestimentas que Rufo le ha regalado, pero no puede arriesgarse a ofender a su amante deshaciéndose de lo que le ha dado.

—Yo quiero el amarillo —anuncia Victoria, capaz de detectar la prenda más fina desde el otro lado de la habitación—. El rojo le irá mejor al cabello de Británica.

Esta última se acerca para inspeccionar su nueva toga y la levanta del sillón con una expresión dudosa. Su cuerpo desnudo le recuerda a Amara a Félix; es toda músculos y ángulos. De su cuello cuelga un rústico amuleto de cuero, una mancha oscura contra la piel blanca como la piedra caliza. Es el regalo que Amara eligió para ella durante las Saturnales, una pieza mojada en la sangre de un gladiador. Recuerda haber comprado el amuleto acompañada de Dido y tiene que sofocar el pensamiento que le sigue: «Ojalá fuera Dido la que estuviera aquí». Británica arruga la tela roja de la vestimenta de Plinio frente a su cuerpo con movimientos torpes y después la deja a un lado.

—¿Túnica?

—Pero esta es más bella que una túnica —le asegura Amara.

—Túnica mejor para mí —insiste Británica.

—Es una esclava de verdad. Tiene razón, una túnica corta podría sentarle mejor —afirma Victoria—. Quizá Philos tenga una que le sobre.

—¡Sí! ¡Mucho mejor! —responde Británica malinterpretando las bromas de Victoria—. Yo le pido.

—¡No! Por favor, no lo hagas —responde Amara, horrorizada ante la idea de una Británica desnuda buscando a Philos para pedirle que le preste algo de ropa. Victoria se ríe de manera incontrolable—. Le pediré a Martha que te compre una nueva. Mientras tanto, te ruego que intentes usar esta. Mira, yo te ayudo. —Da vueltas alrededor de Británica, doblando la tela y arreglando los pliegues del vestido rojo. El dobladillo apenas le llega a las pantorrillas.

Mientras tanto, Victoria se envuelve en la prenda color amarillo. Le sienta mucho mejor de lo que jamás le sentó a Amara. Victoria estira los brazos para ver la caída de la tela al tiempo que la acaricia, y Amara se percata de que hace un esfuerzo por no llorar. Recuerda cómo su propia libertad la hacía sentir de la misma manera, esos momentos repentinos de dicha e incredulidad.

—Estás bellísima —le dice.

Victoria coloca una mano sobre su corazón.

—Gracias —responde—. Jamás, nunca, podré pagártelo.

Martha regresa con la bandeja, y está a punto de tirarla cuando ve a Británica sentada en el sillón.

—Pensaba... —tartamudea—. Perdón, pensaba que se trataba de un hombre.

—Difícilmente invitaría a un hombre a mis aposentos privados, ¿no crees? —espeta Amara—. Déjala y vete, por favor. —Martha casi deja caer la bandeja, la coloca con poca delicadeza sobre la mesa lateral y tira algo de vino. Después, se apresura a salir de la habitación.

Victoria casi no puede respirar de la risa y, esta vez, Amara la acompaña. Incluso Británica sonríe.

—¡Parezco hombre! —exclama, estirándose más para demostrar su fuerza.

Las tres beben el vino juntas, cada vez más ebrias por la emoción. Británica no dice mucho, y es evidente que comprende más de lo que puede decir, pero Victoria le hace infinidad de preguntas a Amara, desesperada por saberlo todo acerca de su vida. Más que nada, quiere saber cuándo podrá conocer a su patrón por fin.

—¡Qué hombre tan generoso debe de ser como para permitirte comprarme!

—Todavía no lo sabe —admite Amara—. Le dije que estaba pensando en comprar algunos músicos. Pensé que podrías cantar para él.

—¡Por supuesto que lo haré! —responde Victoria—. Puedo cantarle cada hora de cada día si eso es con lo que disfruta. ¿Querrá algo más de mí? —Su tono es de lo más directo y deja claro que su cuerpo está tan a disposición de Rufo como su voz.

—No —responde Amara, nada contenta con la sugerencia—. Rufo es un romántico. Creo que eso lo ofendería.

—Pues podrías preguntárselo —insiste Victoria—. A mí no me molestaría.

—A mí, sí —declara Británica, cruzando los brazos.

Victoria emite un bufido, pero Amara intuye el temor de Británica.

—Lo sé —asegura—. Y jamás, nunca, te obligaré a que yazcas con un hombre, te lo prometo. —Coloca una mano sobre el antebrazo de la britana—. Esa parte de tu vida ha llegado a su fin. Nadie te tocará.

Británica aprieta los dientes, reacia a mostrar debilidad, pero Amara puede ver las lágrimas de alivio que empiezan a acumularse en sus ojos.

—¡Pues yo espero que esa parte de mi vida no haya llegado a su fin! —sostiene Victoria haciendo una mueca burlesca.

—No, si no deseas que así sea —afirma Amara—. Mi esperanza es que logres captar la atención de alguno de los invitados que Rufo trae a esta casa.

Victoria se levanta del sillón de un brinco y da vuelta tras vuelta en su nueva vestimenta al tiempo que empieza a reír. Coge las manos de Amara y empieza a darle vueltas a ella también.

—¡El resto de la casa! —exclama—. ¡Muéstrame el resto!

Las tres salen de la habitación como niñas. Amara no ha sentido tal dicha sin límites desde que llegó aquí. Lleva a sus amigas hasta el tablino, el comedor junto al atrio, y después se dirigen a las tres habitaciones del piso de arriba.

—Esta puede ser la tuya —le dice Amara a Victoria mientras caminan por el balcón interno—. Más adelante podremos arreglarla mejor.

La habitación es blanca, al igual que su estudio privado, y se encuentra casi vacía, salvo por un viejo sillón y una mesita demasiado deslucida como para colocarla en otro sitio, pero Victoria parece encantada. Amara las lleva a una de las habitaciones mucho más pequeñas situadas junto a la primera, que apenas es un poco más grande que la celda del final, donde duerme Martha. Le sonríe a Británica, sintiéndose un poco avergonzada ante la evidente diferencia.

—¿Y esta te parece bien para ti? —Británica asiente.

—¿Y qué hay del jardín? —prorrumpe Victoria—. ¡No puedo creer que tengas una fuente! —Corre escaleras abajo antes de que Amara pueda advertirla acerca de la pintura. Para cuando Amara la logra alcanzar, Victoria ya está de pie, inmóvil, frente a la gigantesca figura de Dido. Se vuelve hacia Amara con los ojos abiertos de pasmo.

—¿Qué has hecho?

—Recordarla.

—Pero ¡Dido jamás ha sido así! —Victoria gesticula hacia la pared, con su atroz carnaval de muerte—. Era gentil y amable. ¡Esto es horripilante! Dido jamás ha odiado a nadie, ¡y mucho menos habría deseado lastimarlos!

—¿Cómo es que sabes lo que su sombra querría? —pregunta Amara—. ¿Acaso Dido no tiene derecho a vengarse?

—Pero ¡Balbus está muerto! —afirma Victoria, refiriéndose al asesino que quiso matar a Félix, pero que alcanzó a Dido con su cuchillo. Señala al ciervo—. Y entonces ¿quién es ese?

—Sabes bien de quién se trata —responde Amara. Las dos mujeres se sostienen la mirada, hasta que Victoria se acobarda ante la frialdad de Amara. Vuelve por el atrio al vestidor de Amara, con los hombros encogidos de angustia.

Británica estira una mano y pesca el brazo de Amara, impidiéndole que vaya detrás de Victoria.

—Déjala.

Las otras dos mujeres de Félix se mantienen de pie, una al lado de otra, en el jardín, contemplando a su antigua compañera. Amara recuerda cómo Británica sostuvo a Dido entre sus brazos mientras moría y cómo arriesgó su propia vida intentando salvarla. Británica mira la pintura con una expresión de lúgubre satisfacción y Amara intuye que aquí, por lo menos, hay una persona que de verdad comprende lo que ha hecho. Entonces Británica se da la vuelta para verla.

—¿Qué es *idea de última hora*?

Amara abre la boca para explicarle el significado, pero se da cuenta de que Británica ya lo conoce.

7

Un problema pequeño se hace más grande
si lo ignoras.

Grafiti en Pompeya

Las tres mujeres cenan en las habitaciones privadas de Amara. No se necesita mucho para ganarse a Victoria después del impacto de la pintura; siente demasiada felicidad ante su libertad. Británica, por el contrario, parece volverse más suspicaz a medida que Victoria se relaja. Amara percibe el creciente alejamiento de la britana. Se marcha poco después de comer y se dirige a su pequeña celda, donde Amara sabe que Martha ha colocado un colchón de paja y una nueva túnica.

Victoria desestima la intranquilidad de Amara.

—Pero no seas ridícula. —Suspira y se recuesta sobre el sillón junto a ella—. ¡Tiene suerte de estar aquí! ¿Y por qué demonios la compraste, por cierto?

—Félix no iba a darme a Berenice. Sin embargo, pensé que podría convencerlo de dejar ir a Británica.

—Pero ¿qué harás con ella? —persiste Victoria—. No puedo imaginarme que sea muy musical que digamos; a menos que sea para corear alguna marcha bélica a todo grito.

—Confío en ella —responde Amara—. Está aquí para protegerme; y para protegerte a ti. Solía observarla en el burdel; sabe pelear. Me gustaría aprender a protegerme a mí misma.

—Pero para eso tienes a los hombres —refunfuña Victoria—. Casi sería más amable venderla a alguien; además de que podrías recuperar parte de tu dinero.

Amara se incorpora de manera casi violenta, apartando a Victoria de donde se encuentra, reclinada contra su hombro.

—¡Jamás vuelvas a decir eso! —Está preparada para una pelea; ella y Victoria tuvieron suficientes encontronazos en el burdel, pero, en lugar de ello, Victoria se limita a poner los ojos en blanco.

—Está bien —accede—. Ahora tú mandas.

—No he querido sonar así —se excusa Amara, disgustada por la sensación de estar por encima de su amiga—. Te estoy pidiendo que no lo digas porque me altera. No te lo estoy ordenando.

—Lo siento —se disculpa Victoria acercándose para abrazarla—. No era mi intención portarme como una arpía. —Se abrazan un momento y, cuando se apartan, Amara puede ver las lágrimas que corren por el rostro de Victoria—. Estoy tan contenta y me siento tan agradecida. No puedo expresar lo agradecida que estoy por lo que has hecho. Jamás podré pagarte esta deuda.

—Está más que pagada —responde Amara—. Una y mil veces.

Se miran la una a la otra. Es el secreto inexpresado que siempre compartirán; el hombre al que Victoria mató para salvarle la vida a Amara. Ninguna de las dos sabe cómo se llama; solo que lo mandó el rival de Félix, Simo, para vengarse del ataque que Félix ordenó en contra de Drauca, su puta más valiosa.

—No volvamos a hablar de eso —susurra Victoria, ante lo cual Amara le aprieta la mano. Victoria suspira, todavía cercana al llanto—. No puedo creer que sea libre. Es tan abrumador.

—Te entiendo. A veces me siento así. De hecho, me siento así a diario desde que me fui del burdel.

—¿Tienes miedo de ser libre?

—Sí, muy a menudo.

Victoria se seca los ojos.

—Quizá me sienta mejor cuando lleguen los hombres —dice en un tono más alegre, y Amara sabe que trata de aligerar el ambiente, como siempre hace—. Por lo menos, sé para lo que sirvo.

—Ni pienses que te puedes quedar con Rufo —replica Amara en broma sin siquiera preocuparse de que Victoria pudiera ser del tipo que le agrade a su amante—. Pero espero que puedas entretener a Helvio, el candidato con el que quiere trabajar. Hechízalo con tus cantos. Pero tendrás que limitar la conversación. Al parecer, es de lo más pomposo.

—¡Uy, yo puedo ser de lo más pomposa! —exclama Victoria—. Y estás equivocada en cuanto a lo de intentar no hablar tanto. ¡Todos los hombres desean oír lo maravillosos que son! Solo tengo que elogiarlo por sus excelentes habilidades con algo que no sea su pito. Por lo menos, durante la cena. —Las dos mujeres se ríen. Amara alcanza el vino y llena sus copas. Victoria toma un sorbo de la suya, con la expresión más seria—. Casi todos los hombres son así —matiza. Las dos mujeres se miran fijamente. Amara sabe a qué hombre se refiere Victoria.

—Siento mucho todo lo que te hizo —dice Amara—, pero por lo menos ¡jamás podrá hacerte daño de nuevo!

—No te imaginas cómo me ha mirado cuando lo he rechazado hoy. Pensaba que me mataría. —Victoria tiembla y Amara vuelve a cogerla entre sus brazos, apretándola con fuerza—. Ha sido de lo más aterrador desde que te marchaste. No tienes ni idea.

El odio empieza a arder en el pecho de Amara.

—Desearía poder matarlo.

—No me gustaría que lo hicieras. Es difícil de explicar, pero no creo que pueda contenerse. Y su vida... Todo lo que ha sufrido.

—No es una excusa. —Amara no está dispuesta a admitir todo lo que sabe de la infancia de Félix para no tener que simpatizar con él—. No importa lo que haya sufrido, no tendría que atormentar al resto del mundo por ello.

—Después, solía rogarme que lo perdonara y me decía lo mucho que me amaba, y yo solía creerlo. Pero la última vez que me pegó insistió en que era mi culpa. Que solo una idiota toleraría lo que me hacía. Que era una estúpida por quererlo.

—Pero no lo has tolerado. Lo has abandonado, y no sabes lo orgullosa que me siento de ti por hacerlo. —Amara se desenreda de su abrazo y coge el rostro de Victoria en sus manos—. Sé que te ha dolido dejarlo, pero es un monstruo. Nunca, pero nunca te mereció. Espero que pague una y mil veces por todo lo que te hizo. Espero que muera en la calle, como un perro.

Victoria da un respingo ante la violencia de las palabras de Amara.

—Sé que tengo que olvidarlo; lo sé. Pero, de todas maneras, no aguanto pensar en que sufra, así que te ruego que no digas ese tipo de cosas.

Amara está a punto de objetar, pero ve la angustia en el rostro de Victoria y piensa en la valentía que debe de haber necesitado para dejar atrás a Félix.

—Lo siento. Lo que pasa es que me alegro de que ahora estés a salvo.

Se quedan despiertas un rato más, planeando las canciones que Victoria podría cantar para gustarle a Rufo la primera vez que lo conozca, así como los gestos más modestos que tendrá que aprender, pero Amara se percata de que Victoria está exhausta. Insiste en mandarla a la cama y la acompaña al otro lado del atrio. Amara observa desde el pie de la escalera mientras la luz de la llama de la lámpara de aceite de Victoria asciende, ilumina el pasillo, baila entre las vigas y, al fin, desaparece, junto con su amiga, tras la oscuridad de su puerta cerrada. Espera que la habitación no esté demasiado fría. Le ha pedido a Martha que añadiera algunas mantas.

Amara se queda sola en el centro de su casa. Mira hacia el oscuro techo. Es una noche despejada. En el cuadrado de negro más profundo que corresponde a la abertura que da al cielo puede ver las estrellas brillando. Fuera, las calles están casi en silencio. Ahora, el sonido más fuerte es el del murmullo de la fuente. Amara se coloca el manto alrededor de los hombros y se dirige al jardín. El rumor del agua la guía. Ve la caída de los pequeños chorros de agua, que brillan cuando atrapan la luz de la luna antes de dibujar círculos concéntricos de plata sobre el estanque negro que está abajo. Amara se inclina y sumerge los dedos en el agua antes de sacarlos con un chapoteo, impactada por el frío.

De reojo, alcanza a percibir algo de movimiento. Su terror se ve reemplazado casi de inmediato por el alivio. Incluso en la oscuridad, puede adivinar su silueta.

—¿Philos?

Se queda inmóvil al instante.

—No quería molestarte.

Amara no puede verlo con claridad; solo oye su voz desde las sombras.

—No tienes ningún motivo para ocultarte en esa esquina. Esto es ridículo.

El hombre se dirige hacia la fuente. Su rostro se ve iluminado por el reflejo de la luna sobre el agua y, en ese momento, Amara sabe, al verlo, lo que siempre ha sabido, pero ha elegido no ver. Es un hombre más atractivo que Rufo. Da un paso atrás.

—Siento mucho lo de antes —dice, turbada—. Te prometo que no te mentí acerca de Británica. De verdad que no lo tenía planeado.

Quizá porque es de noche o quizá porque sus caóticas acciones han puesto las jerarquías habituales patas arriba, Philos no se limita a excusarse y a marcharse. En lugar de ello, la mira, de la manera en que podría mirar a Victoria, como a una igual.

—Me he dado cuenta —le contesta—. Estaba enfadado en ese momento. Todavía lo estoy, pero no contigo.

—¿Con quién, entonces?

—Conmigo mismo; por permitirte que lo hicieras.

—No seas condescendiente conmigo —le advierte Amara—. No soy ninguna niña como para que me salves de meter la mano en el fuego. Sé lo que estoy haciendo.

—No tienes ni la más mínima idea.

—¿Te preocupa que Rufo se enfade? Creo que estás equivocado, creo...

—No tienes ni idea de quién es Rufo —la ataja Philos— y, por alguna razón, haces oídos sordos a lo que significa deberle tanto dinero a Félix. —Amara no responde, pero nota cómo el temor se hunde en su piel, como el frío aire de la noche—. No te culpo por elegir olvidarte de tu vida anterior, pero yo no la he olvidado. Fui yo quien tenía que ir al burdel a recogerte semana tras semana y devolverte al mismo lugar. Dejarte en ese sitio no era más que agonía, Amara. Rufo te dejó allí durante meses. —Se detiene. De nuevo, el único sonido que puede oír Amara es el rumor de la fuente, pero en esta ocasión no la tranquiliza. No puede pronunciar palabra—. Rufo te pudo haber comprado en cualquier momento, pero eligió esperar hasta las Saturnales porque le resultaba más placentero. ¡Todo ese tiempo, Amara! Todo ese tiempo te dejó con Félix, que sabía que era violento. Cuando se suponía que estaba enamorado de ti. Tendrías que ser tonta para confiar en tu influencia sobre un hombre así.

—Pero ¿y esta casa? ¿Y todo el dinero que se ha gastado para instalarme aquí? ¿Las lecciones de arpa, la ropa? ¡Me ha dado mi libertad! ¡No es poca cosa!

—No, no lo es; coincido. Es más de lo que sé que Rufo le ha dado a ninguna mujer, y tal vez eso signifique que te mantendrá unos años. Sin embargo, en el pasado, sus caprichos han durado poco. En algún momento dado todo esto podría desaparecer, y no querrás estar endeudada si eso sucede.

Los ojos de Amara se acostumbran a la oscuridad y logra ver la silueta de un banco. Camina hasta él y se sienta.

—Tengo que encontrar alguna manera de pagarle a Félix, y no puedo pedírselo a Rufo.

Philos se sienta junto a ella, dejando un espacio menos evidente de lo normal.

—¿Victoria estaría dispuesta a cantar en fiestas para ti? ¿Como alguna vez lo hacíais tú y Dido? Eso podría generarte una buena cantidad.

—Pero no basta con mandar a una mujer sola. Victoria necesita un acompañante y yo no podría hacerlo; Rufo jamás estaría de acuerdo.

—¿Crees que Drusila estaría dispuesta a invertir en un flautista?

—Podría preguntárselo, pero no sé lo que dirá cuando se percate de que ya he adquirido a una cantante. Y más si es una vieja amiga mía. No es lo que discutimos. —Amara se vuelve hacia Philos. Es mucho más bajo que Rufo y sus ojos están casi al mismo nivel—. Tienes razón. Hacer esto no ha sido para nada inteligente; pero lo hecho hecho está, y ahora tengo que lograr que funcione. Sé que dices que no puedo depender de Rufo, pero Félix es quien más me preocupa. Tengo que pagarle. ¡Tengo que hacerlo! —Por un instante, piensa que Philos va a rodearla con su brazo, pero se aleja todavía más.

—Ya has logrado mostrarte más lista que él y lo harás de nuevo —afirma—. Y, por supuesto, te ayudaré si puedo hacerlo. —Amara no responde. En lugar de ello, se quedan sentados en silencio. El espacio que hay entre los dos se siente como una tercera presencia física; ella se percata más que nunca de lo fácil que sería franquearla. Recuerda la manera en que Philos le ha rozado el brazo con la punta de los dedos fuera de El Gorrión. Un gesto tan ligero que ha sido casi imperceptible. Junta las manos con fuerza, confundida por el repentino y abrumador impulso que siente por estirar una y tocarlo. Philos se pone de pie.

—Te ruego que me perdones si he hablado demasiado esta noche. Espero no haberte alterado.

—No me has alterado —le miente Amara—. Buenas noches.

Sus pasos son tan gráciles que Amara pierde toda noción de él casi tan pronto como se aleja del banco. En su mente dan vueltas las imágenes de Victoria riéndose, de Félix esperando en su estudio, de Rufo alejando su rostro de ella, frío como la noche en que murió Dido. Y las palabras que Philos ha dejado escapar, quizá sin percatarse de su implicación. «Dejarte en ese sitio no era más que agonía.»

8

> En la finca de Julia Felix, hija de Espurio, se alquilan elegantes Baños de Venus para personas respetables, tiendas con habitaciones superiores y apartamentos.
>
> Anuncio en Pompeya,
> en las paredes externas de la villa
> de Julia Felix

El arpa llega temprano a la mañana siguiente. Se entrega junto con un mensaje para Amara dentro del ya familiar cuadernillo de cera de Rufo, con su estuche de madera grabado con la figura de un cisne. Amara lee la nota frente a la puerta antes de escribir su respuesta y dársela de vuelta al esclavo que espera. Es Vitalio, que sabe que nunca le tuvo mucho agrado.

—¡Y te manda regalos! —dice Victoria sorprendida mientras se apresura detrás de Amara, que lleva el instrumento dorado hasta sus habitaciones—. ¡Regalos solo porque sí! ¿Es porque te ama?

Amara se siente un poco abrumada.

—No es solo porque sí. Ha invitado a Helvio a cenar mañana. Quiere que toque para los dos.

—¡Yo puedo cantar contigo! —dice Victoria, casi tropezándose con ella en su afán por acercarse—. ¡Puedo cantar lo que quieras! ¡Enséñame lo que sea!

De hecho, Victoria se ha pasado cantando gran parte de la mañana, inundando con su dulce voz todas las habitaciones de la casa. Amara jamás la ha visto así de bella. El cuerpo de Victoria casi brilla con su entusiasmo por estar libre, como una llama que emerge bailando de una lámpara llena de aceite. Incluso Philos se ha quedado encantado con ella antes, mientras la miraba en el jardín. Parecía un tonto, observándola fijamente, como si Victoria estuviese cantando ¡para él! En cambio, apenas ha mirado a Amara a los ojos. Es como si su conversación de anoche jamás hubiera tenido lugar.

—Necesito invitar a Drusila —le responde Amara—. Rufo estará esperando que asista. Mi esperanza es que las tres podamos interpretar algo juntas.

—¡Uy! ¡No puedo aguardar a conocerla! —exclama Victoria—. ¿Podemos irnos ya?

Amara siente una punzada de remordimiento al ver el entusiasmado rostro de Victoria.

—Creo que será mejor que vaya yo sola —dice con gentileza—. Solo para contarle lo que ha sucedido. Drusila es... mucho más imponente que yo. Después, una vez que se lo haya explicado, la traeré para que te conozca.

—Claro —contesta Victoria, todavía sonriente, aunque Amara la conoce lo bastante bien como para saber que se siente decepcionada—. Es tu amiga. Lo mejor es que vayas tú sola.

Amara sube los escalones hasta el brillante pórtico pintado de los Baños de Venus y espera que Drusila no esté rodeada de muchas personas. Julia, la dueña, alterna los días en que los baños se abren al público entre hombres y mujeres. Drusila siempre se encuentra ahí los miércoles, y la regularidad de sus visitas les da a las demás cortesanas la oportunidad de pasar a presentarle sus respetos.

Una joven esclava recibe a Amara al llegar y ella desliza la cuota de entrada en el interior del bolso de la chica con una discreción experta. Julia gestiona sus baños para obtener ganancias mientras sigue manteniendo la ilusión de que el servicio es solo para sus amistades. Amara entra al pequeño patio cuadrado. Aquí, la sensación de privacidad es totalmente distinta a la de los baños que solía visitar cerca del burdel. Allí, una tenía que ponerse en fila en la calle, exhibiéndose para que cualquier idiota que pasara pudiera decir lo que quisiera. Aquí, las clientas esperan y beben vino juntas mientras se sientan en bancos bajo la sombra de una columnata y de una serie de paisajes míticos pintados en las paredes recubiertas de color rojo.

Ve a Drusila casi de inmediato, sentada en su sitio habitual, debajo de una escena de Teseo a su llegada a Creta; el puerto del héroe se asemeja sospechosamente a la Pompeya moderna. Julia se encuentra con Drusila, cosa que no le molesta a Amara, pero le gusta menos ver que Fulvia también está con ella. Fulvia es amiga de Drusila desde hace mucho más tiempo que Amara, pero el amante de Fulvia no es comparable con Rufo, de modo que Amara la ha suplantado dentro de la jerarquía de las cortesanas. Por eso no resulta sorprendente que Fulvia no esté nada encantada por este cambio en su estatus. Ahora, Amara se la queda mirando: su falso cabello rubio le enmarca el rostro con una trenza generosa, sin duda cortada directamente de la cabeza de alguna esclava extranjera. Se inclina hacia Drusila con un aire de lo más servil y casi tira su copa de vino sobre el banco.

—¡Amara! —Julia gesticula para que se les una, los dedos le brillan con joyas de oro—. ¡Qué gusto que hayas venido!

Le sonríe. Es más que posible que Julia finja muchas cosas para gustar a sus clientes, pero Amara siempre ha intuido una veta de amabilidad genuina que corre a lo largo de su charla profesional.

—Pero ¡mira a estas tres bellezas! —Julia suspira—. ¡Ojalá pudiera ser joven de nuevo! —Julia no puede tener mucho más de cuarenta años, y su hermoso rostro apenas tiene arrugas, pero sabe cómo halagar a sus clientas—. ¿Y cómo se encuentra tu joven y bello amigo?

—Me ha mandado un arpa esta mañana —responde Amara.

Drusila deja escapar un grito triunfal.

—¡Perfecto! —declara—. ¡Sabía que lo haría!

Las mejillas de Fulvia muestran hoyuelos cuando sonríe.

—Pero pensaba que no sabías tocar.

—Estoy aprendiendo.

—El amor joven —afirma Julia—. Estoy segura de que cada una de tus interpretaciones encantará a Rufo, sea cual sea el instrumento que toques. ¿Cómo podría ser de otro modo? —Amara comprende la insinuación, ve el brillo picaresco en los ojos de Julia y arquea las cejas. Es casi un momento de intimidad, pero la atención de Julia se desvía hacia unas cuantas clientas que acaban de llegar y a las que ve por encima del hombro de Amara—. ¡Uy! ¡Allí está Sabina! —apunta mientras se levanta del banco—. Tendréis que disculparme, queridas, solo un momentito.

Amara ve a Julia saludar a Sabina, una matrona respetable, y se fija en cómo cambia su trato para adaptarse a cada clienta. Siente admiración e, incluso, algo de envidia ante el control que Julia parece ejercer sobre su vida, moldeando los sucesos por su mera fuerza de voluntad.

—¿Pasamos a los baños? —pregunta Drusila mientras se levanta grácil del banco—. A menos que quieras una copa de vino primero. —Amara sabe que Drusila solo pregunta por educación, de modo que se levanta sacudiendo la cabeza—. Adivina quién vino a verme anoche, sin anunciarse —murmura mientras las tres caminan hacia los vestidores.

—¿Quinto? —pregunta Fulvia.

Drusila le lanza una mirada compasiva.

—Lucio —responde.

Amara finge agrado, aunque jamás ha perdonado a Lucio por no actuar como patrón de Dido.

—¿Y Quinto no se pondrá demasiado celoso?

—No se va a enterar —contesta Drusila al tiempo que se retira la capa exterior de ropa y la dobla con cuidado para guardarla en un casillero de madera—. Aunque quizá no sea tan mala idea darle una pequeña pista de lo que pasó, solo para mantenerlo interesado. Se me había olvidado lo atento que podía ser Lucio. —Sonríe al recordar la noche anterior—. Siempre es mejor no dejarse llevar demasiado por un solo hombre. Se vuelven muy arrogantes; aunque intuyo que eso os resulta más difícil a vosotras.

Fulvia y Amara, a diferencia de Drusila, no poseen nada aparte de aquello con lo que sus patrones deciden obsequiarlas.

Las tres cortesanas se desnudan. Otro grupo de mujeres acaba de terminar de bañarse y desocupa la pequeña piscina de inmersión junto a la ventana. Amara y Fulvia esperan mientras Drusila se hunde primero en el agua helada. La piscina se encuentra en un pequeño rincón que da al enorme jardín de Julia. Amara contempla la vista. Las hojas apenas empiezan a brotar en los frutales. En verano, este sitio debe de ser un refugio donde alejarse de la acalorada y polvosa ciudad. Drusila chapotea dentro de la piscina, haciendo una mueca a causa del frío, y sale veloz. Fulvia entra a continuación, metiéndose de un brinco antes de que Amara tenga ocasión de hacerlo.

Cuando le toca su turno, Amara ya está temblando antes de meterse en el agua.

—Te estás quedando muy delgada —dice Drusila mientras coloca la palma de la mano con delicadeza sobre las costillas de Amara. El contacto hace que Amara dé un respingo. Su piel, que refleja el color de las paredes del rincón, se ve azul. Un mosaico de Venus, hecho de conchas, parece moverse bajo las ondas que se dibujan en el agua—. No puedo creer que a Rufo le guste verte así.

Fulvia no capta la preocupación en la voz de Drusila.

—Mi madre siempre me decía que una chica de buena cuna debía tener las curvas de Venus —dice sin dejar pasar la oportunidad de menospreciar a una rival—. Es lo que los hombres esperan. —Aprieta los labios mientras contempla el cuerpo de Amara con satisfacción—. Solo las esclavas son delgadas.

Amara piensa en Philos, sentado en el jardín, abrazándose para protegerse del frío. «Estoy incluso más delgada que él», piensa. El recuerdo de él de la noche anterior trae consigo una oleada de vergüenza inesperada. Amara se da cuenta de que no puede pensar en la respuesta cortante que por lo general le vendría a la mente con facilidad.

—Entonces resulta evidente que tu madre es todavía más tonta que tú —le dice Drusila a Fulvia con la voz helada—. Si es que se puede. —La boca de Fulvia se abre de la sorpresa. Quizá ha olvidado que tanto Amara como Drusila alguna vez fueron esclavas. Drusila agita los dedos en señal de hartazgo—. Déjanos.

Por un momento, Amara casi siente compasión por Fulvia, parada allí, desnuda, sin nada más que su cabello prestado; pero entonces desaparece, contoneándose en dirección a los casilleros, y los hombros de Amara se hunden por el alivio de quedarse a solas con Drusila al fin.

—Entonces ¿qué sucede? —le pregunta Drusila, ayudándola a salir de la piscina—. ¿Por qué no estás comiendo como debes?

—Rufo me dijo que me estaba poniendo gorda. —Es más que consciente del agua que se desliza por su cuerpo y que se acumula sobre el suelo.

Drusila toca la serpiente de oro que rodea la parte superior de su brazo, un regalo de su anterior amo, Veranio. Amara sabe que se la dejó en su testamento, junto con su libertad. Drusila murmura el nombre de su anterior amante, casi como si Amara no se encontrara ahí.

—¿A Veranio también le gustaba que estuvieras delgada? —pregunta Amara. Drusila se la queda mirando, hay una oscuridad desconocida en sus ojos. Amara piensa en su doloroso pasado como concubina esclava en Grecia, después de la muerte de su padre, y adivina la razón del silencio de su amiga.

—Lo siento —se apresura a decir—. No he debido preguntar.

Drusila no le contesta. En lugar de ello, conduce a Amara hacia la habitación caliente, como si no hubiera dicho nada. Se ponen los zapatos de madera, que se encuentran frente a la puerta para proteger los pies de los huéspedes del suelo caliente, y atraviesan el arco para verse envueltas en espirales de vapor. La pared se siente cálida contra la espalda de Amara cuando se instala sobre uno de los bancos de piedra. Otras bañistas están sentadas en torno a la habitación y se oye el murmullo de voces femeninas y el sisear del agua mientras gotea sobre los mosaicos hirvientes.

—Fulvia es una idiota —dice Drusila al fin—. Pero lo que ha dicho es verdad. Solo una esclava debería estar tan delgada como lo estás tú. —Su mirada, cuando la vuelve hacia Amara, es penetrante—. ¿Estás segura de que Rufo te quiere así?

Amara sabe que no hay sentimentalismo en la perspectiva que Drusila tiene de los hombres. Los patrones están allí para cumplir con su propósito, para consentirlos y, de ser posible, para manipularlos.

—Sí —responde—. Creo que es lo que en alguna ocasión me dijiste. Que a Rufo le gusta que sus mujeres sean frágiles. —A pesar de sí misma, Amara se siente avergonzada, como si de alguna manera hubiera asumido las demandas de su amante como suyas.

Drusila le acaricia la mano.

—Entonces no hay razón alguna para que te sientas avergonzada —afirma—. Eres lo bastante inteligente como para reconocer sus deseos y satisfacerlos. Y el año que entra ¡es posible que se convierta en edil! Un patrón así bien vale unas cuantas comidas. —Entrelaza sus dedos con los de Amara—. Además, comprender que le guste que parezcas frágil no significa que lo seas.

—Ha invitado a Helvio a cenar el viernes —dice Amara—. Quiere que os invite a ti y a Quinto para que nosotras dos los entretengamos con el arpa.

—Pero ¡eso es maravilloso! —contesta Drusila—. Me encantaría. Y a Quinto le fascinará reírse de Helvio a sus espaldas; siempre me está diciendo lo ridículo que es ese hombre.

Los dedos de Drusila aprietan los suyos. Amara sabe que no habrá mejor momento para compartir la difícil noticia.

—Ya he comprado una música para que nos acompañe —anuncia, en un intento por mostrarse casual—. Una cantante.

—Pensaba que acordamos que serían flautistas —responde Drusila, sorprendida.

—No tendrías que compartir lo que ha costado —se apresura a decir Amara—. De hecho, es... —Su voz termina por apagarse.

—¿Es qué?

—Es una vieja amiga.

Drusila retira la mano.

—¿Del burdel? —Amara asiente, y es como si alguien hubiese corrido un velo entre las dos—. ¿La italiana vulgar o la egipcia tonta?

Amara desearía que Drusila no tuviera tan buena memoria y se maldice por haber chismorreado acerca de sus amigas. ¿De verdad había descrito a Victoria y a Berenice en esos términos tan poco amables?

—La italiana.

Drusila apoya la parte trasera de su cabeza contra la pared y emite un suspiro.

—Temía que hicieras algo así. —Cierra los ojos, agobiada por un gran cansancio—. Debí advertírtelo.

—¿Advertirme qué? —inquiere Amara, preguntándose si hay más facetas desagradables relacionadas con Rufo.

—Que es algo que se desvanece. El deseo de liberar a las personas de tu pasado. Se desvanece. —Drusila vuelve a mirar el rostro de Amara barnizado por el sudor—. Cuando murió Veranio, lo único en que podía pensar era en comprar a Procris.

—Pero ¿decidiste no hacerlo?

—No, lo intenté en varias ocasiones. La viuda de Veranio jamás quiso vendérmela. —Drusila parecía incómoda. Casi nunca hablaba de Procris, la esclava compañera que la había cuidado como una madre cuando trajeron a Drusila de niña desde Etiopía a Pompeya y a quien Drusila llegó a reemplazar en los afectos de su amo. Amara sabía que Procris alguna vez había llevado la serpiente de oro en su propio brazo antes de que Veranio se la quitara para dársela a Drusila a fin de mostrar que había elegido a una nueva concubina favorita—. Estuve semanas llorando cada noche por Procris, pero ahora, a veces, casi siento alivio. La vida que compartes cuando eres esclava... es diferente. Es posible que te encuentres con que a Victoria no le guste tenerte como patrona.

—Pero también soy su amiga.

—Y, sin embargo, no la has traído contigo hoy. ¿A qué se debe? —Drusila asiente cuando Amara no le da respuesta alguna—. Porque sabes que no es tu igual. ¿Cómo podría serlo cuando tú la compraste?

—Insistí en su libertad. No es mi esclava.

—Amara, no seas idiota. La única manera en que podrás conservarla es como música para entretener a tu amante. ¿Qué otro papel tiene más allá de servirle a él y, a través de él, a ti? —Amara vuelve a quedarse en silencio y Drusila suspira de nuevo—. Bueno, espero que de verdad pueda cantar de maravilla. Sin duda necesitará hacerlo.

Se quedan en silencio una vez más. Amara sabe que no es el momento de pedirle dinero para ayudar a comprar a los flautistas y mucho menos para contarle su plan de alquilar a Victoria para fiestas, pero se siente alentada porque, al menos, Drusila no está enfadada. Incluso parece empatizar con ella. El siseo del agua que gotea, el vaivén de las voces y el suave golpeteo de los zapatos de madera sobre las piedras son tranquilizadores, y Amara no tarda en volver a sentirse cobijada por una sensación de intimidad.

—Gracias por comprenderlo —dice estirando una mano para apretar la de Drusila.

Pero Drusila no le corresponde con la misma presión.

—Te perdono esta vez —contesta. Sus ojos continúan cerrados, y su cabeza inclinada hacia atrás descansa sobre la pared—. Pero no lo haré más si vuelves a humillarte así. Los dioses te han elevado y te han dado tu libertad. Tratar a los esclavos como tus iguales solo vuelve a rebajarte a la cloaca de donde has salido.

9

> Se vio bienvenida por los besos de las meretrices, se le enseñó a adular y se le mostró cómo hacer todo tipo de movimientos con su cuerpo.
>
> SÉNECA, *Las declamaciones*, I, 2

Amara se queda parada en el quicio de la puerta y observa a Martha mientras decora la mesa del comedor. Faltan horas para que lleguen los hombres, pero sus nervios están ya más tensos que las cuerdas del arpa que le aterra tocar. Martha está disponiendo brazadas enteras de flores primaverales, dejando que los capullos cuelguen de manera artística de los diferentes jarrones. El aire está colmado de su aroma. Tan pronto como ha amanecido, Amara ha enviado a Británica a que comprase todas las flores que pudiera cargar. Si los frustrados esfuerzos de Martha por colocarlas son indicación alguna, es de que parece que muchas de ellas se han aplastado durante el viaje a casa. Amara sabe que Martha detesta que la observen mientras trabaja y lo detecta en la irritada curvatura de los hombros de la joven esclava, pero se siente tan alterada que no puede evitarlo.

—¡Déjala que se encargue de sus cosas! —profiere Victoria, que asoma la cabeza al interior—. No te quedes ahí parada como una matrona vieja y quisquillosa. Tenemos que prepararnos. Drusila no tardará en llegar para que podamos practicar.

Victoria está mucho más emocionada por la velada que se avecina que Amara, aunque esta se ha sentido obligada a advertirle que Drusila podría no mostrarse del todo amigable.

—No se va a convertir en mi amante, ¿o sí? —ha comentado Victoria—. Entonces ¿qué importa?

En los aposentos privados de Amara, se ayudan a vestirse la una a la otra. Victoria lleva un traje prestado, confeccionado con seda de Asiria; las suaves curvas de su cuerpo se transparentan bajo los pliegues traslúcidos.

—Me acuerdo de ti y de Dido usando esto —afirma Victoria mientras fija la toga al hombro de Amara, acomodándola para que la tela caiga y forme pliegues generosos que acentúen las curvas menos evidentes de Amara—. Siempre me he preguntado cómo sería.

Amara siente una presión en el pecho ante la mención de su amiga muerta.

—¿Y qué te parece?

Victoria se ríe.

—Te lo diré más tarde, si le gusto a Helvio.

Arriba, ya han preparado la habitación de Victoria, lista para que entretenga a Helvio si puede convencerlo de que se quede. Hay todavía más flores para ocultar la falta de muebles, y Amara les ha pedido a Philos y a Juvento que suban la costosa mesa de latón del tablino, una que espera que Rufo no eche de menos. Aún no le ha dicho a su amante nada de Victoria ni de Británica, apostando que podrá persuadirlo mejor después de una velada exitosa que por medio de una nota suplicante enviada con antelación.

—Va a quedar encantado con todo —afirma Victoria al comprender el silencio de su amiga. Coge el rostro de Amara entre las manos para poder mirarla a los ojos—. Te preocupas demasiado. ¿Cómo podría hacer algo más que amarte?

Amara coge las manos de Victoria entre las suyas y le planta un beso en cada palma. Una sombra apaga la luz de la entrada, y Amara se da la vuelta, pensando que es Philos. En realidad, se trata de Británica. La britana lleva el cabello peinado hacia atrás como un hombre, quizá le haya pedido prestado aceite, si no su estilo, a Juvento, y lleva una túnica corta que le queda a la perfección. Deciden que Británica debería ser quien sirviese en la mesa; una excitante novedad que Amara está preparando para Rufo al tener a un grupo compuesto solo de mujeres para su entretenimiento. O así pretende presentárselo. Hasta el momento, a Amara se le ha complicado lo de convencer a Británica para que coloque los platos en la mesa con gentileza en lugar de estrellarlos sobre ella como si se tratara de algún tipo de desafío.

—Drusila —anuncia Británica, destrozando el sibilante nombre con su tosco acento—. Está aquí.

La principal cortesana de Pompeya está parada en el atrio de la casa de Amara, vestida con una cascada de seda color amarillo y rojo. Su sirvienta, Thalía, está junto a ella, cargando el arpa que habrá de tocar.

—¿Practicamos? —pregunta Drusila, abriendo los brazos para envolver a Amara en ellos. Apenas asiente con la cabeza en dirección a Victoria, casi como una segunda sirvienta.

Se sientan juntas en el jardín, Victoria colocada un poco al margen de la reunión. Sin embargo, si la intención de Drusila es hacerle un desprecio a Victoria con este arreglo, lo único que logra es que su voluptuosa figura resulte todavía más atractiva, en especial cuando empieza a mecerse al ritmo de la música. La que se avergüenza es Amara. La canción es un himno a Safo que ha practicado con Drusila en muchas ocasiones, pero esta tarde sus dedos parecen estar entumecidos por el nerviosismo y se tropieza con todas las notas. Después de batallar casi una hora, Drusila levanta una mano para detener el ensayo.

—No estás lista —declara.

—Pero si practiqué toda la tarde de ayer —protesta Amara.

—No es lo bastante bueno. Mejor que toques la lira esta noche. Eres una maestra del instrumento. No hay hombre que no se sienta encantado de escucharte tocar.

—Pero Rufo me ha comprado el arpa expresamente —responde Amara, y se aferra al instrumento—. ¡Me la ha mandado para que la toque esta noche! Estará de lo más decepcionado.

—Más decepcionado se sentirá si lo pones en ridículo con una mala interpretación —contesta Drusila.

—Y, a todo esto, ¿por qué tanta insistencia con lo del arpa? —pregunta Victoria con las manos sobre las caderas, igual que una vendedora de la calle—. Ella toca la lira. ¿Qué más le da? Los hombres son unos imbéciles de mierda.

Drusila se queda mirando a la distancia como si Victoria no hubiera pronunciado palabra alguna, pero Amara ve que aprieta los labios con desaprobación.

—La lira, por favor —repite—. No podré tocar contigo a menos que accedas.

—Por supuesto. —Amara se levanta. Evita la mirada de Victoria mientras se apresura a sus habitaciones para cambiar de instrumento. La lira se acuna entre sus brazos como si fuese parte de ella misma después de levantarla del suelo, su curvatura familiar descansa en su cadera. No sabe qué emoción es la más poderosa mientras regresa al jardín, si el temor o el alivio.

A la luz de las lámparas, el comedor tiene el aspecto de una escena tomada de los antiguos mitos: las llamas bruñendo la piel de las amantes pintadas de Júpiter, las flores prestándole un aire de modestia a su desnudez. El pequeño espacio está colmado de las risas de los hombres. Las mujeres reales están recostadas sobre los tres sillones, imitando las lánguidas poses de las que están pintadas. Y, aunque a Amara no le gusta comer demasiado en presencia de Rufo, el vino está reduciendo la intensidad de sus nervios.

Victoria está logrando variar su rutina de seducción, amaina su tosquedad y atrae a Helvio con miradas de admiración más que con palabras. Helvio no es el único que está atrapado por la red que arroja. Quinto mira a Victoria con una intensidad que le indica a Amara que no pasará mucho tiempo antes de que él mismo insista en disfrutar de ella. Drusila está recostada junto a su desleal amante y juguetea con el delgado tallo de su copa. No parece demasiado perturbada por sus miradas errantes, pero Amara sabe que tienen un amorío muy poco convencional y que se ha dicho de Drusila que provee a Quinto con otras mujeres como medio para mantenerlo interesado.

La única sensación de ansiedad que experimenta Amara es por Rufo. Es evidente que está satisfecho al ver la impresión que está causando entre sus amistades, pero percibe que algo relacionado con la velada lo está dejando intranquilo. Lo nota de manera más evidente siempre que aparece Británica; siente cómo se tensa junto a ella sobre el sillón. Quizá no sea nada más que la imperiosidad con que la britana lanza los platos, pero Amara empieza a preocuparse de que quizá Philos haya tenido razón; que haya ido demasiado lejos al comprar a Británica junto con Victoria.

Quinto, por el contrario, está más que encantado con la britana, y cada vez que se inclina para colocar las fuentes con comida le da una fuerte nalgada. Al final, Británica da la vuelta con velocidad. Por un terrible momento, Amara piensa que va a propinarle un golpe, pero, en lugar de ello, Británica le muestra los dientes y sisea con fuerza. Se produce un abrumador silencio antes de que Quinto estalle en carcajadas.

—¡Rufo, de verdad que esto no tiene precio! —declara Quinto después de que Británica se marche de la habitación—. ¡Mírate, con una casa colmada de amazonas! Un pequeño imperio de mujeres. O quizá de ninfas —añade, y su mirada se pasea por el escote de Victoria mientras se inclina para coger su copa de vino.

Victoria hace un mohín y baja la mirada, un gesto coqueto que transporta a Amara al burdel de inmediato. Recuerda la forma en que su amiga solía seducir a los hombres de esa misma manera en la calle o en las tabernas o donde fuera que pudiera pescar la mirada de cualquier barquero.

—¿Un imperio de mujeres? —se indigna Helvio con el ceño fruncido—. Ese es justo el tipo de comportamiento antinatural que hace que los Juegos Taurios sean tan necesarios. —Mira a Amara con gravedad—. ¿En qué estabas pensando cuando has vestido a esa pobre sirvienta como un hombre?

—No es que esté vestida como un hombre —miente Amara—. Es una salvaje de Britania. Eso es lo que todas usan allí. No sienten el frío.

—No son animales, pero casi —coincide Drusila, apoyándola sin esfuerzo—. Has hecho un excelente trabajo al domarla.

Helvio no parece convencido del todo. Ve alrededor de la habitación a las tres cortesanas y las mira adusto, como si fueran niñas descarriadas.

—Solo porque sea adecuado para un salvaje, no significa que tal comportamiento deba alentarse aquí, entre personas civilizadas. De todas formas —resuella al tiempo que asiente en dirección a Rufo—, es más que evidente que no ha habido ninguna mala intención en este caso. Una actitud demasiado indulgente con los esclavos es un rasgo femenino más que natural, pero que las mujeres interfieran en la administración de la ciudad y sobornen a los hombres para hacerlo todo a su manera, eso es algo por completo diferente. No deja de ser un ataque en contra del orden natural de las cosas.

—¿Y de verdad eso es algo que hacen las mujeres? —pregunta Victoria—. ¡No puede ser!

Victoria mira a Helvio con adoración casi bovina y hace que Amara piense en la pintura de Ío que está junto a la puerta. Toda ella parece suave y complaciente, su cuerpo le está prometiendo a Helvio que ella jamás sería nada más que la mujer que necesita. Él se ruboriza un poco y coloca una mano sobre la muñeca de Victoria para tranquilizarla.

—No las mujeres como tú, por supuesto —le responde—. No las mujeres en su estado natural.

Amara lanza una mirada hacia Drusila. Por primera vez desde que ha presentado a sus dos amigas, Drusila contempla a Victoria con algo que parece respeto, con las cejas elevadas en dos semicírculos perfectos de sorpresa. «Quizá esto funcione, después de todo», piensa Amara.

—¡No me digas que sigues molesto por lo de Julia Felix! —resopla Quinto—. ¡Eso sucedió hace más de cinco años! Tienes que dejarlo ir.

Amara se sorprende al oír el nombre de la dueña de los Baños de Venus.

—Pero ¿qué hizo Julia?

Rufo se vuelve hacia ella, quizá queriendo evitar que Amara defienda a su amiga.

—Hace un tiempo, Julia convenció al consejo de que cerraran una vía pública para agrandar su complejo de apartamentos. Tal cosa jamás se había hecho en Pompeya. Muchas personas se molestaron por ello.

—¡Y ni siquiera está casada! —afirma Helvio—. Está mancillando el nombre de su padre. Es una vergüenza.

Quinto eleva los ojos al cielo frente a Drusila, cuya boca se tuerce divertida. Amara no tiene ni idea de quién es el padre de Julia, pero es lo bastante prudente como para saber que no es el momento para preguntarlo.

—Plinio le tiene cariño a Julia —dice Rufo sin encono.

—El almirante es un excéntrico conocido de sobra —responde Helvio—. Se asocia con todo tipo de personas. —Helvio parece molesto de que se le contradiga. El rostro le brilla por el vino y hace que sus ojos parezcan más saltones, como los de una liebre—. Si no puede ver que ese tipo de comportamiento inmoral podría atraer la venganza de los dioses y ponernos en riesgo de una calamidad, quizá sea porque no tuvo que vivir el gran terremoto.

—¿Crees que corremos el riesgo de que ocurra otra calamidad? —pregunta Victoria con un grito ahogado mientras aprieta su cuerpo contra el de Helvio, como si su mero corpachón pudiera protegerla de la rabia de los dioses. La reacción parece totalmente espontánea, pero Amara sabe que Victoria la habrá estado ensayando la noche entera.

Su gesto coge a Helvio por sorpresa. Acerca a Victoria más hacia sí, incapaz de ver la hipocresía implícita en el hecho de que disfrute de una prostituta al tiempo que clama en contra de la depravación de las mujeres. Acaricia la cintura de Victoria con sus gruesos dedos.

—No, si propiciamos a los dioses como deberíamos.

Quinto suspira pesadamente, quizá irritado porque Helvio es quien va a disfrutar de la mujer más nueva del grupo.

—Me prometiste que habría música —se queja a Drusila.

Rufo se vuelve ansioso hacia Amara.

—Es justo el momento que he estado esperando también, amor mío —afirma levantándole la mano hasta sus labios para besarla—. ¿Por qué no nos guías?

Amara quiere decirle algo a Rufo en ese momento, advertirle lo del arpa, pero en lugar de ello sonríe con felicidad fingida.

—Por supuesto.

Después, cuando están a solas en sus aposentos, Rufo se muestra extrañamente silencioso. Se sienta en el sillón sin mirarla, con el arpa sin estrenar sobre el regazo. Amara sabe que rara vez ha tocado tan bien como lo ha hecho esta noche. Philos ha colgado lámparas de los dos árboles para rodear la fuente y, bajo la luz de las estrellas y con el aroma nocturno de los narcisos, el jardín le ha parecido a Amara una constelación tomada de los mismísimos cielos. Victoria se ha consagrado a su canto mientras Amara y Drusila tocaban en armonía en una interpretación perfecta que casi hace llorar a Amara. Al finalizar, ante los encantados aplausos de los hombres, ha buscado a Rufo con la mirada en espera de ver su aprobación. Estaba sonriendo junto con sus amigos y aceptaba sus felicitaciones, pero, por primera vez desde que habían iniciado su amorío, ha sido incapaz de interpretar la mirada de sus ojos.

—A Helvio le ha gustado Victoria —dice de manera agradable, confiando superar su mal humor sin prestarle atención—. Con un poco de suerte, la está disfrutando aún —añade, refiriéndose a la decisión de Helvio de pasar la noche en las habitaciones de arriba.

—¿Por qué me has humillado?

La boca de Amara se seca.

—¿Humillado? —Finge reír—. Pero ¡qué difíciles sois los hombres! ¡He hecho todo lo posible por complacerte!

—No te burles de mí, Amara —responde Rufo.

—No entiendo, yo...

—El arpa. Las mujeres que has decidido comprar sin decírmelo. Esa... criatura que has hecho que nos sirva en lugar del mayordomo que dejé aquí para que lo utilizaras. ¡¿Qué estabas pensando?!

—¡Solo quería que la velada fuera especial!

—¡No me mientas! —Rufo levanta la voz—. Jamás solías mentirme. ¿Qué te ha pasado?

—¿Cómo te atreves? —exclama Amara—. ¡¿Cómo te atreves a llamarme mentirosa?! —Las muestras de enfado siempre han aplacado a Rufo antes, y ella está a punto de salir furiosa de la habitación, esperando que la siga y que le pida disculpas, pero en lugar de ello él la coge de la muñeca.

—Te estás pasando. —Su voz es silenciosa y Amara está a punto de responderle, pero algo en su rostro la detiene.

En lugar de zafarse de su brazo, Amara se aprieta contra él, con expresión suplicante. Rufo jamás ha sido capaz de resistirse al atractivo del drama romántico.

—Por favor —le ruega—. Por favor, amor mío. No quería molestarte. Tuve que liberar a Victoria; habría muerto en el burdel, y Británica también. Tuve que salvarlas. De verdad, ¡tuve que hacerlo! ¡Y Victoria es una música de lo más talentosa! Pensaba que disfrutarías de su canto. No era mi intención hacer nada malo; te lo prometo.

Para su enorme sorpresa, Rufo no se conmueve ni lo más mínimo.

—Mira todo el desorden que has traído a esta casa —responde con voz seca—. Es como si estuvieras decidida a arrastrar el burdel hasta aquí contigo.

Amara levanta la cabeza para mirar a este hombre cuyo amor sostiene los cimientos de su vida, y siente temor. Parece un absoluto desconocido. Desesperada, coge su mano y se la lleva al corazón, queriendo traer de vuelta al hombre que conoce.

—Pero ¡cómo puedes decir eso! ¿Cómo puedes pensarlo de mí? Rufo, ¡por favor!

—¿Y qué hacías volviendo al burdel? ¿Por qué no pudiste dejar las cosas en paz? —Aleja su mano como si fuese una criatura petulante—. Detesto pensar en ti en ese sitio, rebajándote y haciendo que Philos te ayude. —Rufo se libera de otro intento de abrazo, un gesto impaciente que le recuerda a su padre—. Gracias a ti, tendré que hacer que lo azoten. Y detesto disciplinar así a los esclavos. Pero, si no lo hago, me perderán todo respeto. Me has humillado en mi propio hogar.

La sangre que parece retumbar en los oídos de Amara es como el estruendo del mar. En su mente, puede ver a Philos, imagina los golpes que caen sobre sus hombros y que le arrancan la ropa de la espalda o, peor, la piel. Y todo por su culpa.

—Pero ¡no fue su culpa! —exclama, incapaz de contener su angustia—. ¡No fue su culpa! Yo lo engañé.

—¿A qué te refieres?

—Le dije que tenía tu permiso para comprarlas. —Se detiene, incapaz de tolerar el asco que ve en la mirada de Rufo—. Philos ignoraba que tú no lo supieras. Esa es la razón por la que me ayudó. Le dije que era por orden tuya.

—Es decir, que mentiste —afirma Rufo, cogiéndole el mentón entre el índice y el pulgar, obligándola a levantar la mirada hasta él—. Eres una mentirosa. Me has mentido.

—Te he mentido —repite Amara, incapaz de contradecirlo.

Rufo la suelta.

—Pensaba que jamás conocería a una mujer como tú —dice, recuperando el arpa y tomándola entre sus brazos, acunándola—. No podía creer lo afortunado que era. Aunque sabía de dónde provenías, me dije que no importaba. Eras tan dulce. Tan temerosa e inocente. Justo lo que debiste de ser en casa de tu padre; la hija del médico. El burdel no parecía haber dejado huella en ti.

—¡No soy diferente ahora! —protesta Amara, desconcertada por la dirección que toma la conversación y por el uso que su amante hace del tiempo pasado.

—Pero estás contaminada por él —afirma Rufo—. Te ha echado a perder. Todas las mentiras que aprendiste allí, todas las adulaciones, todos los trucos. —Baja el arpa—. Ven aquí.

Hay algo en la manera en que coloca el instrumento con tantísimo cuidado sobre el suelo. Amara ha experimentado demasiada violencia como para no ver cómo se manifiesta en la tensión de sus hombros, en la lenta deliberación de sus movimientos. Por un momento de locura, se imagina desobedeciéndolo, se imagina escapando de ahí, saliendo de la casa durante la noche. Pero ¿adónde? ¿De vuelta con Félix? No tiene ningún lugar adonde ir. Se dice que está imaginando cosas, se tranquiliza y se dice que este es Rufo. Jamás la lastimaría; es imposible. Se obliga a caminar hasta donde él está. Sus dedos son cuidadosos mientras le quita el broche del hombro, retira la toga de seda y la desviste. Pero, aunque sus manos son gentiles, su sensación de peligro físico es ahora tan intensa que apenas puede respirar. Él le da la vuelta, Amara se queda de espaldas.

—Casi nunca me dejas hacerte el amor así —dice Rufo con suavidad—. ¿Sabes que esta es la manera en la que un hombre debería yacer con su esposa? No con todos esos trucos de burdel que aprendiste. —La mano de Rufo descansa sobre su cuello. No aplica presión alguna y su toque sigue siendo amable, pero, cuando ella trata de darse la vuelta para encararlo, la sostiene con más fuerza.

—Por favor —le ruega Amara, colocando una de sus manos sobre la de Rufo, intentando que relaje los dedos, apelando a la amabilidad que está más que segura que posee—. No me gusta.

—¿Por qué no?

Amara quiere decírselo. Le quiere explicar que, si no puede verle el rostro, si está detrás de ella, se convertirá en Félix, en cualquiera de los hombres del burdel; que el pasado y el presente chocarán entre sí y que el pánico la cegará. Pero sabe que, si le dice todo eso, lo único que él escuchará es el número de hombres con los que ha yacido.

Lo único que escuchará es que, cuando se encuentra con él, piensa en otros amantes. Amara observa el friso de ninfas musicales pintado sobre la pared y sus siluetas se confunden unas con otras mientras los ojos se le llenan de lágrimas.

—Es solo que no me gusta —le dice—. ¿Acaso eso no basta?

Rufo no la suelta. Le da un leve beso en el hombro.

—Solo trato de ayudarte a ser quien fuiste en alguna ocasión —murmura.

No la golpea; Amara ni siquiera está segura de si su intención es amenazarla al mantener su mano sobre su nuca, aunque jamás la retira. Ha tolerado mucha más violencia de parte de Félix y de todos esos hombres cuyo nombre y rostro ni siquiera recuerda, pero la traición de Rufo le provoca un dolor como ningún otro, porque había creído que era diferente. Ya no es un puerto seguro para ella, sino otra tormenta más por la que debe atravesar.

Después, se muestra tierno y amoroso, retira las lágrimas que le ha ocasionado con besos y es afectuoso ahora que ha logrado transformarla de nuevo en la joven temerosa que quiere que sea. Le dice que le permitirá quedarse con Victoria y con Británica si le promete que jamás volverá a mentirle, y Amara llora de agradecimiento, se detesta a sí misma por sentirse aliviada. Le dice que lo ama y le deja que la abrace, sabiendo que no tiene alternativa. Cuando se queda dormido, permanece atrapada entre sus brazos y detesta el roce de su piel contra la suya.

A la mañana siguiente, todo parece desacelerarse e incluso el flujo del agua en la fuente parece lento. A Amara le cuesta concentrarse y, mucho más, hablar. Se sienta en el jardín con su más querida amiga, que ahora tiene permiso formal para quedarse, mientras que su patrón descansa una mano sobre su rodilla, levantándola de vez en cuando para retirarle un mechón de cabello del hombro. Debería ser un momento de lo más feliz, pero todo dentro de Amara está entumecido, como si la hubieran vaciado. Por el contrario, sus dos acompañantes están pletóricos. Victoria está emocionada por Helvio, quien no se quedó toda la noche, pero sí el tiempo suficiente. Rufo está relajado, sentado entre ambas mujeres, actuando con la calma de quien no ha discutido la noche anterior e, incluso, riéndose con Victoria, tratándola con la cercanía de una vieja amiga. Amara empieza a dudar de sus sentidos y se pregunta si de verdad las cosas sucedieron como ella las recuerda. Se percata de que Rufo ha cautivado a Victoria con sus modales sencillos, del mismo modo en que solía cautivarla a ella. Amara no está segura de tener la energía suficiente para odiarlo. Después de un rato, se marcha con Philos y le promete a Amara que le devolverá a su mayordomo cuando lo haya usado para llevar a cabo algunos negocios para su padre.

En cuanto se marcha Rufo, Victoria, ansiosa, no tarda en contarle algunas de las glorias más sórdidas de su noche con Helvio. De normal, Amara estaría feliz de reírse con ella, de deleitarse con las escandalosas narraciones de Victoria, pero, en lugar de ello, anuncia que le duele la cabeza.

—No tienes buena cara —concuerda Victoria, asomándose a examinarla—. Espero que no sea nada grave.

—Por un instante, Amara considera la posibilidad de confiar en Victoria como lo habría hecho con Dido, pero después recuerda la manera en que Victoria solía hablar de Félix y excusaba su violencia. Amara puede imaginarse su reacción. «Entonces ¿no te abofeteó ni te golpeó y lo único que quiso fue hacerlo por detrás? ¡¿Y para qué crees que te paga?!»

—No es nada —responde Amara con una sonrisa—. Un exceso de vino, creo.

Victoria se ríe y se desparrama sobre el banco.

—¡Brindemos por el exceso de vino! —afirma—.

¡Y por el exceso de comida y por el exceso de hombres! —Suspira, satisfecha, y se cubre los ojos con el antebrazo; Amara la deja allí, disfrutando del sol como un gato, deleitándose en su libertad para no hacer nada. Dido las contempla en silencio desde la pared, y, en ese momento, la añoranza que experimenta Amara por su amiga muerta la acerca de manera peligrosa a resentirse con la que todavía está viva.

Amara no se acuesta en la cama, sino que sube hasta el silencio de su estudio. Es demasiado doloroso imaginar que está hablando con Dido, de modo que se sienta y empieza a pensar en Félix. Sus hábitos le siguen siendo de lo más familiares. Sabe que a esta hora su antiguo amo estará en la pista de ejercicios de la palestra, corriendo como si todos los sabuesos de caza de Diana lo persiguieran. Se pregunta cómo es que Félix ha sobrevivido a tanta violencia, cómo es que vio morir a su madre y aun así decidió vivir, y se pregunta si ella podrá hacer lo mismo, si todavía tiene el ánimo para lograrlo. Su caja de dinero se encuentra sobre la mesa. Casi todo lo que tiene dentro está destinado a Félix. El límite para el primer pago vence en solo unos días.

Pasan las horas y Amara hace poco más que mirar fijamente la pared, hasta que unos golpes en la puerta la interrumpen. Le dice a quienquiera que se encuentre fuera que pase, esperando que se trate de Victoria, pero después se percata de que debe de haber cerrado con llave y se levanta para abrir. Es Philos. Da un paso atrás para dejarlo entrar.

—Le has dicho a Rufo que me habías mentido —dice, agitado, cerrando la puerta tras de sí—. Que me engañaste para que creyera que te había dado permiso para comprar a las otras mujeres.

Amara apoya la espalda contra su escritorio: no quiere recordar la conversación que tuvo con Rufo.

—Así es.

—Pero ¡¿por qué hiciste algo así?! —exclama Philos, y Amara se da cuenta, con enorme sorpresa, de que no está agradecido, sino enfadado—. ¡Me has dejado como un idiota!

—Iba a azotarte.

—¿Y qué? —responde Philos mientras levanta las manos en un gesto de exasperación—. ¿Crees que no me han azotado antes? ¿No consideraste que eso era lo más probable que pasara después de que te ayudase a comprar a Victoria? Lo que has hecho es mucho peor. Llevo años convenciendo a Rufo para que confíe en mi juicio, ganándome su respeto poco a poco, haciéndole creer que tengo la inteligencia suficiente como para hacerme cargo de sus asuntos, y, ahora, permites que piense que soy un tonto que se puede dejar engañar por una... —Se detiene, enrojecido. La palabra *puta* queda flotando en el aire.

—¿Por una qué? —dice Amara casi en silencio.

—Una... cortesana —responde Philos, incapaz de mirarla a los ojos—. Lo siento. No es lo que pienso de ti —añade, todavía más avergonzado—. De verdad que no. No quería decir eso.

De alguna manera, su disculpa hace que se sienta peor. Amara nota que la totalidad de su cuerpo se sonroja de la vergüenza. Recuerda la manera en que Rufo la humilló, haciéndola sentir insignificante y despreciable. Y todo para proteger a un hombre al que ni siquiera le importa. Amara se envuelve el cuerpo con los brazos, como si con eso pudiera amortiguar su dolor. Se da cuenta de que Philos la mira fijamente, con sus ojos grises abiertos y consternados, y aleja su rostro de él.

—¿Te ha hecho daño?

La angustia de su voz y, peor aún, la idea de que pueda compadecerse de ella enfurecen a Amara.

—¡¿Cómo te atreves a preguntarme algo así?! —grita—. ¡Lárgate de aquí!

En lugar de hacer lo que le dice, Philos da un paso hacia ella.

—Lo siento, Amara. Te ruego que me disculpes; no me he percatado de que... —Amara se amilana ante la repentina muestra de amabilidad. Philos no la verá llorar. En lugar de ello, piensa en Félix, en la frialdad de su furia, en la manera como congelaba a quien se atreviera a acercarse demasiado.

—Te he dicho que te largues de aquí.

Philos se detiene en seco, igual que si lo hubiese abofeteado. El único sonido que se oye es el chasquido del pestillo cuando sale de la habitación, dejándola sola. Amara se queda congelada donde se encuentra, con los ojos llenándose de lágrimas. Todavía puede sentir la presión de los dedos de Rufo contra su nuca, también su cuerpo, casi tan pesado como la certeza de que jamás tendrá la libertad suficiente para resistirse. Amara coge una lámpara de aceite hecha de barro de encima de su escritorio y la arroja contra la pared. Se desintegra en mil pedazos que se deslizan por las baldosas del suelo y deja una oscura mancha sobre la madera.

10

> Dame las cuentas del proxeneta: encontrarás que las entradas cuadran.
>
> Séneca, *Las declamaciones*, I, 2

Una lluvia ligera cae por el espacio cuadrado del techo hasta el estanque que se encuentra abajo. El atrio está mojado y el cielo nublado hace que parezca tan oscuro como el anochecer, a pesar de que es de día. El agua de lluvia se escurre por los lados del estanque, pintando los trozos de terracota que lo revisten de un color rojo más profundo. Amara está de pie, junto con Victoria y Británica, todas agazapadas junto a uno de los cuatro pilares que rodean el agua.

—¿Estás segura de que no quieres que te acompañe? —pregunta Victoria—. Quizá pueda convencerlo de que se muestre más razonable.

—Mejor voy yo —declara Británica—. Él no intenta nada conmigo. Yo protejo.

Amara ve a sus dos amigas, sus sinceros rostros llenos de preocupación. Su amor contrarresta algo el arrepentimiento que experimenta ahora que al fin ha llegado el momento de su primer encuentro con Félix.

—Creo que verte de nuevo podría enfadarlo todavía más —indica con gentileza a Victoria—. Y voy a llevar tanto a Philos como a Juvento, te lo prometo —dice, dándole un apretón al brazo de Británica.

—Soy mejor hombre que esos dos —asegura Británica al tiempo que hace un gesto con la barbilla hacia los dos sirvientes que la esperan—. Dame cuchillo y lo pruebo.

Se le ocurre a Amara que Victoria y Británica tienen sus propios asuntos sin resolver con Félix, al margen de cualquier preocupación que puedan sentir por ella. Qué feliz se sentiría su antiguo amo si se enterara de la influencia que sigue ejerciendo en la vida de sus mujeres.

—Estaré perfectamente —reitera Amara—. Jamás me hará daño ahora que tengo a Rufo como patrón. Y le pediré a Juvento que cierre las puertas detrás de nosotros para que podáis echarles el cerrojo hasta que volvamos.

Británica sacude la cabeza.

—Por lo menos lleva cuchillo.

Amara ignora su comentario y las abraza a ambas antes de reunirse con los dos hombres. Atraviesan el estrecho pasillo y, en el momento mismo en que salen a la calle, Juvento cierra las altas puertas de madera. Amara oye el sonido del pestillo desde el interior y, por un segundo, siente como si la estuvieran expulsando de su propia casa y que jamás podrá volver a entrar. Coloca una mano sobre los tachones de latón que salen de su superficie, más grises que dorados en la atenuada luz del día.

—¿Lista? —le pregunta Philos. Amara sabe que intenta encontrar su mirada, comunicarse con ella más allá de las palabras que le está diciendo. Su relación ha sido tensa desde que adivinó que Rufo la había maltratado. Aceptó su disculpa poco después de la discusión que tuvieron, pero ha evitado cualquier conversación con él en privado desde ese momento. Su compasión la avergüenza. No le gusta que le recuerden sus propias debilidades.

Amara asiente en dirección a Philos y se da la vuelta. Los tres emprenden el camino: Philos al frente, Amara en el centro y Juvento, como la figura más imponente, en la retaguardia. Es día de mercado en el foro y, para cuando llegan a la Vía Veneria, el camino está atestado de carretas y de mulas, y el aire es denso por los gritos y el mal humor de demasiadas personas que tratan de abrirse paso a un mismo tiempo. Las calles también están abarrotadas; el ambiente perfecto para los carteristas. Amara puede sentir la bolsa de cuero que se le pega a la piel a causa del sudor. Británica le insistió en que se la colgara en torno al cuello, oculta bajo su ropa. El dinero va dividido entre los tres con la esperanza de que, si son atacados por ladrones, no lo perderán todo.

La escasa llovizna apenas parece una bruma, pero, para cuando llegan a La Guarida del Lobo, sus rostros están empapados, y Amara sabe que la lluvia habrá arruinado su cabello al colarse a través del fino velo que lleva sobre la cabeza y los hombros. Solo espera que el kohl no se le haya corrido alrededor de los ojos.

Juvento azota su puño contra la puerta, tocando con tal fuerza que un par de transeúntes se ríen y le gritan algo en broma acerca de su ansiedad por entrar al burdel. Paris abre la puerta y mira al forzudo portero de arriba abajo, con expresión desconfiada.

—Los hombres pueden esperarte fuera —dice Paris.

—No seas idiota —sisea Amara en voz baja para evitar que alguien la oiga—. ¿Crees que llevo todo el dinero yo sola?

Paris los deja entrar, refunfuñando mientras suben por la escalera.

—Pues no voy a permitir que un montón de rufianes accedan a las habitaciones del amo. Tendrás que ir tú sola, y ellos pueden esperarte aquí. —Los escolta hasta la pequeña habitación situada junto al estudio de Félix. Le resulta desagradablemente familiar, las paredes con su vertiginoso diseño en blanco y negro, el brasero de suelo que emite su tenue calor. La respiración de Amara empieza a acelerarse, el pánico la atenaza con mayor intensidad cuanto más se acerca la confrontación con Félix. Sabe que Philos la busca con la mirada y puede sentir su ansiedad, pero lo ignora. Él se da por vencido y le murmura algo a Juvento en su propio dialecto. El portero empieza a hurgar bajo su manto en busca de la bolsa. Juvento es el único que no parece atemorizado. Más bien, está mirando por todas partes, incrédulo. Si antes no sabía que su nueva ama era una puta de burdel, ahora no le queda ninguna duda.

Paris asoma la cabeza por la puerta.

—¡Muévete! —le ladra.

El cuerpo de Amara obedece al antiguo hábito de responder a cada una de las órdenes de Félix. Coge el resto del dinero de Philos y de Juvento y se apresura hasta el pasillo. Demasiado tarde, se da cuenta de que no se ha sacado su propia bolsa y de que tendrá que extraerla de entre los pechos enfrente de Félix. Después, cruza el familiar umbral hasta el estudio rojo en la habitación de al lado. Paris azota la puerta tras ella.

Félix y Amara se miran a los ojos. Es la primera vez que se quedan a solas desde que ella se ganó su libertad. Está sentado frente a su escritorio, de la manera en que lo ha imaginado miles de veces, y ella está de pie en su sitio de siempre, junto a la puerta. Amara siente la tensión en cada poro de su piel, todo su ser permanece alerta y preparado para pelear. Espera que Félix le haga alguna mueca de desdén, la amenace o, incluso, trate de cogerla. En lugar de ello, agita la mano en dirección a una de las sillas, como si Amara fuese una vieja amiga.

—Bebe algo de vino conmigo —le pide amablemente—. Zoskales jura que es el mejor que ha hecho, lo que significa que casi podría resultar potable.

—Tú no bebes —responde Amara, descortés a causa de su intensa sorpresa—, así que ¿por qué habría de embotar mis sentidos mientras tú mantienes intactos los tuyos?

—Muy bien —accede Félix con una ligera sonrisa socarrona—. Supongo que tú sabrás más lo que te conviene. Me has oído a escondidas suficientes veces.

—Asiente hacia el sitio donde ella se sentaba para hacer las cuentas.

—Entonces ¿ninguna de tus nuevas putas sirve para llevar tu contabilidad? —pregunta mientras mira a su alrededor y ve que la mesa ya no está atestada de tablillas.

—No. —Félix sonríe—. Eres irreemplazable.

—¡¿Intentas ser agradable?! —Amara se divierte, muy a su pesar—. No me creo que pienses siquiera que puedes engañarme con tal facilidad. Tuve que sentarme aquí mientras me contabas que habías ordenado sacarle un ojo a Drauca. Me parece un poco tarde para demostrar tus encantos. —Puede ver que su expresión de afabilidad comienza a desaparecer, una mueca de irritación empieza a formarse sobre sus labios. Félix siempre ha odiado que se burlen de él—. Eso está mucho mejor —le dice—. ¿Por qué no te enfadas y me llamas perra? Así empezaré a sentirme como en casa.

—Estás en casa —responde Félix—. Mi puta favorita.

Amara puede ver cómo absorbe su incomodidad, la sonrisa en su cara ahora sí que es genuina. Ha pasado tanto tiempo sin estar con él que se le había olvidado lo atractivo que era. Victoria siempre solía decir que se parecía a Apolo, con su físico esculpido, todo ángulos marcados y aristas definidas; pero, gracias a Fabia, Amara sabe que Félix es demasiado mortal. «Era el niño más bonito, con esos enormes ojos marrones.»

—No creo que ningún sitio pueda llegar a ser tu casa, a menos que hayas crecido allí. —Por cómo se le congela la sonrisa, Amara sospecha que ha dado en el clavo.

—En ese caso, quizá puedas convencer a tu niño rico para que te lleve de vuelta a Grecia —le dice Félix con tono enérgico—. Aunque no antes de que me hayas pagado.

—¿Acaso me perseguirías al otro lado del mar?

—Te perseguiría hasta donde fuera. ¿Cuándo he olvidado lo que alguien me debe?

—Entonces menos mal que tengo un patrón rico que puede pagártelo todo. —Amara se encoge de hombros para que Félix no vea que la ha inquietado—. Rufo dice que Victoria tiene una voz magnífica para el canto. La otra noche, se presentó frente a él y sus amistades durante una cena.

—¿Y se supone que me tengo que poner celoso? —Félix se ríe—. ¿Crees que me importa que otros hombres se tiren a una mujer a la que alquilaba a cualquiera como puta? Que la disfruten. Y más si pienso que he sacado el doble de lo que vale.

Amara piensa en Victoria rasgándose el corazón por este hombre. Si su propia imprudencia no logra otra cosa, al menos habrá librado a Victoria de una brutalidad innombrable.

—No te la mereces; jamás la mereciste.

—Podría decirte lo mismo. La razón por la que tu patronito decidió pagar lo que pagó por ti es algo que jamás entenderé.

—Fue el almirante quien me compró —se apresura a decir Amara, mostrándose más emotiva de lo que querría.

Félix enarca las cejas.

—Y después te dejó para que te disfrutara otro hombre. ¿O acaso Plinio mandará que te busquen algún día para que te unas a él y a su flota en Miseno? ¿No? Cualquiera lo diría. —Amara no le responde. Ha visto a Félix con sus clientes, la manera en que desmadeja su vida, tirando hilos, hurgando su camino hasta sus puntos débiles. Sin duda, él percibe su vulnerabilidad, aunque no sepa qué la está provocando—. Dijiste que el señorito era violento. Qué mentirosa eres.

—Quizá sí lo es.

—Lo será si es inteligente. Es la única manera de controlar a una mujer.

El odio que siente Amara es abrasador.

—Rufo no es un hombre como tú —afirma, aunque ya no está segura de que eso sea del todo cierto.

—Esperemos que no lo sea —responde Félix—. Y no te reprocho que te hayas quedado con Victoria. Sé que no es a ella a quien de verdad querías.

Amara ha estado esperando a que mencione a Dido, que trate de darle donde más le duele, y se obliga a permanecer en calma.

—¿Dónde enterraste sus cenizas?

—¿Y qué te hace pensar que la enterré?

—Porque ni tú la habrías abandonado en el basurero de la ciudad. No podrías haberlo hecho; no después de lo que Plinio te acababa de pagar por mí.

—Si la enterré o no es algo que jamás sabrás. —Abre la boca para responderle, pero Félix la interrumpe—. Basta. Dame mi dinero. —Amara lo mira con rabia impotente. Piensa en Dido, pintada sobre su pared, con la mano en alto, en señal de venganza. Sea lo que sea que este hombre haya hecho con el amado cuerpo de su amiga, confía que la sombra de Dido maldiga cada uno de los días que le quedan de vida. Félix truena los dedos, como para despertarla de un trance—. ¿Y bien? ¿Dónde está? —Amara se estira sobre el escritorio y coloca las dos bolsas de Philos y de Juvento frente a él. Ver cómo Félix cuenta las monedas y coge entre sus dedos su fortuna, duramente ganada, le hace sentir náuseas—. Esto no basta para el pago inicial —exclama Félix, mirándola enfadado—. ¿Dónde coño está el resto del dinero?

Amara se levanta y rodea el escritorio hasta donde se encuentra él. Félix no logra ocultar su sorpresa ante su acercamiento no solicitado. En el último instante, se pone de pie. Jamás se ha acercado tanto a él de manera voluntaria. No le quita los ojos de encima, ninguno de los dos sabe quién es la presa y quién el depredador. Amara mete la mano dentro de su vestido, saca la bolsa aún caliente por el contacto con su piel, se la quita de alrededor del cuello y la deja caer sobre el escritorio. Después, se inclina hacia delante y besa a Félix en los labios, con los ojos abiertos, clavados en los suyos. No es un gesto de ternura y mucho menos de lujuria, aunque su odio arde más que el deseo.

Félix no cierra los ojos ni hace un solo movimiento para tocarla, pero ella percibe que su respiración se agita. Las palabras de Fabia regresan a ella. «Siempre pensé que tú eras la que le gustaba.» Los chismes de una anciana son una vaga esperanza con la que apostar.

Amara exhala cuando sus bocas se separan.

—Te he echado de menos —le dice.

Antes de que Félix tenga oportunidad de responderle, se da la vuelta y se marcha deprisa de la habitación.

Floralia

II

> Se irguió desnuda sobre la orilla y se enfrentó a las burlas de los compradores; cada parte de su cuerpo fue inspeccionada... y manoseada.
>
> SÉNECA, *Las declamaciones*, I, 2

El mercado de esclavos de Pompeya es mucho más pequeño que el del puerto gigante de Pozzuoli, donde Félix las compró a ella y a Dido, pero Amara todavía puede sentir que se le encoge el corazón cuando observa el cargamento humano que se exhibe sobre el muelle. Incluso a cierta distancia, el hedor de los cuerpos sudorosos y sucios casi logra superar el aroma de la fresca brisa que entra del mar. Es un día brillante y la luz que se refleja sobre el agua resplandece como la plata, casi con demasiada fuerza, antes de disolverse en el azul de la distancia. La diosa del amor surge de entre la marea y la espuma que le dieron vida, erguida sobre una elevada columna en el centro del puerto, inalterada por las olas que rompen a sus pies. Venus Pompeyana vela por su pueblo, de espaldas al mercado que se encuentra tras ella, ciega ante su fealdad. Quizá sea el sonido lo que ofende los oídos de Afrodita: los comerciantes que gritan sus precios, las risas estridentes, los furiosos regateos. Amara siente cómo aumenta la tensión, como el humo de un fuego de leña apenas prendido antes de que broten las llamas.

Da la vuelta para ver a Drusila, cuya frente está en absoluta calma y cuyo bello rostro no deja asomar señal alguna de incomodidad. Pero, después de todo, la última vez que vendieron a Drusila era una niña muy pequeña; quizá ni siquiera lo recuerde. Para Amara, el recuerdo es tan reciente que hace que el pulso le retumbe en los oídos, con su dolor enterrado al fondo de su pecho. Drusila se vuelve y le sonríe.

—Le dije a Josefo que pidiera que apartaran a algunas para que pudiésemos verlas antes de que las revisen los proxenetas —le indica—. Él verificará sus referencias.

Amara siente cómo Británica se acomoda junto a ella. El rostro de la britana está enrojecido, sudoroso bajo el calor del brillante sol de abril, y parece igual de incómoda que Amara. Quizá haya sido un error elegir a Británica como guardaespaldas en lugar de traer a Philos. Amara mira hacia delante. A las últimas en llegar las empujan y las maltratan para que se pongan en fila a la oscilante sombra del barco más cercano. Algunas de las mujeres lloran de manera abierta, otra se resiste cuando le arrancan una manta de la espalda. Los vendedores caminan de un lado al otro y cuelgan letreros alrededor del cuello de las personas en los que indican su nombre, su país de origen y su historial como esclavos. Los compradores se paran y los inspeccionan o, peor todavía, manosean el cuerpo de los que están a la venta. Amara siente asco al verlos y le trae un recuerdo oculto a la mente. La manera en que Dido, una desconocida en aquel entonces, había estirado la mano para coger la suya mientras estaban paradas en el mercado de Pozzuoli.

Drusila señala a su mayordomo Josefo, que les hace gestos desde donde se encuentra, junto a uno de los mercaderes. Debe de haber terminado con las negociaciones.

—Está listo —afirma Drusila al tiempo que empieza a caminar hasta él.

Por un momento, Amara piensa que no podrá seguirla, que le será imposible dar un solo paso más hacia el mercado. Se apodera de ella el temor irracional de que, si llega hasta la fila, uno de los traficantes le arrancará su propia capa y se verá obligada a ponerse de pie desnuda sobre el suelo de subastas, a la venta una vez más.

—Yo vengo contigo. —Británica la observa con los ojos entrecerrados y la nariz arrugada bajo el intenso sol—. Ven, Amara, ven. Yo también estoy aquí.

Amara coge su brazo, sintiendo una mezcla de vergüenza y gratitud, sabiendo que es libre cuando Británica no lo es.

—Te prometo que jamás te venderé —le dice con ímpetu—. Cuando pueda liberarte por ley, lo haré. Te lo juro.

—Esto lo sé —responde Británica con sencillez, como si fuera impensable cualquier otra acción por parte de su amiga. La sensación de vergüenza de Amara se profundiza todavía más.

Cuando llegan, Josefo ya está regateando en nombre de Drusila. El mercader asiente en dirección de Amara para incluirla en las negociaciones, pero ella no puede mirarlo a la cara y baja la vista hasta sus manos. Curtidas y bronceadas por el sol, llenas de anillos, Amara sabe dónde habrán estado esas manos que tocan y tiran de las personas a las que vende; las golpea y les roba cualquier placer del que se siente merecedor. Se aferra al brazo de Británica con tal fuerza que debe de dolerle, pero la britana no se inmuta.

—¡Amara! —le insiste Drusila—. Te he preguntado que qué pensabas.

—Discúlpame, ¿me lo puedes repetir?

—Dos flautistas griegas o una citarista de Cartago. Es lo mejor que tiene. Cualquiera de las dos podría acompañar a Victoria, pero las flautistas serían mejores si valen lo que cuestan.

—Las que prefieras —tartamudea Amara—. No estoy segura.

Josefo vuelve a intercambiar palabras con el esclavista, que se marcha para traer a las mujeres. No están en la fila, sino agrupadas a un lado, junto con un joven delgado que hace que Amara piense con dolor en Philos, aunque al verlo por segunda vez se da cuenta de que no se le parece en nada. Las tres mujeres se paran una junto a la otra frente a ella y Drusila. La citarista se queda un poco aparte. Tiene los ojos inflamados y enrojecidos y constantemente trata de cubrirse con las manos, que el mercader aparta de su cuerpo con insistencia. Amara sospecha que quizá la hayan secuestrado, como a Dido.

Las flautistas paradas junto a ella tienen la misma expresión neutra y apagada que Amara reconoce de su propia época en el mercado de esclavos. Lo más probable es que jamás hayan conocido la libertad.

—Creo que tendría que ser el par, ¿no crees? —murmura Drusila—. Son de lo más gráciles. Con tal de que puedan tocar de verdad.

Amara vuelve a mirar a las flautistas y esta vez, por un instante, puede ver lo que está viendo Drusila. Las imagina mientras tocan durante algunas de sus cenas; entretienen a Rufo y a Quinto, se añaden a la decoración y al entretenimiento; generan dinero para que pueda pagarle a Félix.

—¿No deberíamos escucharlas tocar algo?

Drusila asiente. Josefo vuelve a hablar con el esclavista, que se marcha para traer los instrumentos de las mujeres. Amara se percata de que la citarista las mira fijamente, con ojos redondos y desesperados.

—¿No sería posible que nos las llevásemos a las tres? —pregunta Amara, repentinamente aterrada de dejarla aquí.

—No podríamos pagarlas —le responde Drusila por lo bajo. Es cierto. Amara de por sí depende de que Drusila pague la mayor parte de la compra de hoy. En lugar de pagarle en efectivo, le ha dado a Drusila varias piezas de joyería con la condición de que Drusila se las preste de vez en cuando para evitar que Rufo sospeche.

El esclavista regresa, les da sus instrumentos a las mujeres y les hace señas toscas para que se pongan a tocar. Una de las flautistas le lanza una mirada de desagrado, pero solo cuando no la está viendo. Empiezan a tocar juntas y la música destaca entre el fondo de llantos y gritos, el detestable sonido del mercado. No es más que una melodía sencilla, pero basta para mostrar que son hábiles para tocar su instrumento y que saben cómo moverse. Junto a Victoria, harían un trío indudablemente seductor. Amara se pregunta cuánto le pagaría Egnacio si viera a estas muchachas después de recordar la manera en que reaccionó cuando primero las contrató a ella y a Dido para que interpretaran una pieza durante la Floralia del año anterior. Poco a poco, Amara empieza a desembarazarse de su vergüenza y se queda mirando el cuerpo de las jóvenes, calculando lo que podrían valer.

Una vez que terminan su interpretación, Drusila le hace señas para que discutan la transacción fuera del alcance del oído del comerciante.

—Creo que deberíamos llevárnoslas —susurra.

Amara asiente.

—¿Ya le has dicho a Josefo lo que podemos pagar?

—Por supuesto. Y si este hombre no quiere acceder, podemos volver otro día. Siempre habrá más.

Regresan donde están Josefo y Británica. Por la inclinación de la cabeza de su ama, el mayordomo de Drusila comprende que está dispuesta a comprar. Amara no puede quitarles los ojos de encima a las flautistas mientras los dos hombres regatean, y se pregunta qué estarán pensando de todo esto. De nuevo, vuelve a recordar su propia venta pública; con su absurdo alivio por el hecho de que Félix parecía tener un rostro agradable y porque no la había manoseado con tosquedad como algunos de los otros clientes. En ese momento, no había comprendido que su gentileza provenía de un deseo por examinar sus bienes con el mayor detalle posible. Imposible poder tocar el cuerpo de una mujer cuando está temblando. Ninguna de las flautistas le devuelve la mirada a Amara, miran al horizonte. Por primera vez, Amara lee sus nombres en el letrero que les pende del cuello. PHOEBE. LAIS.

—¿Y de qué parte de Grecia sois? —le pregunta a Lais en su idioma nativo.

—De Atenas —responde Lais con una sonrisa poco sincera. La chica tiene un acento similar al de Menandro, el hombre al que Amara alguna vez amó; al que abandonó por Rufo.

Amara está a punto de decirle que ella también proviene de Ática, pero la mirada apagada en los ojos de Lais la detiene. Hasta donde ella sabe, Amara podría ser justo igual que Félix; una dueña que la trataría con violencia o indiferencia, no alguien en quien confiar. Y es cierto que Amara no puede dar fe del comportamiento de todos los hombres a los que Phoebe y Lais estarán obligadas a entretener. Quizá, en el fondo, no sea tan distinta de su amo anterior. Antes de que el desagradable pensamiento pueda arraigarse en su mente, se obliga a pensar en Félix dentro de su estudio rojo, esperando a cobrar sus deudas. «Son ellas o soy yo —se dice—. Cualquiera haría lo mismo.»

Josefo y el esclavista acuerdan sellar el trato por cuatro mil sestercios por el par; menos de la cantidad máxima que había pensado Drusila y mucho menos de lo que Amara le pagó a Félix por sus amigas. A pesar de lo inexperta que es en la venta de seres humanos, Amara entiende de todas maneras que es un buen precio. Josefo entrega una bolsa llena de monedas como depósito y firma un acuerdo para pagar el resto en una fecha específica. Vuelve a surgir una discusión acerca de si pueden llevarse a las muchachas ahora o no. Josefo gana la discusión al amenazar con pedir el depósito de vuelta. Al final, Amara y Drusila toman posesión de Phoebe y Lais.

Caminan junto a los muelles del puerto de regreso a

la ciudad, Josefo y Británica custodian a las mujeres recién compradas a las que han envuelto en capas para evitarles la humillación de andar semidesnudas por las calles. Amara y Drusila van un poco por delante.

—Te has desenvuelto bien —susurra Drusila de manera tan silenciosa que Amara casi no oye lo que le acaba de decir—. Se vuelve más fácil. —Amara lanza una rápida mirada al rostro de Drusila. Sigue igual de inalterado e inescrutable que antes—. Si es la voluntad de los dioses, encontrarán su libertad, al igual que nosotras. Aquellos que están destinados a ascender ascienden.

Un poco de agua rocía el rostro de Amara cuando una ola choca con la pared del puerto. El mar se extiende a su derecha, agitándose y brillando con la luz del sol, bello pero traicionero. Amara piensa en su amiga Cressa, que se ahogó en este puerto después de decidir ponerle fin a su propia vida en lugar de seguir viviendo como esclava de Félix, incapaz de tolerar el dolor de perder a la criatura que llevaba en su vientre. Sería fácil que Amara creyera que su propia buena fortuna es su destino, pero no es así.

—En parte, mi libertad fue obra tuya —responde entonces—. Tú me diste la confianza para pedirle a Rufo que me comprara.

Drusila se encoge de hombros en un gesto breve y delicado.

—Ya lo habías decidido. Lo vi en tu rostro la primera vez que nos conocimos; y lo vi en el suyo. Jamás había visto a Rufo tan encaprichado con una mujer.

Amara piensa en todo lo que ha averiguado de su amante desde entonces y permanece en silencio.

La caminata para cruzar la ciudad es agotadora con ese calor. La casa de Amara está al otro lado de Pompeya desde el puerto y, para cuando llegan a la puerta de oro, suda profusamente. Hasta Drusila parece algo acalorada. Entran a la fresca oscuridad del atrio. Amara parpadea, adaptándose a la luz menos intensa, y ve a Victoria, que corre desde el jardín hacia ella para recibirlas, abrazándola.

—¡Las has encontrado! —exclama, mirando a Phoebe y Lais con curiosidad.

—Sí, aquí están.

—¡Maravilloso! —Victoria sonríe a las recién llegadas. Amara es consciente de que Drusila las está mirando y se siente un poco turbada. No han invitado a Victoria al mercado, dado su estatus incómodo entre esclava y liberta. Su falta de un patrón y la enorme deuda que se debe a Félix por ella implican que tendrá que salir a ganarse la vida junto con las flautistas. Es poco probable que a los hombres que utilicen a las tres mujeres les importe mucho la distinción legal que existe entre ellas.

Phoebe y Lais están agazapadas junto al estanque, nerviosas ahora que ya ha pasado el impacto de la venta.

—Estaréis hambrientas —les dice Amara a las dos.

Se miran la una a la otra, inseguras. Phoebe se lame los labios.

—Por favor, no problemas —dice en su latín con acento—. Solo agua.

—¡Tonterías! —responde Victoria afable—. ¡Debéis de estar muertas de hambre! Acompañadme. Martha os dará algo. ¿Un poco de pan, tal vez? ¿Y algo de queso?

Victoria conduce a las dos flautistas al jardín, amainando su temor con un torrente de cháchara amistosa. Amara las ve irse, conmovida por la amabilidad de su amiga.

—Excelente —declara Drusila cuando las tres mujeres se alejan—. Tendrán que trabajar juntas.

—¿No quieres quedarte a tomar algo? —le ofrece Amara.

Drusila sacude la cabeza.

—Necesito llegar a casa —responde—. Le prometí a Primo que pasaría la tarde con él. —Se acerca a Amara y le da un beso en la mejilla—. Dime lo que cuesta alimentarlas y vestirlas. Y así podremos descontarlo de la cantidad total de la venta y asegurarnos de que las cuentas son justas para las dos.

Amara asiente.

—Por supuesto. Dale un beso a tu pequeño de mi parte.

Drusila vuelve a cruzar el atrio y se une a Josefo, que la espera en silencio junto a la puerta con Juvento. Una vez que se marcha, Amara se queda a solas con Británica.

—Tú también debes de estar hambrienta —le dice, avergonzada de no haberlo pensado antes.

Británica se encoge de hombros.

—Si no me necesitas ahora tú...

—Ve y come —le indica Amara—. Ahora os acompaño en el jardín, en cuanto hable con Juvento.

El portero observa a Amara mientras se acerca, sus ojos se pasean por su cuerpo. Desde que la acompañó al burdel y vio los bajos fondos de los que proviene y el desdén con que la trató Paris, Juvento ha sido más descarado con sus miradas lascivas, aunque jamás ha sido lo bastante insolente como para que pueda reprocharle nada. Y, en todo caso, ¿qué podría decirle? Una mujer virtuosa ni siquiera reconocería la mirada lujuriosa sobre su rostro. Se queda un poco separada de él, deseando que no estuvieran solos.

—¿Cuándo vuelve Philos? —le pregunta.

Juvento se lame los dientes.

—Tiene negocios con el amo hasta la tarde.

—Cuando vuelva, por favor dile que necesito verlo.

Juvento la mira hasta que Amara se da más que cuenta, como sin duda es su intención, de que hace muy poquito no se habría limitado solo a contemplarla. Podría haber pagado por sus servicios sin ningún problema.

—Como usted desee, ama.

12

> El cuerpo busca aquello que la mente ha herido con el amor.
>
> Lucrecio, *De la naturaleza de las cosas*

Amara y Philos recorren las calles secundarias para llegar a casa de Cornelio. Los edificios están iluminados con el último resplandor anaranjado antes de que caiga el ocaso. El aire es fresco y algunos tenderos ya están guardando su mercancía, moviendo los canastos y jarrones que pueblan la calzada para meterlos en sus tiendas. El puesto de comida, donde Martha suele recoger su cena, está abarrotado de clientes que se amontonan alrededor del mostrador amarillo brillante para conseguir lo que queda de la sopa caliente.

Philos parece agotado. Amara esperaba que intentara hablarle otra vez de Rufo, pero quizá lo ha rechazado en tantas ocasiones que ya se ha dado por vencido. Se siente aliviada y decepcionada al mismo tiempo.

—¿Qué te han parecido Phoebe y Lais? —le pregunta cuando ya se han alejado de la casa y caminan más juntos por el pavimento.

—Solo las he visto de pasada, pero estoy seguro de que tú y Drusila habéis elegido bien.

Un vendedor callejero, que carga una ristra de canastas en las que retumban ollas y sartenes, se abalanza sobre ellos y los obliga a pegarse contra la pared. Philos pone el brazo frente a Amara para impedir que se golpee o se arañe. Ella sabe que es una conducta que un esclavo se ve forzado a ejecutar, obligado en toda ocasión a sacrificar su propia comodidad por la de los demás, pero la actitud con la que Philos se vuelve después hacia ella es más la de un amigo.

—No te has hecho daño, ¿verdad? —pregunta.

Philos baja el brazo, pero siguen muy próximos. Amara busca por instinto la mano de su acompañante, que está medio oculta entre los pliegues de su propio manto.

—No. No me he hecho daño. Gracias.

Philos le corresponde con la misma presión y le sostiene la mano con tal fuerza que, por un instante, Amara piensa que no la soltará. Recorre su pulgar sobre el de ella, con la suficiente lentitud para que sea obvio que no es por accidente. Luego la suelta y da un paso atrás. Siguen caminando sin mirarse ni reconocer el contacto. No le habrá cogido la mano más de un segundo, el vendedor callejero apenas los rozó, pero Amara lo siente como si se hubiera detenido el tiempo.

—Fue raro ver el mercado de esclavos desde el otro lado. —El corazón le late muy fuerte, pero no se detiene a pensar en lo que está diciendo o por qué siente de pronto la necesidad de comunicar algo tan personal—. Aunque Félix me compró en Pozzuoli, no aquí, sigo soñando con este lugar. Las cosas que hace la gente cuando sabe que no importas. Cuando sabe que no eres nada.

—No es un rito de iniciación que haya experimentado —responde Philos—. Solo me vendieron una vez y fue en privado.

—Es una crueldad y ahora yo se lo he hecho a alguien más.

No se han estado mirando, pero en este momento Philos se vuelve hacia ella.

—Todos hacemos lo necesario para sobrevivir, y tú y Drusila no seréis crueles. Si no hubieras sido tú, alguien más las habría comprado.

—Eso es lo que me digo.

—Es cierto. Solo los tontos viven la vida creyendo que es una obra de teatro, con cualquier esperanza de aferrarse a su virtud. —Sonríe. Las palabras no significan nada para él; solo una burla. Pero ambos saben quién es el objetivo: Rufo, su amo, que adora el teatro.

Amara le devuelve la sonrisa, pero no se atreve a reconocer plenamente el insulto a su patrón.

—Supongo que no le estoy pidiendo más a Phoebe o a Lais de lo que yo misma soporté. Además, por lo menos nunca me desagradó Egnacio. Casi puedo considerarlo como un amigo mío y de Dido.

—¿Cómo crees que te sentirás al verlo otra vez?

En su mente, Amara tiene las imágenes de la última vez que vio a Egnacio, con el rostro tan maquillado que se cuarteaba cuando sonreía y los aspavientos que hacía con Dido al peinarla con las rosas entrelazadas en su cabello. Dido siempre fue su favorita, y el recuerdo trae consigo la resaca de la tristeza.

—No sé.

La entrada a la casa de Cornelio es del doble de la estatura de Amara y, con mucho, la más espléndida de la calle. Un rayo de luz atraviesa las puertas medio abiertas hacia la calle oscurecida. No entran por allí; Amara guía a Philos hacia una pequeña puerta en un callejón lateral, que es un acceso menos visible a la casa. Un portero, cuyo delantal está cubierto de manchas de grasa, les permite entrar y los deja esperando en un cuartito oscuro mientras va a buscar a Egnacio. Amara observa que Philos mira con curiosidad las pinturas de los muros: ninfas perseguidas por centauros. Nada en la casa de Cornelio es muy sutil.

—¡Querida!

Egnacio, el liberto de Cornelio, aparece en la entrada

con los brazos muy abiertos en una actitud histriónica que le indica que espera un abrazo. Amara corre hacia él y le besa ambas mejillas.

—¿Y quién es este? —Los ojos de Egnacio barren de arriba abajo a Philos, con los labios fruncidos y una mirada inconfundible de evaluación en el rostro.

Amara se avergüenza y teme que Philos se sienta ofendido, pero parece divertido.

—El mayordomo —responde—. Ha venido para redactar el contrato.

—Muy guapo para ser mayordomo —le susurra Egnacio a Amara, y le hace un guiño. Para su disgusto, en lugar de pensar en una respuesta ingeniosa, descubre que le arden las mejillas. Egnacio se ríe—. Bueno, par de linduras, bebamos un poco de vino y hablemos de fiestas. Y de contratos —añade, echando una ojeada a Philos mientras enarca una ceja.

Siguen a Egnacio hacia un salón apenas un poco más grande, quizá su habitación privada, con dos divanes y una pequeña mesa donde ya hay una bandeja con vino. Las paredes, pintadas de rojo oscuro, muestran imágenes de la leyenda de Hércules. Lámparas de hierro arden en cada esquina y hay un pequeño brasero encendido. Amara ha estado muchas veces en casa de Cornelio, pero siempre como artista contratada. Supone que el amo de la casa jamás llegará a saber que ha estado aquí. Con toda seguridad, el negocio de comprar mujeres y artistas es algo que está por debajo de su categoría.

—Tomad asiento, queridos —exclama Egnacio al tiempo que agita una mano. Amara y Philos no pueden sentarse juntos, así que se plantan incómodos en cada extremo de uno de los divanes. Egnacio se deja caer sobre el otro sillón con un suspiro—. Lo siento tanto —se lamenta—. Tu amiguita, mi querida y pequeña alondra. Es toda una pérdida.

Amara sabe que se refiere a Dido.

—Gracias —responde.

—¡La voz que tenía! ¿Alguna vez la escuchaste? —le pregunta a Philos, que sacude la cabeza—. Tan exquisita. —Por un instante, una mirada de tristeza genuina cruza el rostro de Egnacio—. Que su sombra encuentre la paz —dice, y estira el brazo para servir el vino—. Me alegro de que por lo menos tú, mi amor, hayas escapado de ese espantoso amo que tenías.

—¿Aún tienes tratos con Félix?

—Su mercancía es excelente. —Egnacio encoge los hombros—. No puedes ponerte muy exquisito con tu elección de proxenetas. No son la mejor calaña, que digamos. —Le sonríe a Amara—. Excepto por los presentes, claro.

—Como te mencioné en mi nota, por desgracia ya no puedo cantar en público. —Amara se inclina para aceptar el vino que Egnacio le ofrece y se percata de que Philos levanta la mano para rechazarlo—. A mi patrón le resultaría una idea muy desagradable.

—¡Por supuesto! —exclama Egnacio—. El joven Rufo, ¿verdad? ¿O es el almirante Plinio? Tu nuevo nombre no deja claro a quién perteneces. —Toma un sorbo de vino y asiente con indulgencia hacia Philos—. No es que sea nada malo que una chica tenga dos buenos patrones, como estoy seguro de que opinarás. Ninguno de nosotros será joven para siempre.

—Rufo es mi patrón —contesta Amara, sin tener en cuenta la indirecta—. Aunque tengo una deuda con el almirante que va más allá de las palabras.

—Entonces ¿qué me puedes ofrecer? —Egnacio le da vueltas a su copa y mira cómo los posos bailan en el fondo. La luz del brasero brilla a través del vino y lo hace resplandecer—. Por desgracia, Cornelio no acepta chicos, a pesar de que se lo he sugerido con frecuencia.

—Tengo a una cantante muy talentosa, con una figura excepcional —dice Amara—, y dos encantadoras flautistas. La cantante en particular tiene grandes habilidades para complacer a un hombre, en cualquier sentido que podría desear.

—¿Dónde las compraste?

—La cantante es mi liberta. Solíamos... —Amara duda un instante, pero no tiene sentido ser evasiva con Egnacio—. Solíamos trabajar juntas. En el burdel. Las flautistas las compré junto con Drusila, siguiendo su recomendación.

—Suena maravilloso. Me encantaría contratarlas a todas una noche para probarlas. Siempre podemos hacerles un hueco en la Floralia, como recordarás.

—En vista de que te proporciono tres mujeres, esperaría un pago mayor que el que Félix recibió por Dido y por mí.

Egnacio sonríe, pero sin cordialidad.

—Si pasan la prueba, podemos discutir un aumento de precio. —Lanza una mirada hacia Philos, que ya ha sacado las tablillas y las tiene en equilibrio sobre la rodilla—. ¿Tú te ocupas de todos sus asuntos?

—Soy el mayordomo de Rufo —contesta—. Hago lo que sea necesario.

—Debes de haber visto a todas estas mujeres. ¿Qué me aconsejarías? ¿Valen tanto como dice? —Egnacio apunta el dedo de forma juguetona hacia Amara.

—Ignora sus provocaciones —le ordena Amara, molesta—. Solo te está pinchando.

—¿Cuánto pagó Rufo por ella? ¿O fue el almirante? ¡No puedo seguir la pista a todos esos hombres fabulosos y ricos! —Se hace una incómoda pausa mientras Philos ignora la pregunta—. Tú eres el mayordomo, ¿no? —Egnacio insiste—. También debes de haber redactado ese contrato, ¿no?

Philos aferra las tablillas con tal fuerza que Amara ve que tiene blancos los nudillos.

—Seis mil sestercios —responde—. De los que mi amo pagó un tercio.

—¡Tanto! —farfulla Egnacio, sorprendido de verdad—. ¡Querida! —Se vuelve impresionado hacia Amara—. ¿Seis mil sestercios? ¿Qué demonios hiciste para conseguirlo?

—Ya basta —ataja Amara, no muy segura de qué ha molestado a Philos, pero consciente de que se siente avergonzado—, o me ofenderé de que no esperaras que hubieran sido ocho mil, cuando menos.

Egnacio ríe.

—Nada me sorprendería de ti. —Ella ríe con él, más por amabilidad que porque le resulte divertido. Mira el rostro abatido de Philos y suspira—. Es muy serio, ¿no? No importa, muchacho, no pretendía menospreciar a tu amo, te lo aseguro, ni tampoco al almirante.

Philos hace el esfuerzo de sonreír.

—Por supuesto —responde—. Y no lo tomo a mal, excepto, quizá, por la idea de que le pongas un precio a la perfección.

El intento de Philos por ser agradable le suena tenso a Amara, pero Egnacio se apacigua. Pasan un rato más bebiendo y charlando, y Philos acepta finalmente una copa que apenas toca. Eso le recuerda a Félix, por la forma en que Philos siempre quiere mantenerse en sus cinco sentidos. Intenta de nuevo elevar el precio y falla, pero logra persuadir a Egnacio de que les proporcione a las mujeres una escolta a casa para mantenerlas a salvo, sin tener que pagarle por él.

Cuando llega el momento de que Amara y Philos se vayan, Egnacio los acompaña a la puerta en lugar de llamar al portero y ayuda a Philos a encender la lámpara de aceite para el trayecto a casa. Parece un poco renuente a dejar que se marchen, y Amara se da cuenta de que es posible que se sienta solo.

Al despedirse, Egnacio la abraza y la sostiene de los brazos mientras le besa cada mejilla.

—Muy delgaditos —le dice—. Cuídate, querida. Estoy seguro de que tu patrón debe de querer un poco más de carne a cambio de sus seis mil.

—Al contrario —responde Amara—. Así es justo como le gusto.

Egnacio suelta una risita al confundir sus palabras con coquetería, sin entender que lo dice literalmente. Amara sale a la calle con un último adiós y Egnacio cierra la puerta detrás de ellos. Ya está anocheciendo y tendrán que darse prisa para evitar quedar atrapados en la oscuridad.

Caminan por los callejones estrechos, y Philos sostiene la lámpara en alto mientras Amara se va apoyando en las paredes con la mano para afianzarse en medio de la débil luz. Eso no impide que se tropiece.

—Iría más segura si me cogiera de tu brazo —dice. Philos se detiene, pero no responde. Incluso con el parpadeo de la lámpara, puede ver que se siente incómodo, igual que cuando Egnacio le pidió que dijera cuál había sido el precio de Amara—. Solo si no te molesta —añade ella, avergonzada.

—No me molesta. —Philos levanta el brazo. Cuando Amara se lo coge, él la atrae más cerca de lo que ella esperaba. La calidez de su cuerpo y la sensación física de su cercanía la impresionan. Se miran. Él está a punto de besarla y Amara sabe que debería alejarse, que el riesgo para ambos supera con mucho cualquier atracción. En lugar de ello, se aferra con más fuerza a su brazo para hacerle saber que lo desea.

Sin embargo, Philos no la besa. Gira el rostro hacia la luz con expresión demacrada.

—Deberíamos apresurarnos —dice, y siguen caminando en silencio de regreso a casa.

13

El amor y el temor no armonizan.

Séneca, *Cartas de un estoico*

El aire huele a frescor, y la lluvia matutina persiste aún en los trozos de sombra sobre el empedrado. El espíritu de Amara se siente ligero mientras vuelve de casa de Drusila. Las dos han desayunado a la sombra del atrio, resguardadas bajo el golpeteo tranquilo de la lluvia que salpicaba en el estanque y lanzaba un ligero rocío sobre los azulejos, al mismo tiempo que Primo daba vueltas con su caballito de madera, fingiendo que era un soldado. Drusila ha insistido en que celebraran con vino dulce el éxito de Amara al conseguir que Egnacio accediera a hacer una reserva, y tal vez es el vino lo que provoca que Amara se sienta mareada y con un calor que crece en su interior. Por milésima vez, trae a su memoria el recuerdo de Philos a su lado e imagina que la besa antes de abandonar la imagen. «Pensar en eso no es malo —se dice—, siempre y cuando nunca lo haga.»

Ve la multitud en la esquina de su calle antes de llegar allí. La gente está reunida alrededor del oratorio en la intersección de las calles y el humo flota desde el pequeño altar. Amara tendrá que esperar con el resto; no puede llevar la mala suerte a su hogar pasando de largo por una ceremonia para los lares locales. Se queda de pie al margen del grupo, ya que no quiere darle la oportunidad a ningún hombre de toquetearla con la excusa de que han chocado. El tiempo se alarga. Los sacerdotes del vecindario siempre son esclavos y libertos, y sabe que sacarán provecho de este momento tan poco común de destacar en público. El olor acre de las plumas quemadas flota hacia ella. Deben de haber sacrificado a una paloma.

Uno de los sacerdotes está cantando, y logra verlo por un instante entre el mar de cabezas. Parece tan joven y sincero que le recuerda a Menandro. La imagen de su primer amor la hiere de manera más rápida y brutal que el cuchillo del sacrificio. El rostro de Menandro cuando la lámpara se rompió en pedazos, cuando ella le tiró a los pies el regalo que le hizo con tanto amor. El dolor crece en su pecho y la obliga a recobrar el aliento. Se pregunta qué sentiría si Philos la llegara a mirar alguna vez de ese modo, y entonces se da cuenta, sorprendida, de que no puede imaginarlo. Podría ser que esa traición ni siquiera le causara una impresión. Amara piensa en la expresión inescrutable de Philos cada vez que Rufo se dirige a él, los sentimientos más oscuros que subyacen a su quietud, y siente que puede reconocerlos. «Es un esclavo», se recuerda, y piensa en la advertencia de Drusila. «Y ya salí de esa miseria.»

La muchedumbre empieza a dispersarse y Amara apresura el paso, intentando enfocar la mente en Rufo mientras bordea las hileras de telas. No tiene sentido fantasear con nadie más. Lo mejor será que saque el mayor provecho del hombre que ha elegido en lugar de desear a aquel que podría traerle la deshonra.

En la entrada de su casa no hay portero que impida que se deslice hacia el pasillo sombreado. Juvento, de espaldas a ella, mira al atrio en lugar de hacia la calle. Más allá puede oír las risas y los gritos, así que pasa rozándole el hombro y lo sobresalta.

—Todavía estaba de guardia —protesta él, y se da la vuelta hacia la puerta.

Amara lo ignora, ya que no le interesa su descuido. Oye una pelea al lado de la piscina, en el atrio. Para su sorpresa, ve que Philos y Británica están discutiendo y que blanden los cuchillos de madera que la britana ha estado usando para enseñarle a Amara a defenderse. Británica se lanza al frente y Philos se quita de en medio, chapoteando en las aguas someras para evitar un golpe.

Británica ríe.

—Estás muerto —le grita—. ¡Ya te mato diez veces!

—Sigo en pie, ¿no es cierto? —replica Philos, que corre detrás de un pilar mientras que la britana agita su cuchillo de nuevo.

—Ni siquiera tratas de acuchillarme —chilla Británica, que agarra a Philos por detrás, por el cuello de su túnica para ponerle la daga contra la garganta. Él levanta las manos en actitud de rendición y ambos ríen tanto que es contagioso; Amara se da cuenta de que ella y Juvento también están riendo.

—¿Qué es esto? —les dice mientras da un paso hacia ellos—. ¿Más lecciones con navajas?

—¡Amara! —Británica le sonríe y muestra el hueco donde antes estaban sus incisivos—. ¡Tu hombre es un inútil!

—Creo que eso es un poco cruel —exclama Philos, que logra desprenderse de Británica. Juvento suelta un resoplido de risa junto a Amara y le grita algo a Philos en su propio dialecto. Philos entorna los ojos y responde con una frase que Amara no entiende. Luego se vuelve hacia ella, intentando no excluirla—. Dice que no es como si me hubiera pegado una mujer normal y corriente.

Británica le lanza su cuchillo a Amara, que lo pesca en el aire, y luego coge el otro de manos de Philos.

—Te muestro, incluso ella es mejor asesina que tú.

—No lo dudo —responde Philos.

—Ahora no —dice Amara, avergonzada por la idea de tener público.

—No intentas, nunca mejoras —responde Británica—. Ahora atrápame con el movimiento sorpresa cuando giro a otro lado.

—Esperad —protesta Philos—. ¡Yo no he tenido nada de eso! Podría haber logrado algo.

—No movimientos sorpresa para hombre —dice Británica en son de burla—. Trampa. —Se vuelve hacia Amara—. Ahora tú intenta. —Amara se siente ridícula y trata de acercarse sigilosamente a Británica en unas cuantas ocasiones, pero cada intento es menos entusiasta que el anterior. Es consciente de que Philos y Juvento la observan y de que no parecen nada impresionados. Británica resopla con impaciencia—. Cópiame —le dice de frente a Amara, pero ya no queda indicio de risa en su voz. Británica utiliza el movimiento corto y rápido hacia arriba como si fuera a apuñalar a Amara por debajo de las costillas—. Golpea primero.

Amara copia el movimiento sin dejar de mirar al rostro de Británica.

—¡Golpea primero! —repite.

Británica se mueve como si sacara el cuchillo de la herida en el pecho de Amara.

—Siempre saca tu arma.

—¡Siempre saca tu arma!

Con una velocidad que la coge por sorpresa, aunque espera el golpe, Británica levanta el brazo en un arco letal y baja la punta de la daga hasta colocarla sobre la garganta de Amara.

—El segundo golpe es más duro.

—¡El segundo golpe es más duro! —repite Amara, que pone la punta de su propio cuchillo contra la garganta de Británica.

Esta se deja caer contra ella, como si hubiera sido mortalmente herida, y obliga a Amara a que la baje hasta el suelo.

—Pero recuerda, él o tú.

—Es él o yo. —Amara jadea y los brazos le tiemblan

con el peso muerto de su amiga. Británica se queda tirada sobre el suelo de losetas y la mira fijamente.

—Y cuando muerta, no eres nada.

—Cuando muerta, no eres nada. —Esas palabras traen consigo un escalofrío, y Amara recuerda a Dido, desplomada y herida en brazos de Británica.

La britana se pone en pie de un salto con una sonrisa lobuna en el rostro.

—Habéis visto, chicos —les grita a Philos y Juvento, que las miran en silencio—. Así es como mujer mata hombre. —La mujer camina sigilosa por el atrio hasta la escalera y sube los escalones de dos en dos con su larga zancada. Enseguida oyen el golpe de la puerta de su habitación.

—Creo que habéis tenido suerte de que solo os mojara en la piscina —le comenta Amara a Philos. Él no contesta, como Juvento, la está mirando atento. Entonces se da cuenta de que sigue sosteniendo la daga de madera en la mano, preparada como si fuera un arma de verdad, y relaja el brazo.

»Ay, venga —les dice a los dos—. ¡Solo es Británica!

—Tendré que recordarlo —contesta Philos—. Si alguna vez decide atacarme por sorpresa.

Amara da la vuelta hacia el balcón del piso superior, donde la puerta de Británica sigue cerrada, pero tiene una leve sensación de intranquilidad. Entonces recuerda la advertencia de Victoria sobre la britana: «Es salvaje».

—¿Dónde están las demás? —pregunta, y se inclina para coger del suelo la segunda daga de madera, muy consciente de que esa debería haber sido la tarea de Británica. Para ser esclava, no es muy diligente con las tareas domésticas.

—Practicando en el jardín —dice Philos, y le quita los cuchillos de madera—. ¿Dónde van estos...?

—Si no te importa, guárdalos en el baúl del tablino —responde Amara, de repente nerviosa por estar cerca de él y avergonzada por el recuerdo de todos los besos imaginarios que le ha dado esa mañana. Camina en dirección al soleado jardín. Victoria, Phoebe y Lais están tumbadas sobre el banco, tomando vino.

—Amara —grita Victoria, y se cubre los ojos del sol para mirarla—. Estamos celebrando nuestra nueva rutina.

—Maravilloso —responde, y recuerda las horas que solía pasar practicando con Dido en el agobiante calor del apartamento de Félix—. ¿Puedo escucharos?

Victoria enarca las cejas y se vuelve brevemente hacia las dos flautistas.

—Por supuesto. ¡Nos encantaría!

Phoebe y Lais sonríen con actitud de suficiencia. «Félix nunca aceptaría este tipo de comportamiento», piensa Amara, y enseguida se avergüenza por hacer la comparación, a pesar de no decirlo en voz alta.

—Tú siéntate aquí —le indica Victoria con un ademán ostentoso hacia el banco, y luego camina con lentitud hacia la fuente con una flautista a cada lado. Las tres se mecen levemente como juncos en el viento. Phoebe y Lais empiezan a tocar y Amara reconoce la tonada. Es una de las que Victoria acostumbraba a cantar en el burdel, recuerda que se la cantó a Félix la primera mañana que él le pidió que subiera, el día después del asesinato de Simo.

Victoria integra su voz con las flautas y el sonido que brota es inquietante, extraterrenal, como el lamento popular de una mujer abandonada por su amante. Baila y baja el cuerpo casi hasta el suelo, con muslos temblorosos, antes de incorporarse otra vez. Phoebe y Lais se mueven al mismo ritmo, y Amara se descubre meciéndose sobre el banco, recordando cómo se sentía al cantar con Dido, aunque sus rutinas eran aburridas en comparación con este despliegue. Victoria lanza la cabeza hacia atrás, con los brazos estirados como si convocara la presencia de alguien a su vera. El movimiento es tan definido que Amara gira sobre su hombro y, para su sorpresa, ve a Rufo, que está parado en el borde del jardín con expresión cautivada. Se queda helada al darse cuenta de lo cerca que ha estado de llegar en una escena diferente, en la que ella estaba empuñando el cuchillo y peleando en el atrio. Rufo la mira y sonríe, y luego se desliza en el banco para sentarse a su lado. Juntos observan la actuación hasta que la canción termina.

—¡Maravilloso! —exclama Rufo—. ¿Estas son las chicas de Drusila? —apunta con la mano hacia las flautistas.

—Sí. Aunque espero que siga pareciéndote bien que se queden principalmente aquí. Quería ayudarla, porque también las usamos, pero solo si no te molesta.

—Por supuesto —contesta él, y le pone la mano sobre la rodilla—. Pajarita nerviosa, recuerdo que me pediste permiso, no te inquietes. —Amara puede sentir que cualquier rastro de autoridad que haya tenido sobre Phoebe y Lais se evapora más rápido que las lluvias de abril cuando la miran encogerse ante el contacto de su patrón. Rufo le besa el cuello. Nunca le ha molestado tener un público de esclavos. Cuando acostumbraba a visitarlo en su propia casa, casi empezaba a hacerle el amor frente a Philos o Vitalio antes de que hubieran tenido la oportunidad de salir del cuarto. Por su parte, Amara no tiene ningún deseo de que las otras mujeres los miren.

—¿Por qué no dejamos que las chicas practiquen? —sugiere Amara al mismo tiempo que se pone de pie.

—Lo que quieras, mi amor —responde, y le coge la mano, dejándose guiar lejos del jardín.

En cuanto llegan a las habitaciones privadas, Amara le ruega que espere fuera, inventando la excusa de que quiere ponerse la seda transparente que tanto le gusta.

Rufo suspira, pero con indulgencia. Nunca le ha importado que se preocupe por insignificancias con tal de complacerlo. Amara se desviste deprisa, lanza la seda y revuelve dentro de una canasta barata tejida en su cofre de ropa. Está llena de la densa piel hervida de cordero: su anticonceptivo. Coge un puñado y, con una mueca de dolor, se la mete dentro del cuerpo lo más alto que puede. Luego se apresura para abrir la puerta.

—Hermosa niña —dice Rufo, y la besa. La lleva a la cama sin preocuparse por cerrar la puerta a su espalda.

Amara se toma su tiempo, pasando por todo el repertorio de cosas que sabe que más le gustan. Ha yacido numerosas veces con su patrón desde su discusión aquella noche en que Helvio vino a cenar y, desde entonces, ha sido todo un amor. En cualquier caso, parece incluso más dedicado que antes. A veces piensa que debe de haber imaginado lo que sucedió, que su memoria exagera la amenaza, que malinterpretó sus intenciones y que, por supuesto, Rufo no la forzó, no de verdad; pero, sin importar todas las mentiras que se diga, su cuerpo recuerda. El corazón le late dolorosamente rápido cuando él la abraza y una sensación de asco se va gestando en su estómago. Finge sus suspiros de deseo y mueve el cuerpo para excitarlo, pero cuando él está perdido en un momento de pasión y respira con fuerza en su oído, Amara contempla el techo con los ojos muy abiertos.

Intenta bloquear el presente e imaginarse en alguna otra parte. Piensa en Philos y lo imagina perseguido por Británica al otro lado de la piscina. Su risa. La forma en que le sostuvo la mano por tan poquito tiempo en la calle. La mirada en sus ojos cuando lo tomó del brazo.

—Te amo —murmura, y eso la sorprende.

—Yo también, querida —contesta Rufo, aunque las palabras no eran para él. Se aparta de encima de ella y la besa con ternura—. Querida pajarita.

Amara sonríe. Al fin y al cabo, les ha sonreído a hombres peores, y su cómoda vida depende de que conserve su afecto. Sin duda alguna, Rufo es un amo más fácil de manejar que Félix. «Y no es mi dueño», se recuerda. Pasa con delicadeza un dedo alrededor del rostro de su amante como si fuera el que quisiera ver realmente.

—Estoy tan contenta de que hayan elegido a Helvio. Debes de estar tan complacido.

Rufo suspira satisfecho.

—Sí, es un alivio. Mi padre le metió mucho dinero a su campaña. Además, ¡todo ese tiempo que he pasado en su pomposa compañía! —Rufo le recorre el costado con la mano y mueve los dedos sobre sus costillas hasta el hueco que forma la unión del hueso de la pelvis—. Qué pajarita tan pequeña eres —dice con afecto—. Mi gorrioncito.

Amara piensa en el arco de su brazo cuando baja el cuchillo de madera, ese movimiento mortal que le enseñó Británica. «No soy tan pequeña», se dice. Sin embargo, su corazón se acelera bajo la presión de los dedos que le aferran la cintura. Siempre ha sabido cuánto daño puede hacerle Rufo y que tiene tanta capacidad de destruir su vida como de salvarla. Es muy poco tiempo el que ha pasado desde que empezó a molestarle con tal amargura su poder.

—¿Qué pasará ahora en la Floralia? —le pregunta.

—¡Claro! —Rufo se incorpora muy emocionado—. Eso es lo que quería decirte. Antes de que me distrajeras —añade, y le coge la mano para besársela—. He dispuesto que tú y Drusila vayáis al frente de la procesión hasta el teatro la noche de la presentación.

—¡¿En serio?! —pregunta Amara con sorpresa—. Eso es un reconocimiento público de... —Casi no se atreve a continuar.

—De tu papel en mi vida, sí. No podré reconocerte esa noche, mi amor. Estaré con mi familia, pero la gente sabrá quién eres y por qué estás allí. —Se inclina para besarla de nuevo—. Sabrán que eres mía.

—¡Oh! —exclama ella con genuino placer. Ya puede imaginarse de pie junto a Drusila y siendo el foco de interés de tanta envidia y admiración, con su camino cubierto de flores. Le devuelve el beso a Rufo, esta vez con más sentimiento—. ¿Cómo podría, en qué mundo se me ocurriría no ser tuya?

Él le sonríe, complacido por su adoración. Amara reposa la cabeza contra su pecho, con una falsa devoción que la libra de mirarlo a los ojos.

14

> Entonces ¿solo soy un invitado que contempla a su amada / Mientras otro se deleita con tus caricias?
>
> Ovidio, *Amores*, I, 4

Victoria la mira directamente a los ojos y levanta una ceja, pero Amara la ignora. Es cierto que el tono imperioso de Drusila es un poco irritante, pero Amara no tiene intención de hacer muecas a su espalda. Victoria no parece entender la jerarquía entre las cortesanas y sigue aferrada a la mentalidad del burdel. El aire caliente del exterior se cuela hasta el comedor, endulzado con la esencia de la menta que se está secando al sol. El jardín de Drusila siempre está fragante por las flores que Venus adora: rosas, menta y mirto.

Drusila se preocupa por Phoebe y Lais, les enseña dónde ponerse de pie. Su comedor es más pequeño que el de Amara, pero está frente al jardín, y esa es la razón por la que lo ha elegido esta noche. También tiene más habitaciones, lo cual puede ser importante después de que se haya servido la comida.

—Entonces ¿yo me quedo con Quinto? —repite Victoria, y golpetea con el pie en actitud de aburrimiento—. ¿Aunque sea tu novio?

—Es mi patrón —le responde Drusila sin mirarla, y sigue ocupándose de la túnica de Lais—. Le proporciono todo tipo de entretenimientos.

—Amara está con Rufo; las chicas tienen que tirarse a esos otros dos jóvenes que has invitado y yo me quedo con

Quinto. Y ya no hay más hombres. ¿Qué me dices de ti? ¿Nadie te quiere? —La voz de Victoria es alegre, como si estuviera haciendo una broma, pero Amara se crispa para sus adentros al pensar que Drusila se ofenderá.

—¿Yo? —Drusila levanta sus cejas perfectamente arregladas y los hoyuelos de sus mejillas aparecen cuando sonríe—. Es a mí a la que le pagan. La que puede elegir a sus amantes y no dedicarse a entretener a un hombre por orden de otra mujer.

Amara nunca ha visto a Victoria derrotada por una lengua más afilada que la suya. No responde, y solo lanza su cabello hacia un lado como si las palabras no la hirieran.

—Creo que Rufo querrá irse a casa después de la cena —declara Amara para cambiar de tema.

—He arreglado tu viejo cuarto, por si acaso —dice Drusila—. Sospecho que los otros tres hombres preferirán quedarse aquí, en los sillones, para poder compartir a las mujeres entre ellos. Eso será después de que tú y yo nos hayamos retirado. —El notable encumbramiento que hace de ambas provoca que Amara se sonroje avergonzada, pero complacida al mismo tiempo por su cambio de estatus.

—No te importa, ¿verdad? —le pregunta Amara a Victoria porque le sabe mal por ella.

—¿Por qué me habría de importar? —Victoria se levanta y se aleja con sigilo hacia el jardín. Amara la ve detenerse en la fuente, de espaldas a todas ellas, y se pregunta si debería ir a acompañarla, si le debe esa lealtad, pero decide no hacerlo.

El jardín está a la sombra y el aire refresca más cuando llegan los invitados de Drusila. Victoria y las flautistas interpretan su música en el jardín, fuera del círculo íntimo, mientras que los cuatro hombres se saludan y se acomodan en el comedor. Todos tienen más o menos la misma edad y son hijos ricos de hombres poderosos que se conocen desde la infancia. Quinto es el más asertivo de ellos, pero Lucio es el más atractivo; tiene una boca sensual, como la de una mujer, y su cabello negro reluce aceitoso. Amara recuerda con dolor las veces que solía asistir a las cenas de Drusila con Dido, cuando Lucio era el amante de su amiga. Ahora está echándoles una ojeada a Lais y a Phoebe, sin duda para decidir a cuál prefiere.

—¿Tu padre está insistiendo mucho en que tiene que ser este año? —le pregunta Quinto a Marco—. ¿Cómo es la novia?

Marco se bebe de un trago el vino que le ha entregado uno de los siervos silenciosos de Drusila.

—No tengo ni idea —responde—. La ha elegido mi madre.

—¡Ay, qué mala suerte! —Quinto se ríe—. Recibirás a alguna chica gorda, devota de Juno, que te tejerá túnicas burdas.

—Y que llorará si no te las pones —agrega Lucio para seguir la burla, pero sin quitarles los ojos a Victoria y a las flautistas.

—No tiene nada de malo que una chica le teja la ropa a su hombre —afirma Rufo, que está reclinado junto a Amara y que la rodea con su brazo sudoroso.

—Ya nos hemos dado cuenta del tipo de marido tedioso que serás —se burla Quinto—. Terriblemente correcto. Pero no te preocupes, querida —añade con un guiño hacia Amara—. Sin duda también será un hipócrita chillón, así que estarás bien cubierta.

—No te burles así de ella —le dice Rufo, y la acerca más a él. Amara no sabe si el gesto protector es para reafirmarle su fidelidad o para mitigar su propia culpa.

—¿De verdad vais a hablar de esposas y de tejidos toda la noche? —Drusila arruga la nariz—. De haberlo sabido, habría invitado a vuestros padres.

—Estoy seguro de que Hortensio nunca te menospreciaría —replica Quinto con voz áspera.

Amara recuerda la manera codiciosa con la que Hortensio, el padre de Rufo, miró a Drusila cuando se conocieron, y se inclina por coincidir con él. Ni siquiera Rufo salta en defensa de su padre, sino que ríe. Drusila sonríe y coloca la mano en el brazo de Quinto.

—Entonces, es bueno que siempre te sea leal.

Lucio tuerce la boca levemente al oírla y por un instante le lanza un gesto secreto de amantes. Amara cree que Quinto no se dará cuenta, pero no es así. Su enfado es evidente y, por un momento, Amara teme que Quinto se altere, pero este abraza a Drusila y la besa, recorriendo la mano sobre su cuerpo con tal agresividad que eso le borra la sonrisita a Lucio. Drusila acepta el abrazo y luego lo empuja un poco para quitárselo de encima. Quinto obedece, pero mantiene la mano aferrada a la pierna de su mujer y la mira con una intensidad que parece demasiado privada como para verla.

Marco, que permanece solo en un diván y que quizá siga pensativo por el asunto de su matrimonio, está intranquilo.

—¿Y si dejamos ya la música? —sugiere, y vuelve a llenarse la copa de vino—. ¿Les pedimos a las chicas que vengan a cenar?

—Por supuesto —concede Drusila, y les hace un ademán a las músicas, pero su orden es tan brusca que Amara sospecha que enfurecerá a Victoria, y las mujeres guardan silencio. Lucio agarra a Phoebe de la muñeca cuando pasa junto a él, es evidente que ya ha elegido; por su parte, Lais se sienta junto a Marco. Por un doloroso instante, Victoria se queda parada, sin que nadie la reclame, y también desconcertada al ver que Quinto está pegado a Drusila con una actitud que evidencia su lujuria por su novia desde hace tanto tiempo.

—¡Aquí tenemos espacio para ti! —le grita Marco, que aprovecha la oportunidad de ser el hombre que tendrá dos mujeres. Su entusiasmo hace reír a los otros y logra restaurar de algún modo el orgullo de Victoria, o por lo menos la hace sonreír.

No es la velada más agradable que Amara ha pasado en casa de Drusila. La tensión está adherida a todo como la seda transparente sobre su piel. La rivalidad entre Quinto y Lucio por Drusila, aunque sobreentendida, sigue dominando y entorpeciendo los intentos de las mujeres por aligerar la atmósfera. Todos los hombres beben demasiado. Lo único que alivia a Amara es ver que Phoebe y Lais son notablemente profesionales: Lais no compite con Victoria para atraer la atención de Marco y, en lugar de ello, coge su flauta para tocarles una canción a todos, en tanto que Phoebe no da señas de desconcertarse por el mal carácter de Lucio. Decide que las flautistas han sido una buena inversión.

—Creo que deberíamos encaminarnos a casa, pajarita —dice Rufo, al mismo tiempo que se levanta del diván después de otro diálogo hiriente entre Lucio y Quinto—, por más agradable que haya sido la reunión. —Le guiña un ojo a su compañera, y ella le sonríe; disfrutan de la broma entre ambos.

—Yo también me retiraré. —Drusila se levanta a la par que Amara.

—Déjame acompañarte —masculla Quinto, que intenta meterle la mano dentro de la túnica.

Drusila se hace a un lado para esquivarlo.

—Has tomado tu decisión esta noche. Voy a dormir sola.

—¿Cómo sé que no vas a recibirlo a él allí arriba? —Quinto señala a Lucio y su voz se eleva—. He visto que estabas metiendo los dedos en el vino y dibujando pequeños signos en la mesa. ¿Cómo sé que no es alguna señal secreta?

—Eres ridículo. —La voz de Drusila es fría como el hielo.

—Solo déjame acompañarte arriba, querida. —El tono de Quinto es servil, y estira los brazos para abrazarla—. Sabes que no deseo a nadie más.

—Me dijiste que esta noche querías una puta —le espeta Drusila—. Aquí tienes unas cuantas; ve a tirarte a alguna de ellas.

—Si descubro que lo tienes en tu cama, voy a...

—¿Vas a qué? —Drusila ni siquiera tiene que gritar para callarlo. Se vuelve hacia Lucio, que está tendido sobre el diván con Phoebe, disfrutando de la discusión. Su sonrisa se apaga cuando ve la mirada de desprecio de Drusila. Ella está inmóvil, e incluso es más bella por la frialdad de su enfado en comparación con la sórdida escena que la rodea—. Disfrutad del resto de la noche, caballeros. —Da la vuelta con arrogancia para salir de la habitación.

Cuando se ha ido, Marco estalla en carcajadas.

—Os ha puesto a los dos en vuestro lugar. —Suelta una risotada y tira de Victoria hacia él.

—Sí que habéis montado un numerito —murmura Rufo, y es evidente que está molesto, aunque no queda claro hacia cuál de sus amigos se dirige.

—No todos podemos usar el dinero de nuestros padres para instalar a alguna zorrita griega venida a más como si fuera una puta esposa —masculla furioso Quinto, todavía fuera de sí por el enfado que le ha provocado el desprecio de su amante—. ¿Por qué no te vas a tu casa y dejas que te teja unas túnicas?

—Estás borracho —contesta Rufo—. Deberías hacerle caso a Drusila: disfruta de una de las chicas y duerme la mona. —Toma a Amara de la mano y la saca de la habitación. Ella no se atreve a mirar atrás y se siente culpable por dejar a Victoria en una atmósfera tan tóxica. Se aferra más a Rufo y se recuerda que no está sacando ninguna ganancia del sufrimiento de Victoria. Todo el dinero que ella gane esa noche será para pagarle a Félix por su libertad.

—Quinto no hablaba en serio —murmura Rufo, que está confundiendo la causa de la angustia de su amante, y Amara le aprieta la mano en respuesta.

En el atrio, Philos, Juvento y el portero de Drusila, sentados en el suelo, juegan a los dados a la luz de una solitaria lámpara. Philos se pone de pie al instante cuando su amo se acerca. El enfado que ha reprimido Rufo con Quinto se derrama hacia el blanco fácil que son sus esclavos. Los regaña por estar perdiendo el tiempo, en especial a su mayordomo.

—Te creía mejor que esto —grita, y empuja a Philos hacia la puerta. Amara ha visto que otros hombres tratan mucho peor a sus esclavos, y ella misma ha recibido peor trato, pero esta es la primera vez que ve a Rufo levantar la mano contra otro. Cualquier afecto remanente que haya sentido por él esa noche se pierde al mirar cómo Philos se tambalea.

Salen a la calle oscura. Juvento camina al frente con una lámpara y Philos los sigue con otra. Durante el corto recorrido, Amara quiere darse la vuelta para mirar a Philos y decirle con los ojos que siente la situación, pero no se atreve.

Llegan a la alta puerta dorada de la casa que alquilan, con su multitud de tachuelas que brillan bajo la luz de la luna. Juvento no encuentra las llaves y manipula con torpeza la cerradura, mientras que Rufo suelta una grosería en voz baja y resopla con impaciencia. Amara gira hacia un lado, como si mirara calle abajo, pero sus ojos se detienen en Philos. Él la contempla, y entonces, cuando ella sigue sosteniéndole la vista mucho más tiempo del que una mujer debería mirar a un hombre a los ojos, él le sonríe. Antes de que Amara pueda responderle con una sonrisa, Rufo le tira del brazo y la conduce hacia el pasillo oscuro de la casa.

15

> Incluso los bosques y los aspectos más salvajes de la Naturaleza nos proveen de medicinas, ya que no hay sitio donde la naturaleza no haya surtido remedios para la humanidad, y hasta el desierto posee el laboratorio de un químico.
>
> Plinio el Viejo, *Historia natural*

Amara inhala el aroma del tomillo y la caléndula, y ambos la transportan a su infancia. Recuerda cuando juntaba esas hierbas para su padre en su jardincito en Afidnas. Las hojas le provocaban tanta tentación de estrujarlas entre sus dedos para liberar la dulzura del tomillo y el olor fuerte y punzante de la caléndula... Su padre, Timaios, podría haberle pedido a un siervo que lo ayudara a preparar sus medicinas, pero prefería la compañía de su hija. Amara desprendía con cuidado las hojas de tomillo de sus tallos y las picaba finamente, mientras él se ponía de pie junto a ella para observarla y explicarle cómo debería prepararse un jarabe para la tos. A veces le cuesta recordar la cadencia precisa de su voz, pero no la sensación que le producía. La certidumbre de ser amada y la imposibilidad de que su vida pudiera ser alguna otra cosa que no fuera feliz.

—¿Dónde quieres las caléndulas? ¿Las plantamos aquí? Estarán bonitas cuando florezcan en verano.

Philos está acuclillado a su lado y los dos planean el jardín. Él acaba de despejar un espacio para la manzanilla. El jardín cuenta con muy pocos macizos donde plantar todas las hierbas que le gustaría tener a Amara, pero está decidida a introducir un poco más de variedad y hacer que se parezca más a la casa de su padre. A Rufo le encantó la idea y la instó a comprar las plantas cuando se lo mencionó. Lo complace cualquier recordatorio de su pasado respetable.

—Sí —responde ella—. Mejor poner juntas las amarillas.

Le entrega la planta a Philos, que comienza a cavar. Sobre sus cabezas, el cielo está pasando del rosa al azul y el aire resuena con los cantos de las aves. Martha está ocupada barriendo el atrio, pero no hay nadie cerca. Británica siempre se escapa discretamente para ir a correr a la arena, y Phoebe, Lais y Victoria siguen en casa de Drusila después de pasar una noche entreteniendo a los huéspedes. Juvento también ha salido, ansioso de dejar su aburrido papel de portero, aunque sea para ir a por un recado a la panadería. Amara casi puede simular como si Philos y ella vivieran solos y su relación fuera algo diferente. Recuerda cómo se sintió al cogerle el brazo cuando tiró de ella para acercarla, y una sensación de calidez recorre todo su cuerpo.

—Entonces ¿tu padre te enseñó mucho de medicina? —Philos está concentrado en plantar y ella le ha estado hablando de su padre, Timaios, y de su infancia.

—Supongo que sí. Me enseñó todo sobre las hierbas y sus propiedades, y sobre cómo preparar muchos brebajes y ungüentos. Cuando era niña, pensaba que quería que fuera médico, hasta que me di cuenta de que no era posible. —Aún puede recordar lo graciosa que le resultó la idea a su padre. «No puedes ser un buen médico para tu familia cuando te ocupas de tu propio hogar»—. Le habría gustado este jardín —dice, y se vuelve para observarlo—. Mi padre creía que las plantas eran buenas para la salud y que incluso pasar tiempo contemplando cómo crecen podía beneficiarnos.

Philos empieza a hacer sitio a una planta de malvavisco.

—Estoy seguro de que tu padre estaría orgulloso de ver cómo honras su memoria.

Amara piensa en el futuro que su padre imaginó para ella, y que él mismo no fue capaz de proteger, y no puede evitar la amargura que revela su voz.

—Eres muy amable, pero ambos sabemos que mi padre no vería ningún honor en la vida que tengo ahora.

—La mayoría de los médicos a los que he conocido son pragmáticos —responde Philos—, así que quizá estés equivocada.

—¿Qué me dices de tu padre? —pregunta Amara—. ¿Qué tipo de hombre era?

Philos se queda en silencio mientras sigue ocupándose del malvavisco y sacando con gran cuidado las raíces sin romperlas, y luego acomoda la planta sobre la tierra. Nadie que haya nacido esclavo puede afirmar quién es su padre y Amara lo sabe, pero también sabe que los esclavos aman igual a sus padres que el resto de la gente. Philos se queda callado tanto tiempo que piensa que ignorará la pregunta; está a punto de cambiar de tema para ahorrarles a ambos la vergüenza cuando él responde.

—Depende de qué padre —indica, y se reclina sobre sus piernas para verla mejor—. Una vez me preguntaste cómo aprendí Homero, cómo tuve cualquier tipo de educación si nunca he sido libre. Ese fue un regalo de mi amo, el hombre que me engendró, aunque nunca lo consideré mi padre.

Amara sabe que este tipo de origen es común para los esclavos, pero de todos modos resulta vergonzoso.

—Era... —Amara titubea—. ¿Era un buen hombre?

—A mi madre, él no le gustaba ni lo deseaba, pero no tuvo voz en el asunto, igual que cualquier esclava no la ha tenido nunca. —Philos sigue mirándola y ella siente que le arde la cara—. Después de que el amo embarazara a mi madre, mis padres se vieron obligados a criarme como si fuera totalmente suyo, pero mi padre siempre fue amable conmigo, aunque sabía que no era su hijo.

—¿Estaban seguros de eso? —le pregunta, como si tuviera el poder de cambiar el pasado con tan solo desearlo—. Si tus padres estaban juntos, ¿no podrías ser su hijo?

—Me parecía más al amo que cualquiera de sus hijos legítimos, y tiempo después me enteré por la cocinera de que había perseguido de manera implacable a mi madre cuando era joven. Nunca la dejó en paz. —Amara puede sentir el enfado en Philos, aunque su voz sea tranquila.

—Pero ¿te educó?

—Sí, y por eso estoy en deuda con él. Por todas las horas que pasé leyendo en su casa. —Philos se vuelve hacia sus plantas y empieza a cavar mientras habla, tirando la tierra sobre la piedra—. No es que actuara así por afecto, aunque alguna vez fui lo bastante estúpido como para tener la esperanza de que esa pudiera ser la razón. Era una broma que le gastaba a sus herederos. La idea de que yo pudiera ser más inteligente que ellos. Era una cuestión de orgullo para él, la marca que dejó de sí mismo incluso en un esclavo.

Amara siente que su propia rabia se le vuelve un nudo en el pecho.

—Pero ¿tus verdaderos padres te amaban?

—Con frecuencia pienso en mi padre —dice él con una leve sonrisa—. Era un hombre de lo más amable. Nunca aumentó el sufrimiento de mi madre al culparla a ella, o a mí, por algo que nadie pudo evitar. Además, como es de suponer, mis padres imaginaron que el amo me daría la libertad en su testamento. Eso era lo que todos esperaban después de que muriera. —Amara no responde, teme la siguiente parte de la historia, y sabe a quién lo vendieron—. Quienes nacen libres hablan delante de los esclavos como si no tuviéramos oídos, como si fuéramos tontos, pero te podría contar todos los secretos íntimos de las grandes familias de Pompeya, si cualquiera de los dos quisiera perder el tiempo con eso. Mis padres sabían muy bien lo que le esperaba a su hijo de diecisiete años en cuanto se enteraron de que me habían vendido a Terencio, y en los peores momentos, cuando dejé a mi familia, cuando pensaba que ya no podría tolerar más mi vida, recordaba lo que me había dicho mi padre: «Te pase lo que te pase, ante mis ojos siempre serás un hombre».

Philos evita mirarla mientras habla de Terencio, y ella entiende la vergüenza a la que se arriesga al contarle esto, una humillación tan profunda que ha visto cómo logra quebrar a otros hombres y los lleva a la violencia. Sin embargo, cuando Philos se vuelve hacia ella, no parece avergonzado.

—Y esa es la razón por la que creo que tu padre lo entendería. No te juzgaría más de lo que lo hago yo por las decisiones que la vida te ha obligado a tomar.

Por un momento, Amara no habla y se queda con la vista fija más allá de Philos, hacia la fuente, mirando cómo salpica el agua.

—Me alegro de que estén muertos —logra decir—. Tus dos amos. O tendría que decirle a Británica que los matara.

—Estoy seguro de que estaría encantada de que se lo pidieras —comenta Philos, y los dos se sonríen, permitiendo que su diversión compartida aligere el peso de todo lo que él le ha contado.

—Gracias por lo que has dicho de mi padre.

—Es verdad —responde Philos, que se vuelve de nuevo hacia los malvaviscos y le da unos golpecitos a la tierra para afianzar las plantas.

Amara se da cuenta de que el instante de intimidad entre ambos ha pasado y de que él ya le ha dado todo lo que ha podido de sí mismo, pero descubre que no quiere dejarlo ir.

—¿Echas de menos leer? Esa era una de las cosas que más echaba de menos en La Guarida del Lobo.

—Sí, mucho. —Recoge del suelo una planta arrugada de hisopo y empieza a cavar para enterrarla también—. Los contratos no suelen ser una lectura muy divertida.

—Cuando quieras, cada vez que no estés trabajando para Rufo, puedes ir a mi estudio privado a leer. No necesitas pedírmelo. Confío en ti, y en realidad no tengo nada del otro mundo. —Se queda trabada, desconcertada por su silencio—. No hay nada de Homero. Solo un texto médico que Plinio me regaló y que está en griego, pero eres bienvenido a compartirlo, si quieres.

Lo que sea que hubiera podido responder, no tiene oportunidad de hacerlo.

—¿Qué hacéis vosotros dos cavando en el jardín? —Victoria está de pie en el pasillo que sale del atrio, inclinada contra la pared y con el cabello enmarañado.

—¡Has vuelto! —exclama Amara, preguntándose cuánto habrá oído Victoria del ofrecimiento que le acaba de hacer a Philos. Hace un movimiento con la mano para señalar el jardín—. Estoy plantando algunas hierbas, como las que mi padre solía cultivar.

—Así que esa es la razón por la que ayer por la mañana volvió Juvento con medio campo. Siempre olvido que eres hija de un médico. —Victoria bosteza y se dirige al banco—. ¡Supongo que la casa donde creciste podía ser incluso más grande que esta!

—¡No! —responde Amara, que no quiere alejarse de Philos, pero que se siente obligada a acompañar a su amiga en el banco—. Era mucho más pequeña, pero este jardín me recuerda a mi hogar.

—No puedo imaginarme cómo sería crecer con un jardín que fuera mío, ¿tú sí, Philos? —dice Victoria, al tiempo que besa juguetona a Amara en la mejilla—. ¡Mi vida comenzó en el basurero del pueblo!

Amara conoce la historia de Victoria y está enterada de que la abandonaron sobre un montón de basura cuando tenía unos cuantos meses, como ocurre con tantos bebés no deseados, y luego la recogió una esclava. Siempre ha admirado a Victoria por su voluntad para sobrevivir, pero hoy hay un dejo desagradable en su voz.

—Y ahora puedes compartir el jardín de Amara —responde Philos mientras entierra la última planta.

—Recuerdo que una cierta personita me dijo una vez que no era suyo. —Esta vez, la hostilidad de Victoria es inconfundible.

—Rufo es muy generoso —replica Amara, avergonzada—. Este jardín nos pertenece a todos gracias a él.

Philos ha terminado de plantar y ahora raspa toda la tierra desperdigada hacia las plantas. El ruido del hierro sobre la piedra le destroza los nervios a Amara y la hace estremecerse.

—¿Necesitas algo más? —le pregunta él, incorporándose.

—No, gracias —responde Victoria, aunque la pregunta no iba dirigida a ella. Philos inclina la cabeza en un gesto más formal que los que ha hecho antes con cualquiera de las dos y se retira.

—¿Por qué has sido tan maleducada? —le dice Amara entre dientes en cuanto él ya está lejos.

—No confío en él —contesta Victoria—. Ese tipo se escurre por ahí como un gato; ¡nunca sé cuándo está! ¡Y la forma en que lo mira todo! Como si fuera mejor que todos, aunque sea un esclavo de mierda.

—¡Eso es injusto! —exclama, sorprendida de que Victoria haya observado tanto a Philos y de que, sin embargo, de alguna manera confunda su reserva con arrogancia.

—Lo siento —responde Victoria, sin sonar nada arrepentida—, pero no puedo olvidar la forma en que te habló cuando me trajiste aquí. ¡Presumiendo de que tú no eras la dueña de la casa! ¡En tu propia cara! Como si él fuera quien estuviera a cargo. Sigo sin entender por qué lo toleras.

Amara está a punto de defender a Philos, de explicarle que intentaba protegerla, no insultarla, pero se detiene al darse cuenta de que quizá revele sentimientos que no puede admitir ni siquiera para sí misma.

—Bueno —dice, como si descartara el asunto—. Rufo lo eligió, y no me corresponde a mí decir nada sobre a quién tiene en la casa.

Victoria rodea el brazo de Amara con el suyo y le da un apretón.

—Simplemente, no aceptes que te maltraten —añade—. Hazme esa promesa.

Amara y Victoria comen pan y fruta seca cuando Juvento vuelve de la panadería. Victoria está renuente a contarle la noche anterior e ignora las preguntas ansiosas de Amara acerca de Quinto, lo cual le hace sospechar que la noche estuvo lejos de ser agradable. En lugar de ello, discuten la presentación que Victoria planea hacer con Phoebe y Lais para la Floralia. Amara sabe que necesita comprarles mejores ropas para cuando hagan su acto en casa de Cornelio, pero también es consciente de que, si se pasea por las tiendas con las tres, inevitablemente parecerá como lo que es: una proxeneta. Entonces le sugiere a su amiga que vayan solas, una vez que haya recibido a la clienta que está esperando esa mañana. Victoria está encantada con la idea, y eso calma un poco la culpa que Amara siente por lo que pasó la noche anterior.

En el tablino, Amara se sienta a esperar a la deudora que prometió ir a verla. Myrtale es una cortesana como ella, una mujer que está en las márgenes del círculo de Drusila y a la que conoció en los baños. Debe de tener más de treinta años y, aunque sigue siendo hermosa,

Amara ha notado las miradas de envidia que lanza hacia el cuerpo de las más jóvenes, en especial Drusila, con su piel oscura y atemporal. Siempre es incómodo pensar en envejecer, y a veces ella misma sospecha que una de las razones por las que le gusta a Rufo que esté tan delgada es para quitar el peso que representa que ya sea mayor de veinte años, y hacer que se parezca a las novias jóvenes con las que se casan los miembros de su clase.

Se oye el débil sonido de alguien que toca en la puerta medio abierta, y Philos hace pasar a Myrtale. Él se cuela detrás de ella y se queda parado como una sombra bajo la ventana de la habitación de Amara, con sus tablillas de cera. Amara siempre conduce sus negocios en presencia de Philos, al igual que siempre hablan sobre sus tasas de interés y estrategias.

Se levanta para saludar a la mujer y lanza un beso en el aire cerca de sus mejillas demasiado maquilladas.

—Estoy encantada de que hayas podido venir a visitarme.

—¡Qué lugar tan notable es este! —responde Myrtale, que se queda embobada con los muros amarillos y sus aves finamente pintadas. Tiene un acento parecido al de Philos y Juvento, que Amara está empezando a entender como señal de clase baja de Pompeya; su latín resulta vulgar con el sabor picante del dialecto local de la Campania. Es más que consciente de que su acento griego también se considera de clase baja, aunque por lo menos trae consigo un toque exótico.

—Soy muy afortunada de tener un patrón generoso.

—¡Ni que lo digas! —Myrtale suelta una risa nerviosa y se lleva la mano a la boca. Quizá pretende hacerlo como un gesto de timidez, pero solo resalta su vulnerabilidad. Amara piensa en Félix y en cómo exploraría las debilidades de esta mujer, destripándola para forzarla a aceptar deudas que nunca podría pagar. «Pero yo no soy Félix», se dice.

—No recuerdo el nombre de tu patrón.

—Oh —responde avergonzada—. Tengo un par de enamorados. Uno es muy leal, pero últimamente ha estado enfermo. Esa es la razón por la que necesito el préstamo.

—Me alegra oír que el hombre es leal.

—Bueno, no tanto —resopla Myrtale—. Lleva años prometiendo casarse conmigo. Pero ¿no es lo que dicen todos? Aun así, estoy agradecida por lo que hace. Es mejor que nada.

Amara no puede evitar la exasperación que le provoca la mujer al exponer su situación.

—¿Cuánto quieres? —le pregunta, más brusca de lo que pretendía, y se da cuenta de que está escarbando en el cajón, buscando por todas partes, igual que hace Félix cuando está molesto. Cierra de golpe el cajón y eso provoca que Myrtale salte.

—Cinco denarios. —La mujer baja la voz, alarmada quizá por la idea de que su prestamista piense que es un incordio.

—Mi tasa es del cinco por ciento. —Amara está a punto de explicarle que después de tres meses el interés sube, pero ve la alarma en el rostro de la mujer. Incluso un cinco por ciento le costará, así que decide no aplicar el aumento—. Si te parece bien, mi mayordomo redactará el contrato. Aunque también necesitas darme alguna garantía.

—Me estaba preguntando si —dice Myrtale—, en vista de que somos amigas, podríamos hacerlo sin esa parte...

Amara sabe que Philos la está mirando, pero mientras que normalmente le da alguna pista de lo que opina, ahora su rostro es de lo más inexpresivo.

—No —contesta Amara—, pero veo un encantador anillo en tu mano derecha. Eso nos serviría.

Myrtale oculta el anillo y lo aferra dentro de sus dedos.

—Es un regalo de mi primer patrón. Vale más de cinco denarios.

—Si no me pagas, te reembolsaré la diferencia.

Myrtale sigue pareciendo insegura, así que Amara estira la mano para insistir en su exigencia.

—Si quieres el préstamo, dámelo, por favor. —La mujer se quita el anillo del dedo, se levanta, lo pone en el escritorio y toma de nuevo asiento. Amara puede ver las lágrimas en sus ojos—. No albergo ninguna duda de que podrás pagarme —añade mientras guarda el anillo en una bolsita con un lazo— y luego lo tendrás de vuelta. Y ahora, si quieres firmar, mi mayordomo tiene el contrato.

Cuando Philos está a punto de marcar la tasa de interés más alta y pedirles la firma a las dos mujeres, Martha asoma la cabeza por la puerta.

—El amo lo necesita —dice, y asiente hacia su compañero esclavo.

Philos le entrega las tablillas a Amara cuando Myrtale firma.

—Si me disculpas —murmura.

—Tienes un montón de sirvientes —observa la mujer después de que Martha y Philos se hayan ido.

—Son los siervos de mi patrón.

Myrtale asiente.

—Sabes que todo desaparece muy rápido —afirma con amargura—. Yo fui así alguna vez.

El maquillaje en el rostro de Myrtale está resquebrajado y las lágrimas diluyen el kohl, que se le emplasta en las grietas alrededor de los ojos, lo que hace que parezca incluso más vieja. Le recuerda a Cressa en La Guarida del Lobo, con ese aspecto de una mujer en lenta caída, o peor, a Fabia, la abyecta miseria de la vejez. Es una idea terrible, y su temor se transforma en crueldad.

—Dudo mucho que alguna vez hayas sido como yo —responde, y se dirige hacia la puerta para abrirla como señal de que la está despidiendo.

Philos ya se ha ido cuando Victoria y Amara salen de compras. Sin duda lo han convocado, como siempre, para ayudar a Rufo o a Hortensio con la administración de los negocios familiares. Amara piensa en los talleres donde cortan gemas y en las joyerías que rodean el exterior de la casa de Rufo. Han sido fuente de regalos para ella, y también fuente de curiosidad cada vez que se atreve a pasar por allí, pero para Philos cada espacio y cada objeto debe de ser familiar. Por no mencionar que conoce las cuentas. Le provoca una extraña sensación imaginar las muchas cosas que no sabe de su vida.

—¿Adónde iremos? —Victoria se lo pregunta mientras se balancea sobre la punta de sus pies con emoción—. ¿Aquí, en tu calle, o a algún lugar nuevo? —Su rostro resplandece, como el espejo de plata de Amara cuando atrapa la luz.

—He pensado que podemos ir a la Vía Veneria y probar con una de las tiendas más grandes. La que está cerca de la casa de Julia tiene tantas sedas asirias que estaremos allí horas.

Victoria la coge de la mano.

—¡Perfecto!

Amara es consciente de las miradas de soslayo que atraen, caminando juntas por el pavimento, pero a Victoria no le importa. Parece que aún no ha entendido que ya no necesitan atraer la atención de los hombres, o tal vez quiere compensar el desprecio que le hizo Quinto el día anterior. Su mirada se pasea por todas partes, hambrienta de admiración, y Amara no está segura de si eso la divierte o la exaspera.

—A este ritmo, nunca llegaremos a la tienda —se queja cuando al pasar Victoria provoca una discusión entre una ofendida esposa y su lascivo marido.

—Piensa en las propinas que ganaré en la Floralia —replica Victoria, que lanza la cabeza hacia atrás—. Solo estoy practicando.

La tienda de telas es una de las más bonitas en la Vía Veneria. Unas pinturas de Venus que miran hacia abajo coronan la puerta abierta. La diosa del amor recibe ofrendas de sus siervos, con una serpiente enrollada a sus pies para la buena fortuna. A diferencia de la tienda de Vírgula, hay muy pocas telas colgadas en la calle, quizá porque son demasiado valiosas para dejarlas a su suerte. Amara tiene repentinas dudas por el precio.

Victoria se lanza a toda prisa antes de que Amara pueda expresarle su ansiedad y va directa al mostrador con la confianza de una mujer que se ha imaginado durante años haciendo justo eso.

—Seda asiria —le oye decirle a la chica que atiende en el establecimiento—. Queremos ver todo lo que tengas.

La joven pasea la vista de una mujer a la otra, evaluándolas. Sus ojos se detienen en el dije de plata en el cuello de Amara con su perfecta gota de ámbar. Ese fue el primer regalo que Rufo le hizo y el que continúa conservando en la memoria de Amara el brillo de algo parecido al amor.

—En la parte posterior, señoras —les indica con una sonrisa servil.

Amara sigue a la chica, Victoria ya se ha adelantado con gran ansia. Es imposible no imaginar la delgada figura de Dido en lugar de la voluptuosa Victoria. Apenas un año antes, Amara y Dido visitaron por primera vez una tienda de ropa en Pompeya, y recuerda el asombro de Dido ante la seda plateada transparente. «Es como ponerse una telaraña.»

La empleada las conduce a ambas hacia una sala pequeña pintada de blanco, decorada con una serie de cupidos pintados. Una ventana interior en la parte más alta del muro debe de dar al atrio de la gran mansión a la que pertenece el espacio de la tienda, aunque Amara no puede ver nada a través de las vigas y se descubre pensando otra vez en Philos, preguntándose si justo ahora estará trabajando en un cuarto como este.

Victoria se queda merodeando cerca de la asistente de la tienda mientras esta busca entre un marco de madera que parece un libro de enormes tablillas de cera en el que la seda ha reemplazado el amarillo opaco de las páginas.

—Estas varían en precio —declara—. Las más económicas están delante, y las mejores, atrás.

—Veremos tu material más barato para dos vestidos y una variedad de sedas para el tercero. Pero nada demasiado caro. —Amara se vuelve hacia Victoria, que asiente para señalar que está de acuerdo. Ya han discutido sobre el dinero. Cada denario que gane Victoria ayudará a pagar la deuda con Félix. Solo cuando finalmente logren saldarla, ella se quedará con sus propias ganancias, con un pequeño pago para Amara como renta. Por ahora, sus opciones de ropa son limitadas.

Amara elige con rapidez algunas sedas para Phoebe y Lais, las más económicas que les ofrecen, y dos de los prendedores más sencillos. Sin embargo, a Victoria no le apetece apresurarse. La vendedora ha traído cinco sedas diferentes, y Victoria se relame con cada una de ellas, tocando la tela con la veneración de un sacerdote que coge las ofrendas para el sacrificio. Levanta los brazos y el material se desliza por su cuerpo, revelando y dejando su lustre sobre su desnudez. Amara sonríe. Sabe cuánto le gusta la ropa a Victoria y recuerda las horas que pasaba en el burdel entreteniéndolas a todas con sus historias sobre las elegantes ropas que compraría si fuera rica. Pero cuando Victoria se prueba la última, que es verde, traslúcida y brillante, Amara, sorprendida, se da cuenta de que los ojos de su amiga brillan con lágrimas que no deja salir.

—¿Qué es esto? —susurra, y tira de Amara hacia un lado para que la vendedora curiosa no pueda oírla—.

Es tan hermosa —musita con voz temblorosa—. Nunca podrá verme así o decirme lo bonita que me veo. —Arruga el rostro y Amara recuerda a Primo, el hijo de Drusila, cuando intenta no llorar—. Lo echo tanto de menos. A veces lo pienso y no puedo creer que no lo volveré a ver jamás.

Amara la rodea con un brazo.

—Encontrarás a alguien más —murmura con la mejilla junto a la de Victoria—. Te lo prometo.

—Es el único hombre al que he amado en mi vida. No hay nadie como él.

La amargura se acumula en el corazón de Amara como la sabia en un tallo de cicuta. «Eso es muy cierto», piensa.

—Te prometo que pasará —repite—. Te juro que lo olvidarás.

—¿Puedo ir mañana contigo? —pregunta Victoria—. ¿Cuando vayas a pagarle? Solo para explicarle que lo perdono y decirle que espero... que espero que también me perdone.

Amara piensa en Félix y en su total falta de preocupación por Victoria, su interminable crueldad, y no puede más que sentirse enfadada con la falta de juicio de su amiga.

—No creo que sea buena idea —responde—, pero puedo decírselo, si quieres.

Victoria levanta la mirada hacia Amara con una expresión de vulnerabilidad rara en ella.

—¿Lo harías? ¿Me lo prometes?

Amara le limpia las lágrimas de las mejillas y acuna su rostro entre sus manos.

—Claro que lo haré —le miente—. Te lo prometo.

16

Ahora que te conozco me pareces más ordinaria y menos seria, / y, sin embargo, el deseo en mí estalla con una luz más brillante.

Catulo, *Poemas*, LXXII

—¿Quieres entrar ¡allí!?

Británica la mira dudosa cuando Amara y ella se quedan perdiendo el tiempo en la entrada de una taberna. El bar de Aselina está en la calle más concurrida de la Vía Veneria, e incluso a medio día el ruido en el interior es estridente y el aire caliente sale como una nube por la puerta.

—Es el único sitio donde Fabia accedió a que nos reuniéramos —responde Amara—. Además, podremos ver de nuevo a Nicandro. —Británica refunfuña con actitud poco emocional ante la idea de encontrarse con viejos amigos—. Tengo que saber en qué anda Félix antes de verlo —añade, exasperada por tener que convencer a su propia esclava de hacer lo que le pide.

Británica se encoge de hombros en un gesto poco entusiasta de aceptación. Exploran la calle para revisar por última vez que no haya alrededor nadie que conozcan y luego entran, tratando de evitar el falo de metal que cuelga sobre la puerta. La britana es tan alta que de todos modos choca con él. Los carrillones suenan en señal de advertencia, las campanas tiemblan y las cabezas se dan la vuelta. Algunos bebedores simplemente las miran con curiosidad antes de retomar sus asuntos, pero varios ríen y les chiflan.

—¿Las señoras vienen a ver cómo vivimos los pobres? —les grita uno—. ¿Queréis probar a qué sabe un hombre de verdad?

—Vete a la mierda —dice Británica—. Tú no hombre.

El borracho duda entre el dilema de defender su honor y el miedo que le provoca la velocidad con la que Británica ha deslizado la mano bajo su toga para sacar un cuchillo.

—De todos modos eres una perra fea —murmura, y se agacha en su silla.

—Os agradecería que no hicierais nada de eso.

Una mujer está parada junto al hombro de Amara. Debe de haber salido de detrás del mostrador, porque su rostro brilla por el calor del horno y tiene una expresión de pocos amigos.

—No queremos causar ningún problema —le dice Amara en voz baja—. ¿Eres Aselina? Venimos a ver a Fabia, una amiga de Nicandro.

—Esa vieja que parece un saco de huesos —responde Aselina—. Está allí, junto a la escalera. Dice que sus amigas le pagarán una comida.

Amara se vuelve hacia el otro lado del pequeño local lleno de aire viciado, en dirección adonde mira la dueña. Fabia agita uno de sus escuálidos brazos desde donde está sentada en una mesa en la esquina, medio oculta entre las sombras.

—Es ella —asiente Amara—. Y sí, pagaremos tres guisos para nosotras tres. Por favor, asegúrate de que sea Nicandro quien nos sirva. Me gustaría verlo de nuevo.

La propietaria levanta una ceja mientras examina la fina capa de Amara y el aspecto excéntrico de su esclava.

—Como gustéis —responde.

Amara y Británica avanzan entre las mesas hasta la

parte trasera, evitando a su anterior agresor, aunque ahora el hombre parece igual de ansioso por ignorarlas.

—¿Qué demonios estabas pensando? —le dice Amara a Fabia cuando se sientan, con un tono que se está adaptando de inmediato a su entorno—. ¿Por qué es más privado reunirnos aquí que en mi casa?

—No puedo dejar que Victoria me vea —responde Fabia, imperturbable ante el tosco saludo—. Temo que se lo cuente a Félix.

Británica asiente.

—Es mejor —afirma—. Todavía es su dueño.

—No es cierto que todavía sea su dueño —replica Amara, pero, antes de entrar en otra discusión con Británica, aparece Nicandro, que se agacha por debajo de la escalera con una bandeja de platos.

—¡Amara! —exclama.

Ella lo mira y, en ese momento, vuelve a El Gorrión, al lado de Dido, con Nicandro revoloteando junto a ellas y exhibiendo su amor por Dido como si tuviera un grafiti rojo sobre la toga.

—Oh. —Amara se lleva una mano a la boca al tiempo que le brotan las lágrimas.

—Amara —repite Nicandro, y baja la bandeja. Puede ver que está igual de afectado que ella y casi no puede evitar abrazarlo.

—Me alegro tanto de verte. ¿Puedes sentarte con nosotras?

—Me necesitan en la tienda —contesta. Parece avergonzado—. Aselina me ha dicho que solo puedo quedarme si le pagáis una propina por mi tiempo y, aun así, no mucho rato. —Nicandro parece más mugroso y flaco de lo que Amara recuerda, y eso le hace sospechar que su nueva jefa es menos amistosa que Zoskales.

—Por supuesto que pagaré.

Nicandro coge un banco y se sienta al borde de la mesa, mirando por encima de su hombro. Parece nervioso. Amara empuja sobre la mesa dos ases para Aselina, los cuales él se embolsa, y luego le ofrece su plato de comida. Él niega con la cabeza. Fabia ya está sorbiendo ruidosamente y raspa la cuchara contra los bordes del tazón.

—¿Cómo estás? —le pregunta Amara.

Nicandro mira por un instante hacia la cocina, como señal obvia de que no puede hablar con libertad.

—Mi ama es generosa —afirma. Se quedan mirándose, y el peso de la ausencia tácita de Dido se vuelve cada vez más doloroso cuanto más tiempo pasa sin que la mencionen—. No es que me importe —añade él—. Nada importa desde aquella noche.

—Lo siento.

—Tú también la amabas. Entiendes lo especial que era.

—¿La enterró? —Amara sabe que es una pregunta cruel, pero no puede evitarlo. La necesidad de saberlo la quema como tizones envueltos en pergamino.

—No lo sé —contesta Nicandro con un rostro contorsionado por la pena—. Le rogué que me lo dijera. Incluso... —duda y traga saliva—. Lo amenacé. Así que Zoskales me vendió.

—¿¡Tú amenazaste a Félix!?

—La amaba. Lo era todo para mí.

Nicandro siempre le pareció un héroe romántico insólito, con su físico delgaducho e incompetente y su silenciosa devoción. Amara solía pensar que su amiga merecía a alguien mejor, pero ahora se da cuenta de lo mucho que lo subestimó.

—Dido también te amaba —dice, y estira el brazo sobre la mesa para cogerle la mano—. No sé si alguna vez te lo dijo, porque no quería sufrir más por amar a alguien a quien no podía tener, pero te juro que fuiste el único hombre que le importó alguna vez, el único al que consideraba realmente amable. Eras la luz de sus ojos.

Nicandro llora en silencio mientras ella le habla, y luego retira la mano para frotarse los ojos con tal ferocidad que se deja manchones de mugre sobre la cara. Cuando se ha quitado hasta el último rastro de las lágrimas, se levanta.

—Tengo que irme.

Amara ve su delgada figura deslizándose entre las mesas hasta pasar detrás del mostrador y desaparecer en la tienda adyacente. La figura de los otros bebedores y comensales se vuelve borrosa y tiembla ante sus ojos; es incapaz de pedirle que regrese.

Fabia golpea la cuchara contra el tazón de Amara.

—¿Te vas a comer eso o me lo puedes dar?

—¿Es que no tienes ningún sentimiento? —le grita Amara.

—Sentir pena por Nicandro y Dido no mantendrá el guiso caliente —replica Fabia—. Además, llevo dos días sin comer.

Británica también ha empezado a comer, y eso deja a Amara como la única que se queda mirando su comida intacta. Empuja el tazón hacia Fabia.

—Cómetelo.

El barullo de la taberna es intenso. Amara observa que la anciana deja limpio el segundo tazón y que está lamiendo los bordes para llevarse hasta el último rastro de salsa. Puede oír que dos hombres discuten en la mesa de detrás acerca de la venta de una mula y que su tono se va volviendo cada vez más acalorado. Desvía la vista de Fabia y se queda mirando la pared. Hay una pintura pequeña y despellejada de una camarera que tiene dos botellones de vino, con una frase escrita encima de su cabeza: «Todos quieren un beso». Debajo alguien ha grabado una respuesta: «Ni en sueños con esta dueña».

—Entonces ¿qué quieres saber? —El guiso de Fabia se ha terminado.

—¿Ha dicho algo de mí? —Amara no usa el nombre

de Félix, pero no es necesario. Todas saben a quién se refiere.

—Ha estado de mucho mejor humor desde tu última visita. El otro día Berenice lo descubrió silbando. ¡Silbando! —Fabia sacude la cabeza—. Por lo demás, sigue siendo el mismo bastardo de siempre.

Británica, que continúa comiendo, masculla algo en su idioma. Amara no necesita entender las palabras para conocer cuál es su intención asesina, así que ignora el arranque.

—¿Ha hablado de Victoria?

—No nos deja mencionarla —le informa Fabia, que en ese momento baja la voz—. Ni nadie se atrevería. Aunque no parece muy afectado, que digamos. Ha tenido a una nueva chica allí arriba un buen tiempo. Por supuesto, no es como el tiempo que solía pasar contigo. —La anciana lanza una mirada de soslayo hacia Amara, como si su comentario pudiera ser halagador.

—¿Y Berenice?

—Sigue enamorada de Gallus. Me sorprende lo mucho que está durando eso. Pensaba que ya la habría abandonado a estas alturas. —Fabia tiene los brazos cruzados y su mirada se desvía hacia la puerta. Es evidente que a la anciana la pone nerviosa quedarse allí ahora que se ha acabado su guiso. «No es la única», piensa Amara. Entonces Fabia se inclina de pronto contra la mesa y Amara hace lo mismo, de modo que sus cabezas quedan juntas, casi tocándose—. Tiene alquilado un pequeño bar fuera de los baños. Gallus y Thraso están desesperados por regentarlo, pero el jefe solo les da cuerda sin decidirse todavía. —Aunque le pese, Amara siente un destello de admiración. Si ella fuera Félix, tampoco le bastaría con el burdel. Fabia se incorpora—. Y eso es todo.

—Gracias —le dice Amara, aunque no está segura de si, a fin de cuentas, el riesgo de ser descubiertas ha valido la pena a cambio de la información—. No creo que pueda hacer esto de nuevo, Fabia. Es demasiado arriesgado venir a una taberna justo en la Vía Veneria. Rufo podría enterarse.

Fabia asiente.

—No parece seguro.

—¿De verdad no puedes venir a la casa? Te prometo que Victoria nunca lo dirá. —La forma en que la anciana niega con la cabeza demuestra que no tiene dudas. Su temor a Félix es más grande todavía que el riesgo de morir de inanición—. Entonces dejaré abierta una cuenta para ti. Suficiente para diez comidas. Si vienes dos veces por semana, serán cinco semanas. Después mandaré a Británica para que la renueve.

—¿Por qué? —le pregunta Fabia con el ceño fruncido—. Así no puedo darte más información.

—Sí puedes —responde Amara—. Puedes dejarle mensajes a Nicandro si hay algo que creas que debería saber. Británica vendrá cada semana para recogerlos en mi nombre. Eso solo si te parece un intercambio justo.

Le guste la idea o no, Fabia no es tan tonta como para declinar una comida gratis.

—Por supuesto. Es un pequeño precio que pago por tanta generosidad. —Las dos mujeres se sonríen: la bella cortesana y la sombra de aquello en lo que teme convertirse.

Amara no se lleva a Británica a ver a Félix. Vuelve a casa para que la acompañen Philos y Juvento, entre quienes reparte el dinero para la caminata. Ya en el burdel, esperan en la parte de arriba en la sala pintada de blanco y negro. Amara recuerda lo cómoda que se solía sentir al escuchar que Philos la llamaba cuando vivía allí, sabiendo que eso indicaba que podría escapar unas cuantas horas para estar con Rufo. Ahora no le reconforta la presencia de Philos. Tiene la cabeza inclinada y los brazos tensos, aferrados contra el banco. Juvento, que está sentado entre ambos, parece más a gusto. Se ha estirado tanto que Amara tiene que moverse para evitar que su pierna toque la suya. Juvento se vuelve sonriente hacia su compañero y le dice algo en su dialecto, pero, por la breve pausa antes de que Philos responda y la repentina actitud malhumorada de Juvento, Amara supone que estaban hablando de ella.

No puede darle nombre a la sensación que tiene al levantarse cuando Paris la llama ni explicar la expectación que la invade al entrar al estudio. Félix está sentado en su escritorio. Amara se obliga a mirarlo como si fuera cualquier otro hombre para estudiarlo, para observar sus debilidades y no su propio temor. Respira hondo y nota el aroma del aceite fresco. Félix tiene el cabello peinado hacia atrás y su rostro es liso. Debe de haberse afeitado esa mañana.

—Esta vez quiero primero el dinero —dice cortante al mismo tiempo que le indica el asiento vacío. Amara cruza la habitación y deja caer las bolsas de cuero sobre el escritorio, mientras, aún de pie, lo observa contar las monedas. Él levanta la vista, consciente de su presencia, que se cierne sobre él—. ¡Siéntate! —Amara hace lo que le pide—. Está bien —afirma Félix, que tira las bolsas hacia ella, y luego recoge ruidosamente el dinero empujándolo por el costado del escritorio hacia una caja—. Ese ricachón es muy confiado al dejarte venir a verme. Me sorprende que lo permita.

Amara calcula cuánto le valdrá mentir antes de decidir que es preferible la verdad.

—No lo sabe.

—¿Y Victoria te compensa para que corras tal riesgo? —Félix nunca se molesta en preguntar por Británica.

—Creo que sí que compensará. Ahora que tengo otras chicas que vender junto con ella.

No puede interpretar la emoción detrás de los ojos de Félix, solo percibe su intensidad.

—¿Ahora eres una proxeneta?

Amara se encoge de hombros.

—Por supuesto. Conozco un poco del negocio y todos tenemos que ganar dinero.

—Tal vez debería subirte el interés.

—No puedes. Philos lo dejó inscrito en el contrato. —Sabe que Félix está al tanto y que está probando cuánto puede asustarla. Le sonríe y Amara detecta el aroma de su cabello cuidadosamente aceitado. De alguna manera, en ese momento sabe que se ha arreglado para verla y la idea la vuelve audaz—. Nunca me diste el mejor uso —le suelta.

—¿Qué se supone que significa eso?

—Podría haber ganado cinco veces más para nosotros. —Félix no detecta su uso del plural, aunque sabe que lo ha oído—. Para ser un hombre al que le gusta ganar dinero, nunca he entendido por qué no buscaste proteger mejor tus propios intereses.

—¿Crees que habrías sido una buena socia en los negocios?

—Sabes que sí. Solo que no puedes admitir que somos iguales.

Félix ríe.

—¿Eso es lo que crees? —La diversión le ilumina los ojos de una forma que se confunde fácilmente con afecto—. A ver, dime —inclina la cabeza sobre sus manos en una pose de falsa intimidad que ella recuerda de su vida como esclava—, si tú hubieras sido yo, ¿cuánto te habría gustado verte reflejada en alguien más? —Amara duda. No había considerado eso, ni había imaginado seriamente que Félix la entendería en realidad—. Exacto —dice con voz irónica. El hombre abre un cajón de su escritorio, busca en el interior sin mirar y saca un objeto cuya ubicación debe de ser tan familiar que puede encontrarlo con solo tocarlo. Es la estatua de Diana, la diosa cazadora, que ella le envió después de obtener su libertad. Su promesa de venganza. Félix la coloca con gran cuidado sobre el escritorio—. No puedes engañarme, Amara. Sé reconocer el odio y sé cómo murió mi padre.

Amara se queda mirando la figurilla. Es Diana, con su arco, en posición de ataque. Busca entre sus recuerdos de Fabia los chismes apilados como en un baúl de ropa blanca, las palabras que consideró menos importantes y que están relegadas al fondo. «El viejo amo murió en una pelea callejera. Había bastantes hombres que lo querían muerto, ¿no es cierto? Todo ese dinero que le debían.» Amara piensa en Drauca, en Simo, en todos los que Félix ha matado sin blandir un cuchillo. Entonces comprende. Al final, Félix ha vengado la muerte de su madre.

No se atreve a devolverle la mirada.

—En esto te equivocas —dice Amara, que coge la estatuilla tallada groseramente y la gira entre sus dedos—. No te estaba deseando ningún mal. Una vez me dijiste que te recordé a Diana cuando me compraste. ¿Qué mujer no se siente conmovida cuando la comparan con una diosa? —Félix tiene los ojos entrecerrados, y Amara se da cuenta de que no está convencido. Tendrá que darle algo más, algo que se acerque más a la verdad. Entonces trata de alcanzar esa vergüenza que lleva consigo en la parte más oscura de sí misma y deja que se derrame entre los dos—. Soy como tú, Félix, pero no soy tú. Si te hubieras atrevido a reconocerme en lugar de humillarme, nadie te habría sido más leal.

Una emoción genuina le enciende las mejillas.

—Entonces, eso era lo que querías —replica burlón, como si la crueldad pudiera esconder el rubor en su propio rostro—. Igual que cualquier otra maldita mujer. Que un hombre finja amarte. No eres mejor que Victoria.

—¡No se trata de amor! —le grita ella, incapaz de

contenerse—. ¿Crees que alguna vez me importó una mierda todo eso? —Se pone de pie y Félix mueve hacia atrás su silla, como reflejo del movimiento de Amara, así que quedan de frente, uno a cada lado del escritorio. Amara se inclina y coloca las palmas de las manos sobre la superficie—. Pude hacer que fuéramos ricos —exclama—. ¡Todavía puedo hacer que seamos ricos!

Los brazos le tiemblan por la presión de tanto odio reprimido. Félix trata de cogerle la mano, pero ella lo empuja.

—No —dice, y se echa hacia atrás—. Ya no soy una esclava. ¡Gánatelo!

El enfado de Félix es frío.

—¿Crees que no puedo cogerlo sin más?

Ella levanta las manos y las gira para exhibir los dedos cubiertos por los anillos que Rufo le ha regalado. Ese es el símbolo del poder de su patrón y del hecho de que es su dueño. Amara le sonríe a su viejo amo y goza con su impaciencia.

—Creo que no te atreverías.

17

Es el embeleso de nuestro aspecto lo que adoran nuestros amantes; cuando nuestra apariencia se ha esfumado, llevan su capricho a otra parte; si mientras tanto no hemos tomado medidas, terminaremos abandonadas.

TERENCIO, *El atormentador de sí mismo*,
diálogo de Baquis

El peso del cabello de Drusila fijado a su cabeza debe de hacer que le duela el cuello, pero ella no da señal de incomodidad. Thalía, su sirvienta, está enrollando las trenzas con un diseño complicado, deteniéndose de vez en cuando para fijarlas. Drusila tiene la mirada tranquila, dirigida a la ventana de su jardín. Ya son las últimas horas de la tarde y un rayo de sol atraviesa la habitación, atrapando las motas de polvo que danzan en el aire.

El cabello de Amara ya está arreglado, con broches que perforan dolorosamente su cuero cabelludo para mantener en su sitio los bucles falsos. Ha sido Rufo quien le ha sugerido que deje que Drusila la arregle, ansioso de causar la impresión correcta durante la Floralia, que constituirá su aparición pública como su amante. Rufo también quería que los eventos de esa noche fueran una sorpresa para ella y no le ha contado nada sobre lo que sucederá en la procesión planeada, pero, por fortuna, Drusila cree que las sorpresas solo son para los niños.

—¿Has visto el carruaje? —pregunta Amara.

—Viajé en él una vez —responde Drusila—. El año

pasado. Pertenece a la familia de Quinto. ¿No viste la procesión?

Amara niega con la cabeza. El año pasado estaba presentándose con Dido en la casa de Cornelio, el mismo sitio al que ha enviado a Victoria y las flautistas para que toquen esta noche. Victoria se ha sentido decepcionada por no ir al teatro, pero Amara se nota secretamente aliviada. No está segura de cómo podría reaccionar Victoria al ver que la llevan de manera triunfal por las calles.

—Nunca me he subido en un carruaje —dice—. No puedo imaginarlo.

Al fin Thalía termina con el peinado de Drusila y le entrega el espejo a su ama. Drusila revisa el trabajo de su sierva y luego inclina la cabeza para indicarle que se retire.

—No hay nada que se le parezca —prosigue Drusila cuando se quedan a solas—. Te sentirás como una diosa.

Ambas mujeres se levantan y se ayudan la una a la otra con los arreglos de último minuto de su ropa. Los dedos de Drusila son ligeros mientras dispone la línea de seda roja que corre sobre el hombro de su amiga. Amara se ha sorprendido con la toga que le ha dado Rufo. La seda no es transparente, pero de todos modos es más reveladora de lo que habría esperado, los pliegues se adhieren a su cuerpo. Ha insistido en llevar el collar de plata con el colgante de ámbar, que fue el primer regalo que él le hizo, y el aspecto sentimental de su insistencia lo ha complacido, aunque se ha asegurado de que su riqueza adorne el cuerpo de su amante de otras maneras: pendientes con gotas de perla que ha tomado prestados del negocio de su familia, brazaletes de plata y pasadores brillantes que sobresalen de su cabeza entre los bucles tan bien rizados.

A pesar de todo, Amara sabe que Drusila sigue viéndose más espectacular que ella. La principal cortesana de Pompeya está envuelta en seda amarilla y cubierta de oro;

el color dorado de la pintura de sus ojos brilla en su piel oscura. Saberlo hace que Amara sienta un pinchazo, pero no de celos, sino más bien de amargura, hacia su amante. «Si no fuera tan delgada —piensa—, estaríamos más equilibradas.»

El sonido de las trompetas que viaja por el aire cálido de la tarde las alerta de la llegada inminente de la procesión. Se dan prisa a bajar al atrio y se quedan paradas, esperando junto a la puerta. Amara siente que el corazón le revolotea por la expectación a medida que el ruido se va acercando, no solo de las trompetas, sino también de los cantos y gritos. Alcanza un punto culminante, así que el desfile debe de haberse detenido justo fuera de la puerta de Drusila. Para su sorpresa, su amiga estira la mano para coger la suya.

—No te pongas nerviosa —le dice, pero, por la mirada de asombro tan poco característica en el rostro de Drusila, Amara no sabe si la orden va dirigida a ella o también a sí misma.

Hay un momento de calma en medio del ruido, seguido de dos notas de trompeta. Josefo, el mayordomo de Drusila, abre la puerta. En la calle está parado un enorme carruaje carmesí con cuatro ruedas doradas que casi tienen la misma altura que Amara. En el arnés van atados dos alazanes cuyos ollares están muy abiertos y cuyos costados están salpicados de espuma. Uno de ellos patea el empedrado y sacude la cabeza de una forma que le resulta alarmante a Amara. Quizá está agitado por todo el escándalo.

Da un paso hacia la acera para encontrarse con la multitud que las espera, y su temor desaparece cuando oye la creciente ovación emocionada. La escena le recuerda a la Vinalia, la enorme bandada de mujeres que inundan las calles. Las situadas al frente están finamente vestidas, cubiertas con guirnaldas de flores y mezcladas con los músicos; ve que una mueve la cabeza hacia atrás y ríe, y su garganta blanca resplandece bajo el sol. Detrás del carruaje, una fila de mujeres de aspecto más vulgar serpentea por el camino. Algunas miran fijamente a las cortesanas ricas mientras otras conversan y ríen. Amara sabe que son prostitutas: la Floralia es una de las pocas veces en que las putas pueden ser celebradas en público. El hedor del sudor, disfrazado por el perfume barato, es sofocante. Amara observa el mar de rostros y piensa en Dido, hasta que cae en que su amiga abandonada, Berenice, podría estar en algún sitio entre la multitud, y se da la vuelta a toda prisa.

Drusila es la primera a la que ayudan a subir al carruaje. Amara aguarda y su mirada se queda fija en los medallones de metal pintados en el respaldo del asiento. Son grecas entrelazadas que representan cuerpos desnudos de sátiros que abrazan a unas ninfas, cuyas figuras están contorsionadas por sus intentos de escapar. Por un momento, Amara siente que los recuerdos vacilantes y desagradables están a punto de brotar en su mente. Se tambalea y el asistente le sostiene la mano para afianzarla. Amara se aferra a él mientras la ayuda a subir a su asiento junto a Drusila y se obliga a sacar de su mente el recuerdo del burdel. La Floralia celebra el placer sexual, y las mujeres han acudido para que las disfruten. Es lo que los invitados en casa de Cornelio esperarán más tarde de Victoria, Phoebe y Lais; es la razón por la que Amara las ha enviado. Es el acuerdo tácito que también hizo con Rufo, la razón por la que la están festejando.

El movimiento de los caballos la sorprende, aunque ya lo anticipaba. Amara se levanta del asiento y mira admirada hacia todas partes. Están a tal altura que ve la calle que pasa al lado desde una perspectiva totalmente diferente, casi al nivel de las ventanas superiores de las casas. Contempla por un instante el rostro de un niño que se asoma entre los postigos, antes de agacharse para que no lo vean. El retumbar de las ruedas y el ruido de las trompetas y los cantos hacen casi imposible que hablen, pero Amara se vuelve hacia Drusila y le sonríe al observar la misma emoción en su rostro. Drusila está aferrando los haces de trigo y rosas que le han entregado, y Amara, que recuerda justo a tiempo la presencia de sus propias flores, las toma de los tallos antes de que se desparramen de su regazo hacia el suelo.

El último sol de la tarde cae sobre ellas mientras se mueven lentamente por la Vía Veneria. El carruaje se sacude, aunque avanza lento, cuando las ruedas caen en los surcos del camino. Amara y Drusila bajan la vista para mirar a la gente que se amontona fuera de los edificios para observarlas. Los hombres no les quitan los ojos de encima, admirando sin duda los bienes de los que pueden disfrutar los ricos, pero es la mirada de las mujeres de la que más disfruta Amara. Es una nueva sensación, la de ser el motivo de tanta envidia, un recordatorio de lo lejos que ha llegado, de todo lo que Rufo le ha dado. Piensa en cómo era él cuando lo conoció, su alegría al regalarle el collar que ahora lleva consigo, y desearía verlo aún de esa manera, como un hombre más inocente de lo que es en realidad.

Para cuando la procesión llega al teatro, Amara siente que se va a desmayar debido al calor, pero de todos modos desciende del carruaje a regañadientes. Ella y Drusila quedan envueltas por la aglomeración de mujeres y músicos, y la pérdida de altura reduce de pronto su estatus. Se lamenta al ver partir el carruaje, cuando es empujada por la multitud. La Floralia nunca es un festival en el que la gente se reprima, y, apretada junto a ella, una mujer de la procesión ya está besando a uno de los músicos. Las flores de su cabello están marchitas y desordenadas. No todos en Pompeya están invitados a una actuación gratuita en el teatro, y la mayoría de las personas se las arreglarán con las celebraciones en la plaza. Drusila le coge la mano, y las dos se abren paso a empujones hacia la entrada del teatro. La estatura de Drusila es imponente, y la gente todavía conserva en su memoria el recuerdo de su llegada en el carruaje como para dejarlas pasar.

Hay una pequeña fila en el corredor y subiendo por la escalera; la mayoría de los demás espectadores ya están sentados, excepto Rufo y los hombres más importantes entre los asistentes. Drusila y Amara entran por la parte alta del auditorio, lo cual les debería proporcionar un acceso más discreto, pero Amara es consciente de los murmullos y las miradas dirigidas a su cuerpo. La gran curva del teatro la confronta con un muro de rostros que las contemplan. Siente el calor subiéndole por las mejillas. Han pasado muchos años desde que era respetable, pero la vergüenza permanece: sabe que la mala reputación está mal vista en una mujer. El honor que Rufo le rinde presenta un doble filo, posiblemente solo porque ya no tiene un verdadero honor que perder. Amara siente un repentino brote de enfado y piensa en Británica; en la manera en que se yergue, el reto que revelan sus ojos y cómo devuelve las miradas. «Déjalos contemplarte.»

—No goces demasiado con la atención —murmura Drusila con voz divertida.

Eligen su camino con cuidado para bajar por las gradas de piedra más cercanas al palco de honor, que está junto al escenario. Es difícil caminar con modestia con su vestido de seda, y Amara está al tanto de lo mucho que se revela de su cuerpo al andar. Drusila, que eligió su propia ropa, tiene mayor facilidad para avanzar de manera digna, ya que los pliegues amarillos de la tela exponen menos partes de su cuerpo. Al final, llegan al espacio reservado a las dos. Rufo les ha explicado que se sentarán detrás de la pared que separa a los espectadores comunes de los del palco. Él estará al otro lado: cerca pero totalmente fuera de su alcance.

Amara está agradecida de que haya cojines sobre la

dura piedra. Se está acomodando, alisando la seda y empezando a sentir que su emoción crece cuando estallan los aplausos. Rufo, Helvio y sus partidarios han entrado al auditorio. Todos saben que es Rufo quien ha pagado el espectáculo. Es posible que Amara ya no esté segura de cuánto afecto experimenta por su amante, pero el orgullo que nota es innegable. Se sienta muy derecha, buscando las mejores vistas, y siente que los dedos de Drusila se posan en su brazo.

—Supongo que nunca te has sentido tan feliz de verlo —le susurra su amiga.

Rufo está subiendo los escalones hasta el palco, y Amara intenta atraer su mirada, pero no se vuelve hacia ella. Hortensio, su padre, camina a su lado, y es el hombre de mayor edad quien lanza una breve mirada hacia las dos cortesanas. Ignora a Amara y prefiere reconocer la presencia de Drusila con una leve sonrisa. Entonces, tanto él como Rufo desaparecen de su vista.

—Hortensio siempre parece muy contento contigo —comenta Amara, que trata de ocultar el dolor que le produce la falta de atención de Rufo.

Drusila frunce los labios.

—Tendría que regalarme una ciudad de oro para que tolerara su mal carácter.

—¿Es un hombre violento?

Drusila se encoge de hombros.

—Según dicen, no tanto como su propio padre. Eres afortunada de que Rufo tenga una naturaleza más dulce que la de cualquiera de esos dos.

—¿Te refieres a Terencio? —Al decirlo, la voz de Amara se eleva más de lo que pretendía, asombrada al descubrir que Drusila podría haber conocido al hombre que le causó tanto dolor a Philos.

—Ahora no. —Drusila desvía la mirada para indicar la posibilidad de que las estén escuchando.

Amara se da cuenta de que los músicos están tomando su lugar en el escenario, pasando a través de las puertas pintadas en tonos brillantes. Rufo ya le describió la serie de espectáculos: una breve mímica para Flora; luego la obra que él eligió antes de otra mímica, esta vez más larga. Se acomoda en su asiento, tratando de abstraerse en la presentación y de dejar de lado su propia vida durante un rato. Los movimientos y el color cruzan el escenario en un río en el que es imposible distinguir a los artistas. Amara descubre que sus pensamientos están divagando y que la están haciendo volver a la casa de Cornelio durante la Floralia del año anterior, a su propia presentación con Dido junto a la fuente de las ninfas doradas y a la expresión cautivada de Dido cuando cantó. Entonces, cierra los ojos y recuerda.

De repente, una palabra conocida la trae de vuelta al presente. Chremes. Incluso con un acento italiano que destroza su griego nativo, el nombre representa un brusco golpe para Amara. Es su primer amo, el hombre al que la vendió su madre en Afidnas y que la usó de concubina antes de permitir que la vendieran como puta. Pero esta vez es un Chremes diferente: un anciano angustiado por la relación de su hijo con una prostituta. Amara intenta concentrarse y le sudan las manos. Rufo no sabe lo que podría significar para ella ese nombre, ya que nunca le ha hablado de Chremes.

Baquis, la cortesana, entra en escena y es recibida con silbidos y risas. El amaneramiento de la actriz es exagerado, está envuelta en una toga verde brillante, con pulseras de cuentas que penden de sus muñecas. Una compañía de jóvenes bailarinas la sigue. A tanta distancia, Amara no puede captar todas las palabras, pero escucha lo suficiente. La mujer está obsesionada con amasar dinero y le aterroriza cómo va desapareciendo su belleza, e interpreta su papel tanto tiempo como le es posible. Amara se vuelve hacia Drusila, pero su amiga parece imperturbable y sonríe mientras se exhiben públicamente las indignidades de su vida. Amara se vuelve a mirar a Baquis, hipnotizada por esta versión antipática de sí misma y horrorizada ante la posibilidad de que así pueda verla Rufo.

Una chica más inocente en el escenario jura su amor por un solo cliente, con las manos sobre el corazón en actitud sincera. Amara siente una avalancha de alivio. En la imaginación de Rufo, seguro que esta frágil criatura es ella, no Baquis. La historia recae ahora en el conocido cuento que ha escuchado de su amante mil veces antes, tan gastado como las muescas que deja una carreta sobre el camino: la chica virtuosa, secuestrada para convertirla en prostituta y liberada por su generoso patrón, quien se casa con ella cuando se revela la verdad de su alta cuna. No tener ascendencia de la cual depender es algo que para Amara nunca fue reconfortante, y ahora eso la hace sentir incluso más insegura.

Se descubre pensando en lo que Philos le dijo: «Solo los tontos viven la vida creyendo que es una obra de teatro, con cualquier esperanza de aferrarse a su virtud». Philos es un hombre muy diferente a Félix, pero se da cuenta de que ambos se parecen más a ella de lo que Rufo llegará a semejarse alguna vez. No es difícil imaginar la burla de su viejo amo ante la historia que se presenta en escena. Le arden las mejillas al recordar la última vez que se reunieron y las sugerencias que ella le hizo. A veces no puede creer el juego que está jugando con Félix. Que alguna vez llegaría a contemplar la posibilidad de hacer negocios con él parece una locura, a pesar de tener una deuda con él, y, sin embargo, Félix sabe cómo protegerse. Nunca sería como Myrtale, o peor, como Fabia. Además, si Rufo la abandona, es posible que Amara tenga pocas opciones de elegir con quién asociarse. Mejor ser Félix, o su aliada, que morirse de hambre.

Se vuelve a mirar la tribuna donde está sentado su patrón, como si pudiera trasmitirle algún alivio, a pesar de que no puede verlo. La pared blanca no le brinda ningún consuelo. Rufo ha hecho que se sentara allí, vestida de escarlata, con joyas prestadas y sujetadas a su cuerpo, e incluso si hoy no entiende la verdad, a la larga la comprenderá: ella es Baquis. Amara vuelve en su mente a la noche en que él reveló su enfado y recuerda las palabras que le dijo: «Te ha echado a perder». Cierra los ojos y se imagina en casa, a salvo en su estudio privado; no sentada aquí, exhibida en público, y sonríe para ocultar su temor.

18

Primer escritor: Los amantes, como las abejas, viven una vida de miel.

Segundo escritor: Ya quisiera.

Diálogo en un grafiti de Pompeya

Amara sale del teatro transportada en una litera. Acaba de caer la noche, pero no puede reunirse a cenar con Drusila sin la presencia de Rufo, y menos cuando hay hombres presentes, ya que su patrón estará esa noche con su familia. El interior de la litera es oscuro y las cortinas la envuelven como un capullo, protegiéndola de los transeúntes, pero también encerrándola. Trata de disfrutar del lujo de que la lleven, pero le pone nerviosa pensar que su peso es una carga sobre los hombros de quienes la acarrean y que los postes les pueden lastimar la piel. La desorientación que le produce no poder ver por dónde va comporta que ella experimente tanto un alivio como una sorpresa cuando la litera se detiene. Los cargadores la bajan al suelo y ella desciende a la calzada. Amara toca la alta puerta delantera y los hombres que han cargado con la litera se convierten en una sombra a su espalda. La pesada madera cruje al abrirse y ella se desliza al interior.

Juvento no da un paso atrás de inmediato cuando entra y Amara trata de quitarse de en medio, pero él se inclina por encima de ella para cerrar la puerta con cerrojo, lo cual la obliga a apretujarse para pasar o bien se arriesga a quedar atrapada. Avanza con prisa por el corredor mientras él se ocupa de cerrar, y cruza velozmente el atrio hacia su cuarto, fingiendo para sí misma que no le tiene miedo al portero.

La luz parpadea sobre las ninfas bailarinas que están pintadas en los muros de su habitación y produce la ilusión de movimiento. Martha ha dejado encendida la lámpara sobre la mesa junto al diván. Al lado hay una copa de vino; quizá la sierva ha imaginado que su ama podría tener el deseo de celebrar la Floralia en solitario. Amara se acuerda de Dido y, no por primera vez desde que Rufo le dio su libertad, se pregunta si cambiaría todo lo que tiene, e incluso toleraría estar en La Guarida del Lobo, con tal de recuperar a Dido.

Escucha un ruido que viene del atrio; seguro que es Juvento, que está revisando la casa antes de irse a dormir. Amara resiste el impulso de coger tanto el vino como la lámpara y encerrarse en su cuarto. No es que esté totalmente sola en la casa con el portero. Philos, Martha y Británica deben de estar también en alguna parte.

En lugar de ocultarse, se sienta en su tocador. Los broches que Rufo le ha prestado están muy apretados en su cabello y se los quita con cuidado, contándolos dos veces, para guardarlos en una caja junto con los valiosos aretes de perla. El vino es demasiado dulce, pero sigue tomándolo a sorbitos hasta que puede sentir que su calor se esparce por sus extremidades y las relaja. Coge el espejo de plata y trata de ver su rostro, pero el reflejo está distorsionado por las sombras; casi podría ser el de cualquiera. Amara casi espera ver a Baquis, la prostituta de la obra, que la mira desde la superficie pulimentada. Se pasa la vida fingiendo y, sin Dido, sin nadie en quien confiar del todo, teme que podría estarse olvidando de lo que significa ser ella misma.

La copa ya está vacía, pero la ausencia de Dido no disminuye por el efecto del vino. El anhelo que siente por ver a su amiga, hablar con ella, hace que le tiemblen los dedos mientras se libera el cabello. Dido está muerta y, sin ella, la pena y la soledad engullen el amor que aún le queda en el corazón. Piensa en el dinero que guarda en su estudio privado y se vuelve imperiosa la necesidad de tocarlo para asegurarse de que sigue allí.

La lámpara en su mano proyecta un rayo de luz al otro lado del atrio, y su propia sombra se convierte en una línea oscura y ondulante mientras avanza sobre las frías baldosas y sube por la escalera. Amara empuja la puerta del estudio y lo primero que le sorprende es la presencia de otra lámpara que arde sobre el escritorio. Lo segundo es que Philos está sentado detrás de la mesa con el pergamino de Plinio desenrollado frente a él.

—¿Qué haces aquí?

—No era mi intención asustarte. —Philos se levanta de la silla—. Me dijiste que viniera cuando no estuviera trabajando. No esperaba que acudieras esta noche.

—Claro —responde Amara nerviosa—. No me importa en absoluto. —Pasa por el umbral y deja que la puerta se cierre y los aísle. Philos la mira y se queda muy quieto. El silencio crece como el humo hasta llenar toda la habitación y dificultarles la respiración.

—El texto es más difícil de lo que esperaba —dice finalmente Philos—. La letra del escriba es muy apretada y es posible que mi griego no sea tan bueno como pensaba.

—¿Qué parte estás leyendo?

—Échale un vistazo, si quieres. —Levanta levemente el pergamino.

Ella avanza, con el vino aún caliente por sus venas, y se para a su lado. Extendido debajo hay un diagrama conocido: es la explicación de Herófilo para la circulación de la sangre. Amara se queda mirando la ilustración. Ya ha leído muchas veces las palabras, pero en este momento no es capaz de procesarlas. Lo único que puede ver es la mano de Philos que reposa sobre el pergamino. Descansa su propia mano sobre la de él y se vuelve a mirar su rostro. Él la observa como si esperara para ver qué hace. Le recuerda a Félix, cuando ambos estaban parados junto al escritorio, y, de pronto, ese pensamiento la hace dudar.

Philos le coge la otra mano y se la lleva al corazón.

—¿Quieres que me vaya? —Su voz es tan tranquila que casi es un susurro, aunque no hay nadie que pueda oírlos.

Amara se inclina hacia él y cierra los ojos cuando sus labios se tocan. Siente cómo retumban los latidos del corazón de Philos bajo la palma de su mano, y entonces él le devuelve el beso. Casi tropiezan en su ansia mutua. Philos la tiene abrazada y sus manos le recorren los hombros por encima de la seda roja que Rufo le compró. Amara se inclina sobre el escritorio, atrayéndolo hacia ella, cegada por el deseo. Luego, con la misma prontitud con la que todo ha ocurrido, se da cuenta de que él la está empujando, intenta desprenderse, así que lo suelta de inmediato.

—Lo siento. —La respiración de Philos es entrecortada—. Lo siento. —Se lleva una mano a la boca—. No he debido tocarte.

—No tienes de qué disculparte —responde, y trata de tocarlo para tranquilizarlo—. Ha sido mi decisión. Te juro que no has hecho nada malo. Yo quería que me tocaras.

No acepta la mano que ella tiende hacia él.

—Pero no querrías si supieras.

—No entiendo.

—No he sido franco contigo.

—¿Acerca de qué?

—Acerca de ti.

—¡¿De mí?! —repite Amara, totalmente confundida. Philos parece inquieto.

—Yo redacté el contrato —responde—. Cuando Rufo aceptó de Plinio volverse tu patrón. No tuve opción.

Rufo no quería que lo supieras. —Empieza a caminar de un lado a otro en el pequeño espacio del estudio, y Amara lo mira con azoramiento—. Siempre he querido decírtelo, advertirte, pero cuando llegaste aquí estabas tan angustiada por lo de Dido que no pude tolerar la idea de herirte todavía más, y entonces pensé que quizá sería mejor que nunca lo supieras.

Amara se sienta contra el escritorio, alarmada al igual que confundida.

—¿Qué debería saber? El contrato solo transfiere el patronazgo de un hombre a otro.

Philos parece muy infeliz.

—No, no del todo. El almirante te liberó sin condiciones, pero el patronazgo de Rufo es condicional. —Se detiene junto a ella y trata de cogerle la mano, pero esta vez es Amara quien lo rechaza—. Es una cláusula común en el contrato de una liberta cuando se la libera para servir como concubina. Cualquier otro hombre que no fuera Plinio lo habría exigido desde un principio.

—¡Deja de asustarme! Solo dime qué dice el contrato.

Incluso ahora, Amara puede detectar que Philos no quiere decírselo, pero no le ha dejado opción.

—Si le eres infiel a Rufo, automáticamente volverás a tu estatus como esclava.

La sensación de intranquilidad que Amara ha sentido desde que llegó a esta casa se vuelve más intensa y adquiere solidez cuando entiende la situación. No es asombro lo que siente, sino reconocimiento. ¡Rufo es su dueño!

—¿Por qué no me lo dijiste antes?

—Pensaba que sería más fácil para ti que no lo supieras. —Philos la mira con ansiedad—. Que podría ser que incluso amases a Rufo si creyeras que te liberó de verdad. Luego, cuando me di cuenta de que no lo amabas, pensé que estarías a salvo siempre y cuando no quisieras a nadie más...

—¡Aparte de ti! —estalla Amara. Philos no responde, pero su silencio es una aceptación que la enfurece todavía más—. Entonces, lo que acaba de suceder entre nosotros aquí, ¿eso bastaría para que volviera a ser...? —No puede pronunciar la palabra.

—El contrato es para prevenir que traiciones a Rufo con otro patrón —responde Philos, evitando su pregunta—. No había ninguna necesidad de protegerlo de un sirviente. Siempre ha tenido el derecho de matarnos a cualquiera de los dos.

—Pero ¡al menos no moriría como esclava! —replica Amara, que escupe la palabra con todo el odio y asco que siente por su propio pasado.

—Como yo. —Un rubor de enfado está cubriendo las mejillas de Philos, y ella sabe que ha malinterpretado la causa del asco que demuestra.

—No me refería a eso.

—¡Creo que te referías justo a eso!

Amara se cubre el rostro con las manos, sin saber con quién está más frustrada, si consigo misma o con Philos.

—Te equivocas —le dice intentando controlar su ira—, ¡y es evidente que eres un idiota si crees que arriesgaría mi vida por alguien a quien no amo!

El arrebato de Amara los coge por sorpresa a los dos. Philos no responde, y su expresión es aún menos comunicativa. Ella se da la vuelta y va hacia la puerta, donde empieza a sacudir con torpeza la manilla en su prisa por salir, desesperada por escapar de la humillación de su propia confesión.

19

> Juro que jamás fui tan insensata en mi juventud,
> ni hice algo de lo que me arrepintiera tanto,
> como de separarme de ti anoche, dejándote a solas,
> mientras intentaba ocultar la desesperación
> con la que te amo.
>
> SULPICIA, poetisa romana

Las risas de Victoria resuenan por todo el jardín. Está sentada sobre el banco con Phoebe y Lais, las tres recostadas una sobre la otra. Amara se halla un poco aparte, en un banco, mientras que Británica se yergue junto a ella, rígida como una guardia pretoriana.

—¿Puedes creer esta cantidad? —exclama Victoria—. ¿Alguna vez habías visto tantísimas propinas? ¡Le habremos pagado lo que le debemos a Félix en menos de lo que canta un gallo!

No cabe duda de que las ganancias de Victoria son impactantes. Amara y Dido jamás se acercaron a una cantidad así de generosa.

—¿Y no fue demasiado molesto para ninguna de vosotras? —pregunta Amara, mirando con nerviosismo a las flautistas, quienes no verán beneficio alguno de ese dinero.

—¡Qué va!, ya se lo he explicado todo a las muchachas —responde Victoria—. Tú también tienes que follar para ganarte la vida, aunque se trate de un solo hombre. —Se ríe—. ¡Pero, de todas maneras, creo que es más que evidente! Rufo no es nada sutil, ¿verdad? Y ya les he dicho que en cuanto terminemos de pagar la deuda podremos aumentar lo que les toca.

—Es muy generosa, ama, gracias —dice Phoebe, un poco atemorizada por la falta de respeto en el tono de Victoria.

—No sabes la alegría que me da que hayas logrado que Egnacio me presentara a Fusco —continúa Victoria—. ¡Y qué propinas da ese tipo! Pero qué pitito tan triste tiene. Qué fastidio. ¿Qué hacías tú para que lo tuviera duro el tiempo suficiente?

Se oye una especie de rugido que proviene de Británica y que las sorprende a todas. Amara levanta la vista hacia ella y se siente alarmada al ver que está mirando a Victoria fijamente, mostrando los dientes al tiempo que coloca la mano sobre la empuñadura de su cuchillo. Toca el brazo de Británica para apaciguarla.

—Debes entender que no puedo hablar sobre el pasado de esa manera —le dice Amara a Victoria—. Es una deshonra para mi patrón.

—¿Y qué, ahora esta es la perra guardiana personal de Rufo? —responde Victoria enfadada señalando a Británica con la barbilla—. ¡Si ni siquiera está aquí!

—Un hombre como Rufo espera lealtad absoluta —declara Amara, y el recuerdo de la noche anterior le trae un resabio amargo—. Más aún en su ausencia que cuando está presente.

—¡Pues vale! —replica Victoria, exasperada—. Ahora ni siquiera nos está permitido reírnos. Ni que alguna vez le hubieses mostrado ese tipo de lealtad a Félix.

—¡Félix no era mi patrón! —espeta Amara—. ¡Era un puto proxeneta!

Victoria no se inmuta ante su arranque. Si acaso, su rostro parece exhibir cierta satisfacción por el exabrupto de Amara.

—Por cierto, ¿qué te dijo de mí? Jamás me lo contaste.

—¿Qué?

—Cuando le diste mi mensaje. —Victoria no le quita el ojo de encima—. El que prometiste que le darías.

En ese momento, con el corazón todavía colmado de rabia por el engaño de Rufo, Amara no siente nada más que crueldad.

—Me dijo que no le importabas una mierda —responde, asumiendo la frialdad característica de Félix—. Que por qué habría de importarle lo que le sucediera a una mujer que solía venderle a quien fuera como una puta. —En el instante en que lo dice, Amara vuelve al estudio de Félix, cuando lo vio humillar a Victoria con tanta saña. Su desprecio por sí misma la hace sentir asqueada—. Lo siento —tartamudea—. No tenía...

Victoria no le responde. Se levanta del banco y se aleja del jardín. Phoebe y Lais se quedan atrás, incómodas y sin saber qué hacer.

—Podéis ir a descansar también —dice Amara, que evita mirar a cualquiera de las dos, incapaz de tolerar su papel como proxeneta, su horripilante parecido con Félix.

Británica resuella con fuerza.

—Se merece. Es idiota.

—No. Por favor.

—Félix todavía su dueño —continúa Británica, ignorando su súplica.

—¿Por qué no practicamos? —sugiere Amara, agotada, con tal de cambiar de tema—. ¿Podrías ir a por los cuchillos, por favor?

El aire se siente caliente y la seda roja se adhiere a su cuerpo. Amara toca el arpa que Rufo le compró, toca los mismos compases una y otra vez para perfeccionarlos. Dos copas de vino esperan sobre la mesa. Rufo le prometió venir esta tarde y aún no ha llegado. Se percata de que el último hombre que la ha tocado con ese vestido ha sido

Philos y la recorre una sensación de temor, como si Rufo fuera capaz de ver la huella de las manos de otro hombre sobre la tela. Su respiración se agita cuando recuerda lo que sintió con Philos, desear tanto a un hombre en lugar de solo tener que tolerar sus caricias. Después, recuerda el rostro de Philos cuando la dejó, y se siente dividida entre la frustración ante su engaño y el remordimiento por lo que le dijo. Toca la nota incorrecta en el arpa y suspira, cerrando los ojos un momento antes de volver a empezar desde el principio.

—¿Pajarita?

Rufo está parado frente a la puerta, con una mirada sentimental en el rostro. Su cuerpo se pone rígido. ¿Así había sonreído cuando dictó los términos del contrato? Puede imaginarlo examinándolo, ver su gesto de satisfacción frente a Philos al saber que su posesión sería total. La manera en que Amara aprieta el arpa es la única señal de la rabia que no puede expresar.

—Amado mío —responde con voz suave—. He estado añorándote el día entero.

—Mírate —murmura Rufo, acompañándola sobre el sillón. Le recorre la pierna con la mano, un gesto que recuerda de su primera noche juntos—. Jamás he sido capaz de resistirme a ti.

Amara coloca el arpa a un lado y lo besa con una falsa demostración de deleite, ahora incapaz de imaginar cómo alguna vez pudo haber sentido, al entregarse a Rufo, algo parecido al amor. Casi está encima de ella, pero es hábil manejando a sus clientes y sabe cómo hacer que un cambio de posición parezca un arrebato de pasión. En realidad, no tolera estar debajo de él y quiere escapar de su peso, no tener su rostro tan cerca.

Una vez que Rufo acaba, se reclinan juntos, beben vino y él le cuenta todos sus triunfos de la noche anterior. Amara emite exclamaciones entusiastas, su discurso de devoción está más que ensayado. Solo cuando le pregunta sobre el carruaje, cuando quiere saber cómo se sintió, si la emocionó ver lo mucho que la ama, ella vacila.

—Has hecho tanto por mí —le dice sabiendo que es verdad—. No creo que jamás sepa cómo agradecértelo.

Rufo sonríe, feliz de ver su emotividad, confundiéndola con humildad.

—Con tu amor me basta, gracias —le responde, llevándose su mano hasta los labios.

Ha caído la noche, pero Amara no puede dormir. Se sienta en el jardín. Dido no es más que una silueta difusa, la luna la ilumina en su representación de Diana. Los pelos de los brazos de Amara se erizan por el frío, pero no puede entrar de nuevo. La fuente murmura, más fuerte ahora que no tiene que competir con el barullo del día. Todavía puede recordar el momento en que vio a Philos aquí, de noche, cuando empezó a comprender lo que sentía por él. Se dice que ya lo ha esperado lo suficiente, que ha sido una tonta por pensar que Philos vendría en su busca una vez que se marchara Rufo, pero cuando se mueve, preparándose para irse, se da cuenta de que no está sola.

—¿Por qué no me acompañas? —dice con voz tan silenciosa que no está segura de que sea capaz de oírla.

Philos se sienta junto a ella. La mano de Amara está sobre el banco y nota el calor de los dedos de Philos rozando los suyos, un gesto tan ligero que comprende que le está dando la opción de ignorarlo. Amara recuerda lo que se sentía al pertenecerle a Félix, todas las veces que arriesgó su vida por la más mínima posibilidad de alcanzar la libertad, la emoción y el terror, y sabe que elegirá lo mismo de nuevo. Toca la mano de Philos y él le responde, los dos entrelazan sus dedos.

El corazón de Amara late con tal fuerza que es incapaz de moverse. Rufo es su dueño, cree que es suya y puede hacer con ella lo que quiera, al igual que con todos los demás objetos de esta casa, que incluyen al hombre que la tiene cogida de la mano. No hay riesgo alguno que valga la pena, pero la idea de elegir a un amante, de actuar al fin de acuerdo con sus propios deseos, es demasiado embriagadora. No puede dejarla escapar.

—Cada noche, cuando me voy a la cama, echo el cerrojo de mi puerta —susurra sin ver a Philos aún—, pero esta noche no lo haré. —Se pone de pie y siente que sus dedos se sueltan; sale del jardín antes de tener la posibilidad de cambiar de opinión.

En sus habitaciones, Amara se mueve de manera metódica: abre la cómoda donde guarda su anticonceptivo, lo saca, se retira las horquillas del cabello y se pasa los dedos entre los rizos para dejarlos libres. La espera es agonía, y no sabe qué es peor: la idea de que Philos venga a ella o la de que no lo haga. Se queda parada, mirando fijamente a la puerta que ha dejado entreabierta hasta que su forma deja de tener sentido. Y, entonces, la está abriendo.

Philos se queda a mitad de la entrada, como si no estuviera seguro, incluso ahora, de que de verdad está invitado a pasar.

—¿Echo el cerrojo?

La practicidad de la pregunta la sorprende. Amara asiente. Philos cierra la puerta tras de sí, echa el cerrojo y se vuelve hacia ella. Se miran sin quitarse los ojos de encima y Amara comprende que él no se acercará a ella; que tiene incluso más miedo que ella.

—Te he imaginado aquí con frecuencia.

—¿De verdad?

Amara asiente.

—¿Tú has pensado en mí...? —No termina la frase, insegura de querer saber la respuesta.

—Cada noche.

—Y ahora estás aquí.

—Y ahora estoy aquí —repite al tiempo que coge la mano que tiende hacia él.

A diferencia de la noche anterior en el estudio, los dos se muestran torpes y nerviosos cuando se besan, hasta que sus temores se convierten en deseo. Amara se dice que siempre pueden detenerse, que pueden dar marcha atrás, que aún no han hecho lo bastante como para arriesgarlo todo. Se vuelve a decir lo mismo cuando se sientan sobre la cama juntos, cuando Philos le quita el vestido de los hombros y, de nuevo, cuando está desnuda por completo. Trata de sacarle la túnica, pero él le retira las manos con gentileza.

—Yo también quiero verte.

No hay forma de confundir la vergüenza en sus ojos.

—No quiero darte asco.

—Eso no es posible. Por favor.

Philos se quita la túnica tirando de ella sobre su cabeza y, de inmediato, Amara comprende a lo que se refería. El lado izquierdo de su pecho no solo está marcado, sino también deforme. Quien haya usado el hierro candente para marcarlo debe de haber hecho un mal trabajo, a menos que Philos se haya resistido, ya que las palabras aparecen borrosas, cubiertas por el tejido de una gran cicatriz, aunque todavía se puede leer lo que dicen: *Non subdito*. «Desobediente.»

Amara sabe que solo tiene un brevísimo instante para actuar antes de que Philos confunda su pasmo con algo más. Se estremece cuando le coloca la palma de la mano sobre las cicatrices, pero no la aleja. Amara se acerca aún más, inclinando la cabeza para besar esa parte suya que tanto temía revelar, y después levanta la vista hasta él.

—Jamás han marcado así a nadie en el burdel. Habría reducido nuestro valor, pero a veces pienso que no hay un solo trozo de mi piel que no haya quedado marcado.

Esta vez, cuando Philos la besa, Amara no se dice que hay manera de dar marcha atrás.

Después, cuando están enredados, Philos no deja de susurrar disculpas en su cabello, prometiéndole que durará más tiempo la siguiente vez, pero Amara no puede contestarle porque no quiere que sepa que está llorando. Las lágrimas empiezan a mojarle el hombro y él se incorpora, alarmado.

—¿Te he hecho daño?

—No, no me has hecho daño —contesta ella, llorando aún más—. Es solo que ha sido diferente. Me ha hecho darme cuenta... —Amara no puede continuar, ni siquiera puede expresar con palabras el sentido de pérdida que está experimentando.

—Entiendo —le dice Philos, acercándola todavía más—. Está bien. —Amara se aferra a él con fuerza, su angustia se tranquiliza poco a poco mientras él le acaricia los hombros—. Sé que puede afectarte de esa manera —dice Philos—. Si te sirve de consuelo, la primera vez que estuve con una chica después de Terencio, me puse a sollozar.

—¿De verdad?

—Fue de lo más terrible. Estaba tan apenado.

—¿Y qué te dijo? ¿Volviste a verla después?

Percibe la reticencia de su cuerpo incluso antes de que se niegue a responder a su pregunta.

—Quizá esa sea una historia para otra ocasión —contesta—, pero debes de saber todo esto desde antes, por tu amorío con ese chico de la lámpara. Cuando os vi juntos supe que lo amabas.

—¿A Menandro? —pregunta Amara, desconcertada por su capacidad de percepción—. Lo amaba, sí, pero nunca fue mi amante. Nunca tuvimos la oportunidad.

—Entonces ¿soy yo el primero? —Philos suena tanto encantado como sorprendido. La pregunta es tan absurda que Amara tiene que ahogar una risotada—. ¡Lo digo en serio! Si tú no lo elegiste, no cuenta.

—Philos —le dice Amara, divertida—. Debo de haberme acostado literalmente con cientos de hombres. ¡He trabajado en un burdel! Ni siquiera podría pensar en contarlos.

—Pero nada de eso cuenta —le responde con voz todavía más solemne—. No si no elegiste hacerlo.

Amara está a punto de discutírselo cuando se percata, por la intensidad de su mirada, de que quizá él esté pensando en su propia vida, más que en la de ella.

—En ese caso, sí. Tú eres mi primer amante. —A pesar de sus buenas intenciones, Amara no puede terminar lo que dice sin emitir una risa ahogada.

—Ríete si quieres —replica Philos—. Pero yo acabo de hacerte llorar.

—Ah, vaya. ¿Y te parece que es motivo para presumir? ¿Hacer llorar a las chicas por cómo haces el amor? —Los dos empiezan a reírse con tal fuerza que comienzan a temblar sin control por el esfuerzo de mantenerse en silencio, y, cada vez que Amara siente que ya se ha recuperado, Philos la mira de reojo y la hace reír de nuevo.

Poco a poco, sus risas se apagan y Philos se apoya sobre uno de sus codos para poder contemplarla. Amara nota que mueve su otro brazo de manera instintiva para cubrirse la cicatriz.

—Entonces ¿puedo volver para hacerte llorar de nuevo mañana por la noche?

—Sí —le responde Amara—, aunque no estoy segura de cómo podré estar sin ti entre ahora y mañana.

Su respuesta trae cierta oscuridad a la habitación, a la luz de la lámpara. Con Philos tan cerca, bañado en su resplandor, se siente completamente segura y, al mismo tiempo, sabe que ninguno de los dos ha corrido nunca tanto peligro.

—Si nos vamos a ver de esta manera —dice él—, nos tenemos que proteger el uno al otro. Eso significa que, durante el día, no podemos reconocer la existencia del otro en absoluto. Nada de gestos secretos ni de miradas subrepticias. Debes ignorarme por completo. Si Rufo me castiga en alguna ocasión, deja que lo haga. Y, si él te lastima, yo no puedo interferir. —Philos se detiene, evidentemente incómodo—. ¿Alguna vez...? Es decir, ¿alguna vez te ha lastimado?

—No —niega Amara, pero Philos la observa, esperando a ver si le dice algo más, y de repente no quiere mentirle—. Bueno, sí, una vez, de modo que sé que es posible, pero no lo ha vuelto a hacer jamás. —La rabia en su rostro le resulta tan poco conocida que la alarma. Estira una mano para tocarle el brazo—. No tendría que habértelo dicho.

—No, sí que me lo tenías que decir. Necesitamos compartirlo todo, para que sepamos cómo actuar. Alguna noche te diré todo lo que sé de él, pero no creo que lo tolere ahora, no en este momento.

—No después de hacerme llorar —bromea Amara en un intento por traer de vuelta las risas de antes.

Philos le sonríe, aunque todavía puede intuir su tristeza.

—Te amo —declara.

Amara se lo queda mirando y se da cuenta de que, desde la muerte de Dido, es la primera vez que no se siente sola. Lo coge de la mano, la que oculta su pecho, y lo vuelve a atraer hacia sí.

—Yo también te amo.

Lemuralia

20

Y es por esta razón también, si los proverbios te interesan, que la gente afirma que las malas mujeres se casan en mayo.

Ovidio, *Fastos:*
Sobre los ritos de las Lemuralia

Las cinco mujeres se sientan en el comedor, tanto las esclavas como las libertas, bebiendo juntas en honor de las Lemuralia. Es un festival que siempre ha inquietado a Amara; la noche en que los insepultos y los asesinados regresan para acosar a sus familiares, cuando se debe apaciguar a los muertos vengativos. Sin embargo, en una noche oscura como esta, le cuesta sentir algo que no sea felicidad, sabiendo que pronto estará con Philos. Ha venido a visitarla casi todas las noches desde que yacieron juntos por primera vez, los dos hablando de manera incesante acerca de los riesgos, pero al parecer incapaces de mantenerse separados.

Amara no es la única que está de buen ánimo. Phoebe y Lais empiezan a divertirse, alentadas por Victoria, que las colma de vino y elogios; la comida se ha acabado hace un rato. Por primera vez desde que llegaron a esta casa, Amara se obliga a reconocer la existencia de las flautistas, a imaginar cómo se sentiría si las hubiera conocido en La Guarida del Lobo. Están sentadas muy juntas sobre el sillón, la delicada curva del brazo de Lais, que descansa sobre la rodilla de Phoebe, recuerda al blanco intenso de las extremidades de una de las amantes de Zeus pintadas sobre la pared. Amara no está segura de que le guste Lais. Hay cierta dureza en sus facciones, cierta crueldad. Oye la voz de Félix en su cabeza. «Si tú hubieras sido yo, ¿cuánto te habría gustado verte reflejada en alguien más?»

Amara se ríe de un chiste, coge su vino y lo saborea lentamente para darse una excusa para seguirlas observando. Phoebe es distinta; suspicaz, pero sin la misma frialdad. Ha estado de lo más ocurrente esta noche, sus observaciones acerca de los hombres a los que sirve las han hecho reír a todas. En La Guarida del Lobo, Amara sospecha que habrían sido amigas. No se engaña creyendo que podrían serlo ahora.

—Estás muy callada. ¿Acaso estás pensando en tu amor?

La pregunta de Victoria coge a Amara por sorpresa.

—¡Pues claro! —responde—. Siempre estoy pensando en Rufo.

—¡No me refería a Rufo! —contesta Victoria, haciendo que el rostro de Amara palidezca. Victoria gesticula a las pinturas que las rodean—. Creo que todas sabemos que, si Júpiter se te ofreciera como el rey de todos los dioses, o como una pila de oro, el oro ganaría.

Amara rompe en carcajadas, tanto por alivio como por diversión. Al ver la reacción de su ama, las flautistas se ríen también, sabiendo que están a salvo de compartir la broma. Puede sentir que Británica se mueve junto a ella y no tiene que volverse a verla para saber lo adusta que será la expresión de la britana.

—El ama tiene razón —dice Lais obsequiosa—. El dinero es importante.

—¿Habéis entrenado juntas? —pregunta Amara—. ¿En Ática?

Phoebe y Lais se miran la una a la otra.

—No —responde Lais—. Nos conocemos de Bayas. Trabajamos allí juntas.

—¿De qué parte de Ática eres, ama? —le pregunta Phoebe a Amara, con tono más cortés que interesado.

—Afidnas.

—¿Y aprendiste allí a ser cortesana? —inquiere Lais.

—En cierto sentido.

—¡Para nada! —bufa Victoria—. ¡Amara era hija de un médico!

—Así es —sonríe Amara—. Después concubina; luego puta y, ahora, cortesana.

Lais asiente, enérgica.

—Cortesana es bueno —afirma—. *Hetaira.*

El rostro completo de Lais cambia con el uso de una sola palabra de su idioma nativo. Amara no puede resistir hablarle en griego para ver en quién se convierte la joven.

—*La fortuna me sonrió al darme a mi amado patrón Rufo* —le dice Amara en su lengua—. *Quizá la vida te ofrezca una oportunidad parecida para ascender. Ambas tenéis las habilidades suficientes como para aprovecharla si se os presenta.*

—*Eres generosa, ama* —responde Lais, y su voz se vuelve grave—. *Le ruego a Afrodita que encuentre un patrón tan amable como el tuyo. Uno que pueda pagaros un precio adecuado a ti y al ama Drusila, por supuesto, para que así todas salgamos beneficiadas.*

—*Nada nos haría más felices a las dos. La astucia de una mujer perdura más que su aspecto.*

—*Y ambas perduran más que su virtud* —añade Phoebe. Es un comentario común, pero las tres se ríen de todas maneras.

—¿Qué decís? —Británica se muestra irritada—. Latín malo de por sí. Griego, imposible.

—Lo siento —se disculpa Amara—, he dicho que esperaba que a las muchachas pudiera irles bien en la vida, porque sin duda tienen talento.

—Lástima que no haya nadie que hable tu idioma, Británica —dice Victoria—. Con lo melodioso que es.

—¿Tú también entrenas como concubina, Británica? —pregunta Phoebe con rapidez, antes de que pueda iniciarse una pelea. La pregunta casi hace que Victoria escupa el vino.

—Luchadora —responde Británica, ignorando a Victoria y dándose un fuerte golpe en el pecho con la diestra.

—¿Y cómo es que llegaste hasta aquí? —inquiere Lais, y Amara se da cuenta con profunda vergüenza de que jamás se lo ha preguntado a Británica en todo el tiempo que la conoce.

—Nos atacan —explica Británica sin expresión en el rostro—. Matan hombres, queman todo. Se llevan mujeres, niños. Mi familia, todos muertos. Los veo morir. —Ni Victoria responde en el oscuro silencio que sigue. Británica mira a su alrededor, absorbiendo su incomodidad. Sonríe con su dentadura mellada, la que Amara reconoce como desprovista de calidez—. Todas vosotras rezáis para que los espíritus se alejen. Yo les digo: «¡Venir! ¡Venir por venganza!». —Lanza un vistazo hacia Amara y las flautistas—. No problema con los griegos. Solo italianos.

Victoria, la única italiana presente, no se muestra insensible ante el insulto.

—Entonces deberías mantenerte alejada —sisea—. ¡No te atrevas a traer a tus muertos aquí!

Británica se levanta del sillón y todas brincan hacia atrás. Amara estira el brazo, insegura de si necesitará detener a la britana antes de que se muestre violenta, pero Británica solo asiente en su dirección.

—He tenido suficiente, Amara. Me voy a cama. —Y con eso abandona la habitación.

—¡Cómo no has impedido que contara esa historia! —protesta Victoria mirando a Amara—. ¡Precisamente esta noche! ¡No necesitamos que se aparezca una horda de espíritus salvajes!

—No se me ha ocurrido —replica Amara, incapaz de admitir que no conocía el pasado de Británica—. Le preguntaré a Philos al respecto.

—¡No puedo creer que Rufo haya nombrado al inútil de Philos como jefe de la casa! —prorrumpe Victoria, todavía agitada—. Por lo menos Juvento es más grande. ¿Qué va a hacer Philos para ahuyentar a los espíritus? ¿Mostrarse más artero que ellos?

—Rufo sabe lo que hace. Me ha asegurado que Philos tendrá la autoridad para protegernos —responde Amara poniéndose de pie para ir a sentarse junto a Victoria. Sabe lo mucho que ha estado temiéndole a esta noche. Los miembros de la enfurecida tribu de Británica no son los únicos fantasmas a los que temerles. Todavía más preocupante es el hombre al que Victoria mató, cuya sombra estará al acecho para cobrar venganza contra el asesino que abandonó su cadáver, insepulto, en los oscuros callejones de la Necrópolis—. Nadie te va a hacer daño —le asegura Amara—. Te lo prometo.

Victoria se reclina contra ella, pero sus palabras no parecen traerle ningún consuelo, quizá porque Amara misma se siente atemorizada. Amara desearía que Philos estuviera aquí ahora; su presencia siempre la reconforta, pero anoche los dos decidieron que lo más seguro sería dividir la casa: que, como siempre, él comiera con Martha y Juvento en la pequeña bodega que se encuentra junto a la cocina. Se han estado ignorando a conciencia, pero los dos han sentido que el riesgo de comer juntos y de que algún gesto de familiaridad se les escapara simplemente era demasiado elevado.

—Tendremos que golpear las cacerolas con más fuerza —afirma Victoria, recuperándose—. Deberíamos ir a por ellas; ya casi debe de ser hora.

Colocan sus sandalias en fila contra la pared del atrio y se agazapan juntas, asiendo palos y cacerolas de la cocina. El pasillo bien podría ser una tumba, la oscuridad colma cada espacio como si fuese tierra oscura y el pequeño cuadro que da al cielo nocturno es su último vínculo con el mundo viviente. El terror es sofocante. Amara puede oír la respiración demasiado agitada de Victoria junto a ella, y le acaricia el brazo. Victoria no es la única que desearía no haberse enterado de que habían masacrado a toda la familia de Británica.

—¿Y si está allí arriba ahora mismo, hablando con ellos? —susurra Victoria—. ¿Enviándolos para aquí abajo a cobrarse la venganza?

Amara no tiene oportunidad de contestarle. Es medianoche. Philos se aleja del grupo, con una lámpara de aceite en su mano izquierda, y camina en silencio por el centro del pasillo con los pies desnudos. Se detiene en una zona tenue de luz de luna, una figura delgada para enfrentarse a las fuerzas de la oscuridad.

—Fantasmas de mis padres y ancestros —llama con una voz clara—. Alejaos y no permanezcáis aquí. —Empieza a caminar alrededor del oscuro pasillo, metiendo la mano en un bolso atado a su cintura y lanzando alubias negras sobre su hombro. El ruido que hacen mientras caen sobre las baldosas del pasillo es como el sonido de la lluvia. La luz de la lámpara juega sobre su rostro, su tenue brillo apenas basta para iluminar el espacio que se encuentra frente a él. Philos jamás se vuelve hacia atrás; hacerlo sería invitar a los muertos a llevárselo—. Os envío esto —dice, pasando tan cerca de Amara que ella podría tocarlo si estirara el brazo—. Con estas alubias, me redimo a mí mismo y a los míos.

Amara contempla a Philos, sabiendo que las sombras de los muertos estarán arremolinándose en torno a sus tobillos como humo, oliendo su sangre, pero que elegirán contentarse con la ofrenda. O, al menos, eso espera. Juvento empieza a golpear su cacerola y todos lo siguen; Victoria es la más entusiasmada de todos.

—¡Fantasmas de mis padres y ancestros! —gritan todos—. ¡Alejaos!

A lo largo de la calle, todo el mundo hace lo mismo, cada cual a su propio ritmo, de manera que los golpes de los vecinos resuenan en el aire de la noche, mientras Philos repite el conjuro. Cuanto más caos haya, mejor, para confundir a los espíritus. Philos camina por toda la casa, arrojando las alubias, y todos lo acompañan, alejando con sus cacerolazos a cualquier sombra que se atreva a permanecer por allí. La voz de Amara enronquece por sus gritos. Se acuerda de haber llevado a cabo el mismo ritual en su hogar, su padre en el sitio que hoy ocupa Philos. En aquel entonces, la idea de tener familiares insepultos le parecía impensable, la amenaza menos tangible. Trata de no contar a todos los muertos infelices que conoce ahora. Sin duda, su madre no habrá abandonado Ática. Su padre habrá encontrado alguna manera de buscar a su esposa para llevársela consigo al inframundo. Se vuelve para ver a Victoria, pálida junto a ella, y sabe en lo que está pensando. Amara procura alejar el recuerdo de la manera en que cayó el hombre asesinado, de la forma en que la sangre se derramaba de su cuello, de su vida segada por un trozo de barro roto. Y, además, está Cressa, insepulta; sus huesos se pudren en el puerto de Pompeya. ¿Envidiaría la buena fortuna de sus dos viejas amigas del burdel?

El ritual está a punto de terminar. Philos regresa para realizar un último circuito alrededor del atrio, con el rostro tranquilo, dejando que caiga el granizo negro tras de sí. «Dido no», piensa Amara, apartando la imagen de su amiga arrastrándose en pos de las alubias negras, una especie de bulto horripilante y carente de forma. «La enterró. Félix la enterró.»

Amara se sienta en el borde de la cama, despierta por completo, esperando. Se pregunta si Philos tendrá demasiado miedo de venir esta noche, si dudará en escurrirse a solas por el oscuro pasillo, donde los muertos todavía podrían estar hurgando. No parecía preocupado antes. Se esfuerza por oírlo, pero no hay más que silencio. Siempre es tan callado; para cuando se da cuenta de su presencia, suele ser porque ya se encuentra dentro de la habitación. Se pregunta si tendría el valor como para bajar hasta el atrio en su busca cuando al fin él se escabulle por la puerta y la hace brincar.

—Lo siento —susurra al mismo tiempo que cierra la puerta con el pestillo—. He tenido que asegurarme de que Juvento estuviera dormido. —Se vuelve hacia ella, su timidez en absoluto contraste con la autoridad que ha exhibido antes—. No estás demasiado cansada, ¿o sí? Si no quieres que me quede, no pasa nada.

—¡No estoy cansada para nada! —afirma Amara, sonando más ansiosa de lo que desea—. Nunca estoy demasiado cansada para ti.

—Eso es un alivio. —Philos se sienta junto a ella. Parece divertido más que ansioso.

—No hace falta que pongas esa mirada tan arrogante. —Amara trata de no reírse, pero cualquier duda acerca de si los muertos podrían estar por allí se disipa ante la presencia de su amado. Se quita la toga, la impaciencia evita que lo convierta en un espectáculo, y empuja a Philos sobre la cama.

No es difícil darle placer. Amara está encantada por la facilidad con la que puede lograr que pierda su autocontrol, incluso cuando sospecha que sus años de soledad podrían desempeñar un papel, igual que sus propias habilidades. Pero después de sus primeras y frenéticas noches juntos, él empieza a resistirse; quiere complacerla a ella también. Esto es menos fácil de lograr. Amara jamás habría logrado sobrevivir al burdel si no hubiese aprendido a desvincularse de su cuerpo y, ahora, cuando quiere sentirlo todo, el hábito es difícil de apagar. Trata de decirle que es suficiente para ella disfrutar de su placer, pero él no se siente satisfecho y se niega a besarla hasta que ella le diga algo que lo complazca. Amara se siente tentada a mentir, a hacer que el momento pase, pero él la ve con tal franqueza que se sorprende al decirle la verdad: que necesita que él la mire a los ojos. Casi al instante, se arrepiente, segura de que adivinará la razón para pedírselo, pero Philos solo la besa y mueve su cuerpo para que sea más fácil hacer lo que le ha pedido.

—Estaba preocupado de que pensaras que daría mala suerte durante las Lemuralia —le dice después. Su voz no es más que un susurro. Todo lo que hacen debe ser casi en silencio. Está acostado frente a ella, sus narices a punto de rozarse. Se ha convertido en una posición más que conocida, la manera más fácil de escucharse y de sostenerse.

—No está permitido casarse durante las Lemuralia; pero no hay ninguna regla acerca de hacer el amor —murmura ella en respuesta—. Aunque, si tuviésemos la oportunidad de casarnos, me arriesgaría incluso en la noche menos afortunada de todo el año. —Philos le sonríe, pero solo le aprieta el hombro en respuesta, y Amara se siente mortificada por haber exhibido su enamoramiento. Suena peor que Berenice, aun con su experiencia como prostituta, a pesar de todas las falsas declaraciones que ha hecho: con este hombre, parece incapaz de guardarse sus sentimientos. Se da la vuelta para alejarse de él y mira hacia el techo, al juego de luces y sombras de la lámpara.

—No era mi intención mostrarme frío —dice Philos, y Amara siente como el dorso de su mano le acaricia la mejilla—. Solo pienso que no nos hará más felices desear cosas que no podremos tener jamás.

—Eso suena de lo más derrotista.

—Es realista. —Cuando Amara no le responde, sino que observa fijamente el techo, él se acerca para besarle la frente—. No te alteres, mi amor, no quería decirlo así.

Amara es incapaz de resistirse y se da la vuelta de nuevo. Él le coge la mano y la coloca sobre su corazón al tiempo que le acaricia los dedos. El gesto le recuerda a Británica cuando se declaró luchadora.

—Británica ha hablado de su familia esta noche.

—¿De veras? —responde Philos—. He pensado en ellos durante el ritual. Es muy triste. Trató de proteger a su hermano menor con todas sus fuerzas; solo espero que algún día sea capaz de perdonarse.

—¿Cuándo te ha hablado de su hermano? —Amara se siente todavía más culpable por todas las preguntas que jamás se le ocurrió plantear.

—Hace tiempo. Le pregunté cómo había llegado hasta aquí y de dónde era su gente. Muchas de las tribus de Britania tienen mujeres guerreras. Me dio curiosidad. —Philos tiene los ojos grises, abiertos y amables, mirándola, y Amara no quiere que se los quite de encima nunca—. Pero, a fin de cuentas, ninguna travesía hacia la esclavitud puede ser feliz. Incluso si naciste esclavo. Sé que la tuya no lo fue.

—Si jamás me hubieran esclavizado, ¿crees que de todas maneras podrías haberme amado?

—No habría tenido la oportunidad de hacerlo. Jamás me habrías mirado; al menos, no como hombre.

—Desearía que de verdad fueses el único amante al que hubiera conocido. —Philos sigue acariciándole los dedos. Sus recuerdos, como las alubias negras que Philos les ha arrojado a las sombras, caen como una cascada en la mente de Amara. Chremes, Félix, el burdel, incluso Rufo. Todos los hombres que desearía no haber tenido que soportar jamás. Quita su mano y se cubre el rostro, como si eso pudiera borrarlo todo.

—No te estarás preocupando por tu virtud perdida,

¿no? —le responde Philos con tono ligero. La rodea con sus brazos—. Ni yo tengo nada de eso.

—No es a eso a lo que me refería.

—Lo sé —murmura Philos, acariciándole la espalda, un gesto que ha usado en varias ocasiones cuando la oscuridad de su pasado se ha colado entre los dos.

El ritmo de su mano contra su piel es tan tranquilizador como el latir de su corazón. La respiración de Amara se calma. Imagina lo que sentiría si Philos fuese su familia, si le perteneciera.

—¿Y nunca piensas en cómo podríamos estar juntos?

—Trato de no hacerlo, para serte franco.

Amara se aleja de él para poder verle el rostro.

—Pero ¿por qué?

—¡Amara! —Suspira con un dejo de exasperación—. No tiene que ver con lo mucho que te amo. Piensa en el poquísimo control que tiene cada uno de nosotros. Un día, si no nos pillan, Rufo perderá el interés en ti o me trasladará a mí. Es inevitable. Y puedo volverme loco pensando en todo ese dolor que nos espera en el horizonte, o sentirme agradecido por los días de felicidad que la Fortuna decida otorgarnos. No tiene sentido planear un futuro del que no eres dueño.

—¡No estoy agradecida! —dice Amara, sorprendida por la fuerza de su propio enfado—. ¡No puedes quedarte sentado esperando que la Fortuna gire su rueda en tu favor! ¡¿Qué tipo de excusa es esa?! ¡Tienes que atraparla y obligarla a hacerlo! —Philos se muestra divertido por su apasionado exabrupto, pero Amara no está interesada en su indulgencia ni en sus besos—. ¡Es en serio! —exclama, casi olvidándose de todo, levantando la voz—. ¡Tú eres más inteligente que Rufo, yo soy más inteligente que Rufo! ¿Por qué no deberíamos pensar en alguna manera de liberarte?

—Lo dices porque naciste libre. Yo ni siquiera puedo imaginar lo que es.

—¡Claro que lo puedes imaginar! ¡Ya sabes lo que es! Cuando recitaste a Homero en el jardín y los demás niños te odiaron porque eras más inteligente. En ese instante, sentiste que tenías el derecho a disfrutar de lo que ellos tenían, ¿no es así? ¿Y qué es lo que les estamos pidiendo a las Moiras? Que tengas un poco más de control sobre tu vida. ¡No estoy sugiriendo que te conviertas en emperador!

Philos se muestra asombrado ante la fiereza de su discurso.

—¿Tanto quieres casarte conmigo?

Amara trata de no reírse.

—No te preocupes. No tiene nada que ver con eso. Si obtuvieras tu libertad y decidieras dejarme, que así fuera. —Se interrumpe un momento, su noble sentimiento cuelga en el aire—. Aunque tampoco estoy diciendo que no me molestaría.

Esta vez, los dos se ríen o, al menos, sacuden los hombros en silencio; lo cual pasa por una risa conjunta. Amara siente como de nuevo empieza a desvanecerse su fuerza de voluntad y se enreda alrededor de él de tal modo que casi ni un solo centímetro de su piel se libra del contacto con la de su amante. Y aun así no basta. Puede sentir los bordes de su cicatriz presionándole la mejilla.

—De verdad me amas. —En ese susurro, es difícil decidir si le hace una pregunta o si afirma algo evidente.

—No —le responde Amara, apretándolo aún más—. No te soporto.

21

> Asegúrate, joven esclavo, de que el agua lave los pies y de que un paño limpie las gotas; y de que nuestros lienzos cubran el sillón.
>
> Inscripción en un comedor de Pompeya

Amara pasa la mañana en los Baños de Venus. No es un día para ver a Drusila, sino la oportunidad de conocer a más clientas. Desde su aparición en el carruaje durante la Floralia, la posición de Amara, junto con su dudosa reputación, han aumentado de manera considerable. Jamás podrá ser respetable, pero su exhibición pública le ha conferido una innegable aura de riqueza. Julia se ha vuelto más amistosa y actúa como una útil intermediaria, presentándole a las mujeres que podrían requerir de asistencia financiera, dándoles la excusa de un acto social.

Cuando finalizan sus negocios, Amara y Julia se sientan juntas, bebiendo vino rebajado con agua en el patio central. El calor de mayo es opresivo, incluso a estas horas del día, y Amara está agradecida por la sombreada columnata.

—Qué chica tan dulce —dice Julia sobre la joven esposa que acaba de dejarlas—. Lástima que sea tan parlanchina. Aunque no es ninguna vergüenza para ti.

—Te agradezco que nos hayas presentado.

Julia agita una mano, sus anillos de oro brillan con la luz.

—El físico solo dura cierto tiempo, y los amantes son igual de pérfidos. Pero un armario lleno de monedas jamás hizo llorar a ninguna mujer. Eso es lo que solía decir mi querida madre. Sin duda te daría su aprobación. Estoy encantada de que seas una chica tan prudente. Nunca permitas que un hombre te diga que el dinero es poco romántico.

Amara sonríe y piensa en las imprudentes citas secretas con Philos; un comportamiento que no duda que Julia censuraría.

—«Salve el lucro». Estaba escrito sobre la puerta de una casa de la calle donde viví por última vez —dice, permitiéndose referirse al burdel de manera tangencial—. Aprendí la lección.

Julia se ríe.

—Viva Rufo, en tu caso. —Sus ojos brillan traviesos. Amara no puede evitar reírse. Julia tiene el don de cautivar a cualquiera con quien hable, haciéndola sentirse la persona más importante de toda la habitación. Habría sido una cortesana excelente, aunque, hasta donde Amara sabe, Julia no tiene interés alguno en los hombres—. Sin duda te hace brillar —afirma Julia, mirándola a los ojos. Amara le devuelve la mirada, curiosa. Julia levanta las cejas y sonríe, quizá divertida porque Amara no desvía su mirada—. No puedo creer que no me hayas visitado en casa. Vivo con Livia, la viuda de mi sobrino. Estoy segura de que os gustaríais.

—No sabía que tuvieras una sobrina. Sería un honor conocerla.

—Ven conmigo, entonces. —Julia se pone de pie y coloca la mano un segundo sobre el hombro de Amara en el momento de ponerse en marcha—. Os presentaré.

Es la primera vez que Amara ha recibido una invitación para ir a la sección privada de la finca de Julia y comprende el honor que su anfitriona le hace. La sigue a una distancia respetuosa, inhalando el aroma de los arbustos de lavanda, cuyas flores, lo sabe bien, se utilizan para perfumar las aguas de los baños. El jardín de Julia, que apenas ha ojeado desde las ventanas de los baños, es todavía más suntuoso de lo que había imaginado. Un largo canal corre por el centro, sombreado por árboles a cada lado, y puede ver anguilas bajo la superficie del agua, cuyos cuerpos se agitan, plateados y grises.

—Livia, querida, mira a quién te he traído.

Amara había esperado a una joven, incluso a una niña, pero la figura que se levanta del banco debajo de la sombreada columnata parece, si acaso, todavía más formidable que su tía.

—¿Quién es? —declara la mujer, con voz imperiosa, cubriéndose los ojos en el momento de salir al sol.

—La liberta del almirante, Amara. La chica de la que te hablé.

—¿La jovencita griega de Plinio? ¡Qué maravilla! —Livia le sonríe a Amara. Su mirada es tanto curiosa como divertida—. Casi me muero de la risa cuando Julia me habló de ti. ¿Cómo demonios has conseguido llamar su atención? Nunca pensé que Plinio sacaría la nariz de sus pergaminos el tiempo suficiente como para notar a una mujer.

Amara se sonroja un poco, no del todo segura de cómo responder sin insultar a su patrón.

—Le leía.

Livia echa la cabeza hacia atrás y estalla en carcajadas, de la manera en que podría hacerlo un hombre, completamente despreocupada de su apariencia.

—¡Niña mala! —Coge el brazo de Amara y le da un apretón—. Insisto en que me cuentes todo al respecto. —Tira de Amara hasta el banco y agita la mano impaciente en dirección a Julia—. ¿Y no se te ha ocurrido pedir vino, por Venus? —Julia levanta las cejas, pero, para sorpresa de Amara, le hace gestos a uno de los sirvientes que merodean por allí para obedecer la autoritaria demanda de Livia—. No puedo creer que Julia te haya tenido escondida todo este tiempo —continúa Livia, que mira a Amara con aprecio antes de ver de soslayo a su tía con las cejas levantadas—. O quizá sí que me lo creo.

Julia se ríe.

—Pero aquí estás ahora, cariño, de modo que no puedes enfadarte demasiado.

—¿Las dos conocéis bien a Plinio? —pregunta Amara, un poco desconcertada por las bromas, sin saber quién podría ser el blanco de estas.

—Es un gran amigo de Julia —explica Livia—. Y yo también le tengo gran cariño al viejo, de modo que no te preocupes, amor mío; no nos estamos burlando de él. Pero, en todo caso —disminuye su tono a un susurro de conspiración—, no soy nada cotilla. Estás perfectamente a salvo, digas lo que digas.

Es una afirmación tan poco creíble que Amara empieza a reírse de manera franca.

—Ya sabía yo que vosotras dos os llevaríais bien —afirma Julia con una sonrisa.

Amara pasa por lo menos una hora respondiendo a todas las impertinentes preguntas de Livia, y, cuando vuelve a casa, un poco sonrojada por el vino, Rufo la está aguardando. Está de pie junto al estanque, con Philos y otro de sus sirvientes, Vitalio, a su lado. Vitalio lleva una gran canasta que nadie le ha dicho que deje.

—No te esperaba hoy, amor mío —exclama Amara, que corre a darle la bienvenida. Rufo la besa y la levanta en un exuberante abrazo. Amara es consciente de Philos, que está cerca, aunque no puede verlo. Rufo la baja, pero no le quita las manos de la cintura.

—¿Acaso no tengo permitido sorprenderte? —Rufo la mira atento, las arrugas de su sonrisa hacen brillar sus ojos.

—Siempre —le dice ella, sonriendo también.

—Te voy a llevar a un sitio que me es muy querido.

—Rufo le coge el brazo y lo entrelaza con el suyo al tiempo que empieza a dirigirse hacia la puerta—. Es una visita fuera de las murallas de la ciudad.

Philos y Vitalio los siguen en silencio. Juvento se aparta a un lado para dejarlos pasar; esta vez no hay peligro de que la mire con lascivia por la presencia del amo: sus ojos están fijos en el suelo. Fuera, en la calle, Vírgula hace una reverencia al verlos pasar, y Rufo responde con una caballerosa inclinación de cabeza. Philos se desliza delante de ellos y, para su consternación, Amara se da cuenta de que, a donde sea que estén yendo, Rufo le debe de haber ordenado a Philos que caminara al frente y a Vitalio que permaneciera atrás. No tendrá otra opción y se verá obligada a contemplar a su amante a lo largo del viaje.

Rufo y Amara atraen miradas de respeto a medida que pasan, la gente les deja espacio sobre el pavimento. Amara se da cuenta de que es por Rufo, no por ella, pero el brillo de su posición arroja un amplio resplandor de protección sobre ella. Nadie le abre paso a Philos. Su único propósito es alertar a los demás para que se quiten del camino de su amo. En el áspero fulgor del sol, su túnica parece todavía más pobre que en casa. El material oscuro está desgastado a la altura de sus hombros y hay una pequeña rasgadura en la espalda, que parece haber reparado con cuidado. Su postura es siempre erguida, Philos no se encorva como tantos otros esclavos; pero, sin riquezas y el poder que las asisten, ni su galanura le da ningún tipo de autoridad. Con cierta sensación de vergüenza, Amara se percata de que, si no fuera porque ya lo ama, apenas le prestaría atención.

La montaña azul asciende lentamente sobre los tejados mientras se acercan atravesando la ciudad hasta la Puerta Vesubiana. No es la principal vía comercial de la ciudad, pero tiene espacio suficiente como para que caminen con holgura. Más allá de las murallas, Amara sabe que hay viñedos y villas, un enclave próspero fuera de Pompeya.

—¿A quién vamos a visitar? —pregunta con aparente entusiasmo al tiempo que espera que, a donde sea que vayan, Philos pase desapercibido y que el día no se vea ensombrecido por las diferentes tonalidades de la culpa que siente con ambos hombres.

—No quiero estropear la sorpresa todavía —le responde Rufo—. Tendrás que ser paciente.

Se acercan más a las afueras de la ciudad y la calle se empieza a abarrotar con las personas que hacen fila en el exterior de las tiendas de comida que se concentran junto a la puerta. Muchos hablan en pequeños grupos y algunos llevan grandes canastos, al igual que Vitalio. Amara y Rufo están aprisionados entre los transeúntes, y un grupo de niños sentados en el borde de la calzada le arrojan piedras a un perro al otro lado de la calle. Antes de que Philos pueda abrirles camino, se acerca un hombre furioso gritando, le da un golpe en la oreja a uno de los niños y lo arrastra de vuelta a la fila. Los demás pequeños desaparecen.

—¿Acaso hoy es día de visitar a los muertos? —pregunta Amara mientras mira intranquila a la fila de familias. Rufo le aprieta la mano, pero no le responde.

El arco les ofrece un bienvenido momento de sombra antes de que lo crucen hacia el camino ya más ancho. Está rodeado de enormes tumbas y monumentos, y su solemnidad queda minada por las familias desperdigadas por aquí y por allí, que comen como si fuera un día de pícnic. Algunas ofrecen alimentos y vino a sus familiares muertos, pero la mayoría está hablando y comiendo. Amara y Rufo siguen a Philos hasta una tumba familiar con vistas a las murallas de la ciudad. Es alta y cuadrada, abierta a la calle, y su interior hueco, con un banco circular y un techo domo que los protege del sol. Hay pequeñas estatuas de los muertos pintadas en nichos alrededor de las paredes. Rufo se detiene y señala a una pareja de ellas.

—Son mis abuelos.

Philos y Vitalio se quedan parados detrás de ellos. Amara agradece que Philos no pueda ver su rostro o su mirada de deleite fingido por conocer a Terencio.

—¡Qué maravilla que me hayas traído aquí! —exclama—. Espero que no os moleste que venga a visitaros.

—El abuelo te habría adorado —afirma Rufo, llevándola a sentarse en el banco sombreado de dentro de la tumba. Vitalio deja el canasto junto a ella y, después, él y Philos se retiran para quedarse fuera, en el calor—. Era todo un personaje. —Rufo se estira por encima del regazo de Amara y saca una pequeña botella de vino—. Esto es para él, antes de que nos vayamos —indica, colocándola sobre el suelo antes de hacerle señas para que le pase el canasto.

Está lleno de pan, aceitunas e incluso algunos higos secos envueltos en un paño. Muy parecidos a las viandas que Amara habría llevado para compartir con sus padres en las sepulturas más modestas de sus propios ancestros. Está tan tensa que no puede probar bocado. Philos mira hacia la calle de espaldas a ella, no cabe duda de que su piel se está quemando bajo el sol.

—Debes de haberles tenido un enorme cariño a tus abuelos. Es un verdadero honor para mí.

—Voy a volver con el resto de mi familia mañana —responde mientras empieza a comer aceitunas—. Pero, de repente, he querido que tú también los vieras.

—Gracias —contesta Amara, conmovida, muy a su pesar, por su muestra de afecto.

—El abuelo es quien metió a la familia en la política —prosigue Rufo, mirando a su alrededor las brillantes paredes y escupiendo el hueso de la aceituna en la mano. La tumba está pintada con símbolos de riqueza, objetos de plata y joyas amontonados sobre estantes imaginarios—. Fue duunviro por un tiempo. La gente todavía habla sobre los juegos que organizó en la arena. —Rufo saca una botella de vino rebajado con agua y se la ofrece a Amara primero. Ella toma un sorbo—. Podía ser un hombre de lo más difícil, pero tenía buenas intenciones. Contaba las historias más maravillosas. Me encantaba escucharlo cuando era un niño; ¡la forma en que describía a Ícaro cayendo del cielo! Al escuchar sus descripciones, sentía que yo mismo tenía alas. Y le fascinaba el teatro. A mi padre no le gustaba, de modo que el abuelo era quien me llevaba.

Philos está parado junto a Vitalio, perfectamente inmóvil. Amara sabe que puede oír cada palabra.

—¿Y tu abuela? —pregunta Amara, esperando que Rufo cambie de tema y deje de hablar acerca de Terencio.

—Bueno, era de lo más elegante. Provenía de una familia más antigua. De no ser así, sospecho que el abuelo no le habría hecho el mismo caso que le hacía. Se volvió un poco... excéntrico a medida que envejecía. Me solían dar un poco de pena los esclavos que se metían en su camino. Una vez, estaba pegándole a algún pobre chico en la cabeza con la sandalia cuando salió la abuela a gritarle que parara. Pensé que estaba molesta por el castigo, pero resultó que fue el uso de la sandalia lo que la molestó, de modo que el crío terminó golpeado dos veces: una, con una sandalia, y la siguiente, con el látigo. —Rufo se ríe con cierta nostalgia, invitándola a que se ría con él de las manías de sus abuelos—. La vieja generación —concluye encogiéndose de hombros—. Todos eran bastante estrictos.

Amara sostiene su trozo de pan con tal fuerza que se desintegra entre sus dedos. Recuerda lo que sentía cuando Félix la abofeteaba, o cuando lo hacía Thraso. La rabia de no poder responder por la prohibición de defender un cuerpo que ni siquiera le pertenecía. Terencio debía de haber golpeado a Philos de esa misma manera. Quizá él fuera el chico del jardín, golpeado con la sandalia. Sigue parado al lado de Vitalio, ambos inmóviles junto a la entrada de la tumba.

—¿Estás bien, pajarita? —le pregunta Rufo—. Pareces algo alterada.

Ante eso, Philos se mueve. Amara ve que agita los pies un poco, como resistiéndose al impulso de darse la vuelta.

—No —responde con celeridad, inventando una mentira—. Solo estaba recordando a mi propio abuelo. Es una pena que no puedas conocer a nadie de mi familia.

—Mi querida niña —dice Rufo besándole la frente—. ¿Por qué no me hablas de él?

Amara vacila. Jamás conoció a ninguno de sus abuelos. Su madre provenía de una familia mucho más pobre que la de su padre, de modo que los evitaban, y los abuelos paternos habían muerto antes de que pudiera recordarlos.

—Mi abuelo era médico, igual que mi padre —empieza Amara, diciendo la verdad—. Le gustaba que yo le leyera. Me hacía recitarle las diferentes hierbas y sus propiedades. No creo que haya habido ni una sola planta que él no conociera. Después de todo, su propio padre era químico. Y era de lo más amable —añade, y se entusiasma ante la imagen de este ancestro imaginario que, de hecho, es otra versión de su propio padre.

—Qué niña tan inteligente debiste de ser —opina Rufo—. Te puedo imaginar; una pequeñita tan solemne y bonita, toda ojos y rizos. Me temo que yo era bastante más tonto para aprender. Las poesías que recitaba jamás le dieron gusto alguno a mi abuelo, aunque siempre tuvo a un esclavo favorito para ese tipo de cosas. Otra fuente de molestia más para mi abuela. —Rufo acaricia un tirabuzón que cae detrás de su hombro—. Pero por eso sé que te habría aprobado. Siempre le dio gran valor al amor romántico. «¿Por qué no satisfacer tus deseos?», solía decir. «Ya habrá tiempo para privarte cuando estés muerto.»

En esta ocasión, Amara no se atreve a mirar hacia donde se encuentra Philos. Coge la mano de Rufo y la coloca contra su mejilla, ocultando su incapacidad para hablar con un gesto de afecto. Sobre ellos, Terencio y su esposa los miran desde su nicho con su rostro pintado y ciego.

Esa noche, Amara está segura de que Philos no vendrá, de que su humillación hará que la deteste. No deja de imaginarlo como lo ha visto en la calle, cuando se ha avergonzado de su pobreza, y su culpa no la deja respirar. Cuando al fin se desliza por su puerta, vuelve a sentirse avergonzada.

—No tenía ni idea de que Rufo me estaba llevando allí —le dice cuando se sienta junto a ella—. Siento mucho no haberlo detenido; siento que haya dicho todas esas cosas, ojalá...

Philos le pone un dedo sobre los labios.

—¿Te importa si no hablamos de ello?

—No. No me importa.

Se acuestan juntos sobre la cama. Philos no trata de desvestirla como normalmente haría. Nada en su lenguaje corporal le indica que esté de humor. Amara se acerca más a él, consciente de lo mucho que detesta que la compadezcan, de cómo eso la hace sentir pequeña.

—¿Podrías abrazarme? —murmura, como si estuviera pidiendo consuelo en lugar de ofrecerlo.

La familiar calidez de su cuerpo la reconforta. Se aprieta contra él, esconde la cabeza bajo su barbilla, y él responde acariciándole la espalda. Poco a poco, Amara siente que empieza a relajarse junto a ella. Su respiración se hace más profunda y, a medida que el silencio se prolonga, empieza a preocuparse de que puedan quedarse dormidos.

—Rufo ha sido modesto con su infancia hoy —le dice

Philos, todavía acariciándole la espalda—. Era un niño de lo más encantador. A menudo me he preguntado en qué podría haberse convertido de haber nacido en otra familia.

Es la primera vez que Philos se ha referido de manera así de íntima al hombre que lo posee. Amara está sorprendida, pero no se lo demuestra.

—¿Qué edad tenía cuando lo conociste?

—Tendría alrededor de siete años. Solía ayudarlo con sus estudios. Es cierto que no era bueno recitando poemas. Tardaba horas enteras en aprenderse apenas algunos versos. Era como para desesperar a cualquiera. —Philos suspira—. El amor distorsiona los recuerdos, o a lo mejor no ha querido contarte la vez en que su abuelo le pegó por leer mal. Es cuando solía ayudarlo. No era más que un niño y yo odiaba verlo llorar.

—Lo quieres —dice Amara, pero parece que lo acusa.

—No —responde Philos—. Lo quise. Hay una diferencia.

—¿Cuándo dejaste de quererlo?

—Sucedió de manera muy gradual. Es difícil determinar el día específico en que suceden estas cosas, ¿no crees? Los niños empiezan a aprender quién importa. Con el paso del tiempo, dejé de ser el chico mayor que lo ayudaba a leer y me convertí en otro objeto más que poseía su familia. El tipo de objeto que quizá veas que golpean con una sandalia y que provoca que desvíes la mirada por vergüenza.

—¿Ese fuiste tú? ¿Lo sabía y aun así ha contado la historia delante de ti?

—Ni siquiera sé si fui yo o no. Era un hogar violentísimo, Amara. Pudo haber sido cualquiera de nosotros. No recuerdo cada una de las palizas. —Philos ya no le está acariciando la espalda; la aprieta con fuerza y siente que la tensión vuelve a su cuerpo—. Tal vez fue después de lo de Faustilla cuando empecé a despreciarlo, cuando ya no pude fingir que seguía siendo el niño que conocí.

—¿La hija de Vitalio? —pregunta Amara, confusa—. ¿La joven sirvienta con la que tuvo el amorío?

—Amorío no es la manera en que yo lo describiría.

—Me dijiste que estaba enamorada de él.

—No, eso es algo que tú supusiste..., y dejé que lo hicieras.

Amara recuerda la manera en que Rufo bajó el arpa la noche de la cena de Helvio, la violencia reprimida con la que se comportó, su propia confusión, la sensación de sus dedos sobre su cuello; y ahora comprende lo que le sucedió a Faustilla. Lo que Rufo debe de haberle hecho.

—No... —dice al tiempo que se aferra más a Philos sin querer escuchar.

—Inventé tantas excusas para él —continúa Philos—. Me dije que no era diferente de cualquier otro hombre de su clase, que todos usan a sus esclavos de ese modo y que nadie piensa nada al respecto. Quizá ni siquiera saben lo que están haciendo. Aunque todo eso es mentira, ¿no es así? —Philos se desenreda de su abrazo con cuidado hasta que la mira de frente—. Porque, a fin de cuentas, son dos personas que están juntas en la cama; y cuando estás así de cerca —la coge de los hombros— es imposible no advertir la angustia del otro. No es difícil de ver. No puede no haberse dado cuenta. Pero hacer daño a un esclavo no significa nada para él, de la misma manera que no le importaba a su abuelo. No son diferentes.

—Pero tu relación con los dos es distinta —dice ella, sospechando que Philos se siente más confundido acerca de su amo de lo que querría admitir—. Y Rufo es un hombre difícil de odiar. Yo no siempre lo consigo, a pesar de todo. No debes culparte si no eres capaz de hacerlo, si hay veces en que sigues queriéndolo.

—No se me hace difícil odiarlo —responde Philos con voz fría—. Ya no es un niño. Es un hombre, como su padre y su abuelo. Uno que me mataría por tocar a una mujer que le pertenece.

—Pero ya no le pertenezco —contesta Amara, besándolo—. No cuando estoy contigo.

Después de un momento de vacilación, él la besa y Amara se siente aliviada de dar por terminada la conversación. Se quedan acostados un tiempo, acariciándose con tranquilidad al principio y, después, con mayor urgencia, hasta que Philos se acuesta sobre ella. Amara intenta que se acerque más, queriendo sentir su peso para desterrar la sensación de vergüenza, el recuerdo de la tumba y el pensamiento de Faustilla. Pero él se resiste y le besa el cuello en lugar de mirarla a los ojos.

—Siempre le pertenecerás. —Su voz es un susurro junto a su oreja—. Bien que lo sé; me obligó a redactar el contrato.

Amara se incorpora, furiosa y desorientada.

—¿Qué es lo que me acabas de decir?

Philos también se incorpora, sin intentar mantenerla entre sus brazos.

—¿Te es más fácil odiarlo ahora?

Reconoce la pasión de su rostro. Le es tan familiar como el propio latido de su corazón, el odio absoluto por otro, tan atormentador como el deseo. Al verlo en ese preciso instante, Amara comprende que no es solo la ternura la que lleva a Philos a visitarla noche tras noche. Quizá debería sentirse repelida al imaginar que su cuerpo absorbe su aborrecimiento por Rufo junto con su amor por ella; pero eso no es lo que siente. En vez de ello, Amara piensa en el burdel y recuerda las veces que engañó a Félix; el placer que le daba, tan intenso que hizo que arriesgara todo lo que tenía.

—Muéstrame cuánto lo odias —le dice.

22

> El pretor no deberá tolerar que el esclavo de ayer, que es libre hoy, se queje de que su amo le haya hablado de manera abusiva o de que lo haya golpeado con ligereza.
>
> ULPIANO, jurista romano

—¿Se supone que esto me tiene que impresionar? —dice Félix sosteniendo la bolsa con el pago de más de lo que debe con una mirada de desagrado.

—¿Y qué te hace pensar que tengo el deseo de impresionarte? —Amara se reclina en la silla, como si este fuera su estudio en lugar del suyo, sonriendo para negar la frialdad de sus palabras. Un truco que aprendió de él. Félix no le devuelve la sonrisa, cosa que la divierte todavía más.

—Ipstilla me dijo que Victoria fue a casa de Cornelio.

—Por supuesto. ¿Por qué no habría de utilizar mis antiguos contactos? La ventaja de tener un patrón y de no estar limitada a quedarme en una celda es que puedo ganar todavía más dinero. Solo piénsalo —dice; hay un tono desagradable en su voz—: pudiste haber compartido todo eso conmigo.

El aire del estudio es opresivo y Félix ya no le ofrece vino cuando lo visita; pero su cabello, advierte, sigue estando perfectamente peinado y su piel recién afeitada. ¿Y no será eso que huele loción para el pelo? Su boca se tuerce un poco intentando no mostrar lo mucho que la divierte. Lo mira a través de los ojos entrecerrados, observándolo. Félix le devuelve la mirada, hosco.

—Si lo único que quieres es sentarte y presumir, te diré que tengo otros negocios que atender.

—¿Tu nueva taberna?

—Eres muy observadora.

—Pensé que era una buena manera de expandir tus ganancias. Tiene sentido.

—Me alegra haberte impresionado —responde con sarcasmo. En esta ocasión, Amara se ríe, y le alegra ver que él le devuelve la sonrisa. Le transforma el rostro, dándole la ilusión de la calidez. Se reclina sobre el escritorio y coloca la barbilla entre sus manos.

—Cada vez que nos vemos, hablas como una mujer que tiene una propuesta, pero nunca la haces. ¿Qué quieres de mí?

«Philos está en la habitación de al lado», piensa Amara, y saberlo le brinda una sensación desenfrenada de satisfacción. Sospecha que Félix no estaría menos furioso que Rufo ante su engaño, ante la posibilidad de que se esté riendo de sus esfuerzos por embaucarla. La euforia del amor y del peligro, con la que vive a diario, empieza a darle un sentido de imprudencia a todo lo que hace. Y, sin embargo, no es solo su amorío lo que le da valentía. Es una sensación vieja y conocida: la intoxicación de tener la atención del amo, la posibilidad de manipularlo. Es poco prudente decirle demasiado a Félix, y lo sabe, pero no se puede resistir a seguir azuzándolo un poco más.

—Los patrones no duran para siempre —le dice.

—A menos que se casen contigo —responde Félix, y Amara se percata, por la mirada en su rostro, de que ha calculado mal—. ¿O acaso tu ricachón no es un romántico?

Amara trata de restarle importancia.

—Sabes que los hombres de su clase no se casan con putas.

Félix sonríe, y el cambio de poder entre los dos es tan repentino que el estómago de Amara da un vuelco como el de una carroza que tropieza con una piedra en el camino.

—Quieres hacer negocios conmigo para cuando el niño rico se vaya. De eso va todo esto, ¿verdad?

—Tal vez.

Félix vuelve a levantar la bolsa, la contempla.

—No cabe duda de que tienes talento para generar dinero, no lo voy a negar; pero hacer negocios con una mujer no tiene el más mínimo sentido. —Deja caer las monedas, que aterrizan sobre su escritorio con un sonido metálico—. ¿Y qué pasará si te casas? Todas mis inversiones contigo, cualquier tajada que puedas darme, desaparecerán por completo. —Da un chasquido con los dedos—. Le perteneces a otro, al igual que todas tus ganancias.

El esfuerzo que Félix ha invertido en su apariencia y el aroma de la loción para pelo ya no le parecen una broma; al contrario, la hacen sentir más intranquila.

—Quizá no tenga interés en casarme.

—¿Así que mis ganancias dependen de la posibilidad de que sigas siendo una puta desalmada el resto de tu vida?

—Te ha funcionado bien a ti.

—La única manera de poseer los activos de una liberta es casándose con ella. ¿Acaso es eso lo que me estás ofreciendo?

Sobre la pared roja detrás de él, ve los zócalos negros con los cráneos de toro arriba, sus órbitas vacías. Fue una locura pensar que alguna vez podría arrebatarle este espacio.

—No —responde, poniéndose de pie.

Félix es demasiado rápido. Cruza y le bloquea el camino hasta la puerta.

—¿Te crees que soy tonto? ¿Que soy uno de tus clientes, a los que puedes embaucar con insinuaciones? —Su rostro está contorsionado por la furia. Amara está desesperada por alejarse de él, y trata de apartarlo para salir de allí—. ¡No te atrevas a alejarte de mí! —La coge de la muñeca con fuerza.

—Philos y Juvento están en el cuarto de al lado —le advierte, levantando la voz para ocultar su miedo—. Me oirán si los llamo.

Félix no la suelta, pero tampoco se le acerca más.

—No deberías ofrecer lo que no estás dispuesta a dar.

—Yo no te he ofrecido nada —le responde, y su enfado aumenta.

—¿Ah, no? —Félix levanta las cejas—. Mala suerte para ti, entonces. Cuanto más lo pienso, más sentido tienen tus pequeñas insinuaciones. Un día, Rufo te abandonará —dice recalcando las palabras con enorme placer—. Y entonces ¿a quién le pertenecerás? ¿A otro patrón? Quizá. O quizá estarás sola y necesitada de protección. —Félix aprieta la mano alrededor de su muñeca—. Eso es lo que has estado buscando, ¿no es así? Convencerme para que haga negocios contigo; usarme, pero manteniéndome a distancia. Aun cuando sabes que mi protección siempre tiene un precio.

Ahora, cuando es demasiado tarde, Amara se da cuenta de la magnitud de su error. Todo ese tiempo que desperdició como esclava temiendo la indiferencia de Félix, cuando su deseo era mucho más peligroso. Solo que esto no es amor, ni siquiera lujuria, con la que podría lidiar. Lo que Félix disfruta es el hecho de poseerla. Sus ojos se desvían hacia la puerta. Imposible quitárselo de encima para alcanzarla, y, a pesar de sus amenazas, lo último que quiere es involucrar a Philos en una pelea en la que Félix estará armado, con casi toda seguridad.

—¿Qué me estás proponiendo?

—Que cuando Rufo te deje te tenga yo. Serás libre de ganar cuanto dinero quieras y como quieras, siempre y cuando lo ganes para mí.

—Pareces muy seguro de que no encontraré un mejor patrón antes de eso.

—Quizá lo encuentres. —Félix se encoge de hombros—. Y tal vez yo consiga una mujer que me genere más dinero.

—Lo tendré en cuenta —responde Amara, haciendo un esfuerzo por sonreír.

—Sé que intentas deshacerte de mí. —Félix le devuelve la sonrisa como si los dos fuesen amigos que comparten alguna broma—. Tal vez *propuesta* sea la palabra incorrecta. *Promesa* sería mejor. —La atrae un poco más cerca, volviéndose más confiado cuando ella no hace intento alguno por resistirlo. Su cuerpo está tan próximo que Amara puede sentir el calor que emana—. Eres una vil puta que ha llamado la atención de un hombre rico y que no tiene nada propio. Y le debes varios miles de sestercios a tu amo anterior. No creo que estés en posición de rechazar la generosidad de nadie; en especial la mía. —Félix le clava la mirada y Amara no tiene más opción que devolvérsela para no provocarlo si la aparta—. Somos iguales, tú y yo; y ahora sé que puedes verlo. —La acerca tanto que el olor de su loción, mezclado con el de su sudor, la asfixia—. Y esa es la razón por la que no voy a follarte todavía, aunque los dos sabemos que no tratarías de quitarme de encima; tan solo dejarías que cogiera lo que quisiera, porque eso sería mucho más fácil que tratar de explicarle todos esos moretones a tu niño rico.

Al fin, la rabia supera el temor de Amara y arranca su brazo de las manos de Félix.

—¿Se supone que tengo que agradecértelo?

—Sí —responde Félix, apartándose de su camino al fin—. Así es. —Se ríe y agita la mano en un gesto de despedida—. Añadámoslo a tu cuenta para cuando tengas que hacer el pago final.

En el instante mismo en que Amara entra en la pequeña sala de espera donde se encuentran Juvento y Philos, este advierte su agitación. Sus ojos se abren, llenos de preguntas sin respuesta, y ella no puede hacer más que apartar el rostro a un lado.

Se marchan del apartamento, descienden por la estrecha escalera y salen a la calle. Amara y Philos aún no pueden decirse nada, la tensión de su silencio crece entre los dos; pero, cuando llegan a la Vía Veneria, Philos se da la vuelta de repente y le habla a Juvento en su dialecto. Amara espera, incapaz de comprender una sola palabra. El portero asiente y, después, se dirige con velocidad hacia el foro, en dirección contraria a la casa.

—¿Qué le has dicho? —le pregunta, impactada por la inesperada orden.

Philos ya ha empezado a andar de nuevo y la obliga a seguirle el paso.

—Rufo me ha hecho algunos encargos. Algo que recoger de los cortadores de gemas. Solo he mandado a Juvento en mi lugar. —Paran para dejar pasar a un grupo de mujeres parlanchinas, que sin duda van de camino a una tarde en los baños—. No me mires, Amara —le advierte Philos, bajando la voz—, pero dime que no te ha hecho daño.

—No me ha hecho daño.

—Entonces ¿qué pasa? —Y, a pesar de su orden de no mirarlo, se vuelve a verla.

Amara dirige su vista al frente mientras caminan.

—Es solo que odio estar cerca de él; nada más. Me trae demasiados malos recuerdos.

—No te creo; algo ha pasado.

—Pretende casarse conmigo. —Decir las palabras en voz alta es tan absurdo que casi quiere reírse—. No me lo ha pedido. Me ha dicho que eso es lo que sucederá cuando Rufo me abandone. —Por el silencio con que recibe la noticia, Amara no necesita ver el rostro de Philos para intuir su pasmo.

—Tienes que pagarle lo que le debes. ¡Inmediatamente! Pídele dinero a Drusila, a Julia; incluso a Rufo. Ten deudas con quien quieras menos con él. No podemos vivir bajo ese tipo de amenaza.

A Amara le disgusta el tono autoritario de Philos.

—¿De verdad crees que puedo pedir todo ese dinero sin más? —Le lanza una fugaz mirada de enfado—. ¡Drusila tiene a un niño que mantener, y la totalidad de mis negocios con Julia dependen de que piense que tengo dinero de sobra para prestarlo! Y sabes lo furioso que se pondría Rufo si se lo pidiera. —Philos masculla algo que suena explosivo en su propia lengua—. Además, solo es Félix que lanza amenazas. No significa nada.

—¡Nada! —Philos vuelve a maldecir en su dialecto y patea los pies contra la acera—. ¿Qué has hecho para que te lo sugiriera?

—¿Me estás culpando a mí de todo esto? —La voz de Amara se eleva en un tono de furia y un transeúnte se la queda mirando. Vuelve la vista al suelo y aprieta el paso. Nunca la presión de tener a un amante secreto había sido peor, justo ahora que le quiere gritar en medio de la calle.

—Te oí una vez —responde Philos en un susurro—. Oí que le gritabas: «No se trata de amor». ¿A qué te referías con eso? —Amara se siente abrumada por la vergüenza y se cubre la boca con una mano—. No estoy enfadado —le dice Philos todavía más bajo—. Solo te pido que me lo digas.

—No lo sé —contesta Amara—. Y no sé lo que he hecho.

—¿Es que lo amas?

—¡No! —Philos le lanza una mirada de advertencia cuando levanta la voz—. Por supuesto que no lo amo, ¡ni de coña! Fabia me dijo que yo le gustaba y fui lo bastante idiota como para pensar que podría manipularlo y, ahora, he pagado por ello.

—Te ruego que pidas prestado el dinero para pagarle —murmura Philos, y puede oír la desesperación en su voz—. Te ruego que se lo pidas a Drusila. Me asusta que vaya a hacerte daño.

Amara entiende lo que Philos quiere decir con «hacerte daño».

—Te llamaría antes de que hiciera algo por el estilo —miente—. Te lo prometo. Y estamos hablando de Félix. No hablaba en serio, es solo que le gustan sus juegos. Lo puedo controlar. Confía en mí, tengo mucha práctica.

Llegan a la esquina de su calle. De regreso a casa, Amara sabe que Victoria la estará esperando. Egnacio las ha recomendado a otro cliente y las espera a ella y a Victoria para discutir los términos y confirmar la reserva. Será imposible hablar con Philos en privado.

—¿Me prometes que me llamarías si te amenazara?

Amara ve a Philos, que sabe que moriría encantado a manos de Félix si ella le pidiera que la protegiera. Jamás permitirá que eso suceda.

—Te lo prometo.

23

> Si cualquiera desea que se castigue a un esclavo, hombre o mujer, de manera privada, quien desee imponer el castigo debe hacer lo que sigue. Si quiere colocar al esclavo en la cruz o en una horquilla, el contratante deberá proveer los maderos y cadenas, las sogas para los flageladores y también a los flageladores mismos.
>
> Inscripción en Pozzuoli,
> ciudad romana cercana a Pompeya

Las habitaciones privadas de Egnacio parecen más sórdidas a la luz del día. Incluso las elegantes pinturas de Hércules parecen sucias, el hollín de las lámparas de aceite en constante uso desluce las hazañas del héroe. Amara se reclina junto a Egnacio en el sillón, respirando su familiar aroma a aceite de acacia. Hay un espacio estrecho, pero deliberado, entre sus cuerpos, aunque su proximidad sigue haciéndola sudar. No por el temor que pueda tenerle a su antiguo cliente, del que sabe que no tiene ningún interés sexual en ella, sino más bien al imaginar cómo podría reaccionar su patrón si la viera así. Hasta el momento, Rufo se ha limitado a hacerle muy pocas preguntas acerca de sus negocios, quizá prefiere creer en sus afirmaciones sobre su interés por la música que enfrentarse a su insaciable necesidad de ganar dinero.

En el otro sillón, Victoria está recostada contra su cliente más nuevo, Castrensio. Es un hombre pequeño y musculoso que parece que se ha pintado la delgada barba con uno de los lápices de kohl que Amara usa para los ojos. En este momento, su mano repta por el muslo de Victoria, oculto bajo los pliegues de su túnica. Victoria deja escapar un suspiro teatral, como si las intenciones de este hombre le parecieran irresistibles.

—Por lo que veo, la reserva está decidida —dice Amara—, dado tu entusiasmo por manosear los bienes.

Oye un resoplido de diversión de Egnacio, que la coge con cuidado del brazo.

—Castrensio sabe que tus chicas vienen con la mejor recomendación posible, querida —replica Egnacio—. Jamás lo he decepcionado.

—Eso espero, con estos precios —indica Castrensio.

Amara lo mira con enfado, pero Victoria se apoya contra él con más fuerza todavía.

—Tengo la impresión de que estás más interesado de lo que parece —dice. Victoria cruza una mirada con Amara, que entiende la indirecta y se pone de pie. Lo han ensayado en incontables ocasiones.

—Si no estás dispuesto a pagar, nos vamos. —Amara hace un gesto a Victoria para que se marchen. Castrensio se aferra a Victoria con más fuerza y con el rostro enrojecido.

—No he dicho que no vaya a pagar. Quizá puedas dejarme a solas con tu amiga un momento y, entonces, os trasladaré mi decisión.

—Firma el contrato primero y entonces podrás tener más que un momento.

Victoria se da la vuelta para mirarlo de frente.

—Dile que sí —le ruega; lo coge de la cintura y lo acerca todavía más a ella—. Por favor.

—Está bien —accede Castrensio, turbado. Amara se coloca junto a él con la tablilla de cera antes de que tenga tiempo de reconsiderarlo y le entrega el punzón para que firme.

—Creo que deberíamos atestiguar los documentos

fuera —le dice Amara a Egnacio, señalando el contrato. Egnacio pone los ojos en blanco, molesto porque le pida que se mueva, pero hace lo que le indica.

—¿Cuándo te has vuelto así de quisquillosa? —Firma el contrato con un gesto exagerado antes de cerrar la tablilla para entregársela de nuevo—. Castrensio es más que capaz de consumar con público, y puedo asegurarte que no tardará más que un momento.

—No quería ver su horrible rostro más tiempo del necesario.

—Es cierto que no es tan apuesto como tu mayordomo. No puedo creer que no hayas vuelto a traer al encantador Philos a visitarme —se queja Egnacio con un mohín—. ¿Acaso no era uno de los muchachos de Terencio?

Amara se encoge de hombros.

—La verdad es que no sé gran cosa acerca de su pasado; es un hombre de Rufo.

—Esos ojos tan preciosos... ¡Y esos pómulos! —Egnacio la mira de reojo, sonriendo con picardía—. Espero que no esté compitiendo contigo por las atenciones de Rufo.

Amara le da un manotazo en el brazo, inofensivo pero con la fuerza suficiente como para que le duela.

—Difícilmente. —Egnacio se ríe y le devuelve el manotazo, y el absurdo de que los dos estén peleando como niños casi hace que Amara se ría también. Hace una pausa y se pregunta cuánto interés puede darse el lujo de demostrar hacia Philos—. Conociste al abuelo de Rufo, ¿entonces?

—Solo su reputación. —Egnacio se estremece—. Los hombres como Terencio son la razón por la que tanto tú como yo deberíamos darles gracias a los dioses a diario por haber obtenido nuestra libertad.

Victoria impide que Amara se entere de mayores detalles al abrir de repente la puerta que da al pasillo. Se vuelve a ver el interior de la habitación que acaba de abandonar mientras se limpia la boca de manera sugestiva con el dorso de la mano, un gesto que Amara recuerda de los días del burdel. Es una bendición que la respuesta de Castrensio quede oculta tras la puerta.

—Entonces todos tan amigos —dice Egnacio con felicidad, besando primero a Victoria y después a Amara en señal de despedida—. Pero que no se te olvide la tajada que me debes por la presentación, querida —murmura al oído de Amara—. Sé que eres una tacaña de cuidado con tu dinero.

Fuera, en la calle, Victoria coge la mano de Amara. Caminan juntas sobre la acera, pasando frente al mismo sitio en el que Philos le ofreció su brazo a Amara en una ocasión.

—¡Nada de propina! —se queja Victoria—. ¡Qué putero tan avaro! He conocido lavanderos sin un denario más generosos que ese.

—Lo siento. Cómo desearía que no tuvieras que hacer esto. —La voz de Amara tiembla un poco—. Quería alejarte de Félix, no acabar igual que él.

—¡No seas ridícula! —protesta Victoria al tiempo que se vuelve para verla. Observa la expresión de Amara y se queda boquiabierta por la sorpresa—. Pero ¿qué te sucede?

—Es que le debemos muchísimo dinero a Félix. —Amara se muerde el labio para no llorar—. Y hoy me ha amenazado. No sé qué haré si de verdad intenta algo; difícilmente podría pelearme con él y volver a casa hecha un desastre. ¿Qué diría Rufo? —De alguna manera, es más fácil confesarle su vulnerabilidad a Victoria que a Philos; sabe que Victoria la entenderá—. He sido una idiota al pensar que podría sacarle ventaja.

Victoria se detiene antes de que lleguen a la calle principal y coloca un brazo alrededor de los hombros de Amara.

—Desearía que me dejaras hablar con él. De verdad creo que te podría ayudar.

—Es demasiado peligroso.

—Pero ¿por qué has de ser tú la que corra todos los riesgos? Y dudo que fuera un problema para Rufo que Félix me pusiera un ojo morado a mí, ¿no crees?

Amara se siente demasiado conmovida por la generosidad de Victoria como para admitir que el peligro que más teme es el poder de Félix para manipular a su antigua amante, no que la lastime.

—No tienes que hacerlo. Además, encontraría otra manera para hacerme daño. Solo necesitamos pagarle cuanto antes, y cuantas más fiestas podamos organizar, mejor.

—Lo estoy intentando. Créeme, no paro. No podría trabajar con más empeño de lo que ya lo hago.

—Sé que estás haciendo todo lo que puedes, lo sé. —Amara le da un apretón en el brazo. Cuando compró a Victoria, jamás imaginó que la libertad se sentiría así; las dos todavía esforzándose desesperadas por ganar dinero para pagarle a su antiguo amo. Empiezan a caminar de nuevo, una muy cerca de la otra, pero sin decir mucho.

Cuando llegan a la casa, se sorprenden al ver que el portón de oro está cerrado a piedra y lodo. Los tachones de metal brillan en la luz de la tarde, como si la casa llevara puesta una armadura. Amara está confusa, y de repente nota una sensación fría de temor. Mira con rapidez a ambos lados de la calle para asegurarse de que ni Vírgula ni alguno de los demás vecinos las estén viendo. Toca a la puerta, no muy fuerte, para no llamar la atención. No hay respuesta. Lo intenta de nuevo, y de nuevo, cada vez más confundida, hasta que tanto ella como Victoria golpean la rígida superficie con insistencia.

Al fin, se abre una rendija en la puerta. No es Juvento el que la abre, sino Vitalio. Amara se lo queda mirando, pasmada.

—¡¿Qué demonios haces?! —sisea—. ¡Déjanos entrar! —Vitalio abre la puerta un poco más y Amara y Victoria se apresuran al interior—. ¡¿De qué cojones va todo esto?! —gruñe Amara una vez que la puerta está cerrada con seguridad—. ¿Dónde está Juvento? ¿Y Philos?

—Los han llamado a la casa.

Amara se aferra a Victoria para mantenerse firme.

—¿Por qué? ¿Cuánto tiempo?

Vitalio se encoge de hombros. Amara trata de conservar la calma. Sabe que Vitalio siempre la ha odiado, pero también sabe que quiere a Philos y que los dos son amigos. No se mostraría así de indiferente si alguien a quien quisiera estuviera en peligro, ¿o sí?

—Debes de tener alguna idea —insiste. Intenta mantener la voz firme, pero fracasa.

—Se los han llevado para interrogarlos.

—¿Interrogarlos? —Amara no deja de temblar—. Pero ¡¿por qué?!

La expresión de Vitalio se convierte en una mueca de desdén.

—Tienes la conciencia intranquila, ¿verdad?

—¡Cállate la boca! —explota Victoria—. ¿Quién eres tú para hablarle de esa manera? ¿Qué demonios pasa con todos los esclavos maleducados de esta casa?

—Seguro que eres experta en educación, ¿verdad? —le grita Vitalio en respuesta—. ¿Acaso el servicio no satisface los elevados estándares de damas tan finas como ustedes?

—¿Hay problema? —La presencia de Británica los hace saltar a todos. Debe de haberse escurrido escalera abajo, como una pantera, al oír el barullo de las voces. Se para imponente junto a Vitalio, sonriendo un poco para revelar los espacios donde no tiene dientes—. ¿Tienes problema con nosotras?

Vitalio contempla a las tres putas de burdel, reunidas en una inusual muestra de unidad.

—No —le responde a Británica—. No pretendía ofender.

—¿Por qué los están interrogando? —vuelve a preguntar Amara—. Por favor, eres un buen amigo de Philos; debes de saberlo. —Ve un breve atisbo de sorpresa en los ojos de Vitalio, pero se siente demasiado desesperada como para ocultar su ansiedad.

—No tengo ni idea —replica Vitalio con frialdad, atento todavía a Británica—. Créeme, te lo diría si lo supiera.

El esfuerzo por ocultar su ansiedad se vuelve intolerable; Amara sabe que tiene que irse antes de que los demás sientan demasiada curiosidad. Asiente en dirección a Vitalio y se aleja de sus amigas.

—Estoy muy cansada —dice en voz baja—. Si viene Rufo, decidle que estoy descansando en mis aposentos.

Tan pronto como se encuentra en la privacidad de sus propias habitaciones, se le escapa un sollozo. Amara aprieta una mano contra su boca. Ni siquiera aquí se atreve a llorar. En lugar de ello, se sube a la cama que ha compartido tantas veces con Philos y se acuesta, rígida, con los dedos apretados contra la cara, cubriéndose los ojos. Siente un dolor en el pecho mientras inhala y exhala, intenta apartar las imágenes de cómo azotan a su amante para que confiese su amorío. Amara está acostumbrada a pensar con rapidez, a enfrentar el peligro, pero, de alguna manera, al verse confrontada con la posibilidad del sufrimiento de Philos, se siente paralizada.

—No es verdad —murmura casi en silencio, ensayando las palabras que quizá tenga que decirle a Rufo—. No es verdad, amor mío, te lo prometo.

Amara mantiene la puerta abierta de par en par, esforzándose por oír cualquier sonido proveniente del atrio. Su pánico se acrecienta con el paso del tiempo. Cuando al fin oye las voces de Philos y de Juvento, hablando su dialecto con Vitalio, se queda inmóvil primero. Después, se levanta de la cama a toda velocidad y se acerca a la puerta de su segunda habitación para poder escuchar. Con una sensación de asombro, oye la risa de Juvento. La respuesta de Philos, aunque seca, no parece angustiada, y es seguida de la voz de Vitalio, que habla en un tono bajo y monótono. Resulta evidente que, haya pasado en la casa lo que haya pasado, ella y Philos no han sido descubiertos. Amara presiona la frente contra el frío de la pared pintada y se muerde un labio para no llorar de alivio.

Tiene que esperar hasta después de que caiga la noche para escuchar lo que ha sucedido en realidad. La historia es tan banal que Amara está todavía más avergonzada por el pánico que ha experimentado y, peor aún, por su nula capacidad para ocultar sus emociones. Philos le explica que se sospechaba que una de las esclavas de los cortadores de gemas estaba robando, lo que había conducido a que Rufo mandara llamarlos a él y a Juvento para preguntarles su opinión acerca del carácter de la chica. Al final, habían encontrado las piezas faltantes y no habían castigado a nadie. Amara puede ver que Philos se siente intranquilo cuando le confiesa la forma en que ha reaccionado.

—Pero, si de verdad me interrogan acerca de nosotros, no puedes deshacerte en pedazos —susurra mientras sus brazos la estrechan con fuerza—. Te lo ruego, mi amor. Si algo me pasara, no sería culpa tuya. Yo elegí correr el riesgo, y sabes que nunca te traicionaría, sin importar lo que pudieran hacerme. Pero, si te alteras, lo único que ocurrirá es que te pondrás en evidencia, y eso lo arruinará todo.

—Pero ¿por qué Vitalio no me ha dicho lo que estaba pasando? Se lo he rogado y solo se ha encogido de hombros.

—Porque no sabía de lo que se trataba; eso es todo.

—Pero ¡me ha visto alterada! Al menos podría haberme explicado que no estabas en peligro. Y lo que ha hecho es insinuar que yo podría tener la conciencia intranquila.

—Siento mucho que Vitalio se haya mostrado descortés contigo —le dice Philos—, pero no estaba siendo cruel. No tiene ni idea de lo que sientes por mí ni de que tengamos un amorío, que es justo como debe ser.

—¿Qué te ha dicho de mí, después?

—Me ha dicho que te observara porque parecías agitada. Le he asegurado que así lo hago, de manera constante, y que no eres más que leal a Rufo. —Philos le da un beso en la frente—. No quiero que vivas así de atemorizada, mi amor. Se suponía que estar conmigo debía hacerte feliz, no más desdichada. Quizá no debería visitarte con tanta frecuencia.

—No —responde Amara, y lo aprieta más hacia ella—. No digas eso. —Puede sentir la vergüenza que le causa decirlo, pero sigue adelante—. No podría soportarlo si dejaras de venir. A veces, siento que mi vida entera existe solo durante los momentos en que estoy contigo; lo demás es solo esperar. ¿Acaso tú no te sientes así?

—Sí, pero eso es lo que me preocupa.

—¿Es que no quieres amarme?

—No quiero perderte, y tal vez... —Vacila, como si estuviese pensando mejor lo que está a punto de decir, cuando ve la mirada expectante en el rostro de Amara y se percata de que tiene que acabar—. Si te soy franco, no creía que te amaría tanto.

Para Amara, es un alivio reírse.

—Pues qué halagador. ¿O sea que creías que no sería más que una diversión pasajera?

—No —le responde, riéndose también—. Sabes que eso no es lo que he querido decir.

Con un rápido movimiento, Amara se yergue, de modo que ya no está acurrucada entre sus brazos, sino sentada a horcajadas sobre él. Ve que los labios de Philos se abren, sorprendidos.

—¿Estás seguro de que lo que querías no era esto?

La mirada de lujuria en los ojos de Philos le es conocida; ha visto el deseo en los ojos de incontables hombres; pero la ternura con que la acerca hacia él es diferente de cualquier cosa que haya conocido jamás.

—Siempre —le dice.

24

> Crescencio, el reciario que atrapa jovencitas por la noche.
>
> Grafiti en Pompeya

El calor del sol bajo la carpa la hace sudar. Amara se sienta entre Victoria y Británica en la arena, muy arriba, en los asientos reservados para las mujeres. Por lo menos hay espacio para estirarse. El entretenimiento de hoy tiene una cuota de entrada, lo que limita la concurrencia solo a aquellos que pueden pagarla. Los Juegos de los Pescadores en junio no tienen el mismo atractivo que los grandes espectáculos públicos. De todas maneras, Amara sospecha que mucha gente se estará aglomerando en el puerto, agradecidos por el tiempo libre, aunque solo sea para mirar la pesca de hoy sacrificada a Vulcano como ofrenda para rogar que el mar siga rindiendo sus frutos.

—Me pregunto si Celado me recordará —dice Victoria, abanicándose para crear una brisa.

Amara vuelve a pensar en el año anterior, cuando un gladiador eligió a Victoria de entre la multitud, levantándola en el aire para plantarle un beso y susurrarle un mensaje secreto al oído antes de seguir en la procesión que avanzaba hacia la arena. Fue el mismo día en que Amara se reunió con Menandro, la única tarde que pasaron juntos. En aquel entonces, Dido todavía estaba aquí, al igual que Cressa. La sensación de pérdida le resulta pesada, tan opresiva como el calor.

—Nunca nos contaste lo que te dijo Celado —comenta Amara.

Victoria sonríe ante el recuerdo, pero no responde a su pregunta.

—Los luchadores —dice Británica, impaciente ante esta distracción del verdadero punto de interés—. ¿Quién son? ¿Por qué aquí?

—¿Pues tú qué crees? —Victoria aprieta los labios—. Es evidente que son principalmente los reciarios quienes van a pelear hoy.

—¿Qué es reciario?

—Gladiadores vestidos al estilo de los pescadores —le explica Amara—. Cuentan con una red para atrapar a sus oponentes y pelean con un enorme tridente, que es una especie de lanza de tres picos. Y también con una daga, en caso de que el tridente se pierda o se rompa.

—Si yo tengo tridente, yo también mato con velocidad —responde Británica, que está más interesada de lo que Amara la ha visto nunca, erguida a su máxima altura, estirándose más para poder observar la arena.

—¡Amara! ¡Victoria!

La voz le resulta familiar. Amara se vuelve para ver a Victoria y observa la misma mirada de incredulidad en su rostro.

—¡Berenice! —grita Amara incorporándose. Busca en torno a la arena, tratando de localizar a su amiga.

—¡Ahí está! —exclama Victoria, agitando el brazo con locura—. ¡Aquí! ¡Berenice!

Berenice se esfuerza por avanzar a lo largo de la fila; las otras mujeres se apartan a un lado para dejarla pasar. Amara y Victoria contemplan su lento y doloroso progreso hasta que, con un último empujón poco elegante para sortear a un par de matronas de aspecto malhumorado, Berenice llega hasta ellas. Las tres mujeres de Félix se abrazan emitiendo chillidos de alegría y risas, incapaces de creer que estén juntas otra vez.

—Pero ¡mírate! —profiere Amara, impactada por el

aspecto de Berenice—. ¡Qué barbaridad! Pero ¿qué ha pasado?

Berenice no trae puesta la llamativa toga amarilla que estaba obligada a usar para destacarse como prostituta. En lugar de ello, viste como una señora respetable, con una túnica larga con chal y el pelo cubierto por un delgado velo.

—¡Se ha casado conmigo! —grita Berenice, loca de felicidad—. ¡Estoy casada!

Ni Amara ni Victoria necesitan preguntarle el nombre de su marido. Solo podría ser Gallus.

—¡¿Félix ha permitido que se casara contigo?! —Victoria está tan sorprendida que su mano está apretada contra su pecho, como si Berenice acabara de darle un golpe físico.

Berenice tira de las dos hacia el banco para que se sienten juntas en un apretado grupito.

—¡Ahora Félix tiene una taberna, y ha puesto a Gallus a su cargo! Y Gallus, mi Gallus, lo ha convencido de que sería mejor para el negocio si tuviera una esposa que lo ayudara.

—¿De modo que eres libre? —pregunta Amara. Le resulta inverosímil que la tonta de Berenice, que jamás ha dedicado un solo día a buscar su libertad, quizá se haya tropezado con esta tan solo por haberse ganado el corazón del portero, igual de lerdo que ella, del burdel.

—No —responde Berenice—, pero no importa. Ahora le pertenezco a Gallus, y se ha casado conmigo. Incluso se ha recortado el salario para pagarle su deuda a Félix —añade en el tono de una mujer que habla sobre un acto de generosidad ilimitada.

—Pensaba que también te había prometido liberarte —dice Victoria enfadada—. ¡Esa era la razón por la que solías darle todas tus propinas!

—Ya no importa —contesta Berenice, demasiado feliz como para sentirse perturbada por la pregunta de Victoria—. No me molesta que sea mi dueño. Ni que fuera a dejarlo alguna vez, ¿no?

Victoria y Amara intercambian una mirada ansiosa, unidas en su escepticismo por las buenas intenciones de Gallus. Berenice no lo nota, y termina por advertir la presencia de Británica.

—¡Y aquí estás tú también!

Británica asiente.

—Soy feliz por tu fortuna —responde.

Antes de que Berenice pueda decir algo relacionado con su sorpresa por el hecho de que Británica pueda hablar, las mujeres que hay detrás de ellas las hacen callar con un siseo estrepitoso. Suenan las trompetas que señalan que los juegos están a punto de comenzar. Amara se esfuerza por escuchar el anuncio, la proclamación del hombre casi inaudible desde allí. Es en momentos como ese cuando se percata de que el latín no es su idioma de origen.

—¿Qué ha dicho? —le susurra a Victoria.

—Es un castigo público, antes de que comiencen los duelos. Serán esclavos que han huido, ladrones, delincuentes; ese tipo de cosas. Los lanzan a las bestias.

La arena parece zumbar por el murmullo de los espectadores que susurran unos a otros con emocionada anticipación. Después, se oyen gritos. Amara se esfuerza para ver lo que está pasando. Llevan a un grupo de hombres hacia la arena. Están desarmados y visten deshilachadas túnicas. Algunos llevan lanzas para evitar la muerte y prolongar la diversión, pero ninguno de ellos cuenta con una verdadera protección. Amara está demasiado lejos como para verles la cara; ni siquiera puede ver si están gritando o llorando a causa de los atronadores abucheos de la muchedumbre. Uno de ellos se tropieza. Amara se aferra a su asiento. En su mente, puede ver a Philos; qué delgado e insustancial parecía de camino a la tumba de Terencio. «Me mataría por tocar a una mujer que le pertenece.»

El temor al castigo ha acosado a Amara desde que llamaron a Philos para interrogarlo hace algunas semanas. Cuando está con su amante, se niega a pensar en ese horror, diciéndose que jamás los atraparán. Pero ahora, como criatura que ha trepado hasta las ramas más altas de un árbol prohibido, solo puede mirar hacia abajo. La caída es aterradora. ¿Qué le haría Rufo a Philos por un acto de traición de tal calibre? Sin duda, no se avergonzaría a sí mismo haciendo matar a un esclavo por adulterio de manera pública, pero habría un sinfín de acusaciones más que podría hacer un amo. Rufo podría inventar fácilmente un delito menos embarazoso. Philos no tendría defensa alguna; ya de por sí está marcado, una señal indeleble contra su carácter quemada en su piel.

Liberan a un oso dentro de la arena y los prisioneros corren por doquier. Los espectadores gritan de la emoción, ansiosos por ver la primera muerte. Amara se pone de pie.

—No quiero mirar —dice, dándole la espalda a la escena—. No quiero ver esto.

Sus tres amigas la contemplan sorprendidas. Amara trata de pasar por la fila hasta la salida, pero el pánico hace que se sienta mareada. Berenice se levanta y la coge del brazo.

—Ven —se ofrece—. Te acompaño. No me importa perderme la cacería de una bestia. Los duelos son mucho mejores.

El par sale a empellones ante las exclamaciones irritadas cuando tapan la vista, pero logran salir a la escalera. Amara se siente mejor tan pronto como sale al aire libre, fuera del calor de la arena. Sigue bajando por la larga escalera.

—Gracias —dice cuando llegan al fondo.

—No hay de qué; de todas maneras, prefiero hablar contigo. ¡Tengo muchísimo que contarte! Vamos a sentarnos por ahí. —Berenice señala un sitio sombreado debajo de unos árboles, no lejos de donde Amara llegó a sentarse con Menandro.

Se abren paso rodeando los puestos de comida y de recuerdos del mercado. Está casi tan atestado como la arena. Un vendedor de lámparas trata de cerrarles el paso, empujando su bandeja contra Berenice, pero lo alejan de inmediato, ansiosas por alcanzar el espacio antes de que alguien más se lo quite. Cuando llegan a la sombra, Amara se deja caer sobre la hierba. La reconforta la sensación de solidez bajo sus manos cuando se reclina y sus dedos se entierran en la tierra.

—Me alegra tanto verte —le dice a Berenice, mirándola con afecto—. Cuéntamelo todo.

—Han pasado tantas cosas que no sé por dónde empezar —asegura Berenice, emocionada—. Una mañana, Gallus entró al burdel ¡y simplemente anunció delante de todos que nos íbamos a casar! Pensé que estaba bromeando, pero entonces me cogió y subimos a ver a Félix y lo acordaron todo. ¡Félix me transfirió a él! ¡Jamás tendré que volver a trabajar allí! —Suspira al tiempo que inclina la cabeza hacia atrás para contemplar el sol, que brilla resplandeciente a través de la oscuridad de las ramas—. Sé que tú y Victoria solíais reíros de mí, que siempre pensasteis que era una idiota; pero la primera vez que Gallus y yo estuvimos juntos a solas en nuestra propia habitación arriba de la taberna pensé que moriría de la felicidad.

A Amara siempre le había sido imposible comprender la devoción que Berenice le tenía a Gallus, que, en el mejor de los casos, le parecía un pelma torpón y, en el peor, un gamberro embustero. Pero, al escuchar hablar a Berenice, Amara no siente impulso alguno por ridiculizarla. Después de todo, ¿qué pensaría Berenice de Philos?

—Es maravilloso —responde—. Espero que siempre sea merecedor de tu amor.

—No me queda la más mínima duda. ¡Y deberías verlo en la taberna! ¡Es como si hubiera nacido para la venta del vino! No es para nada grande; de hecho, apenas hay espacio suficiente para estar de pie, pero ya estamos empezando a generarle grandes ganancias a Félix. —Berenice se arregla innecesariamente el pelo por debajo del velo, dándole palmaditas en la parte de atrás, un gesto que Amara recuerda del burdel—. Todavía se pone un poco celoso, si te he de decir la verdad. Se pone de malas si los clientes se comportan con demasiada confianza. Quería darme un nombre nuevo, ¿sabes? Ahora que es mi dueño, tiene permitido hacerlo. Así, me dijo, si otro hombre pronunciaba mi nuevo nombre, siempre recordaría quién me lo dio y a quién le pertenezco. Sin embargo, terminó preocupándonos que a Félix no le gustara.

—Me parece lo más sensato —responde Amara, pensando que la mención de los celos de Gallus no es nada adorable. Le recuerda a Rufo, con su contrato—. ¿Y Félix dijo algo cuando te vendió a Gallus?

Berenice sacude la cabeza.

—Por suerte, nunca le interesé mucho.

Amara piensa en la última vez que vio a Berenice, cuando no fue capaz de salvarla, y estira un brazo para cogerla de la mano.

—No sabes cómo me alegro de que ahora estés a salvo, ojalá hubiera tenido el dinero suficiente para liberarte antes de esto. No lo hice porque quisiera más a Victoria, y espero que lo sepas, pero estaba en deuda con ella.

—Y tú sabías lo que Gallus me había prometido —responde Berenice sin un rastro de resentimiento—. Eso es lo que me dije a mí misma después. Debiste de haber adivinado que lo conseguiría. —Le brinda una enorme sonrisa—. ¡Y así fue! —Se oye un rugido que se levanta de la arena; quizá hayan liberado otra bestia para atacar a los prisioneros. Amara se inclina hacia delante, abrazándose las rodillas—. Pero tendría que haberte preguntado sobre Rufo —dice Berenice, malinterpretando la razón del repentino cambio en su estado de ánimo—. Qué suerte que tú también hayas encontrado el amor, ¡y con alguien así de rico! —No hay envidia alguna en su voz, y Amara sabe que jamás cambiaría a Gallus y su pequeña taberna llena de hollín por el patrón más rico de toda Pompeya.

—Soy muy afortunada.

—¿Y lo amas?

Por un instante, Amara quiere contárselo. Se imagina el alivio que sería hablar sobre Philos, listar todos sus encantos, explicarle que ella también sabe lo que se siente al amar tanto a alguien, pero no se le pasa por la cabeza arriesgar su vida, o su libertad, por un mero chisme.

—Por supuesto —responde—. Rufo es un patrón generoso para mí, más de lo que jamás podría haber esperado.

—¿Y Victoria ya ha encontrado a otro hombre? —Amara sacude la cabeza y Berenice hace una mueca—. Aún no me creo lo mal que se portó Félix con ella, no lo soporto.

—Félix tiene otra faceta; es capaz de ser de lo más encantador. Creo que eso es lo que utilizaba en su contra.

—Pues yo nunca le vi ningún encanto —replica Berenice, estremeciéndose—. Gallus me dijo que, si al jefe no le hubiera hecho sentirse más importante decir que tenía un liberto, Félix jamás lo habría dejado ir.

—Entonces ¿no le cae bien a Gallus?

Al instante, Berenice se pone nerviosa.

—No he dicho eso. Gallus trabaja muy duro para él. Los dos lo hacemos.

Amara piensa en lo mucho que Philos trabaja para Rufo, y sabe que eso no significa nada.

—¿Quieres que vayamos a por un poco de vino mientras esperamos a que empiecen las peleas?

Se acercan a los puestos y Amara paga por ambos tragos. El vino está amargo y rebajado con agua, pero suelta la lengua de Berenice todavía más. Encantada por la oportunidad para hablar acerca de Gallus sin que lo ridiculicen, apenas se detiene para respirar. Amara siente que su atención empieza a desviarse mientras Berenice sigue parloteando acerca de su don para las ventas, de su deseo por tener hijos, de su milagrosa energía en la cama. Ya no tiene deseo alguno de compartir sus sentimientos por Philos. En lugar de ello, tiene la desagradable sensación de que incluso Berenice la juzgaría. Amara ha elegido a un amante cuya posición es tan baja, tan degradada, que ni siquiera se le puede clasificar como hombre. En un sentido legal, es un ser inexistente. Todas las cualidades que ama de él y que lo hacen superior a Gallus en todos los aspectos pierden su significado en un esclavo. Le duele pensar en el abismo que existe entre lo que ella siente y lo que los demás ven. La única persona que Amara sabe que habría comprendido su amor por Philos de manera incondicional es Dido.

—Debe de haberte resultado de lo más difícil estar en el burdel después de que muriera Dido —comenta Amara cuando Berenice al fin agota sus elogios por su tedioso marido—. Sé que la amabas. —El dolor en el rostro de Berenice casi le brinda cierto consuelo a Amara; por lo menos es una prueba de lo mucho que se la extraña.

—Fue una época horrible. Era la persona más amable que he conocido.

Las dos se quedan en silencio durante un tiempo antes de que Amara le haga la pregunta que ha querido plantearle toda la tarde.

—Nadie parece saber lo que Félix hizo con su cuerpo. ¿Alguna vez le has preguntado a Gallus dónde enterró sus cenizas?

Berenice parece avergonzada.

—La segunda vez que se lo pregunté, amenazó con

abofetearme. Y Gallus solo hace eso si está muy pero muy enfadado, así que no puedo preguntárselo de nuevo.

—Pero Félix tendría que haberla sepultado, ¿no crees? —insiste Amara, intentando no pensar en cómo Gallus amenaza a Berenice—. Ni siquiera él podría haberla dejado en el basurero.

—¡No! —exclama Berenice sacudiendo la cabeza—. ¡Para nada! Ni siquiera Félix haría algo así. Pero se está portando como un cabrón al no decirlo.

Las dos se quedan sentadas, considerando al hombre que les ha producido tal dolor. Amara piensa en su reciente promesa de tomar posesión de ella y en todos los esfuerzos que necesitará hacer para evitarlo.

—¿Quieres que volvamos? —pregunta Amara—. La cacería de las bestias ya habrá acabado.

—Solo si quieres. —Berenice se pone de pie de un brinco, entusiasmada—. Más me vale no perderme nada; Gallus querrá que le cuente las peleas luego. Le molesta si no entiendo lo que me dice.

Para cuando vuelven dentro, los duelos ya han empezado. Su avance a lo largo de la fila es recibido con menos tolerancia si cabe que antes; una mujer enfadada les arroja huesos de aceitunas que alcanzan a Amara en las manos. Evitan lo peor de la andanada y se aprietan al lado de Victoria y Británica, que, según ve Amara, han dejado un enorme espacio entre ambas con tal de no sentarse juntas. Después de su enfrentamiento con Vitalio, había esperado que sus dos amigas se sintieran más cercanas, pero parece que su desagrado mutuo está demasiado arraigado.

—¡Amara! —exclama Británica mientras la coge con fuerza del brazo—. ¿Cómo puedes perderte esto? —Británica, sonrojada, tiene una mano aferrada al amuleto gladiatorio que siempre lleva puesto—. ¡Es lucha real!

En la arena, dos hombres están dando vueltas uno alrededor del otro. Es fácil identificar al reciario, sin casco y con el pecho desnudo; solo su tridente mantiene al secutor, de pesadas armas, a cierta distancia. El perseguidor apenas parece humano: su rostro oculto, su torso cubierto de metal. Levanta el escudo para desviar los ataques del tridente, intentando acercarse lo bastante como para asestar un golpe en el cuerpo desprotegido de su oponente. El reciario responde arrojando su red, tratando de enredarla en las piernas de su adversario para lograr que tropiece. Se oyen los gritos de la muchedumbre mientras el secutor se mantiene alejado a duras penas de las afiladas y letales puntas que lo atacan.

—Demasiado pesado —afirma Británica—. Se cansará.

Amara no necesita preguntarle a cuál de los hombres se refiere. Dentro de su armadura, el perseguidor debe de estar asándose, su cabeza entera está encerrada en una pelota de metal que centellea como plata en el sol. En contraste, el reciario se mueve con agilidad, su piel bronceada brilla de sudor. Hay algo familiar en la manera en que se mueve, en la forma en que provoca al perseguidor con su cuerpo musculoso. Amara piensa en la palestra, la vez que fue a buscar a Félix y lo vio correr, aventajando a los demás hombres del circuito. Se atreve a mirar a Victoria, que no deja de observar al reciario con una expresión embelesada.

—¿Sabes cómo se llama? —pregunta Amara.

—Crescencio —alcanza a murmurar Victoria, sin siquiera volverse.

Amara se da la vuelta para ver a Británica, cuya atención no es menor que la de Victoria: ambas mujeres se encuentran unidas por su absoluto interés. No puede decirse lo mismo de los demás espectadores. Muchas de las mujeres están charlando, disfrutando de la oportunidad para cotillear mientras contemplan cómo los dos hombres luchan hasta la muerte. Los duelos de gladiadores son más previsibles que las cacerías de bestias; hay más habilidad y menos salvajismo, de modo que quizá resulte menos emocionante. Amara misma no siente más que horror mientras ve el agotamiento del secutor, con el reciario azuzándolo sin parar, hasta que es demasiado lento como para evitar los ataques con el tridente y pierde el escudo.

—Ahora, reciario lo acabará —afirma Británica con satisfacción.

Cuando sucede, la muerte no es ni gloriosa ni veloz, pero Victoria y Británica se ponen de pie y gritan de todas maneras. Amara se levanta con ellas, observando cómo Crescencio alza los brazos y los agita en señal de victoria al tiempo que su oponente, quizá un viejo amigo, queda tendido, muriendo a sus pies. El sonido es ensordecedor, el rugido de la arena reverbera dentro de su cabeza, pero Amara oye igualmente a Británica, que le chilla cerca de la oreja.

—¡Yo hago esto cuando me liberas! ¡Un día, yo soy gladiadora!

Amara se vuelve hacia ella sorprendida, divertida, incluso; pero los ojos de Británica están fijos sobre Crescencio. La mirada de fiereza en su rostro es aterradora.

25

> Oh, si tan solo pudiera tener tus dulces brazos alrededor de mi cuello en un abrazo y posar mis besos en tus tiernos labios.
>
> Grafiti en Pompeya

Amara ha acordado con Rufo que se iría pronto de los juegos, pero es imposible persuadir a Victoria o a Británica de que la acompañen. En lugar de ello, las deja con Berenice y se encamina a la salida a la hora convenida, a sabiendas de que Philos la estará esperando al final de la escalera de la arena. Rufo sigue usando a su mayordomo como intermediario confiable, igual que hacía cuando ella vivía en el burdel.

Cuando divisa a Philos, está claro que él ya la ha visto. Desde lo alto de la escalera de la arena se ve como una figura muy delgada y lejana, pero su presencia, incluso a esa distancia, tiene un impacto inmediato. Cualquier reserva que haya sentido acerca de su aventura amorosa se desvanece. Se sonríen el uno al otro con una expresión abierta de afecto que ninguno se permitiría en la casa, pero aquí su significado se pierde en el anonimato de la muchedumbre.

Cuanto más se acerca, más obligada está a mostrarse reservada. Ya de pie junto a Philos, quiere cogerle el brazo, pero se mantiene separada.

—¿Han estado bien los juegos? —le pregunta él.

—En realidad no —responde cuando parten, caminando entre el bullicio del mercado—. Pero hemos visto a Berenice. Gallus se ha casado con ella.

—¡¿Se ha casado con ella?! —Philos está tan asombrado como Amara lo ha estado al enterarse de la noticia—. ¿Mientras que Félix sigue siendo su dueño?

—No, Félix se la ha vendido.

Philos se queda en silencio y Amara sospecha que piensa, como ella lo ha hecho antes, que Berenice ha logrado algo que ellos no pueden conseguir.

—Me alegro mucho por ella —es lo único que dice Philos—. Espero que Gallus la trate con generosidad.

—No lo hará, o no con tanta generosidad como ella merece, pero es mucho mejor hombre que Félix. —Las multitudes empiezan a disminuir, y en poco tiempo llegarán a la calle, donde tendrán incluso menos privacidad—. Cuando Berenice me ha hablado de amor —dice impulsivamente—, se lo he querido contar.

—Pero ¿no lo has hecho? —El tono de su voz es brusco.

—¡Por supuesto que no! —Le hiere que pueda pensar que es tan descuidada—. Le he dicho que era afortunada de tener un patrón tan generoso.

—Claro. Lo siento. —A Amara no le queda claro si Philos se disculpa por su desconfianza momentánea o por su insatisfactoria situación. Llegan al viñedo amurallado al final del mercado y giran a la izquierda hacia la calle. Los juegos siempre son buen momento para que las prostitutas consigan clientes, y Amara está segura de que muchas de las mujeres que ahora están abrazando a sus amantes junto a la pared han llegado allí atraídas por el dinero, más que por la lujuria. Un hombre la mira con deseo cuando pasa a su lado, al confundir su interés en la escena, así que se acerca un poco más a Philos, deseando que él pudiera hacer alguna indicación para reclamarla como suya. Tener a un hombre como dueño siempre es útil para disuadir la atención de otro.

—Volveremos pronto a la ciudad. —Philos se vuelve para mirarla—. Quizá puedas caminar a mi otro lado.

—Levanta el brazo para conducirla al otro lado de la calle y la roza en el hombro cuando pasa. Parece un error inocente, pero Amara sabe que es deliberado. El corazón le late con fuerza y piensa en la noche, cuando al fin podrán tocarse y hablar con libertad—. Rufo se reunirá contigo más tarde de lo planeado —le informa Philos—. Traerá a un amigo a cenar. Supongo que su intención es quedarse esta noche.

—Oh —exclama Amara, incapaz de ocultar su decepción—. ¿Ha dicho qué amigo?

—Es una sorpresa. Ni siquiera ha querido contármelo a mí, aunque sí que ha dicho que te gustaría. Sé que no pueden ser Quinto y Drusila, porque ella tendrá a Phoebe y Lais esta noche. —Llegan a la calle y Amara tiene que caminar delante de él—. Es solo una noche —murmura Philos en voz tan baja que apenas puede oírlo. Amara se vuelve un instante para verlo, pero él no le devuelve la mirada.

En el tocador, Martha estira del cabello de Amara con dedos crueles. Amara se pregunta cómo podría reaccionar su sierva si se enterara de que su ama, criada en un burdel, está engañando al amo. Philos le aseguró que ni Martha ni Juvento sospechan nada, y Amara está obligada a creerlo. Su amante transita entre los mundos de la esclavitud y la libertad poniéndose una máscara diferente para cada papel. Sus conversaciones en dialecto con el portero son tan inescrutables para Amara como lo es la naturaleza precisa del trabajo que hace para Rufo en el negocio familiar.

Un tirón especialmente duro con el peine provoca que Amara haga una mueca de dolor.

—Con cuidado, por favor.

—Lo siento, ama —responde Martha, que no suena nada consternada, pero que reduce la fuerza con la que le arregla el cabello.

Amara suspira y cierra los ojos. Prefiere las manos de Martha, por violentas que puedan ser, a entretener a Rufo. La anticipación le provoca náuseas. Es imposible tener intimidad con Philos, tratar de permitirse sentir algo, solo para luego tener que confrontarse con Rufo y convertir su cuerpo en piedra. Quizá sería diferente si su patrón simplemente cogiera lo que quisiera, sin que también fuera necesario que lo amara. Ahora su habitación es un sitio que asocia tanto con Philos que la presencia de Rufo se siente como una obscenidad, y, sin embargo, Rufo es el dueño de la casa, dueño de ella, dueño de su amante, y le concede todos los privilegios que tiene. Incluso su relación con Philos depende de que siga teniendo afecto por ella.

Martha ha terminado con su cabello y Amara la despide para acabar de prepararse para la cena. Se cambia los pendientes y, una vez que queda satisfecha con su apariencia, se sienta en el diván y coge el arpa para practicar un poco más, no vaya a ser que Rufo exija escucharla tocar el instrumento.

—¿Rufo va a venir? —pregunta Británica parada en la puerta.

—Sí —contesta Amara, complacida de ver que Británica ha vuelto a adoptar su habitual actitud hosca y ya no tiene el frenesí que demuestra ante la perspectiva de violencia—. Me alegra que tú y Victoria hayáis vuelto sin mataros entre vosotras.

—Ella aún ahí.

Amara frunce el ceño, confundida por el latín deficiente de la britana.

—¿Qué quieres decir con «aún ahí»?

—Se queda a tirarse Crescencio. No soy quién para decir no.

—¡¿Que ha hecho qué?! —La voz de Amara es un alarido.

—Se queda a tirarse Crescencio —repite lentamente

la britana, como si el problema estuviera en su acento, aunque Amara puede detectar por la malicia en sus ojos que Británica sabe a la perfección que ha entendido su mensaje.

—¡No puede haber hecho eso! —Amara se levanta de un salto, gritando aún por la conmoción. Sus voces han atraído a Philos a la puerta—. ¡¿Qué estabas pensando al dejarla hacer algo así?!

—Es puta. Es lo que hace.

—¡Podrían matarla! —le grita a Británica—. ¡Te dije que la trajeras de vuelta!

—Amara. —Philos está junto a ella—. Rufo llegará pronto. Tranquilízate.

—Victoria está tirándose a un gladiador —le informa mientras se vuelve hacia él— y ahora tendrá que cruzar la ciudad ella sola, en la oscuridad. ¡Eso si logra salir viva de las barracas!

—Victoria sabe cómo cuidarse. Piensa en la vida que solía llevar. Por favor, mantén la calma. No puedes estar en ese estado cuando llegue Rufo.

Philos y Amara tienen la suerte de que solo esté presente Británica para ser testigo de su conversación, porque en el calor del momento Amara toca a Philos en el brazo para tranquilizarse y este, sin pensarlo, pone su mano sobre la de ella.

—Tienes razón —asiente.

—Es puta —repite Británica—. ¿Qué esperas?

—Ya basta —le exige Philos antes de que Amara empiece a gritar de nuevo—. Basta, Británica, por favor.

La britana se encoge de hombros.

—Solo digo verdad —responde, y se da la vuelta para salir caminando a zancadas.

Cuando se quedan solos, Amara se percata de su postura, y rápidamente retira la mano, como si la piel de Philos la hubiera quemado.

—¿Nos ha visto...?

Él parece igual de alterado.

—No. —Junta sus manos y las aprieta como si eso pudiera borrar el contacto—. No lo habrá notado. Pero asegúrate de estar más tranquila cuando llegue Rufo.

Philos sale de la habitación y Amara se derrumba de nuevo en el diván.

Victoria todavía no ha regresado cuando Amara oye la voz de Rufo desde el atrio. Se levanta y camina con lentitud, con una sonrisa gentil en el rostro y lista para recibir a quien sea que haya traído para verla. Su patrón está parado junto al estanque, bloqueando la vista de su invitado sorpresa, pero Amara ve a su sirviente junto a Philos, observándola. Es Segundo, el mayordomo de Plinio.

Corre por el atrio lanzando gritos, desaparecido cualquier intento de disfrazar su emoción. Plinio se vuelve hacia ella en el momento en que Amara se lanza a sus pies.

—¡Eres tú! —grita, y se aferra a la orla de su manto, llevándosela al corazón, tan asombrada que ni siquiera logra saludarlo como es debido—. ¡Has venido a por mí!

—Por supuesto que he venido a verte —responde Plinio avergonzado, tratando de levantarla—. ¿O creías que tengo la costumbre de escribir tonterías?

—¿Cómo podré agradecerte alguna vez lo que hiciste? —Amara sigue prendida del borde de la capa y apenas resiste el impulso de cogerle la mano para besarla—. Nada de lo que pueda hacer será suficiente. ¡Me lo diste todo! Nunca podré pagarte tu bondad, nunca.

—Vamos. —Plinio tira de ella para levantarla—. Ya me escribiste cosas muy bonitas, y Rufo debe de haberte leído mi respuesta. Te dije que no hay necesidad de que me lo agradezcas más.

Amara se vuelve para mirar a Rufo, cuya existencia ha olvidado por un instante. Solo entonces se da cuenta de que Rufo nunca le contó que Plinio hubiera respondido al mensaje de gratitud que le escribió como conclusión en la carta que Rufo le envió al almirante. Tampoco le trasmitió el mensaje de que Plinio planeaba visitarla. Su patrón tiene una sonrisa tensa.

—Sabía que te encantaría.

Pone los brazos alrededor de su patrón y lo besa.

—¡Qué bueno eres conmigo! —exclama, con la esperanza de que su fingida gratitud sea tan convincente como la emoción genuina que acaba de exhibir.

—No abrumemos al almirante con histrionismos. —Rufo se separa de ella, aunque parece más contento con sus demostraciones de afecto—. Le dije que le ofreceríamos una cena, no llantos.

Se dirigen al comedor y Plinio comenta afable las pinturas, aunque Amara sabe que son muy inferiores a cualquier cosa que él pueda tener. Es consciente de lo pequeña que debe de parecerle la habitación, que no se parece en nada a la gran casa donde se conocieron. Los tres divanes están preparados, ya que no estaba segura del número exacto de invitados. Plinio y Rufo se reclinan en divanes enfrentados, y, mientras Rufo se pone cómodo, Amara sabe que esperará que ella se recueste a su lado, como siempre lo hace. Duda por un momento, ya que, en cuanto se acueste junto a él, Rufo la rodeará con un brazo y ya no será nada más que un objeto. Su estatus quedará degradado frente a los ojos del almirante. La posibilidad es poco atractiva, así que se reclina en el diván vacío, entre los dos hombres, sin atreverse a mirar hacia Rufo.

—Estoy encantado de verte tan bien instalada —le dice Plinio. Está apoyado sobre el codo, sin parecer relajado ni de lejos. Recuerda esta actitud en él, el aire distraído de un hombre que preferiría estar trabajando que socializando—. Y Rufo me dice que has mantenido tu interés en las hierbas medicinales, lo cual es excelente. Debo enviarte un texto reciente que he encontrado, de Grecia. Creo que te interesaría.

—Eso es muy generoso, gracias —responde Amara—. Rufo ha sido muy amable al alentarme a plantar un jardín de hierbas, y me encantaría hacerle algunas adiciones. Espero que tu investigación resulte tan productiva como siempre.

Plinio sacude una mano en el aire.

—En estos tiempos tengo muy pocas oportunidades de investigar. La flota requiere cada instante de mi tiempo, excepto lo que puedo ocupar por la noche. Aunque, como sabes, dormir me importa muy poco.

—Lo recuerdo —asiente Amara con una sonrisa, que Plinio le devuelve en una expresión poco común de afecto, tal vez al acordarse, como ella lo hace, de las largas horas que permanecía leyéndole hasta altas horas de la madrugada.

—El almirante está en Pompeya como parte de su campaña contra la piratería —interrumpe Rufo.

—¿Estarás aquí mucho tiempo? —le pregunta Amara. Martha entra con el pichón asado y les sirve mientras Plinio habla con ellos.

—Solo una noche. He estado supervisando las defensas de las ciudades de toda la bahía. Mañana debo volver a Miseno. —Moja su pan en el puré de garbanzos que le ofrece Martha y lo prueba, después de lo cual asiente para demostrar su aprobación—. Pero espero que los dos me acompañéis para una breve visita. He invitado a varios amigos a la villa, así que estaréis muy entretenidos durante el día mientras yo trabajo.

—Eres demasiado generoso —responde Rufo—, pero, por desgracia, los negocios de mi padre me tendrán ocupado en la ciudad.

—Siento oír eso, pero tal vez puedas dejar que Amara me acompañe unos cuantos días. —Plinio señala vagamente hacia ella—. Si no es mucho pedir que un hombre te pida prestada a su propia liberta, claro.

Plinio suelta una risita que tiene la intención de demostrar que lo ha dicho en broma y que ni en sueños se le ocurriría decirlo como ofensa, pero Rufo se sonroja por completo.

—Por supuesto. Sin duda Amara estará encantada de acompañarte.

—¿La sigues llamando Amara? —Plinio continúa comiendo su pichón sin percibir que el ambiente se ha puesto tenso—. Había pensado que podrías utilizar el nombre que le dio su padre, no un título que inventó un proxeneta. —Se vuelve hacia ella—. ¿Preferirías eso?

«El nombre que le dio su padre.» Un nombre por el que Rufo no ha preguntado nunca. Amara mira fijamente a Plinio, deseando poder trasmitirle sus verdaderos sentimientos, contarle que sí, que le gustaría ser Timarete de nuevo, pero no puede arriesgarse a enfadar más a Rufo.

—Ahora prefiero Amara —aclara—, porque es el nombre que Rufo me dio, y en mi vida él desempeña el papel tanto de padre como de esposo.

Plinio levanta las cejas.

—Bueno, como prefieras. Es que parece bastante inusual.

Amara se vuelve hacia Rufo con la esperanza de que su declaración de humildad pueda bastar para aplacarlo, pero él desvía la vista y se niega a mirarla.

26

Luego está la conocida y fértil región de Campania. De sus hondonadas brotan las colinas donde se cultivan los viñedos y los célebres efectos del jugo de la vid, famosos en todo el mundo, y, como decían los escritores de antaño, sitio de la mayor competencia entre Baco y Ceres.

Plinio el Viejo, *Historia natural*

La felicidad que siente Amara al pasar la noche con Philos se ve oscurecida por su intranquilidad mutua cuando Rufo decide no quedarse. Los dos susurran mientras Amara le cuenta lo que ha ocurrido en la cena, las muchas veces que Plinio ha ofendido a Rufo sin siquiera darse cuenta, mientras que Philos la abraza y sus cálidas manos le acarician la parte baja de la espalda. Philos hace una mueca cuando ella le repite la petición del almirante de «tomar prestada» a su propia liberta.

—Quisiera que hubieras encontrado algún modo de negarte a la invitación. No le encuentro nada bueno a poner así de celoso a Rufo.

—¡Es Plinio! ¿Por qué estaría celoso del hombre que lo ayudó a comprarme?

—Imagino que esa es precisamente la razón por la que está celoso. Entiende el poder que podría ejercer el almirante en ti.

—Pero sabe que nunca ha habido nada de qué preocuparse —responde Amara, preguntándose si también Philos está siendo posesivo—. Plinio nunca me ha usado de ese modo. Ha sido amable y respetuoso, nada más.

Philos la atrae hacia él y la besa, hasta que una sensación de calor invade su cuerpo como ocurre con el vino, impulsándola a subirse sobre él en la cama.

—No era asunto mío —dice Philos, mirándola desde abajo—, pero es un alivio saber que Plinio nunca te ha hecho daño.

—¿No es un alivio para tus celos? —le dice Amara provocándolo.

—Te lo he dicho muchas veces —responde él mientras le envuelve el rostro con las manos, y el cabello de Amara se derrama sobre sus dedos—. Los únicos amantes que importan son los que elegimos.

Por la mañana, Victoria ha llegado al fin a casa, como Philos había pronosticado. Ya está en el jardín cuando Amara despierta y sus cantos llenan todo el lugar. Cualquier enfado que sienta con ella mientras se dirige a confrontar a su incontrolable amiga queda anulado al verla arrodillada junto a la fuente, con la cabeza echada hacia atrás para recibir el sol. Parece tan llena de dicha que es imposible no sonreír.

—Supongo que Crescencio no te ha decepcionado.

Victoria se vuelve hacia ella.

—No tienes ni puta idea.

Amara ríe.

—¿No me lo vas a contar?

Victoria se dirige hacia el banco y, cuando Amara la alcanza, le conmueve que su amiga la rodee con el brazo.

—No es un placer que pueda describir —dice, aunque eso nunca la ha detenido en el pasado—. ¡Es simplemente... perfecto! ¡Y su cuerpo! Como abrazar a Apolo. —Suspira con un sonido peligrosamente cercano a la especie de gemido que Amara recuerda que Victoria hacía en el burdel.

—¿Me harías el favor de no ponerte demasiado salvaje? No puedo permitir que invites a la mitad de las barracas a venir aquí. Rufo nos echaría a todos.

—¡Lo amo! —exclama Victoria indignada—. ¡No estoy interesada en los otros! No es como si anoche me hubiera acostado con cualquiera.

—¿Ya es amor? Pues sí que ha sido rápido.

Su amiga suspira.

—Definitivamente es amor —responde—, pero *rápido* no es la palabra que usaría. —Las dos ríen con el tipo de carcajadas incontrolables que sin duda dejarían consternado a Rufo, y Amara se siente más feliz de lo que lo ha estado en semanas.

—Espero no molestaros. —Es Segundo, el mayordomo de Plinio, que está parado en una esquina del jardín.

—No. —Amara se incorpora, avergonzada de que la haya sorprendido apoltronada allí como una esclava en las Saturnales—. Por supuesto que no. Aunque no te esperaba hasta esta tarde.

—El almirante me ha enviado a recogerte. Sus asuntos en Miseno no pueden esperar y pretende izar velas en el curso de una hora.

—Oh. —Amara está desconcertada al ver que tiene menos tiempo del que creía para prepararse y, peor aún, que no tiene ninguna oportunidad para hablar en privado con Philos antes de irse—. Es que esperaba... —Se detiene, pero Segundo se la queda mirando y enarca las cejas, aguardando a que termine—. Esperaba dejarle instrucciones a mi..., al mayordomo.

—Si es el joven capaz al que conocí anoche —dice Segundo con voz lenta al mismo tiempo que la mira directamente a los ojos—, estoy seguro de que no tendrá dificultad para anticipar cualquier cosa que puedas desear. En todo caso, tienes tiempo para dejarle instrucciones. No tenemos que irnos en este instante.

—Claro, tienes razón —responde, y le da la espalda—. Gracias.

Ya en sus habitaciones, Amara se encuentra con que Martha ya ha recogido su ropa y que ha dejado sobre el diván cualquier cosa que pudiera necesitar. Revuelve dentro de la bolsa, asegurándose de que su sierva haya incluido los vestidos que le regaló Plinio, aunque no cree que el almirante lo note, pero prefiere estar preparada. Vuelve a doblar las prendas y, cuando oye el paso ligero característico de Philos, se siente tanto conmovida como alarmada de que se esté arriesgando a venir a despedirse.

—Querido —dice en voz muy baja—. No deberías estar aquí... —Se da la vuelta para ver a su amante con la mirada llena de afecto y sus palabras se extinguen en sus labios. Segundo está parado en la entrada y su rostro es apenas una silueta contra la luz del fondo—. No deberías estar aquí —repite, ahora con más firmeza, intentando fingir que sabía quién era—. Esta es mi habitación privada. —Segundo hace una reverencia sin decir palabra y sale del cuarto.

El mayordomo no da señales de sospechar de ella mientras caminan por las calles del puerto. Carga el equipaje de Amara sin quejarse y le sonríe sin emoción alguna cada vez que ella lo interroga sobre lo que sucederá en la siguiente semana. Su actitud logra calmar de algún modo sus temores, aunque Amara sabe que lo más seguro es que el mayordomo del almirante sea demasiado astuto como para pasar por alto el término cariñoso que ha usado tan a la ligera. Su única esperanza es que decida mantener en secreto cualquier sospecha. Al fin y al cabo, Segundo no le debe nada a Rufo.

Fuera de los muros de la ciudad, en el sitio donde el

camino se inclina hacia el mar, Amara ve el navío que los aguarda. Pintada de rojo, la nave eclipsa a todas las que están atracadas en el muelle. El resplandor del sol sobre sus enormes velas es cegador.

—¿Cómo de grande es la flota que comanda el almirante? —le pregunta a Segundo.

—Cincuenta barcos —responde con el orgullo reflejado en su voz—. La flota más grande del Imperio. Verás muchos de ellos cuando lleguemos al puerto en Miseno.

Amara no contesta, asombrada por la posibilidad que representan los siguientes días. Las únicas personas que conoce en Miseno son el comandante de la flota, que seguramente estará demasiado ocupado como para prestarle mucha atención, y Segundo, cuya compañía la pone muy nerviosa. Casi desearía que Rufo estuviera allí.

En el muelle, el cuatrirreme ha atraído a una pequeña aglomeración de mirones curiosos, y, además de ellos, ve a dos figuras conocidas. Son Julia y Livia, que esperan con un asistente cargado de bolsas. Amara saluda a las dos mujeres con expresión de alivio.

—¡Qué maravilla! —exclama Julia abrazándola—. Le insistí a Plinio para que te invitara, aunque confío en que no eches demasiado de menos a Rufo. —Por la mirada traviesa en sus ojos, sospecha que Julia sabe que eso es poco probable.

—No creo —dice Livia, que arruga la nariz con aflicción—. Hastiarse por un novio es bastante insufrible. Una mujer siempre debe deleitarse con sus momentos de libertad y no estar añorando el confinamiento.

Quizá es un comentario inapropiado para una viuda, pero Julia solo ríe.

—Yo creo que la villa en Miseno proveerá suficientes distracciones —afirma—. De veras es extraordinaria. Me temo que después de eso, Pompeya será poca cosa para ti.

—Por favor, señoras, si me hacen el favor de subir a bordo. —No es Plinio, sino uno de sus marinos. El hombre no se parece en nada al tipo de tripulantes andrajosos del navío comercial que llevó a Amara del Pireo a Pozzuoli, ya que está vestido con el uniforme de la guardia personal del emperador.

—Gracias —dice Julia, pero Amara solo puede quedarse mirándolo.

Subir por la rampa de embarque le trae recuerdos desagradables, pero, una vez que llega a la seguridad de la espaciosa y brillante cubierta, desaparece cualquier semejanza con la experiencia de viajar en el compartimento de carga.

—Es precioso —exhala. El marino que las ha ayudado a abordar se ríe.

—No es lo que dicen los enemigos de Roma cuando se cierne sobre ellos con la velocidad de un águila —responde, y avanza para llegar hasta Plinio, al que ahora Amara puede ver en la proa del barco, hablando con otro miembro de su tripulación. Desde esa distancia, es muy diferente del estudioso distraído que conocía. Por primera vez puede imaginar el aspecto que debía de tener cuando era joven, durante sus largos años de servicio militar en Germania.

—Viajar por mar siempre me hace pensar en mi padre, que se le conceda la paz a su alma —suspira Julia, que se inclina contra las barandillas de madera. Livia se acerca a su tía política y deja una mano reposando sobre su hombro para acariciarla. Es un gesto sorprendentemente íntimo, que le recuerda a Amara la forma en que Philos la toca.

—¿Tu padre también estuvo al servicio del emperador? —le pregunta Amara.

—Su último cargo fue con Plinio, en España, cuando el almirante era el procurador allí. Mi padre tenía gran experiencia en temas financieros; así fue como obtuvo su libertad en la corte imperial. Claro, muchos años antes de que yo naciera. —Amara sabe por la inscripción en los

Baños de Venus, que describe a su amiga como la hija de Espurio, que Julia es ilegítima y que su madre quizá fue una concubina, igual que Amara—. Era una niña cuando él ya estaba muy entrado en años —continúa Julia—. Estoy agradecida de que haya vivido hasta una edad tan provecta.

Amara se aferra de las barandillas cuando se alzan los remos del agua. Puede oír gritos, pero no entiende las órdenes. El cuatrirreme avanza con lentitud para salir del puerto, bordeando la columna de Venus en la entrada del puerto. La diosa es incluso más enorme de cerca, y Amara levanta la vista con el temor irracional de que Afrodita pueda bajar una gigantesca mano y aplastarla como si fuera una hormiga.

En cuanto llegan a mar abierto se oyen otros gritos que dan órdenes y los remos se elevan y caen en rápida sucesión, mientras que el barco alcanza con rapidez una velocidad sorprendente. Amara se agarra a la barandilla, el viento le retira el pelo hacia atrás.

—Se necesita un poco de tiempo para acostumbrarse —señala Livia.

Amara se mantiene inclinada contra la barra, demasiado temerosa como para erguirse más, y entonces Plinio se acerca a ellas. Avanza con facilidad por la cubierta, sin que lo disuada el movimiento de las aguas. Amara se obliga a ponerse recta, ya que no quiere que la considere débil.

Plinio no pierde tiempo con saludos y señala hacia la costa.

—Tenéis una vista incomparable de Campania desde el agua —declara, y les insiste en que miren en la dirección a la que señala. Amara se vuelve por encima del azul brillante sobre el que se desplazan a una velocidad aterradora para examinar el litoral como él les ordena. La tierra corre frente a ella a un ritmo vertiginoso, aunque Pompeya ya queda lejos y la Venus del puerto se ha encogido—. Esas hondonadas oscuras del Vesubio que podéis ver —las informa Plinio— son algunos de los viñedos más excelentes de toda Italia. La gente del lugar guía las vides sobre los álamos, y las plantas trepan hasta las ramas más altas, lo cual las hace muy difíciles de cosechar. Incluso he escuchado —agrega con una sonrisa, que Amara no sabe si interpretar como broma— que los que cosechan las uvas se aseguran de que en su contrato de empleo se especifique que debe haber dispuestas una pira y una tumba.

—Dudo que cualquier viticultor experimentado pueda caerse de un álamo, a menos que haya tomado demasiado vino del año anterior —afirma Julia, lo cual provoca la risa de Plinio.

—En esa dirección está Sorrento —prosigue él—. Deberíais poder ver el promontorio de Minerva por allí, mirad, donde vivieron alguna vez las sirenas.

—¡¿Las sirenas estaban aquí, en la costa italiana?! —pregunta Amara.

—Bueno, si crees en las leyendas —contesta Plinio, divertido.

Las horas de su viaje al otro lado de la bahía de Nápoles son las más veloces en la vida de Amara. Escucha cautivada mientras Plinio describe no solo las características físicas del paisaje, las aguas termales, las ciudades y los ríos, sino también las leyendas que esconden, los animales que habitan cada región e incluso las plantas y sus propiedades. En ocasiones, Amara se da cuenta de que Julia la observa, incapaz de esconder la risa ante la imagen de adoración fascinada que muestra hacia el almirante. Incluso Plinio, cuyo interés en Amara nunca ha sido sexual de manera obvia, no parece totalmente inmune al elogio.

La nave empieza a perder velocidad a medida que se acercan a Miseno, y Plinio se excusa para reunirse con su tripulación.

—Sí que le gusta tener público —murmura Julia con afecto mientras lo ve hablar con el capitán en la proa del barco—. No me sorprende que te haya hecho su liberta.

—Es sorprendente —dice Amara—. Debe de recordar todo lo que ha leído. ¡No puede existir un hombre igual en todo el mundo!

—Amara, por favor —exclama Julia, en tanto que Livia suelta una carcajada—. Debo insistir en que durante los próximos días no trates a Plinio como si fuera un dios; lo volverás por completo insoportable.

El cuatrirreme baja la velocidad al aproximarse a Miseno y, al girar, Amara ve claramente por primera vez el puerto interior. En la ensenada hay un bosque flotante con su matorral de mástiles tan denso como los árboles que acaba de ver agrupados en algunos tramos de la costa. En todas las cubiertas hay hombres que trabajan en la limpieza y reparación de los barcos, y algunos cuelgan de cuerdas por los costados, cerca del agua. Su propio navío, que es más grande que muchos de los que están atracados, pasa junto a las filas de naves de guerra hasta atracar al lado de las barracas navales, en un proceso que tarda un poco de tiempo.

Segundo ayuda a Amara a descender a tierra, y ella se aferra de su brazo, todavía inestable, aunque el suelo deja de moverse bajo sus pies. Plinio no desembarca y, mientras Segundo le indica el camino, Amara se percata con decepción de que debe seguir resolviendo asuntos con la flota. Se encaminan en dirección contraria a la ciudad, que es un revoltijo de construcciones coloridas que penden como moluscos de la orilla del puerto, y atraviesan un puente de madera que corre sobre un amplio canal. Al mirar a lo lejos, Amara ve que lleva a un puerto cerrado incluso más grande. El enorme grupo de mástiles que ha observado a su llegada supone apenas una fracción de la flota.

El camino asciende abrupto por una colina, y el puerto queda debajo de ellos, lo cual permite que, a medida que suben, el vasto azul de la bahía quede visible. Cuando llegan a la cima, el carruaje privado del almirante los espera. Amara se monta en el interior y se sienta junto a Julia y Livia en los bancos con cojines. Segundo amontona el equipaje y luego también sube, pero mantiene una distancia discreta con ellas. Amara puede ver la espalda del conductor, que dirige a los caballos por el sendero, y el movimiento provoca que se recueste contra Livia. El viaje es breve, y, cuando se detienen y las ayudan a apearse, mientras parpadea por la brillantez del sol, Amara se da cuenta de que han llegado justo al centro de la magnífica propiedad de Plinio. Está protegida por muros altos, y, montada en el borde de la colina, se encuentra la villa, con una gran terraza que la rodea y que da a la bahía y al imponente pico del Vesubio.

—Avisaré a Plinia de que habéis llegado —dice Segundo, al mismo tiempo que las conduce hacia la terraza. Amara puede oír el oleaje que choca debajo de la villa, los graznidos de las gaviotas y el distante murmullo de los marinos que se gritan entre sí. La sensación que produce este lugar es muy diferente en comparación con Pompeya.

—¿Quién es Plinia? —pregunta en un susurro, aunque no hay nadie que pueda oírla.

—Es la hermana del almirante —responde Julia.

Cuando Segundo vuelve, lo siguen hacia la casa a través de una confusa serie de pasillos y patios pintados, hasta que llegan a un hermoso jardín con un estanque ornamental. Dos hombres y una mujer están sentados en unos bancos bajo la sombra de la columnata; el sonido de las fuentes disfraza el murmullo de sus voces.

La mujer se incorpora para saludarlos y, de inmediato, Amara ve el parecido familiar. Plinia tiene la mandíbula cuadrada de su hermano, que es incluso más pronunciada en esta robusta mujer de más de cuarenta años.

Plinia abraza con afecto a Julia y a Livia, y saluda con amabilidad a Amara.

—La liberta —dice con un asentimiento—. Encantadora.

Plinia les presenta a los otros huéspedes: Alexio, un erudito de Grecia, y Demetrio, un oficial imperial. Al parecer, Julia y Demetrio son viejos amigos, ya que se abrazan con afecto, y Amara se acerca a ambos mientras que Livia y Plinia charlan con el erudito.

—¿Por qué no estás trabajando en Roma? —pregunta Julia—. No me esperaba encontrarte asoleándote en un jardín en esta época del año.

—Estoy jubilado —contesta Demetrio, y le sonríe.

—¡Tonterías! Eres como mi padre. Nunca te jubilarás.

Demetrio parece unos años mayor que el almirante, con profundas arrugas que forman un abanico alrededor de los ojos y que marcan las líneas alrededor de su boca. Por su acento, es evidente que es griego, igual que Amara y Alexio. Cuando se vuelve a verla, se da cuenta de que no es una mirada casual, sino de evaluación.

—Quizá exagero con lo de la jubilación —coincide con Julia—, pero el emperador es generoso al concederme tiempo para visitar mis propiedades en Campania.

Julia, que se percata del interés de su amigo en Amara, la trae a la conversación.

—Esta es la primera vez que mi querida Amarita visita Miseno. Se toma muy en serio su papel de liberta del almirante, y me temo que es probable que nos regañe a todos si no lo tratamos con la máxima veneración.

Amara se molesta con la burla, pero Demetrio solo sonríe.

—La lealtad de una liberta hacia su patrón es completamente apropiada —responde—. ¿Para qué servicio te concedió la libertad, niña? —Sus ojos oscuros no son hostiles, pero de todos modos se siente incómoda al ser el objeto de su escrutinio.

—Tendrá que preguntarle al almirante para saber las razones de su excepcional amabilidad —contesta Amara, que piensa con cuidado en cómo revelar su estatus como concubina de otro hombre—, pero creo que fue por el servicio que le presté en su investigación y como un acto de generosidad hacia un joven, el sobrino de Julio Plácido, que deseaba ser mi patrón.

—En realidad, fue muy generoso al conceder tal regalo a otro —contesta Demetrio—. Así que el almirante es un hombre excepcional.

—Se lo debo todo —dice Amara, que no baja la vista con humildad en respuesta a su elogio, como lo indicaría la modestia, sino que lo mira directamente a los ojos. Ambos sonríen antes de que Demetrio se vuelva hacia Julia para seguir hablando de su padre.

Las últimas horas de la tarde transcurren en un estado de lujosa confusión. No hay necesidad de irse del jardín, ya que los esclavos de Plinio los surten con un constante flujo de tentempiés. Amara no puede más que pensar en su ofrecimiento para Plinio de servirle el resto de su vida como una más de ellos, sin imaginar nunca que, en lugar de ello, podría venir aquí como invitada. Consciente de su bajo estatus en comparación con los otros, se mantiene en silencio la mayor parte del tiempo, escuchando la charla de Demetrio acerca de su trabajo para la corte imperial, y agradecida con Julia por su cordialidad y por la manera espontánea con la que sigue incluyéndola como una más de los invitados.

Para cuando el almirante llega con sus huéspedes está cayendo el ocaso y ya han pasado al comedor exterior. El muro detrás de ellos está labrado para simular una pared de roca y el agua se derrama por él hacia una poza con un mosaico de la vida marina que ondea bajo la superficie. Dispersas sobre la mesa y en nichos en la pared hay varias lámparas, y Amara puede ver que el patrón de luces es un reflejo de varias de las constelaciones que una vez le enseñó su padre.

Plinio recibe con mucho afecto la llegada de un chico, su sobrino. El niño debe de tener alrededor de doce años y el almirante le presta mucha atención, pidiéndole que les cuente qué ha aprendido hoy y persuadiendo a Alexio para que ponga a prueba el dominio del griego que tiene el niño. Eso le recuerda a Amara el entusiasmo con el que Plinio le insistía en que estudiara los pergaminos cuando se quedó con él y las preguntas que le hacía para ver si los había leído.

De entre todos los huéspedes, es por Demetrio por el que Plinio parece sentir más afecto, y, al observar juntos a los dos hombres, Amara se siente aliviada al responder las preguntas sobre sus antecedentes con la mayor sinceridad posible. Es probable que Demetrio sea el tipo de hombre que haría indagaciones sobre cualquier tema. Los sirvientes ponen la cena mientras los invitados hablan: huevos hervidos y luego un caldo sazonado de erizos de mar pescados en la bahía, así como fuentes de frutas caras cultivadas fuera de temporada. Está todo tan delicioso que Amara no puede abstenerse de comer como se debe, resignada a engordar, aunque eso moleste a Rufo. Después de la comida se percata de que Plinio está distraído y recuerda lo que comentó sobre que solo tenía tiempo para trabajar por la noche. Sus ojos la buscan.

—¡Amara! —exclama—. Me pregunto si podrías deleitarnos a todos con tu lectura mientras yo tomo algunas notas. Los textos en los que estoy pensando están en griego, no en latín, así que deberían resultarte más fáciles de manejar. Tienes una voz tan musical que estoy seguro de que los otros disfrutarán de escucharte.

—Nada me haría más feliz —responde, complacida de tener algún medio con el cual devolver los muchos favores.

Amara espera mientras dos esclavos traen los pergaminos y los materiales de escritura de Plinio, junto con una mesa pequeña. Él se inquieta un poco cuando se sienta a su lado e intenta asegurarse de que lea la sección correcta del texto. Pero, cuando ella se inclina para empezar, deja la mano reposando un instante sobre su cabeza, en un gesto que le recuerda a su padre y que le ha visto hacer esa misma noche con su sobrino.

El texto es del filósofo Demócrito y está escrito con letra clara, pero es el más raro que ha visto Amara. Lo lee con lentitud, al tiempo que Plinio garrapatea sus anotaciones. Los otros huéspedes se quedan un rato, pero después empiezan a retirarse. Plinia es la primera en irse, conduciendo a su hijo hacia la cama. Julia, Livia y Alexio se escabullen un poco después. Nadie se despide de Plinio porque, como es evidente, todos consideran que le molestaría que lo distrajesen de su tren de pensamiento. Al final, el único que permanece es Demetrio. Amara no puede verlo, pero está al tanto de su presencia y del fuerte aroma de la lavanda de la pipa que fuma. Luego él también se va y solo queda Plinio.

El jardín está envuelto en una oscuridad total, como un vacío que se llena del susurro de los grillos y el salpicar de las fuentes invisibles. La única razón por la que Amara puede seguir leyendo es gracias a los agotados esclavos que siguen volviendo para rellenar las lámparas de aceite. La noche ya está muy avanzada y su voz se está enronqueciendo para cuando Plinio finalmente le permite detenerse.

—¿Qué piensas de esto? —le pregunta.

Hace varias horas que Amara ha perdido la concentración en el significado del texto.

—Nunca había oído esa idea. Que todos estamos hechos de átomos indivisibles y que incluso el alma dentro de nosotros es material y no puede ser destruida.

—¿Eso te parece probable?

—No sé —dice con sinceridad.

—Son tonterías. La idea de que la muerte nos lleva a una segunda vida es una fantasía infantil y nada más. —Estira el brazo y le coge la mano para darle una vuelta y le oprime los dedos contra la palma de su mano—. Este es tu cuerpo, Amara. ¿Dónde está tu alma? ¿Por qué no puedo verla o tocarla? Porque no existe. —Plinio no la suelta, sino que sigue aferrando su mano—. Ni al cuerpo ni a la mente les queda más sensación después de la muerte que antes de nacer. Ese es mi punto de vista.

Amara piensa en Dido y en todos aquellos a los que ha perdido.

—No estoy segura de tolerar la posibilidad de creer eso.

—¿Por qué? —le pregunta Plinio, que se vuelve hacia ella con el ceño fruncido por la sorpresa—. La muerte es un regalo de Natura. Es mejor saber que el sufrimiento termina. Cuando aceptamos que la vida es todo lo que tenemos, podemos darle un mejor uso.

Amara es incapaz de responder. La idea de que pueda ser que Philos nunca conozca la libertad, ni siquiera después de su muerte, le provoca un dolor indescriptible. Piensa en él, solo en su celda en la casa de Pompeya, y anhela tenerlo entre sus brazos para detener el paso de las horas y los días que llevarán a su inevitable y atroz separación. En lugar de ello, está sentada junto a Plinio. Parece haberse olvidado de ella y mira fijamente al vacío del jardín invisible, sin mostrar señal alguna para indicarle que se vaya a dormir. Amara se mueve en el diván para recordarle que está allí, y él le suelta la mano.

—Debes de estar cansada. Un asistente te mostrará el camino a tu habitación. —Sin necesidad de que se lo pidan, uno de los hombres que ha mantenido encendidas las lámparas se adelanta de entre las sombras, con una lámpara en la mano. Amara se levanta, le da las buenas noches a Plinio y sigue al desconocido hacia la oscuridad.

27

> Siempre dijo que no había libro tan malo del que no pudiera derivarse algo bueno.
>
> Plinio el Joven, sobre su tío, Plinio el Viejo

Los días en Miseno transcurren con el mismo ritmo relajante y sensual que tienen las olas que oye romper en la base de la villa. Todas las mañanas despierta en la hermosa habitación de invitados que le asignó Plinia y que es mucho más grande y ventilada que su dormitorio en Pompeya. Está cubierta con frescos exquisitos del mito de Dafne y Apolo. Se pasa las horas mirando las pinturas: la expresión de éxtasis en el rostro de Apolo cuando Cupido le lanza su flecha vengativa de la lujuria y el terror de la ninfa Dafne, que huye del dios enloquecido, y, al transformarse en un árbol de laurel, sus brazos se estrechan para formar delicadas ramas. La imagen es tan realista que Amara siente que casi podría arrancar las hojas de la pared.

Todos los días, después del desayuno, se reúne con Julia y Livia en la suite privada de baño para que las sirvientas les masajeen el cuerpo y liberen en total silencio cualquier tensión con el exuberante calor del vapor. Se pasa las tardes en los jardines o sentada en la terraza. Plinio sigue con su hábito de darle pergaminos, así que se reclina durante horas a la sombra para volcar toda su atención en ellos. Es frecuente que Demetrio se acerque, aparentemente para preguntarle qué lee o para discutir los textos con ella. El interés del anciano la halaga, al mismo tiempo que la pone nerviosa. Es difícil saber cómo responder. Parecen divertirle en especial sus lecturas nocturnas con Plinio. Desde que llegó a la villa, el almirante ha dejado en paz a sus secretarios y ha declarado que la voz de Amara tiene la cadencia precisa para esos autores específicos.

—Lo único que estás haciendo es alentar la tiranía de Plinio al consentirlo —le insiste Demetrio una tarde durante la segunda semana de su visita—. Ese hombre devora los libros y te desgastará la voz en ese proceso.

Están sentados a solas en la terraza, ya que Julia y Livia han encontrado una excusa para irse antes de que llegara Demetrio. Amara ha notado que las dos desaparecen cada vez con más frecuencia cuando llega, casi como si se lo hubiera pedido.

—Leerle al hombre que me liberó difícilmente alcanza para empezar a pagar la deuda que tengo con él —responde ella—. Además, lo disfruto mucho.

Demetrio alza una ceja.

—No sé si eres sincera en tu dedicación o si eres una actriz muy consumada. Y tampoco sé cuál es la cualidad más deseable en una mujer. —Se inclina para acomodarle el chal que se le ha deslizado del hombro, como si quisiera protegerla de la brisa marina. Es un movimiento fugaz, pero esconde un incómodo dejo de posesividad. Amara ha notado que es cada vez más habitual que Demetrio encuentre excusas para tocarla.

—En este caso soy sincera —responde, y él le sonríe. Entiende que deja abierta la posibilidad de tener ambos talentos. Se contemplan hasta que su obvio deseo por ella la hace sentirse incómoda—. ¿Quizá pueda convencerte si te concedo el mismo favor? Si te gusta que te lean.

—Sí, me gustaría.

Despliega el pergamino de la *Teogonía* de Hesíodo y empieza a leerle, consciente de que Demetrio sigue mirándola. El corazón le late más rápido. Amara ha vivido demasiado tiempo gracias al uso de su ingenio y de su cuerpo como para no entender que, si no fuera por su amor hacia Philos o porque tiene que soportar el contrato de Rufo, Demetrio representaría una oportunidad. Julia le ha contado cosas muy interesantes sobre su vida. Según le ha dicho, Demetrio es un liberto que disfruta de una elevada posición en los favores del emperador, y, sobre todo, que es asombrosamente rico. A diferencia de Philos, no imagina que sea alguien que le provoque deseo, aun con su aura de poder, ya que es demasiado viejo. Sin embargo, tampoco le repugna. Julia ha dejado escapar muchas pistas maliciosas sobre la concubina quejumbrosa que tiene su viejo amigo en Roma, así como sus sospechas de que quiere reemplazarla. La idea de que Julia pudiera estar tramando una alianza inquieta a Amara.

Apenas empieza a relajarse en la lectura, y a olvidar que la está mirando, cuando una sombra cruza el suelo frente a ella. Demetrio se inclina hacia ella. Amara duda, sin saber si debe continuar leyendo, cuando él le coge la barbilla entre su índice y su pulgar para bajarle el labio inferior. La reacción de Amara es visceral. Se aleja cuando su cuerpo se retrae por instinto de un hombre al que no ama y que no le provoca confianza. Un hombre que no es Philos.

—¿Tan enamorada estás de tu joven patrón? —le pregunta Demetrio, que no parece ofendido por su reacción, pero que tampoco se aleja de ella.

—Le soy leal —responde. Aun así, Demetrio no se mueve, y es evidente que la respuesta no lo convence. Lo mira: es un hombre poderoso que una vez también fue esclavo, y entiende qué lo convencerá—. También hay un contrato.

—Ah. —Se reclina en su asiento y toda su actitud cambia—. ¡Eso sí que es una lástima! —Desvía la vista y se queda mirando al mar, a esa extensión interminable de azul y a la montaña más allá de ella—. Siento haberte interrumpido; por favor, sigue.

Amara hace lo que él le pide. El tiempo pasa y las sombras se van alargando y, a pesar de sus protestas para protegerle la voz, Demetrio no se mueve, hasta que finalmente Alexio, el estudioso griego, se acerca a ellos e interrumpe la lectura, ansioso por conversar con el otro invitado. Amara lo toma como una señal para retirarse.

Ya en su habitación, se sienta en la cama. Es el octavo día desde que se fue de Pompeya. Levanta las piernas hacia el colchón y se abraza a sí misma deseando que fuese Philos quien lo hiciera. En esta casa, hay ocasiones en que Philos no parece real. La idea de que alguna vez podrían llegar a formar una vida juntos le parece tan absurda mientras está en Miseno que bien podría ser un sueño. Un golpe en la puerta le provoca un sobresalto.

—¿Quién es? —exclama, preocupada de que Demetrio pueda haber cambiado de opinión y venga a darle caza.

—Julia.

—Pasa.

—Estás un poco pálida. —Julia se deja caer junto a ella en la cama—. Espero que Demetrio no te haya alterado.

La mirada de Julia es astuta, y Amara comprende que debe de estar enterada de las intenciones de su amigo.

—Para nada, me ha hecho un cumplido inimaginable.

—Uno que espero que hayas aceptado. —Julia parece encantada.

—Es algo que no puedo aceptar.

Julia chasquea la lengua.

—Querida niña, espero que no estés albergando la tonta idea de seguirle siendo fiel a Rufo. Mi madre era concubina, y déjame decirte que la fidelidad no te trae ningún beneficio.

—Estoy bajo contrato. Si traiciono a Rufo, pierdo mi libertad.

—¡Menudo pelmazo! —exclama Julia—. ¡Encima de que fue Plinio quien pagó por ti! No me imaginaba a Rufo tan calculador. Si es que los hombres son todos unos mierdas. —Julia parece tan ofendida que Amara se ríe, pero la otra mujer sigue negando con la cabeza—. A mí no me hace gracia. Una concubina tiene un puñado de años para construir su fortuna y el resto de su existencia para vivir de lo que ha ganado. A menos que Rufo haya accedido a pagarte una pensión, como hizo mi padre con mi madre, está siendo un egoísta de cuidado.

—No creo que lo haya hecho.

—Entonces espero que no hayas sido muy firme rechazando a Demetrio. Podríamos persuadirlo para que mantenga a su mujer actual un rato más, hasta que seas libre. Seguro que estás enterada de que, en todos estos contratos, el control del patrón sobre su concubina termina de forma automática si es él quien la deja.

—Pero ¡si Rufo solo me ha tenido unos meses! —protesta Amara, que no piensa en su patrón, sino en Philos.

—Rufo cree que está enamorado de ti, y, créeme, ese tipo de arreglo se desmorona muy rápido —afirma Julia—. Por otro lado, un hombre como Demetrio tendrá expectativas más sensatas. ¡No lo has despreciado! ¿O sí? Espero que no hayas sido irrespetuosa.

—Claro que no —responde Amara—. No me atrevería. Lo único que le he dicho es que había un contrato.

—Bueno —dice Julia, cuyo buen talante reaparece—. Después de eso, no le quedará ninguna ilusión de que seas una niñita inocente y cándida, pero quizá no sea malo. Odia a las histéricas. Confiemos en que le hayas dejado una impresión que baste para que esté dispuesto a esperar algún tiempo.

En la mente de Julia no parece haber posibilidad alguna de que Amara pueda rechazar a Demetrio o de que pueda tener otras esperanzas en la vida. La idea la hace sentirse incómoda.

—Eres muy amable por interesarte tanto por mí —dice Amara—. No estoy segura de haber hecho nada para merecerlo.

—Chiquilla ridícula. —Julia estira la mano para apretarle la rodilla—. Es porque me caes bien. ¿Por qué otra cosa iba a ser?

Amara se siente conmovida por su afecto.

—Gracias.

—Además, me intrigas. Una prostituta que logró persuadir a Plinio, ¡de entre todos!, para que la liberara y a la que no parece conmoverle el ofrecimiento de uno de los hombres más ricos de Campania. Quiero saber cuál es tu secreto.

Amara es más que consciente de que Julia se horrorizaría si conociera su verdadero secreto, pero oculta su temor, como siempre, y sonríe.

—¿Qué te hace pensar que tengo un secreto?

—Todo el mundo los tiene. —La mirada en los ojos de Julia ya no es juguetona, y Amara entiende. Julia no está entrometiéndose, sino que habla de sí misma.

—Tú y Livia me dais envidia —replica Amara con cautela—. Tener el consuelo de compartir tantas cosas entre vosotras. Es muy poco común que los hombres entiendan de esas cosas.

Julia se levanta y le da un beso cariñoso en la cabeza.

—Eres una niña muy lista —murmura.

Al día siguiente, Demetrio no molesta a Amara ni la busca. Se siente aliviada, aunque le avergüenza admitir que también la decepciona un poco. Plinio ha ofrecido enviarla a casa expresando, no muy convencido, su preocupación de que tal vez Rufo la eche de menos, y Amara se ha sentido obligada a coincidir. No tiene duda de que Julia debe de haberle sugerido la idea al darse cuenta del peligro de que Rufo se ponga demasiado celoso. Los sentimientos de Amara en cuanto a volver son más complejos de lo que le gustaría admitir. La última vez que se quedó en casa de Plinio, imaginó que la vida en una de las casas más importantes de Pompeya representaba una cúspide del lujo que nunca podría superarse, pero la villa en Miseno le ha demostrado que la riqueza, junto con sus placeres, es ilimitada.

Está muy concentrada en su lectura cuando nota que alguien está parado junto a ella. Al levantar la vista, esperando que sea Demetrio, se percata de que es Segundo. Se vuelve a mirar al jardín, preguntándose quién lo ha enviado, y se da cuenta de que están totalmente solos.

—Me has asustado —le dice.

—Discúlpame. —Segundo se sienta a su lado—. He escuchado que te irás.

—Mañana. Siento mucho irme, pero Rufo me echará de menos, además de que tengo obligaciones en mi casa.

—Por supuesto —coincide el sirviente—. Aunque estoy seguro de que el mayordomo de tu patrón está cuidando bien de todo en tu nombre. ¿Cómo dijiste que se llamaba? Ese joven apuesto que tuvo la amabilidad de acompañarme mientras el almirante cenaba con vosotros. Tiene los ojos grises más singulares que he visto en mi vida.

Ya de por sí recelosa, la ansiedad de Amara es mayor ahora.

—Philos —responde, sin poner emoción alguna al decir el nombre.

—Amado —asiente Segundo—. Cómo he podido olvidarlo. Eso es lo que significa Philos en griego, ¿verdad?

—Sí.

—Parece un chico competente —dice Segundo con

tono ligero—. Impecablemente discreto en cuanto a los hábitos de su amo, como sería esperable. Discreto también sobre la concubina de su amo, aunque me sorprende lo bien informado que está. —Amara no responde, ya que no quiere despertar sus sospechas al rogarle que le diga a qué se refiere—. Resulta que Plinio le hizo una serie de preguntas a Rufo sobre ti cuando entramos a tu casa. Sobre tu lugar de origen, tu padre y cosas por el estilo, y él casi no sabía las respuestas. En cambio, tu «amado» las sabía todas.

—Estoy segura de que no es el primer mayordomo con mejor memoria que su amo.

Segundo sonríe.

—Cierto. El papel principal de un mayordomo es proteger a su amo. Siempre tengo cuidado de proteger la reputación del almirante. Esa es una responsabilidad que compartes conmigo, en vista de que Plinio te concedió el extraordinario honor de su nombre.

—Preferiría morir antes que deshonrar al almirante.

Segundo asiente como si la creyera, pero su mirada es fría.

—Sin duda Philos está ansioso de proteger la reputación de su propio amo. Quizá no te aprueba y esa es la razón por la que giró la cara cuando Rufo te besó. Fue un gesto de lo más discreto, y nunca lo habría notado si no lo hubiera estado mirando de frente en ese momento.

—Quizá —concede Amara—. Estoy al tanto de que no todos aprueban el cambio de mi posición social.

—Es un cambio muy sorprendente. Además, el patronazgo de Rufo te eleva aún más. —Segundo se inclina hacia ella con una postura más agresiva de lo que le haya visto hacer en el pasado—. El estatus de una mujer solo es tan alto como el del hombre al que le permite ser su dueño. O, si me permites decirlo de forma más vulgar, su cuerpo solo alcanza el valor del hombre que lo usa.

—Eso sí que es un poco vulgar. —Amara arruga la nariz—. Viniendo de ti.

—Te vi —dice Segundo, que baja un poco la voz—. La mirada en tu rostro cuando pensaste que era él. Eso habría bastado para revelarme lo que es, aun sin las palabras de una amante. Es posible que Rufo olvide que un esclavo también es un hombre, pero yo no lo olvido.

—Me ofendes. —Se quedan mirándose fijamente con una hostilidad que ahora es obvia. Amara aguarda a que Segundo prosiga, pero se queda callado, a la espera, y ella sabe que no puede dejar la conversación pendiendo de un hilo—. Cuando el almirante me contrató para una semana —dice, tratando de ignorar sus manos sudorosas y el golpeteo temeroso de su corazón—, recuerdo que me dijiste que le apostaste un denario a que le rogaría y le sonsacaría regalos, pero no lo hice. Así que tal vez ahora me creas cuando te digo que la reputación de ningún hombre es más valiosa para mí que la suya. ¡Te juro que nunca deshonraré a Plinio!

Segundo parpadea y Amara ve, al fin, la emoción que ha querido ocultar. Es temor.

—Confío de corazón que lo digas en serio.

28

> Quiero una chica fácil, que vaya por ahí con una capa y nada más. Quiero una chica que ya se haya acostado con mi esclavo.
>
> MARCIAL, *Epigramas*, IX, 32

Cuando vuelve a casa, Philos no está. Es Victoria la que la recibe en el atrio y la abraza. Al instante, Amara se da cuenta de que algo no va bien.

—¿Qué pasa? —pregunta, pensando en las sospechas de Segundo y atemorizada de que haya advertido a Rufo acerca de Philos.

—¿Por qué no vamos a tus habitaciones? —le dice Victoria, que la conduce lejos de los oídos de Juvento. Se apresuran hacia la primera habitación y se sientan en el diván. Victoria le coge la mano, lo cual atemoriza todavía más a Amara—. Rufo no está muy contento —murmura en voz baja—. Está celoso. Incluso me ha estado haciendo preguntas ¡a mí!

—¿Por qué? —le pregunta Amara, y le aferra la mano—. ¿Sobre qué?

—¡De Plinio, por supuesto! —exclama Victoria—. ¡Y no me sorprende! ¿Cómo se te ocurrió tomar la decisión de irte de paseo con un examante?

—¡El almirante nunca fue mi amante!

—Por favor, guárdatelo para Rufo —suspira su amiga—. ¡Yo estuve allí, Amara! Recuerdo cuando volviste al burdel, toda enamorada del viejito. ¡Incluso me contaste que habíais dormido juntos! Aunque, por supuesto, le juré por lo más sagrado que nunca lo hicisteis.

—Pero es cierto —protesta Amara—. Nunca hicimos el amor; solo dormimos en la misma cama. No quise contártelo en aquel momento porque te habrías reído de él. —Está diciendo la verdad, pero incluso para sus propios oídos la afirmación suena ridícula.

—Solo le tienes que mentir a Rufo —replica Victoria—. No veo por qué no puedes ser franca conmigo.

—Es cierto, ¡te lo juro!

—Está bien —responde Victoria, que obviamente está molesta por lo que le parece una falta de confianza de Amara—. No te lo tiraste. El tipo contrató a una prostituta una semana y se acostó en la misma cama con ella solo porque quería que le leyera libros, que es algo que cualquier otro esclavo podría haber hecho. Allí estabas, completamente desnuda, y nunca te tocó. —Victoria se pone de pie—. Inventate algo más creíble para Rufo y, por favor, recuerda que no solo arriesgas tu propio futuro. Si no puedes convencer a Rufo, yo tampoco tengo adónde ir.

Amara la ve irse, incapaz de suprimir su amargura.

—Dido me habría creído.

Victoria se detiene y Amara espera el estallido, pero la otra mujer no se vuelve.

—Quizá si me trataras como la tratabas a ella yo también te habría creído.

Amara no ve nada raro en la nota que le envía a Rufo para informarlo de su regreso y para declarar su impaciencia por verlo. Después de mandarla, se sienta en el jardín a practicar con el arpa, intentando calmar sus nervios con una distracción. Para cuando llega Rufo, está mucho más tranquila, por lo que la sorprende oír que le grita desde el atrio como si fuera una esclava fugitiva. Deja el arpa y corre para encontrarse con él.

—Mi amor —comienza, e ignora la mirada furiosa en su rostro—. Qué maravilloso es verte; han pasado...

Rufo la interrumpe.

—¡¿Diez días?! ¿Te pasas diez días con otro hombre y esperas que crea que anhelabas verme? —Amara se retrae ante sus gritos, lo que solo sirve para alentarlo a avanzar sobre ella—. Debes de tomarme por un tonto. Supongo que debería estar agradecido de que al fin hayas logrado despegarte de la cama del almirante.

Su ira lo vuelve irreconocible. Atraídos por el ruido, todos los habitantes de la casa se reúnen para ser testigos de su humillación. Amara ve que Victoria está con las flautistas y que se abrazan junto a la escalera, mientras que Británica está parada al lado, con los puños apretados. Juvento y Martha permanecen con la boca abierta en la entrada, pero el peor de todos es Philos, que debe de haber llegado junto con Rufo. Está de pie junto al hombro de su amo, mirando al suelo y sin atreverse a darse la vuelta para mirarla.

—Rufo, por favor —le dice Amara en tono conciliador—. Sabes que nunca te traicionaría. ¿No podemos discutir este asunto en mis habitaciones? Haré que nos envíen un poco de vino para que lo disfrutemos y entonces podré responder cualquier pregunta que tengas, en privado.

—¿Así que quieres emborracharme y seducirme como una puta? ¿Crees que así puedes engañarme?

—No —contesta ella, apenas es capaz de mantener la tranquilidad en su voz—. No ha pasado nada con Plinio. Por favor, amor mío, ¡debes creerme! Nunca ha sucedido nada entre nosotros; lo único que ha hecho Plinio es demostrarme el mayor de los respetos.

—De todos los hombres que pudiste haber elegido, me humillas con aquel al que nunca podré confrontar. —Rufo se cierne sobre ella, gritándole a la cara—. Siempre fue él, desde el principio; ¡sé que sí! Cómo deben de haberse reído de mí, pensando que nunca me atrevería a quejarme, pensando que podías tirártelo y volver conmigo.

—No seas ridículo —le chilla Amara, que ya no es capaz de contener su rabia—. ¡Escucha lo que dices! Si no tienes respeto por mí, por lo menos demuéstralo por el almirante.

—¡Ni siquiera eres capaz de ocultar cuánto lo prefieres a él en lugar de a mí!

Tiene el rostro contorsionado con la autocompasión, como si fuera un niño, y Amara requiere de todas sus fuerzas para no responderle con todo el desdén que siente.

—Mi querido amor —dice, y su voz se quiebra con la intención de suprimir su desprecio—. ¿Cómo puedes imaginar que quiera a alguien más que a ti?

Rufo la coge de los brazos con tal fuerza que la lastima.

—Mírame. —Ella levanta la vista, pero aun así él le tira de la cabeza asiéndole el pelo. Amara lo contempla con los ojos muy abiertos—. Si alguna vez descubro que me traicionas con otro hombre, ¡aunque sea el almirante!, te mataré.

—Nunca te traicionaría —responde Amara en un susurro. Rufo la mira fijamente, aún sigue aferrándola por el pelo, y se inclina para besarla. Amara está demasiado alterada como para responder al beso como debe, pero eso no parece disuadirlo; solo aumenta su pasión. Rufo la levanta en vilo y la carga en sus brazos como si fuera alguien que la rescata, y no quien la tortura.

—Es el amor lo que me hace sentir tantos celos —afirma, ahora más gentil—. No hay necesidad de alterarse. Te creo. —La lleva cargada hasta sus habitaciones y Amara oculta el rostro en su hombro. Se odia por estar atemorizada.

Cuando Rufo se va, Amara no quiere salir de su cuarto. No hay nadie en casa a quien quiera ver, ya que no desea confrontar ni su compasión ni su desprecio. Nota como si la mano de su patrón siguiera en su cabello y es incapaz de dejar de revivir la forma en que ha tirado de ella con tal fuerza que ha temido que le rompiera el cuello. No está segura de cómo dará la cara de nuevo frente a Phoebe y Lais, o a Juvento, ahora que la han visto humillada en público. Nadie se atreve a llevarle algo de comer o a deshacerle el peinado para que pueda irse a dormir, aunque Victoria intenta comunicarse con ella, la llama en voz baja desde el otro lado de la puerta. Amara ignora sus ruegos, y luego oye los sonidos de todos los habitantes de la casa, que se retiran a dormir. Su cuarto se va sumiendo en la penumbra. Intenta recordar cómo soportaba a Félix, cómo se obligaba a enterrar su temor y quedarse solo con el enfado, pero está demasiado cansada.

Cuando Philos la visita por fin, sigue hecha un ovillo, metida bajo las mantas. Él no dice nada, sino que se mete en la cama y se acurruca contra su cuerpo para abrazarla.

—Lo siento —le susurra—. Lo siento tanto. —Se quedan acostados así mientras Philos se disculpa una y otra vez por el daño que otro hombre le ha causado, hasta que ella se da la vuelta y llora contra su túnica, como solía hacerlo con Dido cuando se consolaban en el burdel. Philos no trata de detener su llanto, y espera hasta que se agota la emoción—. No pensaba que se comportaría así. Siempre me he dicho que, si llegaba a descubrir la verdad, Rufo me castigaría a mí y no a ti, y ahora puedo ver que es una mentira que me cuento, producto de mi egoísmo. Nunca debí ponerte en riesgo.

—No dependía de ti. Fue mi decisión.

—Nada vale la pena si existe el riesgo de que él te haga daño.

—Entonces ¿tú sí eres capaz de tomar decisiones sobre tu vida, pero yo no?

—Amara —le susurra al mismo tiempo que le acaricia el pelo—. No creo que pueda vivir con la tensión de saber que podrías perderlo todo por mi culpa.

—No voy a perderlo todo, y tú tampoco, porque no nos descubrirá —responde, ahora con su actitud enérgica de siempre—. Si ya no me amas, dilo, pero si es solo que te estás dando cuenta del peligro y quieres abandonarme para que yo me ocupe sola de Rufo, eso es otra cosa.

—Es que no puedo protegerte de él; nunca podré protegerte, y lo único que estoy haciendo es ponerte en peligro.

—¿Crees que eso es lo único que haces? —Amara se reclina, agotada, con el rostro manchado e inflamado por las lágrimas—. Nunca pude proteger a Dido de un solo cliente, aunque sabía lo mucho que sufría. Lo único que podía hacer era quererla, igual que ella me quería a mí, y siempre estaba allí. Su amor es la razón por la que sobreviví a ese lugar. —Amara le coge la mano—. ¿Tengo que rogarte que te quedes?

—No. —La acerca a su pecho para impedir que siga hablando—. Por favor, no. Nunca tienes que rogarme nada. —No la suelta, y, cuanto más la abraza, más empieza a relajarse ella, al saber que nunca la dejará—. Pero tienes que prometerme algo. Sé que dices que no nos descubrirá, pero, si así fuera, necesito saber que le dirás a Rufo que te violé y que te chantajeé para que tuviéramos un amorío.

Amara lucha por soltarse.

—¡No puedo!

—Sí puedes, y necesito que me prometas que lo harías. No hay manera de que sobreviva si nos descubre. Es imposible, pero tú podrías tener una oportunidad, más que una oportunidad, si yo confieso que te he violado.

—No. —Se cubre el rostro, sin querer pensar en ello.

—Por favor. —Philos le retira las manos para poder verla—. Tienes razón. No nos va a descubrir, seremos todavía más precavidos que antes; pero no puedo vivir con la culpa, a menos que me prometas esto.

«Las promesas son fáciles de hacer», piensa Amara. Ya se ha deshecho de unas cuantas. Incluso estar acostada aquí con Philos es una promesa rota para Rufo. Sin embargo, también sabe lo firme que es su voluntad de sobrevivir, cómo abandonó a Menandro sin dudarlo para obtener su libertad. Philos le está dando permiso para vivir, aun al coste de abandonarlo de la peor manera posible. Así que asiente, incapaz de decir las palabras en voz alta.

La blancura de Venus en los jardines de Drusila resplandece bajo el sol. La diosa de mármol se inclina sobre la orilla del agua, con los pechos semiocultos por uno de sus brazos, y tiene una sonrisa maliciosa en el rostro, casi como si escuchara la conversación entre sus dos discípulas. Amara le cuenta a Drusila su viaje a Miseno mientras están sentadas junto a la fuente. Primo y su niñera han sido desterrados a otra parte de la casa para que ambas mujeres puedan disfrutar del sol matinal, cuando el calor es más tolerable.

Amara no menciona a Demetrio, aunque le gustaría presumirle un poco a su amiga para darle envidia. Julia la advirtió de la manera más firme que no dijera nada.

—Rufo estaba muy celoso cuando volví —dice Amara cuando al fin termina de contarle todo sobre su retorno a casa.

—Eso es excelente —declara Drusila—. No hay nada que vuelva más apasionado o fiel a un hombre que sentir que podría tener un rival.

—No lo tengo tan claro —comenta Amara, preguntándose cuánto puede confiarle a su amiga—. Estaba muy enfadado.

Drusila ríe.

—Me apena, pero la idea de que Rufo esté enfadado me parece un poco ridícula. —Su sonrisa desaparece cuando ve la expresión de Amara—. ¿Se puso violento?

—Fue... poco amable. —Amara se esfuerza por encontrar las palabras que describan el filo por el que Rufo camina entre la violencia y la amenaza de ejercerla—. Pero no es tan simple. Creo que quiere que sepa que es más fuerte y que podría hacerme daño si lo deseara.

—A Rufo le gusta que sus mujeres sean frágiles —afirma Drusila, con un tono más despectivo de lo que esperaba Amara—. Siempre lo has sabido. Eso es lo que disfruta.

—Antes le gustaba que me enfrentara a él, ¡incluso que le exigiera cosas! Pensaba que eso era lo que quería de mí, en lugar de empequeñecerme.

—Al principio de su romance eras una esclava, de por sí lo bastante pequeña. Estoy segura de que el hecho de que una mujer lo retara fue novedoso para él en aquel entonces. Ahora es diferente. Mira, perdóname si sueno borde, pero hablas como si esperaras tener una relación auténtica con él. Serás mucho más feliz si solo consideras cuál es la mejor forma de manipularlo, y nada más. A menos que de verdad lo ames.

—No —reconoce Amara, y se vuelve para mirar a su alrededor, como si incluso aquí corriera el riesgo de que la escucharan.

—¿Entonces? Siempre has sabido que le gusta verte como una criatura delicada; ahora estás descubriendo que en ocasiones le gusta asustarte. Solo prepárate para esos momentos desagradables y, mientras tanto, intenta ser más servil. —Drusila se encoge de hombros—. Eres una mujer inteligente; no puedo creer que necesite explicarte estas cosas.

Amara se da cuenta del resentimiento que le provoca pensar en la casa que posee Drusila, la tienda que alquila y toda la seguridad que tiene si sus amantes la decepcionan.

—¿Cómo van las cosas con Quinto? —pregunta para cambiar de tema.

—Oh. —Drusila hace un gesto desdeñoso—. Creo que ese ciclo ya se ha cumplido. Solo es cuestión de tiempo que lo deje; le vendría fatal a mi reputación que él me abandonara primero. Por suerte, he encontrado otro amante que es más complaciente.

—Cuéntame —le pide Amara, que disfruta mucho de la idea de que mande al arrogante de Quinto a paseo.

—Ampliato —responde Drusila, estirando el nombre—. Es dueño de la mitad de los almacenes en el puerto. Es verdad que no proviene de una familia con tantos contactos como la de Quinto o Rufo, pero no te puedes hacer una idea de lo rico que es. Además, me resulta bastante novedoso estar con un hombre mayor. Pueden mostrarse muy agradecidos en la cama y son mucho menos agotadores de entretener.

—¿Y es amable?

En respuesta, Drusila levanta la muñeca con actitud lánguida para que Amara pueda contemplar el nuevo brazalete que reluce rojo y plateado en contraste con su piel. Amara resopla asombrada.

—Te he dicho que era rico —contesta Drusila con satisfacción—, y también es generoso. Estoy pensando en invitarlo a cenar conmigo en privado y, por supuesto, a que se quede por la noche. Ese es el tipo de insulto público que Quinto no será capaz de ignorar. Montará una escenita y todo habrá acabado.

—¿Ampliato es atractivo? —inquiere Amara, al tiempo que se pregunta cómo de mayor podría ser el mercader y si tendrá la misma edad que Demetrio.

—¿El almirante lo es? —responde Drusila, y enarca una ceja. Se ríe ante la actitud de molestia de Amara—. Querida, siempre he sabido que lo preferías. Es más que obvio cada vez que abres la boca para hacer algún comentario apasionado sobre lo generoso o inteligente que es ese hombre. Además, estoy muy segura de que la villa en Miseno solo ha servido para volverlo todavía más atractivo. Rufo no es tonto y sabe que lo dejarías por Plinio en un abrir y cerrar de ojos. ¿Quién no lo haría?

—Estoy agradecida con el almirante y lo respeto, pero no pienso en él de ese modo. Quiero decir, como amante.

Drusila entorna los ojos.

—¿Qué quieres decir con eso de «como amante»? Sabes que es rico y poderoso. Incluso si no fuera tan inteligente como insistes en afirmar, seguramente con eso bastaría.

Es imposible juzgar a Drusila, y menos cuando sus declaraciones son tan parecidas a sus propios cálculos privados, pero Amara sabe que eso no es todo lo que desea, que eso no es suficiente. En lugar de ello, piensa en el hombre al que ama y que en este momento está vestido con una toga desgastada, trabajando con todas sus fuerzas en una tienda cuyas ganancias nunca serán suyas y recibiendo órdenes de un hombre que nunca le pagará. La vergüenza arde en su pecho al saber cuánto odiaría que su amor se viera expuesto ante Drusila, a pesar de que, al mismo tiempo, lo que siente por Philos es tan profundo que quiere defenderlo, aunque sea para sí misma.

—Siempre tienes razón —le dice a Drusila con una sonrisa fría—. No hay nada más que una mujer podría desear de un hombre.

La casa está prácticamente vacía cuando vuelve. Victoria, Lais y Phoebe están en los baños, y Juvento es incapaz de decirle dónde podría estar Británica. La britana nunca se molesta en informar de sus movimientos. Amara se dirige al piso superior, hacia su estudio. La conversación con Drusila la ha puesto ansiosa por revisar sus cuentas para ver si podría ser capaz de ganar más dinero alquilando a sus mujeres, o cómo podría permitirse hacerles préstamos a nuevos clientes. Si no va a depender de un patrón rico y si, en lugar de eso, puede encontrar una manera de liberar a Philos, necesita ganar lo máximo posible.

No la sorprende que el propio Philos la visite un poco más tarde, ya que a menudo la ayuda a planear sus asuntos financieros, pero lo que sí la asombra es que cierre la puerta detrás de él y le eche el cerrojo.

Amara se pone de pie.

—¿Qué haces? —Tienen el acuerdo de que nunca se arriesgarán a tener intimidad durante el día. Philos se lleva un dedo a los labios. Parece preocupado de una manera que no puede entender. Camina hacia ella hasta que se quedan juntos al lado del escritorio.

—Quiere que te espíe.

—¿Rufo?

Philos asiente.

—Está convencido de que podrías estar tramando dejarlo por Plinio o, si no es por Plinio, entonces por algún otro hombre rico que hayas conocido en Miseno. Me ha ordenado que siga todos tus movimientos y apunte quién te visita y a quién ves, y también que me quede con más frecuencia en la casa.

—¿No crees que sospecha de nosotros? —Amara no es capaz de creer que su patrón esté conspirando en su propia traición—. Deberíamos tener cuidado por si aparece y nos descubre.

—Conozco a Rufo desde hace mucho tiempo —responde Philos—. Te juro que no existe ninguna posibilidad de que sospeche de mí.

El alivio la exalta y se tapa la boca con la mano para reprimir la risa.

—Entonces ¿estamos a salvo?

—Por ahora. —Amara anticipa su beso y se impulsa sobre el escritorio para poder envolverlo con brazos y piernas, pero, aunque la pasión corre el riesgo de sofocar todos sus demás sentidos, se da cuenta de que él se está conteniendo.

—¿Qué? —Pone la mano contra el pecho de Philos.

—Es por la manera en que se ha referido a ti.

—¿Qué ha dicho?

Philos le cubre la mano con la suya y la oprime contra su corazón, como si eso impidiese que las palabras la hirieran.

—Ha empezado a despotricar sobre cuánto te amaba, pero luego ha dicho que eras una puta desagradecida. Una mujer a la que cualquier hombre podría seducir, porque muchos hombres te deben de haber usado. Eso, por inocente que puedas haber sido alguna vez, te ha mancillado de manera irreversible. En realidad, no quiero repetirlo todo.

—Pero eso no es lo que tú piensas, ¿verdad? —le dice Amara, preguntándose por qué Philos parece tan alterado.

—¡Por supuesto que no! Pero que él diga todas esas cosas terribles... No sé cuánto tiempo más querrá tenerte con él ni lo que podría hacer.

—Estoy segura de que podremos tranquilizarlo, ya que tú serás quien le cuente lo que me traigo entre manos. —Philos no parece totalmente convencido, así que lo besa de nuevo con la esperanza de distraerlo.

—¿No te molesta? —Philos le impide que lo atraiga más hacia su cuerpo—. ¿Que lo esté informando de lo que haces?

Amara entiende que la pregunta implica la molestia que le podría causar el poder que tiene sobre su vida. Le acaricia el pelo con los dedos y se inclina hacia él, eliminando el espacio que los separa y logrando que él la aferre por instinto alrededor de la cintura.

—No, no me molesta —responde, y coloca la frente contra la suya—, porque confío en ti.

Es extraño estar tan cerca durante el día, mientras todos están despiertos, aunque Amara ha imaginado con frecuencia cómo sería. Lejos de la semipenumbra de su habitación, Philos parece más real y, de algún modo, más vulnerable. Deja de besarlo para poder verlo mejor y acariciarle el rostro. Él inclina la mejilla hacia sus caricias.

—Supongo que es una suerte que no me considere un hombre. De otro modo, nunca se arriesgaría a dejarme aquí contigo. —Lo dice en broma, pero Amara puede detectar el enfado detrás de sus palabras y, peor aún, la vergüenza.

—Yo sé que eres un hombre —le dice, y se quedan mirándose. Él la besa otra vez, ahora más lentamente, porque siempre tiene cuidado al tocarla, y Amara sabe sin duda alguna que, sin importar lo que haga, incluso si lo traiciona, Philos nunca usará su cuerpo para herirla. Quiere decirle todo lo que significa para ella, pero no encuentra las palabras. En lugar de ello, empieza a pelearse con su túnica para subírsela por las piernas y lo obliga a moverse de donde está apoyado para sacarse la prenda sobre la cabeza. Él parece sorprendido al ver su repentina desnudez.

—Habíamos dicho que durante el día no —le susurra él, aunque ya tiene las manos sobre su cuerpo, tocando su piel desnuda.

—He cambiado de opinión —responde Amara.

Cada vez que está con Philos, el placer se va acercando despacio, pero no es como había imaginado que su cuerpo alcanzaría el clímax, en un encuentro frenético y apresurado, y estrujados contra un escritorio. Cuando Philos se da cuenta de lo que está pasando, disminuye el ritmo y la abraza con fuerza mientras ella se aferra a él, intentando no gritar. Al terminar, ella no quiere separarse y disfruta de la tibia caricia de la ternura, de todas sus afirmaciones de amor expresadas con murmullos, hasta que se percata: no ha usado su anticonceptivo.

29

> Vistos en un sueño, los carniceros que cortan carne en el mercado significan peligro.
>
> ARTEMIDORO, *La interpretación de los sueños*

El anciano está sentado bajo el santuario de Venus, en la esquina. El golpeteo agudo de los bataneros en la puerta contigua lo convierte en un lugar desagradable para pasar el rato, aunque sigue pareciendo atraer a una multitud. Los augures siempre son populares en la Fors Fortuna, el festival de finales de junio en honor a la diosa de la buena suerte.

Amara y Victoria se acercan a los demás espectadores. Se han ganado el derecho a perder el tiempo, ya que Victoria acaba de convencer al repugnante proxeneta Castrensio de que les pague más debido a sus exigencias muy particulares para la presentación que Victoria y las flautistas darán esa noche. Amara estira el cuello por encima de la multitud para asomarse a ver qué pasa. El auguro lanza su arenga, en la que ofrece tirar los dados para predecir el futuro o interpretar los sueños. Victoria le da un codazo en las costillas a su amiga mientras un joven esclavo le paga al auguro y empieza a relatarle un sueño largo y tedioso, con la evidente esperanza de que le vaticine su libertad.

—¿Eres griego? —le dice el anciano con voz cascada. El chico niega con la cabeza—. Lástima. —El auguro resopla—. Vestir de blanco en un sueño significa la libertad para un esclavo griego, la muerte para cualquier otro.

El rostro del chico se transforma.

—¿Estás seguro?

El auguro levanta la mano hacia los cielos.

—¡Fors Fortuna nunca miente!

Antes de que Amara pueda detenerla, Victoria ya la ha cogido de la mano y la ha obligado a entrar hasta la parte delantera para arrojar una moneda a los pies del hombre.

—Lanza los dados para nosotras, padre —le pide.

El anciano alza los ojos hacia Victoria y percibe la actitud seductora de su postura, con la túnica deslizándose por encima de su hombro.

—Muy bien, hija.

Lanza los dados y luego las mira a las dos con lascivia.

—Conocerás a un hombre en una esquina y ese será el mejor amante que habrás encontrado en toda tu vida.

La multitud ríe. Incluso a Victoria le parece divertido, aunque finge molestarse frunciendo los labios.

—¡Vámonos! —le pide Amara, e intenta tirar de ella para que se alejen, irritada por ser el centro de tanta atención lujuriosa.

—¿Y tú no quieres oír tu fortuna, hija? —dice el anciano al mismo tiempo que señala a Amara y eleva la voz para que lo oigan por encima de las risotadas.

Amara no tiene deseo alguno de oír las sórdidas predicciones del viejo, pero sabe que da mala suerte negarse.

—Muy bien.

El anciano tira otra vez los dados y luego hace una larga y teatral pausa mientras observa los maltrechos cubos entre la tierra.

—Sacarás ganancia del dolor —recita.

—¿Qué se supone que significa eso?

El auguro levanta la vista hacia ella con mirada ladina.

—La interpretación te costará más.

—No, gracias. —Amara se aleja, y un esclavo ansioso la empuja de inmediato para ocupar su lugar, ya que sin duda también anhela escuchar predicciones de libertad.

—¡Solo era un denario! —exclama Victoria, y Amara la empuja para que se alejen.

—¿Después de la predicción que te ha hecho? ¡¿Por qué pagaría por eso?!

—A veces no tienes sentido del humor, y, además, te estoy haciendo ganar un montón de dinero. ¡Hemos trabajado casi todas las semanas! Estoy segura de que pronto le pagarás todo lo que le debes a Félix.

—No —responde Amara, que no está feliz de que le recuerden que tiene que visitar a su antiguo amo esa misma tarde. Philos lleva días preocupado por eso, lo cual los acerca peligrosamente a otra discusión—. No estamos ni cerca de eliminar esa deuda.

Amara lo observa leer con gran atención la tablilla de cera sobre el escritorio. El movimiento de su cuerpo es tan conocido, toda esa tensión, la energía acumulada que se esfuerza por salir y que nunca está lejos de explotar. Su rostro de perfil le recuerda al dios embustero Hermes, el mismo cuya estatua solía mirar con gran atención en el foro de su ciudad natal. Así es como parece más atractivo, absorto en otra cosa que no sea ella, en un momento en que podría olvidar el tipo de hombre que es. Félix levanta la vista.

—¿No estás interesada?

Amara se encoge de hombros. Los momentos en que es más amable le despiertan más recelo.

—No voy a profanar tu virtud —dice con una mueca desdeñosa—. No tienes de qué preocuparte.

No tiene ninguna intención de acercarse, así que se arrodilla sobre la silla y se inclina sobre el escritorio para mirar.

—Muy bien —le responde con enfado, y se levanta

para caminar a su alrededor, golpeando la tablilla frente a ella—. Esas son las ganancias del bar. Mira. Ese es el alquiler del otro sitio. ¿Qué piensas?

—¿Por qué me preguntas a mí?

—Eres buena con los números, y me interesa escuchar si tus cálculos coinciden con los míos.

Amara le frunce el ceño, pero coge la tablilla, incapaz de resistirse a la tentación de verla con más cuidado. Revisa las cifras: los gastos, los ingresos, los posibles riesgos.

—Diría que vale la pena, pero estarás cerca de tener una ganancia marginal. Es probable que lo mejor sea esperar otro mes para ver si Berenice y Gallus pueden mantener este nivel de ingresos.

Félix refunfuña y le quita la tablilla.

—Entonces, el otro establecimiento tendrá que cerrar.

—Ya habrá otro. —Amara se encoge de hombros—. No merece la pena el riesgo.

—Es un consejo más cauto de lo que esperaba.

—Es tu dinero. Solo te digo lo que yo haría si fuera el mío.

Félix sigue de pie junto a ella, y Amara desearía que se alejara, pero su viejo amo nunca ha hecho lo que ella quiere.

—Otro exceso de pago —dice él—. ¿Qué interpretación debo darle a que me lances todo este dinero?

—No me gusta deberte nada —responde, y cruza los brazos. Trata de ocultar el hecho de que su cercanía la atemoriza. Él avanza otro paso—. No. —No se atreve a levantar la voz. Pensar en que Philos está en la habitación contigua, listo para saltar en su defensa, la pone más en guardia. Para su sorpresa, Félix se detiene donde está. Si no lo conociera tan bien, la expresión de su rostro podría confundirse con vergüenza.

—No quise amenazarte la última vez.

Por un instante, lo único que Amara puede hacer es mirarlo con la boca abierta.

—¿Qué?

—Puta madre. No me voy a disculpar. No quise amenazarte. —Félix da una palmada sobre el escritorio, y eso la hace saltar—. No es tan difícil entender lo que estoy diciendo.

—Nunca has hecho otra cosa que amenazarme —responde Amara, todavía incrédula—. Desde el primer día en que te conocí.

—¿Qué pasa si te digo que ya no lo haré nunca más?

—Estarías mintiendo.

Félix se pasa una mano por el pelo peinado hacia atrás con tanto cuidado, otro gesto que es del todo desconocido en él. Lo hace parecer inseguro.

—¿Crees que soy un puto monstruo?

—¡Eres un puto monstruo! —replica, y su remordimiento le parece inesperadamente doloroso—. Nunca te ha importado una mierda hacerme daño a mí o a cualquier otro. Hubo veces en que pensé que incluso podrías llegar a matarme.

—¡Jamás lo habría hecho!

—¡No, porque te habría costado mucho dinero! —le grita Amara. Para su consternación, está a puntito de ponerse a llorar. Félix estira la mano para tocarla, pero ella se encoge, temerosa—. No me toques.

Félix aprieta los puños y ella se da cuenta de que se esfuerza por controlar su rabia.

—Siempre has sabido cómo provocarme.

—Que alguien respire es una provocación para ti. Nunca has necesitado una excusa para pegar a alguien.

—Actúas como si nunca hubiera hecho nada más que hacerte daño. ¿Qué me dices de las veces en que trabajaste aquí, en mis cuentas, cuando te ayudé a empezar a prestar dinero? ¿Y qué me dices de la noche que te quedaste conmigo? Para ser una puta, siempre se te dio fatal el sexo, completamente incapaz de fingir que te gustaba, así que no puedo creer que de pronto hayas adquirido la capacidad para sonreírle así a un hombre si lo odias.

Amara sabe con total exactitud la noche a la que se refiere y, todavía peor, la demoledora vergüenza de la mañana siguiente. Fue cuando decidió que no sentiría otra cosa por Félix que no fuera asco, porque amarlo la destruiría.

—Es muy tarde para eso.

—¿Por qué es muy tarde? —responde él, aprovechándose del hecho de que ella no ha contradicho del todo su versión de su encuentro—. No estás negando cómo fue. ¿Qué habría pasado si no te hubiera hecho tanto daño, si hubiera sido más amable contigo? A lo mejor me habrías visto de una manera muy diferente.

—Pero no fuiste más amable.

Félix se deja caer pesadamente en el borde del escritorio.

—La forma en que me miras es como recuerdo haber mirado a mi padre cuando le deseaba la muerte al hijo de puta. Y no me digas que soy como él, porque sé que lo soy.

—Eliges ser como él —replica ella, desprovista de compasión.

—Eres una puta desalmada —contesta, y Amara se da cuenta de que los hombros se le sacuden por la risa—. Ninguna otra mujer se atreve a hablarme así de mal; incluso cuando era tu dueño y lograbas mantener la boca cerrada, aún podía verte pensándolo. Esa es la razón por la que siempre me has caído bien.

Si Amara no lo conociera tan bien, o si su amor no le perteneciera a otro hombre, quizá sus elogios podrían ablandarla, pero entiende lo voluble que es su estado de ánimo, y ha sido testigo del modo en que ha tratado a Victoria, con sus constantes y terribles cambios entre la ternura y la crueldad.

—No puedes esperar que confíe en ti de inmediato. —Su voz se vuelve más amable e intenta obligarse a sonreír—. Si lograras no amenazarme durante los siguientes meses, quizá podría creerte.

—Maldita sea, eso suena demasiado conveniente para ti —replica Félix, que entrecierra los ojos con desconfianza—. ¿Cómo coño sé que no me estás engañando?

Esta vez, la sonrisa de Amara es genuina. Prefiere las sospechas de Félix a todos sus intentos por cautivarla. Por lo menos sabe que es real.

—No lo sabes. —Se inclina más hacia él, sintiendo la conocida fogosidad del odio en su corazón—. Podría estar tomándote el pelo y tú podrías estar tomándomelo a mí. Tendremos que esperar para ver cómo termina el juego.

Nemoralia

30

Nada puede durar para siempre;
cuando el sol ha ofrecido su luminoso resplandor, regresa al mar.
La luna mengua cuando acaba de estar llena.
Incluso la ferocidad de Venus a menudo se convierte en un soplo de viento.

Grafiti en Pompeya

La esencia de la última floración del jazmín de los jardines inunda toda la casa. Su dulzura lleva a Amara de vuelta a los primeros días de su cortejo con Rufo, solo que ahora no es su patrón quien le sostiene la mano, sino Británica, que intenta enseñarle cómo caer con un golpe más enérgico. Están de pie, descalzas, en el atrio, sobre el mosaico de estrellas, que tiene una frescura agradable en esta mañana cálida de agosto.

—Para tú, es importante ser rápida —le explica la britana—. No fuerza suficiente para larga pelea. Intenta otra vez.

Amara se lanza, haciendo uno de los muchos movimientos que le ha enseñado su amiga. Británica la bloquea con facilidad, pero asiente con aprobación.

—Mejor —dice.

Desde el jardín, Amara puede oír cantos y risas. Victoria y las flautistas están practicando sus rutinas para la próxima cena. Han conseguido dos reservas en una semana, lo cual se debe en gran medida a los trucos de Victoria. Amara agradece la forma en que Victoria le ha cogido gusto a ese lado del negocio, asistiendo con frecuencia a las reuniones con sus colegas proxenetas ella sola, lo cual le ahorra la vergüenza a Amara. En las noches en que no trabaja, es frecuente que Victoria no esté, ya que su aventura con Crescencio no muestra señal alguna de enfriarse. A Amara le preocupaba que a Victoria le pudiera resultar difícil seguir con sus servicios para los clientes ahora que está enamorada, pero la única respuesta de su amiga fue reírse y decirle que Crescencio no es celoso.

—¿Qué edad tenías cuando aprendiste a pelear? —Amara observa las maniobras de Británica con la daga de madera y su paso ligero, casi como si bailara.

—Aprendemos niños —responde Británica—. Toda mi gente lo hace. Mejor así.

—Siento lo que le pasó a tu familia.

Británica sigue moviéndose, haciendo ademanes que le recuerdan al burdel cuando la britana representaba peleas imaginarias en su celda para conservar su fuerza.

—Muerte no es deshonra. Mueren como viven: como guerreros. Deshonra es mía.

—Ya no —dice Amara, pensando que se refiere a la época en que fue prostituta—. Eso se acabó.

Británica se detiene y baja lentamente el brazo.

—Siempre deshonra. Nunca me dejará.

—¿Tu hermano?

—Philos te dice. —La mirada de la britana es astuta. No es la primera vez que Amara se pregunta cuánto sabe—. Mi hermano no era hombre, no niño. —La expresión de Británica se ensombrece—. Mi familia dice que lo esconda, lo proteja. No soy bastante rápida.

—Pero estabas tú sola y deben de haber sido muchísimos los soldados.

—No soy bastante rápida —repite Británica—. Tampoco para Dido.

—¡Eso no fue tu culpa! —exclama Amara, impactada por que Británica pueda culparse por la muerte de Dido. Está tan acostumbrada a ver la fortaleza de Británica, su estatura intimidante y su físico cada vez más musculoso que casi ha olvidado cómo vio por primera vez a la britana, furiosa pero también traumatizada e incapaz de defenderse de los hombres en el burdel, a pesar de que estuvo a punto de morir en sus intentos—. No fue tu culpa. —La mirada de Amara es feroz—. Fue Félix.

Británica asiente.

—Un día lo mato —asegura con voz serena—. La primera vez que me tocó me prometo eso. Pero primero, recupero mi honor.

No le sorprende el juramento de venganza de la britana, pero lo que sí la confunde es su deseo de posponer el derramamiento de sangre.

—¿Cómo?

—Cuando soy gladiadora —dice Británica—. Ganar o morir. ¡Eso es honor!

—Los gladiadores son esclavos. Podría parecer glorioso en la arena, pero es una vida difícil y despiadada. No me gustaría verte morir de ese modo.

Británica ríe.

—No tengo intención de morir. —Gira con rapidez y coloca la punta roma de la daga contra la garganta de Amara—. Verás —dice—. No me atrapan.

Amara recuerda bien el restaurante y le sonríe a Rufo, complacida de que se le haya ocurrido llevarla allí, al sitio que visitaron antes de su primera noche juntos. La terraza es tan encantadora como la recuerda, bajo la sombra del enrejado cubierto de las enredaderas de vides y con vista sobre los tejados hacia el profundo azul del Vesubio al caer el ocaso. Sospecha que Rufo ha elegido en parte este lugar por un sentimiento de culpa. Amara sabe que se ha acostado con Victoria.

Está a punto de coger su copa de vino cuando él le detiene la mano y se la besa. Amara inclina la cabeza con afecto, como si le encantara ese gesto, y luego levanta la copa para beber.

—Eres tan bella —murmura su amante.

Amara se pregunta si también le dice eso a Victoria. Solo ha pasado unas cuantas veces y, después de eso, Victoria le cuenta que Rufo está lleno de remordimientos y que le hace jurar que guardará el secreto para no romperle el corazón a Amara. El pobre Rufo no tiene ni idea de que las dos mujeres le están tendiendo una trampa.

—Eres tan bueno conmigo —responde Amara, que lo mira por debajo de las pestañas entrecerradas.

Rufo acepta el elogio sin dar señales de incomodidad. «Entonces no se siente culpable», piensa ella. Fue Amara la que primero notó que la atención de su patrón empezaba a desviarse hacia la voluptuosa figura de su amiga cada vez que Victoria presentaba su actuación en el jardín. La mirada vidriosa en los ojos de Rufo. Después de eso, ella misma le mencionó la idea a Victoria, que sorprendentemente estuvo más que feliz de ayudarla. Amara los dejaba solos cada vez que podía y luego le insinuaba a Rufo que pretendía pasar todo el día con Drusila. Como era obvio, Rufo visitaba la casa cuando ella no estaba.

—No sé por qué siempre se queja de que comes —reflexionó Victoria después, mientras ella y Amara se contaban chismes en sus habitaciones—. No parecieron molestarle para nada mis curvas.

En ese momento se sintió incómoda al pensar en su patrón y Victoria juntos, pero de todas maneras logró reírse. Tenía que dejar que Victoria alardeara un poco. Después de todo, Amara prefería no acostarse con Rufo, así que ¿por qué debería importarle? Drusila siempre había conservado el interés de un patrón a través de una variedad de mujeres, y esta era una forma de garantizar que no perdiera a Philos.

—¿No crees que ya es suficiente, pajarita? —le pregunta Rufo, interrumpiendo sus pensamientos. Su amante mira con toda intención el trozo de erizo de mar que ella está a punto de sacar del tazón que hay entre ellos.

—En realidad creo que no estoy gorda, mi amor —responde, y sigue llevando la cucharada de mariscos hacia su plato.

—Claro que no —exclama Rufo, cuyos ojos se abren como si le horrorizara la idea—. Solo pienso que estás perfecta justo como eres.

—Es que esto es un lujo tan grande para mí —añade—. Pero sí que tratamos de ser sensatos con las comidas en casa; además, este lugar me trae tantos recuerdos felices.

—Entonces ¿lo recuerdas? —La forma en que Rufo la mira parece tan ingenua. Se acuerda de cómo solía seducirla con eso, cómo su inocencia la conmovía y lo diferente que parecía de otros hombres. La idea de quién es en realidad le provoca más tristeza que enfado. A fin de cuentas, ella tampoco es su pajarita.

—Lo recuerdo —afirma, y lo mira a los ojos con una sonrisa.

—Drusila y Quinto acaban de estar aquí —dice Rufo mientras hace un ademán hacia la mejor mesa, situada en la esquina, donde otro joven rico y su cortesana están sentados ahora bajo un fresco de Venus—. Demasiado escandalosa, la forma en que se fue con ese mercader de vinos o lo que sea. ¿Sabes que es un liberto? Su antiguo amo lo adoptó como su heredero, pero se pavonea por todas partes diciendo que el tipo era su padre.

—De todos modos, creo que él la ama. —Amara sabe que es un tema delicado, en vista de la amistad de Rufo con Quinto, y de su propia amistad con Drusila.

—Lo dudo. —Rufo se ríe—. Supongo que te lo habrá contado todo sobre él. Lo rico que es y las muchas joyas que le lanza al regazo. Pobre Quinto.

Amara se siente extrañamente ofendida por sus burlas, aunque las dirija a Drusila y no a ella.

—Creo que lo ama de verdad. Dice que es muy amable.

—A veces eres tan inocente. —Su amante la mira con indulgencia—. Esa es la razón por la que me gustaste. La primera noche que fuiste a mi casa, después del teatro, estabas tan aterrorizada.

—No estaba aterrorizada —repone Amara, molesta al ver que Rufo es incapaz de recordarlo—. Estaba enfadada.

—Lo sé, soy un idiota —replica él, con esa capacidad tan libre de autocrítica que solía gustarle tanto de él y que ahora le suena falsa—, pero incluso yo sé cuándo una chica tiene miedo. Estabas fingiendo. ¡Y ese absurdo ultimátum que me diste! Que primero me ganara tu corazón. Fue al mismo tiempo lo más ofensivo y adorable que me haya dicho nunca una mujer. —Amara sabe que no está pensando en las declaraciones hechas por las mujeres respetables de su propia clase y, todavía menos, por las jóvenes con las que podría casarse algún día. Es la cosa más adorable que le haya dicho nunca una puta. Rufo ve su expresión y suspira—. No hay razón para enfurruñarse. ¡Te estaba haciendo un cumplido! ¡Cualquiera pensaría que sigues siendo la hija de un médico cuando te pones así de ofendida!

Ahora le importa tan poco Rufo que le sorprende que tenga capacidad para herirla.

—Siempre seré la hija de un médico —afirma en voz baja.

Rufo se sonroja y ella se da cuenta de que está avergonzado.

—Lo siento, no había razón para decirte eso. Perdóname.

—Por supuesto —responde, y tal vez lo dice en serio. A pesar de todo lo que él le ha hecho, y de todo lo que sospecha que es capaz de hacer, es imposible no recordar que, si no fuera por Rufo, aún seguiría en el burdel. Como un impulso, estira el brazo sobre la mesa para cogerle la mano—. Disfrutemos de esta velada. Tal vez sí estaba un poco nerviosa esa noche.

—No lo he dicho como si fuera algo malo —contesta Rufo, y le aprieta la mano como respuesta—. Siempre has sido una chica muy desconcertante. A veces, parece como si de verdad te hubiera conocido en casa de tu padre. Recuerdo la primera vez que te vi... —Se queda meditando un instante, sin duda pensando en la Amara a la que vio sentada con toda modestia en el jardín junto a Plinio, que fue quien los presentó.

—Te juro que no hubo nada entre nosotros —declara, a sabiendas de lo que él está imaginando.

—Y aunque sí lo haya habido —dice Rufo con una sonrisa tensa—. Si él era quien pagaba, ¿quién soy yo para quejarme? Mi padre me dice que es absurdo lo sensible que me pongo con el tema, como si no supiera de dónde vienes.

La idea de que su amante reciba consejos de Hortensio, con esas manos recias y avariciosas, y sus ojos más severos todavía, no es algo que le suponga un gran consuelo.

—No hubo nada —repite.

—Pajarita —dice Rufo, poniendo un semblante astuto que sabe que no le va del todo—. Una vez pasé por el lugar y sé exactamente dónde vivías.

—¡Pasaste por allí? ¿Cuándo?

—Cuando empecé a estar contigo. —Rufo se estremece—. Después de llegar a casa, decidí que nunca volvería a enviar a nadie a buscarte, pero luego me vino a la mente tu graciosa y esperanzada carita, y lo decepcionada que estarías.

—Sabías cómo era ese lugar —repite Amara, aún incapaz de imaginar cómo permitió Rufo que sufriera tantos meses en el burdel después de haberlo visto.

Él confunde la causa de su desconcierto y su rostro se vuelve más frío.

—Siempre lo he sabido. ¿Creías que no sentiría curiosidad después de que te hubieras esforzado tanto en ocultar dónde vivías? Pero me dije que ese lugar no te había marcado. Ahora entiendo que era demasiado esperar que no fuera así.

Tal vez esa es la manera más educada en que un hombre le ha llamado puta a una mujer. El camarero llega antes de que a Amara se le ocurra alguna respuesta; hace muchos aspavientos al colocar más comida y recoger los platos, pero ella se da cuenta de que Rufo la mira, sin distraerse por el trajín que está ocurriendo entre ellos. Su crítica hace que se enfade, e imagina cuál sería su reacción si ella se levantara y declarara su amor por Philos, si le dijera a Rufo que su esclavo es cien veces más hombre de lo que él lo será jamás. Nunca podrá proferir esas palabras en voz alta, pero incluso pensarlas la hace sentirse mejor.

El camarero se va y Amara le sonríe a Rufo, que sigue mirándola.

—No creo que odies todo lo que aprendí allí —le dice con voz suave, al mismo tiempo que se quita los zapatos bajo la mesa y luego levanta la pierna para tocarlo, acariciándole el muslo con el pie.

Se siente aliviada cuando Rufo entreabre los labios y la frialdad de su expresión queda reemplazada por el deseo. Por ahora, al menos sigue deseándola, pero Amara sabe que, para Rufo, la lujuria es un vínculo débil en comparación con el amor. No le queda ninguna duda de que la relación está cayendo en picado y de que la caída, cuando llegue, puede ser rápida.

31

> Aquel que ame, que florezca.
> Que muera aquel que no conozca el amor,
> y que muera dos veces quienquiera que lo prohíba.
>
> Grafiti en Pompeya

El calor de los baños tranquiliza cada tendón y relaja la tensión de su cuerpo mientras rastros de condensación se pasean sobre su piel como la caricia más suave. El vapor sube de las manos de Amara mientras las sostiene frente a ella. Gira las palmas hacia arriba, entrelaza los dedos y, después, los separa. Sus manos le pertenecen; su cuerpo le pertenece. Después del horror de ser la posesión de alguien más, esta sensación siempre será el *summum*. Cierra los ojos y se reclina contra la pared, notando los mosaicos calientes contra la columna, y piensa en Philos y en la última noche que pasaron juntos. Ahora le parece imposible que haya habido algún momento en que su cuerpo no le haya brindado placer en lugar de solo habérselo dado a aquellos que la utilizaban.

Respira el vapor, dejando que el aire caliente entre hasta el fondo de sus pulmones. Cada detalle sobre Philos está claro en su mente: sus movimientos, sus gestos mientras habla, la forma en que se ríe o en que la mira. Lo expresivo que es en privado; tan diferente de la total modestia que está obligado a mostrar como esclavo. Y todo lo que ahora sabe de su vida, todos los recuerdos que han compartido: las fábulas que su madre le contaba cuando era un niño, su larga amistad con Vitalio, la compasión de su padre por los enfermos, la manera en que cantaba Dido. Se ha vuelto más preciado para ella que cualquier otro ser viviente. Amara siente que la tensión vuelve, enroscándose como una serpiente en su pecho, apretada alrededor de su corazón. Es intolerable pensar que Philos esté esclavizado; que no tenga control alguno sobre su vida.

Al principio de su amorío, hubo momentos en que le molestaba su fatalismo, su aparente aceptación de que su amor sería breve. Ahora, lo echa en falta; su dolor es mucho peor. Lo puede intuir en la forma en que la mira, memorizando cada detalle de su rostro en caso de que la alejen de él. O en los instantes en que la abraza con demasiada fuerza y en que oye cómo galopa su corazón. Y lo peor es cuando se separan por las noches, cuando tiene que volver a su celda y los dos piensan en lo que podría ser la última vez, si siquiera tendrán la oportunidad de despedirse.

Amara abre los ojos y se incorpora, a punto de entrar en pánico. Cuanto más endeble se vuelve su relación con Rufo, más desesperada está por liberar a Philos. Los dos lo han pensado incontables veces; si pudiera decirle a Rufo que quiere comprarlo, el mejor momento en que podría suceder e, incluso, el precio que debería ofrecer por él, pero ninguna de las posibilidades parece convincente. Antes de que Rufo finalice su patrocinio, no habría explicación racional alguna por la que Amara quisiera comprar a Philos, de la misma manera que sería ilógico que demandara comprar alguna de las mesas de la casa. Solo levantaría sospechas. Eso deja la posibilidad de esperar a que Rufo anuncie sus intenciones de llevarse a Philos de vuelta a su casa, cuando quizá sus sentimientos por Amara se encuentren en el punto más bajo posible.

Amara se lleva las manos a la cintura, como si eso pudiera mantener su ansiedad dentro. Existe otra posibilidad, un plan que ya ha puesto en marcha sin contárselo a Philos, sabiendo lo peligroso que podría resultar. Se pone de pie, con el cuerpo húmedo por la condensación, un poco mareada por el calor y el miedo. Fortuna solo gira su rueda para aquellos que se atrevan a retarla.

Victoria apenas puede respirar cuando llega al patio de los baños, justo cuando Amara está a punto de marcharse.

—Siento haber llegado tarde —dice, tiene el rostro enrojecido y el cabello húmedo de sudor por el sol de agosto—. Rufo ha ido a la casa.

Amara coge el brazo de Victoria, apresurándose a bajar los escalones hasta la calle; no quiere que la fuerte voz de su amiga llegue a los oídos de alguien en el establecimiento de Julia.

—No importa —contesta Amara—. Siento mucho que te haya tocado a ti.

—No hay problema —responde Victoria, generosa. No ha querido ni terminar el polvo. Aunque me parece que se ha sentido menos culpable después. Y creo que tendrás que esforzarte un poco más. Me ha dicho que eres mucho más mojigata que yo.

—¡Qué imbécil es! —replica Amara, picada—. Si me dejo llevar demasiado, no deja de pensar en el burdel; y ahora gimotea porque no soy lo bastante fogosa. ¡Es imposible!

Las dos se dirigen hacia el mercado que está junto a la arena; se halla más cerca que el foro, aunque hay menos puestos. La frescura de la piscina ya se está disipando y Amara está incómoda bajo el sol. Señala el caminito de piedras y cruzan con cuidado para andar por la sombra.

—Pero sí que parece que no estás tan contenta como antes —le comenta Victoria, cogiéndole el brazo de nuevo—. ¿Es por alguna razón?

—Ya lo viste cuando volví de Miseno.

—Solo se puso celoso —lo excusa Victoria—, pero no

me pareció tan horrible, a menos que haya sido violento después. Sí que me lo pregunté, pero no me dejaste entrar.

Amara sabe que la tolerancia de Victoria a la brutalidad es muy diferente a la suya propia. En dos ocasiones, Rufo ha utilizado su fuerza física para asustarla y dominarla, y eso es más que suficiente para perder la lealtad de Amara. Sin embargo, resultaría imposible explicárselo a esta mujer que una vez amó a un hombre tan violento como Félix y cuyo amante actual mata por diversión.

—No quiero hablar del tema.

Victoria pone los ojos en blanco.

—Perfecto. Solo tenemos que asegurarnos, tú y yo, de que siga pagando el alquiler.

El mercado está lleno y los comerciantes ambulantes, sentados o de pie junto a sus puestos temporales; algunos de ellos no ocupan más que una alfombra extendida sobre el suelo. Un hombre que vende cacerolas las golpea entre sí mientras grita junto a la vía, recordándole a Amara a las Lemuralia. Tratan de evitarlo hasta tal punto que Victoria casi se tropieza con una anciana que vende pequeñas estatuillas de Venus y de Cupido.

—¡Para traeros suerte en el amor, chicas! —les grita al tiempo que intenta darle la estatua de un querubín a Amara. Se disculpan y se dan prisa para seguir adelante.

El vendedor de flores es una de las figuras distintivas en el borde de la plaza, un hombre parlanchín que siempre recibe a Victoria y a Amara como si fuesen sus hijas, con exclamaciones de euforia. Por lo menos, su estilo teatral es memorable, y quizá también resulte eficaz, ya que ahora le compran todas las guirnaldas que Victoria utiliza para sus presentaciones.

—¡Mis niñas! —grita cuando las ve acercándose—. ¡Mirad a mis bellísimas niñas! —Pellizca la mejilla de Victoria, sin siquiera atreverse a tocar a Amara—. ¿Queréis algo para la Nemoralia?

—Siempre sabes lo que estamos buscando, Hermero —replica Victoria a la vez que parpadea y responde con coqueteos.

—Seis guirnaldas —dice Amara—. ¿Podrías hacernos un buen precio por ellas?

—¡Seis! ¡Vaya! ¡O sea que tenéis a otra amiga igual de bella! ¿Y cuándo vais a traer a todas esas bellezas a verme?

—Tal vez pronto, si nos haces un precio excelente —contesta Amara.

—Siempre les hago un precio excelente a mis niñas favoritas —responde con un guiño.

Siguen con la cháchara mientras detallan las características del pedido y se ponen de acuerdo sobre cuándo deben pasar por él. Hermero las convence de que se gasten todavía más dinero al insistir en que prueben algunos de los pastelillos glaseados con miel que les ofrece un comerciante que pasa por allí con una bandeja: «¡Incluso mejores que los que hacía mi madre!». Amara sospecha que los dos hombres tienen un acuerdo para generar más negocio entre ambos. Una vez que queda acordado el pedido para las guirnaldas, su despedida no se alarga nada, el comerciante de flores ya se prepara para los siguientes clientes. Victoria y Amara se pasean por uno de los lados de la plaza con sus dulces y se sientan en un banco de piedra a la sombra de la pared del viñedo.

—¿Y cuándo voy a conocer a Crescencio? —pregunta Amara mientras se quita las últimas migas de los dedos. Está muerta de hambre y le molesta sobremanera la idea de que Rufo se derrita por los pechos de Victoria mientras le niega comida a ella.

—¡Le es de lo más difícil abandonar las barracas! Y no creo que te guste la taberna donde nos vemos. A Rufo le daría un ataque si empezaras a pasar el tiempo allí.

—Mientras estés feliz —dice Amara—. Y fuera de peligro.

Victoria está distraída, mirando a alguien con detenimiento.

—¿No es ese el chico del alfarero? ¡Mira! Por ahí.

Amara se vuelve hacia donde señala Victoria. Menandro está parado al lado de la muchedumbre, mirándolas. Cuando los ojos de Amara encuentran los suyos, se da la vuelta de inmediato. Sin pensar en las consecuencias, ella se levanta de un brinco, desesperada por alcanzarlo. Él vuelve a darle la espalda, y Amara sabe que la ha visto moviéndose hacia él. Hay un breve instante en que piensa que podría salir corriendo para evitarla, pero la espera.

Cuanto más se acerca a él, más se percata de lo enorme que es la distancia entre su intimidad pasada y el momento presente. Y, entonces, está parada frente a él y sus ojos oscuros están sobre ella, pero no la contempla con la calidez que recordaba. Le vienen a la mente todos los horrores de las Saturnales.

—No fue mi intención dejar caer la lámpara —espeta, incapaz siquiera de saludarlo—. Te lo juro. Fue un accidente.

—Me di cuenta —responde, más que avergonzado—. No en ese momento, pero sí después. Me di cuenta.

—Era bellísima. Y me disculpo. Por todo.

—Nicandro me dijo que te liberó esa noche. Tu patrón. —Menandro apenas puede mirarla a los ojos. Amara nunca se había imaginado que pudiera verse así de formal e incómodo—. Y también me dijo que... Me contó lo que le sucedió a Dido. Lo siento mucho. Era una persona maravillosa.

—Gracias. La echo de menos. —Amara presiona una mano contra sus labios para no llorar. Respira hondo y trata de controlarse—. Espero que te esté yendo bien. —Intenta adoptar un tono más alegre y mirarlo a la cara.

Menandro asiente.

—Así es, gracias; pero ahora tengo que irme, Amara.

—Que use su nombre de esclava en lugar de su nombre real, *Timarete*, el que siempre usaba para referirse a ella, la hiere más que cualquier otra cosa que pudiera haberle dicho—. Lo siento. Te deseo lo mejor. —Le da la espalda y se apresura a marcharse sin siquiera esperar a que ella se despida.

Victoria, que se ha mantenido a una distancia discreta, se apresura hasta ella y la coge del brazo.

—No llores —le pide en voz baja al tiempo que la aparta del torrente de personas—. Aquí no. —Vuelven al banco donde estaban sentadas y Victoria sostiene a Amara mientras solloza—. Está bien —la consuela—. Todo está bien.

—Lo siento. —Cuando pasa la oleada de tristeza, Amara se siente avergonzada.

—Está bien —repite Victoria—. Sé que te importaba.

—Pero ya no —responde Amara—. O, al menos, no así. Es solo que nunca quise hacerle daño.

—Siempre he pensado que se portó como un cabrón egoísta al no coger la lámpara en cuanto vio a Rufo. —Victoria se afana con el pelo de Amara, intentando arreglárselo después del llanto—. Lo siento... Te habrá hecho una lámpara preciosa y todo, pero no era como para que te arriesgaras a perder a tu imbécil de patrón. —Amara empieza a reírse, la actitud cáustica de Victoria la hace sentir mejor de lo que la conmiseración podría haberlo hecho nunca—. Además —añade Victoria con un resuello—, no es más que un esclavo. Ahora estás en condiciones de exigir algo mucho mejor.

—No creo que el ser esclavo lo haga menos atractivo —responde Amara, incapaz de parar de defender a Philos, aunque no haya sido el blanco del ataque—. ¿Y qué me dices de Crescencio?

Victoria se pone de pie y ayuda a Amara a hacer lo mismo.

—¡Crescencio es un gladiador! —contesta con expresión altiva—. No es lo mismo en absoluto. Además, Crescencio es más apuesto.

Las dos sonríen y se dirigen de vuelta a casa, Victoria aferrándose al brazo de Amara.

32

¡Ojalá sufras, Febo!

Grafiti en Herculano

Tan pronto como entra en su estudio, Amara sabe que Félix ha cambiado. Le impacta la frialdad con la que la mira. A lo largo de los últimos dos meses, mientras los días se acercaban al calor del verano, se había acostumbrado poco a poco a ver su lado más afable y casi había empezado a creer que podría ejercer cierto control sobre su estado de ánimo; que podría mantener su violencia a raya. Pero, sin lugar a duda, seguro que Victoria había llegado a pensar lo mismo.

Félix no responde al saludo de Amara ni a su intento a medias por sonreírle. En lugar de eso, se acerca a ella con la mano extendida para que le dé el dinero. Ella coloca las tres bolsas en su palma y él se da la vuelta para dejar caer las monedas sobre su escritorio. El estruendo del metal que cae le pone los nervios de punta. Félix cuenta el dinero arrastrando cada denario sobre la superficie de madera, sin comentar nada acerca del hecho de que le ha dado un pago adicional más. Su absoluto silencio la está desquiciando, sin duda es su intención.

—Si no tienes interés en hablar hoy, será mejor que me marche.

Félix responde para evitar que se vaya, como sabía que lo haría.

—No me gustan las reglas de tu juego.

—¿Y qué juego es ese?

—¿Cuántos clientes tienes ahora? —La señala con un dedo como para enfatizar sus palabras—. ¿Cuánto dinero te genera Victoria cada mes?

—¿Y por qué iba a contarte nada sobre mis negocios?

—Antes estabas más que contenta presumiendo. Es evidente que vale mucho más de lo que acordamos por ella. No estoy seguro de que seis mil sestercios sean suficientes.

—Pues mala suerte para ti —responde Amara enfadada—. Porque esa es la cifra por la que firmamos el contrato.

—No te vas a ir. —Es una orden, no una petición.

—Ya no eres mi dueño. Te he dado más de lo que te debía para el pago del mes. No tienes motivo alguno para retenerme aquí.

—Hay muchos motivos. —Inclina la cabeza y le sonríe de tal modo que Amara casi espera que su estado de ánimo pueda estar cambiando, hasta que detecta la crueldad en sus ojos—. El niño rico no sabe que estás aquí. Esa es una de las razones. No querrás que se entere. Y además hay otro motivo más, ¿no crees?

—Pensaba que ya no me ibas a amenazar.

—Eso fue el mes pasado —dice Félix con su sonrisa más encantadora.

—No estoy sola. Puedo llamar a los hombres que he traído conmigo.

—Ah, sí, a tus hombretones de al lado. —Asiente, como si de verdad estuviera considerando la amenaza—. El listo que está casi más flaco que tú y el fortachón que no tiene ni dos dedos de frente. No sabes lo acojonado que estoy ante la idea de que cualquiera de los dos trate de enfrentárseme.

—¿Qué quieres?

Félix le pone las manos sobre la cintura, con cuidado, como tratando de probar lo que va a hacer. Ella lo coge de las muñecas, dejándole claro que se resistirá.

—Me la suda lo que diga el contrato. Creo que me tienes que pagar más, de la manera en que siempre me has pagado.

—No.

—Ya te he esperado lo suficiente. Quiero pruebas de que no intentas embaucarme.

—¿Y qué pasa con lo de ganarte mi confianza?

—A la mierda tu confianza. ¿Quién te crees que eres? —Le suelta la cintura y empieza a rodearla, de modo que Amara se ve obligada a darse la vuelta para ver lo que está haciendo—. Déjame que te lo explique de nuevo. Me vas a pagar. O accedes y no te hago daño o te resistes y el niño rico se preguntará de dónde salen todos esos moretones. Me imagino que no le hará ninguna gracia que otro tío te esté follando. Y, por cierto, ¿cómo os está yendo? Ya te ha tenido durante mucho tiempo. ¿Acaso te creería, me pregunto, si le dijeras que te han violado?

Félix se detiene justo delante de ella. Amara se ha mareado con tanta vuelta, aunque sabe exactamente lo que pasa. Cada una de las conversaciones que han mantenido desde que se endeudó con él solo han servido para retrasar este momento, el pago que debe por salvar a Victoria y a Británica. Quizá siempre supo lo que Félix haría y, sin embargo, siguió viniendo hasta aquí con la esperanza de que las cosas fueran diferentes. Desearía, más que cualquier otra cosa, que Philos no estuviera en la habitación contigua. Hace que todo sea mucho más difícil.

Amara trata de imaginar a Félix como debe de haber sido de niño, un pequeño asustado que amaba a su madre, que sufrió como ella ha sufrido, y se obliga a creer que puede comunicarse con él de alguna manera; es la única jugada que le queda. Él se vuelve sorprendido cuando le coge la mano.

—No creo que quieras hacerlo. Tú no eres tu padre, Félix. No creo que esto sea lo que eres en realidad.

Cuando levanta la vista hacia ella, su expresión le recuerda a los tigres de la arena: el salvajismo que deben de ver los condenados antes de morir, la cara de una criatura incapaz de compasión. Le aprieta los dedos con tal fuerza que le duele.

—Pues dime que sí.

Cuando Félix la coge, Amara se transporta a los días posteriores a que la comprara, cuando por primera vez comprendió la crueldad que era capaz de infligir. Piensa en Philos y trata de no caer en el pánico, de no gritar cuando Félix la empuja contra el escritorio, sabiendo lo que está a punto de suceder. Solo hay una cosa que podría sacar de todo esto que quizá compense el dolor.

Coge el rostro de Félix entre sus manos y lo obliga a contemplarla.

—Pero quiero algo de ti primero.

—¿Qué? —Se sorprende lo suficiente como para detenerse—. ¿Quieres que te descuente algo de la deuda? ¿Es eso?

Amara lo mira directamente a los ojos, a sabiendas de que no puede perderse nada y de que no tendrá una segunda oportunidad.

—Quiero que me digas dónde la enterraste. —Una breve vacilación cruza su rostro. En cualquier otro hombre, parecería de vergüenza. Félix intenta alejar sus manos, evitar que lo contemple, pero solo se aferra a él—. No —le dice, todavía mirándolo a los ojos, queriendo encontrar una respuesta diferente—. Dido no. Ni siquiera tú lo habrías hecho. No puedes haberlo hecho. No en el basurero. —Amara pretende que Félix niegue la acusación, pero sigue sin hacerlo—. ¡Tienes que haberla enterrado! —repite, y su voz se torna histérica. Lo suelta y empuja su pecho con fuerza—. ¡Dime que no la dejaste allí!

—¿Se supone que debería haberte hecho el favor? ¿Justo después de que gritaras al mundo entero que lo que querías era verme muerto? —Félix la coge de los hombros—. ¿Esperabas que pagara para incinerar el cuerpo de una esclava solo porque te importaba a ti? ¿Por qué cojones lo haría?

Amara observa su rostro frío e impenitente, y todo el dolor y la rabia que ha reprimido durante tanto tiempo resurge, aniquilando toda semblanza de autocontrol. Le grita, empujándolo, maldiciendo su nombre y demandando que los dioses lo borren de la faz de la tierra. Él la mira fijamente, sin comprenderla, y Amara se percata de que está gritándole en griego, de que en este instante no es capaz de encontrar las palabras correctas en ningún otro idioma. Coge una silla, el objeto más cercano que tiene a mano, y, cuando se escabulle para evitarla, la estrella contra los estantes que hay detrás de él. Se rompen varios jarrones y sueltan cascadas de dinero que caen al suelo. Su violencia aumenta, alimentada por la furia de su corazón. Golpea más jarrones, que esta vez explotan sobre su cabeza. Amara vuelve a cargar con la silla y la estampa directamente contra la pared, de modo que las patas se hacen añicos.

La puerta se abre de repente y Philos aparece en la entrada, con una mirada de terror en el rostro.

—¡Vete! —le grita, y se vuelve hacia donde se encuentra—. ¡Vete!

Philos se queda donde está, Juvento detrás de él. Levanta ambas manos.

—Amara, soy yo —dice en griego—. Soy yo.

Amara empieza a ser consciente de su entorno y de que ya no está gritando, sino llorando, y su pecho se agita al tiempo que sostiene la silla destrozada frente a ella como un arma o como un escudo. Félix está a su lado con el cuchillo desenfundado.

—Baja esa puta silla —ordena. Amara no le responde. Félix se acerca un paso más, haciéndole un gesto con el cuchillo—. Si la sueltas, no te lo tendré en cuenta. Sé que estás alterada. —Félix jamás le ha hablado así antes, de manera conciliadora, casi como si le tuviera miedo. Amara no suelta la silla. Da otro paso más para aproximarse, con los ojos fijos en los de ella, le habla con calma—. Si bajas la silla, Amara, te prometo que te perdonaré por lo que acabas de hacer.

Es su oferta de perdón la que acaba por colmarle la paciencia. Le tira la silla. Él la esquiva. Cuando se endereza, ella le escupe en la cara.

—Preferiría verte muerto antes que eso. Hijo de puta.

Félix se limpia la cara, la mano le tiembla de la rabia.

—Si me dejas ahora, te juro por todos los dioses que acabaré contigo.

Amara no le responde. Le da la espalda y camina hacia la entrada, donde se encuentra Philos, completamente pasmado.

33

¿Cuán suave es la violencia?

Grafiti en Herculano

La furia acompaña a Amara en su camino desde el burdel. Hasta que no ve el portón de su propia casa entreabierto, no empieza a sentir los primeros indicios de temor. Félix, que se dedica al negocio de la venta de protección y para quien el asesinato es poca cosa, acaba de jurar que destruirá su hogar. Su aprensión empieza a aumentar cuando entra al atrio y escucha el sonido del canto de Victoria y el agudo tono de las flautas que la acompañan. No es solo su propia vida la que acaba de poner en peligro.

—Échale el cerrojo a la puerta —le ordena a Juvento, que se apresura a hacer lo que le ha pedido. Amara mira a Philos—. Se lo tendré que decir a Victoria.

En el jardín, el sol de la tarde cae sobre el fresco de Dido, y verla inmortalizada en su máxima belleza solo la hace sentir peor acerca de lo que Félix le hizo a su cuerpo. En su representación como Diana la cazadora, Dido es dos veces más alta que las mujeres que cantan a sus pies, y, por primera vez, Amara se siente culpable de ocuparse menos de su amiga viva que de la muerta. Debería prestarle más atención a Victoria.

Victoria ve que las está observando y sonríe, pero no deja de cantar. Amara espera a que termine.

—Egnacio estará encantado —comenta—. Mejoras día a día.

Victoria se muestra agradecida por el cumplido.

—Esperemos que todos los invitados estén de ánimo como para darnos propinas.

Amara se une a las tres mujeres sobre el banco y coge la mano de Victoria.

—Tengo algo que contarte —le dice—. Es sobre Félix.

Victoria parece aterrada.

—¿Qué ha pasado? ¿Qué te ha dicho?

Las flautistas intercambian miradas. Jamás han conocido a Félix, pero Amara ya las advirtió de la violencia potencial de su anterior proxeneta y se lo describió por si alguna vez las seguía.

—He descubierto lo que le pasó a Dido —continúa Amara con cuidado, tratando de preparar a Victoria para lo que viene—. Tiró su cuerpo fuera de las murallas de la ciudad. Nunca la incineró. Cuando Félix me lo ha dicho...

—No lo has amenazado... —la interrumpe Victoria—. Dime, por favor, que no lo has amenazado.

Amara piensa en el caos absoluto que acaba de sembrar en el estudio de Félix. Las vasijas rotas, la silla destruida. Los rescoldos de su ira vuelven a incendiarse.

—Lo he llamado hijo de puta y le he deseado la muerte.

Lais se lleva una mano a la boca para ahogar una risa nerviosa, pero Victoria está furiosa.

—¡¿Que has hecho qué?!

—Dejó que Dido se pudriera —responde Amara, que empieza a enfadarse con Victoria—. ¿Acaso no lo entiendes? Su sombra nunca conocerá la paz; nunca se unirá a sus antepasados. Ahora está atrapada entre este mundo y el otro. Se lo ha hecho ¡a Dido!

Victoria hace un gesto hacia la pared.

—¡Entonces quizá deberías haber dejado que su sombra se vengara y no dejar caer su furia sobre todas nosotras!

Amara sabe que Victoria tiene razón, pero eso solo la hace enfadarse más.

—¡Siempre estás justificando a ese cabrón, sin importar lo que haga!

—¡Lo más probable es que se vengue conmigo! —grita Victoria—. O con una de las chicas. Cuando Simo le llevó la contraria, fue a Drauca a quien asesinó. No podría atacarte a ti, no sin enfurecer a Rufo, de modo que ¿quién le queda? De ahora en adelante, quiero que Juvento nos acompañe siempre que tengamos una presentación. Necesitaremos toda la protección que podamos conseguir.

—Por supuesto que debéis llevar a Juvento —responde Amara, que se siente algo arrepentida—. Y siento mucho que esto os haya puesto en peligro, de verdad que sí, pero no he tenido otra opción.

—Siempre has hecho lo que te ha dado la puta gana, Amara, y hoy no ha sido la excepción. —Victoria sale furiosa del jardín, dejando a las flautistas detrás.

—Tu antiguo amo —pregunta Phoebe, nerviosa, en griego—. ¿Es un hombre muy muy malo?

Amara piensa en toda la violencia que sabe que Félix ha ejercido, contra ella y contra otros, su absoluta falta de compasión y su tenacidad para guardar rencores.

—Es el peor hombre que podrías imaginarte —le responde.

Victoria no le dirige la palabra a Amara el resto de la tarde, y Británica, cuando se entera de lo que ha sucedido, se ofrece de inmediato a asesinar a Félix: «Nosotros atacamos primero». Confrontada por las reacciones extremas de sus amigas, la intranquilidad de Amara crece. Para cuando Philos al fin llega a su habitación, ha dispuesto de algunas horas para que su furia se disipe y deje atrás el oscuro sedimento del temor.

—¿Qué he hecho? —susurra mientras él se sienta junto a ella—. ¿Qué he hecho?

La ansiedad de la mirada con la que le responde no es nada tranquilizadora.

—Todo irá bien —le contesta de todas maneras—. Ya pensaremos en algo.

—Abandonó el cuerpo de Dido en el basurero. La dejó allí como si nadie la hubiera amado, como si no fuera nada. No he podido soportarlo.

—Lo sé. —Philos la abraza y ella se reclina contra él—. No te lo reprocho. No es tu culpa.

—¡Claro que es mi culpa!

—No, no lo es. A veces, a uno lo llevan más allá de lo que puede soportar.

—Tú jamás perderías el control de ti mismo de esa forma. Sé que no lo harías.

Philos la separa de él con gentileza, desenredándole los brazos de alrededor de su cuello para sostenerle las manos.

—Sí que lo he hecho —le dice—. Claro que he perdido el control así.

Amara retira la mano derecha de entre sus dedos y le toca la túnica, donde sabe que está la marca de la quemadura sobre su piel. En todo el tiempo en que han estado juntos, jamás se ha atrevido a preguntarle cómo le sucedió.

—¿Por eso te marcaron?

Philos le quita los dedos de su pecho, como si la cicatriz siguiera doliéndole.

—¿Recuerdas que la primera vez que estuvimos juntos te conté que en una ocasión me avergoncé a mí mismo al llorar por una chica? —Amara asiente—. Sí, volví a verla. La amaba mucho. —Se detiene, y Amara está a punto de decirle que no es necesario que comparta esta historia, que no le tiene que explicar nada, pero prosigue—. Estuvimos casados.

—¡¿Casados?!

—Sé que los matrimonios entre esclavos no se reconocen —sigue Philos, como si esa fuera la razón de su sorpresa—, pero eso no significa que no sucedan nunca. —Una nueva pausa—. Se llamaba Restituta. —La realidad de la esposa de Philos se queda suspendida en el aire entre los dos por un momento, como una sombra pasajera—. Después de que Terencio perdiera interés en mí, fue casi peor que soportarlo. No sabía quién era. Odiaba aquello en lo que él me había convertido; sentí como si me hubiera destrozado por completo. Y Restituta fue tan amable; ni siquiera puedo explicar lo amable que fue.

—Como tú lo eres conmigo —responde Amara. Se da cuenta, en ese momento, de que quizá Philos no siempre fue igual de gentil, sino que lo había aprendido del amor que otra mujer le había mostrado.

—Cuando te casas con un esclavo en el mismo hogar, siempre sabes que existe la posibilidad de que os separen, pero solo esperas que eso no suceda. Ni siquiera sé la razón por la que la familia decidió venderla. Cuando me enteré, los dos estábamos desconsolados y le prometí que acudiría a Terencio; le prometí que podría convencerlo. —Se detiene, y Amara siente como si no pudiera respirar al entender lo desesperados que debían de estar Philos y Restituta—. Se lo rogué, lloré, me arrodillé frente a él y, al final, cuando se negó... —Philos deja de hablar—. Ni siquiera recuerdo qué fue lo que pasó; sé que rompí cosas, que grité y que enloquecí. Lo que fuera que hiciera significó que los azotes no serían castigo suficiente. Pero el hecho de que me marcaran no fue lo peor. No permitieron que me despidiera de ella, y jamás volví a verla de nuevo. —Amara le coge la mano con fuerza, incapaz de ofrecerle alguna palabra de consuelo. Lo que fuera que hubiera imaginado acerca de la marca no habría contenido tal cantidad de dolor—. Logramos intercambiar algunos mensajes después de que se fuera. A través de las redes de esclavos, que son muy lentas y que dependen de porteros y buenos recuerdos. Después, hace dos años, me enteré de que había muerto de parto. —Philos se detiene y retira la cara—. Espero que llevara el hijo de un hombre que la amara.

—Lo siento tanto, Philos —dice Amara envolviéndolo entre sus brazos. Se abrazan durante mucho tiempo, sin hablar.

—No soy tan amable como crees —responde al fin, con la voz todavía afectada—. Cuando Rufo me dijo que sería yo quien administraría la casa de su concubina, de la chica del burdel a la que había estado acompañando, quise seducirte solo para fastidiarlo. Pero después, cuando llegaste aquí, me enamoré de ti.

—Yo he hecho cosas peores que contemplar seducir a alguien por venganza —responde Amara, conmovida de que Philos pueda sentirse culpable por un acto que ni siquiera cometió—. Créeme.

Se recuesta en la cama y tira de él para que se acueste a su lado, de modo que puedan abrazarse con mayor facilidad. Juntan la frente y Amara puede sentir la palma de la mano de Philos sobre su nuca.

—Siento mucho no haberte hablado de Restituta antes. Pero, ahora que lo he hecho, ¿crees que puedes hablarme de Félix?

—Ya te lo he contado.

—No me refería a lo de hoy.

—No sé a qué te refieres. —Le duele pensar en Félix. Amara sabe que le dolerá aún más si Philos empieza a sondear aquellas partes de sí que le despiertan tanta vergüenza.

—En alguna ocasión me dijiste que no lo amabas, pero siempre he sentido que eso no es del todo cierto. —Philos la detiene cuando ella trata de alejarse de entre sus brazos—. Por favor, amor mío, no estoy celoso; solo quiero entender.

En su mente, Amara puede ver a Félix en el mercado de esclavos de Pozzuoli. La manera en que estaba parado, algo apartado de todos los que lo rodeaban, a pleno sol. El hombre más bello que jamás había visto. Y cuando se acercó, cuando les sonrió a ella y a Dido, sintió alivio, porque fue lo bastante tonta como para pensar que sería amable.

—No quiero pensar en él —le responde, y su voz se quiebra—. No me obligues a hacerlo.

—Está bien si lo quisiste. No es tu culpa. Eso lo sabes, ¿no?

—¿Fuiste tú lo bastante tonto como para querer a Terencio? ¿Aun después de todo lo que te hizo?

—No, a Terencio no; pero quise muchísimo a mi primer amo. Pasé años queriendo que me hiciese caso, queriendo impresionarlo, ser tan importante para él como él lo era para mí. Es lo más normal; no quiero que te sientas culpable por eso.

—¿Cómo puedo no sentirme culpable? Lo odio tanto... Le he deseado la muerte una y mil veces, pero, aun así, cuando pensé que de verdad iba a morir, cuando Balbus lo atacó con el cuchillo, recé porque Félix se apartara. —Amara se detiene para controlarse; no quiere llorar—. Y entonces el cuchillo alcanzó a Dido.

Casi espera que Philos la suelte, que sienta el asco que ella misma siente, pero no lo hace.

—Solo porque deseabas que Félix viviera no significa que quisieras que Dido muriera. No fue tu culpa.

—Quizá —concede Amara, y permitirse decir la palabra en voz alta es como dejar caer un enorme peso—. Quizá no lo fue; pero lo de hoy sí que ha sido culpa mía.

—¿Acaso me culpas por lo que sucedió con Restituta? —Amara sacude la cabeza—. Entonces ¿por qué te culpas por lo que has hecho? No eres de piedra. Ojalá te hubiera preguntado por Félix antes. Debí darme cuenta de que era demasiado para que cualquiera lo soportara.

—No creo que hubiera supuesto ninguna diferencia —responde Amara, tratando de aligerar su tono de voz—. De todas maneras, no te habría hecho caso.

Philos sonríe.

—Bueno, eso es cierto; pero espero que me escuches ahora. De verdad, necesitamos devolverle su dinero, hasta el último denario. ¿Crees que es posible pedírselo prestado a Drusila, ahora que tiene a un nuevo hombre?

—¡Tres mil sestercios sigue siendo una cantidad excesiva como para pedírsela!

—Creo que tendrás que hacerlo. Es mejor molestar a Drusila que tener que seguir yendo a ver a Félix. —Amara suspira, sabiendo que tiene razón. Philos la besa, sus labios apenas rozan la comisura de su boca—. Pero eso ya mañana. Debería dejarte para que descanses.

—No estoy cansada todavía —dice Amara, deteniéndolo, sin querer que se marche—. No a menos que tú lo estés.

En respuesta, Philos acomoda su cuerpo más cerca del suyo de modo que no queda ni un solo espacio entre los dos, y lo único que puede sentir Amara es la calidez que emana de él.

34

Salve el lucro.

Mosaico en una casa de Pompeya

Es una de las villas más ostentosas que ha visto en Pompeya. Amara pasa por el enorme pórtico con Philos junto a ella, y un enorme pulpo se extiende en un elaborado mosaico bajo sus pies. Entretejido entre los tentáculos de la criatura se lee el lema EL LUCRO ES ALEGRÍA. Es evidente que Ampliato no oculta en absoluto los dioses que se veneran en esta casa. El portero que les da la bienvenida a ambos viste una túnica color escarlata y sus sandalias están tan bien aceitadas que brillan.

—¿Mi amo les está esperando? —Su expresión les deja claro que le parece extraño.

—Estamos aquí para visitar a Drusila —responde Amara—. Su mayordomo, Josefo, me dijo que está recibiendo visitas aquí. Yo soy Amara, concubina de Plácido Rufo.

El nombre de su patrón le facilita la entrada, aunque el portero no parece complacido por una visita inesperada. Llama a una joven esclava que, al igual que él, viste de escarlata.

—Su muchacho tendrá que esperar aquí conmigo. La chica la llevará hasta donde se encuentra Drusila.

Amara deja a Philos con el portero malhumorado, irritada por el denigrante término de *muchacho* que utiliza para describir a su amante, que es al menos diez años mayor que ella, y atraviesa el gigantesco atrio siguiendo a la chica. Las paredes rojas crean la ilusión óptica de una gloriosa vista urbana que se imagina que debe de estar basada en Roma. Siente una ligera brisa húmeda que proviene de la fuente frente a la que pasa, con el delfín de mármol lanzando su chorro de agua hasta las alturas antes de caer en una ruidosa cascada.

El jardín está atestado de rosas enredadas en las gruesas bandas de la espaldera que rodea las paredes hacia el enorme estanque de peces, su intenso aroma se mezcla con el olor del mar. Drusila está sentada en un recinto sombreado y, para sorpresa de Amara, se dedica a algún tipo de costura. Otra joven esclava, a la que Amara no reconoce, está sentada junto a ella.

—¡Amara! —Drusila se levanta encantada—. Pero ¡qué gusto verte aquí!

—¡Qué belleza de jardín es este! —indica Amara mientras acompaña a su amiga a sentarse sobre el mármol lleno de cojines. Con reverencia, Drusila coloca la túnica que está cosiendo a un lado y la alisa para que no se arrugue—. ¿Es para Ampliato? —pregunta Amara, divertida ante la idea de una ocupación tan doméstica.

—Le gusta que lo consientan y a mí me complace consentirlo.

La mirada de afecto en el rostro de Drusila parece genuina, aunque siempre ha sido una actriz fabulosa, y Amara se percata de la sierva, que podría estar escuchándolas, sin duda propiedad del hombre en cuestión. Drusila ve hacia dónde se dirige la mirada de Amara.

—Ve a traernos un refrigerio —le ordena Drusila a la sierva—, y cuando vuelvas, por favor, espera ahí, junto a la fuente, hasta que te llame.

—¡Este sitio es extraordinario! —exclama Amara tan pronto como se marcha la muchacha.

—Te lo dije —responde Drusila, muy satisfecha consigo misma.

—¿Y qué me dices de la túnica? ¡Ni siquiera sabía que supieras coser!

—Por supuesto que sé coser —contesta Drusila, molesta—. Le gusta ponerse las cosas que le hago; dice que significa que siempre estoy cerca de su corazón.

—¡Te gusta! —Desde que conoce a Drusila, Amara nunca la ha escuchado repetir ninguno de los elogios de un patrón de manera cariñosa.

Drusila aprieta los labios.

—¿Y por qué no habría de gustarme? ¿A quién no le gustan los mimos? —Baja la voz—. Es mejor que un hombre como Quinto, que coge y coge y te hace sentir como una puta cada vez que te da algún regalo.

—Me alegra oír que Ampliato te trata bien.

—Es más que eso; es amable con Primo —susurra Drusila—. Ya lo ha llevado a todas sus bodegas del puerto y lo cuida como a un hijo. Ninguno de los otros mostró interés alguno por mi niño; solo les parecía molesto. Ampliato incluso le cuenta cuentos. ¡Primo lo adora!

Amara está tan acostumbrada a ver el rostro público de Drusila, la fachada dura y reluciente que le muestra al mundo, que jamás habría imaginado que pudiera verla así de vulnerable. Supone que tiene sentido, que la manera de ganarse el corazón de Drusila no es a través del sexo ni de los elogios, ni siquiera de las riquezas, sino siendo amable con su hijo.

—Parece un hombre maravilloso —le dice Amara.

—Como lo son tantos de ellos. —Drusila levanta la cabeza, sin querer parecer, como es evidente, demasiado sentimental—. ¿Y cómo está Rufo? Espero que esté planeando pasar parte de la Nemoralia contigo.

—La pasaré con Julia —responde Amara—. Rufo me dijo que tenía que pasar el festival con sus padres.

—¡¿Con sus padres?! —Drusila levanta las cejas.

—Eso mismo pensé yo.

Drusila se queda callada un momento; la sierva ha

vuelto con una bandeja de refrescos y está parada al otro lado del jardín, pero Drusila no le pide que se acerque.

—¿Has podido pensar en lo que discutimos?

—Sí, y ya he parado.

—¿Por completo?

—Por completo. Ya llevo varias semanas. —Las dos mujeres se miran, conscientes de las implicaciones. Es un momento de intimidad tan inusual que Amara detesta la idea de arruinarlo pidiéndole dinero, pero necesita obtener ese préstamo—. Drusila. —Coge la mano de su amiga—. Hay algo que necesito pedirte y que espero me puedas perdonar. Es la razón por la que he venido a visitarte.

—¿De qué se trata? —Drusila se muestra recelosa.

—Sigo en deuda con Félix por la compra de Victoria y no puedo quedar expuesta ante él si Rufo me abandona. Es demasiado pedir y lo sé, pero, por favor, te ruego, como amiga, que me prestes el dinero. Juro que te lo pagaré, a la tasa que prefieras, y que renunciaré a cualquier derecho en mi inversión en Phoebe y Lais.

—¿Cuánto necesitas?

—Tres mil sestercios.

Drusila inhala con fuerza.

—¿Y cómo podrías pagar tanto dinero si Rufo te abandonara?

Es una pregunta dura, pero no más de lo que Amara esperaría.

—No estoy del todo carente de amistades. El almirante todavía me guarda cierta lealtad como su liberta y Julia ya me ha abierto los ojos ante otras posibilidades.

Están tan cerca del mar que, en el silencio que sigue, Amara se percata de los sonidos del puerto, de los barcos que descargan sus bienes y del graznido de las gaviotas. Drusila la está haciendo esperar y Amara no puede evitar odiar a su amiga un poco.

—Te lo prestaré —dice Drusila, y Amara se aferra al banco con enorme alivio—. Y sin intereses, pero este es el último favor que me pides antes de pagarme. Además, debo advertirte que, si Rufo te deja, no podré permitir que te quedes en mi casa. —Ve la expresión herida en el rostro de Amara y suaviza su tono—. Lo siento, no quería decírtelo ahora que las cosas parecen tan inestables con tu patrón, pero Ampliato me ha pedido que me case con él. Tengo la intención de alquilar mi casa en la ciudad y venirme a vivir aquí.

—Eres demasiado generosa. De verdad, cuánto te lo agradezco. —Amara coloca sus manos sobre el pecho en el gesto formal de sinceridad—. Y muchas felicidades por tus nupcias, es una noticia maravillosa.

—Ninguno de los dos quería darle mucha importancia —afirma Drusila, algo avergonzada—. No soy una joven virgen en absoluto y, como liberto, Ampliato no podría esperar hacer un matrimonio distinguido con ninguna mujer que haya nacido libre. Su esposa murió hace dos años y se siente solo. En cuanto a mí, bueno, tú sabes lo precaria que puede ser la vida. Así que a los dos nos viene de maravilla. —Le hace un gesto a la sierva para que se acerque, lo que señala el final de su conversación—. Manda a Philos a ver a Josefo con un contrato esta misma tarde. Me aseguraré de que reciba el dinero.

Cuando Amara vuelve al atrio, el portero parece de mejor humor. Está parado, con el pecho hacia fuera, contándole alguna anécdota a Philos, que lo escucha de manera educada, sin duda después de haberse ganado la confianza del hombre. El orgullo que Amara siempre siente por Philos, por su capacidad para disimular sus sentimientos, está algo socavado por el conocimiento de que Drusila ha logrado atrapar a un hombre que es dueño de la mitad del puerto, mientras que el suyo ni siquiera posee su propia túnica. Aplasta la idea, llena de vergüenza, cuando Philos se vuelve hacia ella y le sonríe.

—Aquí está tu ama —afirma el portero, algo molesto por verse interrumpido.

—Así es —le responde Philos, haciéndole una reverencia—. Te agradezco tu hospitalidad.

El portero asiente, le gusta que Philos lo trate como si fuera una persona con la importancia suficiente como para que se la visite, no su amo o su futura ama.

—Me ha dicho que sí —susurra Amara tan pronto como salen a la calle.

—Joder, menos mal —resopla Philos con alivio.

Los dos se detienen un momento, la ocupada vida del puerto se desenvuelve frente a ellos.

—Todavía no quiero volver. ¿Crees que podríamos caminar por la orilla del mar? —pregunta Amara—. ¿O sería demasiado sospechoso?

—Si alguien nos viera, podría decirle a Rufo que querías que te tocara el aire —dice Philos—. Tampoco es que pudiera permitir que te pasearas por allí a solas.

Rodean la enorme villa de Ampliato, caminando hacia una de las columnatas que protegen el puerto. Pequeños barcos de pesca suben y bajan contra el malecón mientras pasan los hombres arrastrando sus redes sobre las piedras. Amara da un paso a un lado para evitar mojarse mientras los pescados saltan y se sacuden a sus pies. Más allá del ajetreo de los barcos del puerto, el azul de la bahía se extiende hacia el horizonte infinito. El espacio que hay entre ella y Philos mientras caminan parece casi igual de enorme. Se pregunta si estará pensando en Restituta, si la ausencia de su esposa es un pesar tan constante para él como lo es la ausencia de Dido para ella.

—¿Hasta dónde quieres ir? —le pregunta.

—Quizá deberíamos seguir y no pararnos nunca —bromea antes de ver, por su rostro, que lo ha herido en lugar de divertirlo. Llegan hasta la columnata, donde el espacio está menos abarrotado. Recuerda haber estado sentada ahí con Victoria y las demás, con las piernas colgando sobre el mar. De ninguna forma Philos y ella podrían hacer algo así de descarado—. Josefo tendrá el dinero disponible para esta tarde, cuando le lleves el contrato. ¿Rufo te ha dicho algo sobre que se marcha durante la Nemoralia? A Drusila le ha parecido extraño que fuera a ver a sus padres.

—No los va a ver. O, por lo menos, no solo a ellos.

—¿Crees que tiene otra amante? —Amara casi quiere reírse ante el terror que experimenta cuando siente tan poco por Rufo.

Philos se detiene para que puedan pararse juntos, mirando al agua.

—Es que ya apenas estoy con él. Siempre que estoy en casa, me dedico a sus negocios, no a sus asuntos personales. Pero no creo que se trate de una amante. Creo que su familia espera que se case. Eso es lo que escuchó Vitalio. —Amara estira una mano para tocar la columna, queriendo sentir algo sólido. El sol hace que note el mármol cálido bajo sus dedos—. Lo siento. No había un buen momento para contártelo, pero es otra de las razones por las que quería que consiguieras ese dinero de Drusila.

—No va a querer seguir alquilando una casa con una concubina, ¿verdad?

—No lo creo.

—Hablaré con Julia; sé que tiene algunos apartamentos en alquiler. Quizá estemos algo apretadas con Victoria y las demás mujeres, pero ya nos las arreglaremos. Rufo tendría que pagarme algo; como patrón quedaría mal si me tirara a la calle. Y, si involucro a Julia, le será todavía más difícil. Eso es todo lo que le voy a pedir: que le alquile algo a Julia y que deje que me quede contigo. No podría negarse a eso, ¿o sí?

Mira a Philos, pero él tiene la mirada clavada en el agua, la luz de las olas se refleja sobre su rostro.

—Espero que no —responde.

35

Te veo apresurándote emocionada
con una antorcha ardiente
al bosquecillo de Nemi, donde habrás
de portar tu luz en honor a la diosa Diana.

PROPERCIO, *Poemas*

El sonido de las risas inunda el jardín. Todas las mujeres de la casa, incluida Martha, se han reunido y se salpican unas a otras mientras se lavan el pelo. El agua está fría cuando Victoria vierte un jarrón sobre la cabeza de Amara, haciendo que se estremezca, pero el calor del sol es tan intenso que el agua se le seca sobre la piel casi con la misma rapidez con la que cae.

Amara coge otro jarrón de agua y se lo echa a Británica, que sacude la cabeza como un perro, esparciendo el agua por doquier y haciendo que Phoebe emita un chillido. Martha lanza una exclamación aguda y se hace a un lado en el instante en que Victoria trata de mojarla a ella también. Amara se da cuenta de que esta es la primera vez que ve sonreír a la sierva.

—¡Cuidado! —ríe Amara cuando Martha está a punto de pisar las hierbas cuidadosamente plantadas en un vano intento por evitar que la salpiquen. Victoria vacía lo que queda de agua sobre las plantas y Martha se deja caer sobre los calientes adoquines, estirando las piernas. La Nemoralia es el festival de la diosa Diana para las mujeres y los esclavos, que hoy no tienen nada que hacer excepto lavarse el pelo y cubrirse con guirnaldas de flores y prepararse para la procesión nocturna iluminada con antorchas hacia el río Sarno. Philos y Juvento han sido desterrados al atrio, donde se dedican a no hacer nada y a pasar el rato con juegos de mesa; aunque, de vez en cuando, el sonido de sus risas llega hasta el jardín. Amara permite que el ambiente festivo la seduzca también. Se dice que no se preocupará ni de Félix ni de Rufo hasta que termine el festival.

Victoria se sienta en el borde de la fuente, paseando la mano por el agua.

—Ya sé lo que le voy a pedir a Diana esta noche.

—¿Triunfos eternos para Crescencio?

Victoria aprieta los labios y no responde.

—No puedes pedirle regalos de amor a Artemisa —comenta Lais mientras se sacude el pelo para que se seque más rápido—. Tendrá muchos rostros, pero sigue siendo la diosa virgen.

—Entonces ¿no vas a pedirle que te ayude a atrapar el corazón de Juvento?

Lais pone los ojos en blanco.

—Una sola vez se me ocurrió decir que no era tan feo y ya no me has dejado olvidarlo.

—No creo que se necesite mucho para pescar a Juvento —dice Amara, pensando en todas sus miradas de lascivia—. No creo que se hiciera mucho de rogar. —Todas se ríen; Amara se siente un poco incómoda y espera que el portero no oiga sus burlas.

—Pero mejor él que Philos —dice Victoria con repelús—. ¿Os imagináis a Philos peleando con alguien?

Esta vez hay menos risas. Amara inclina la cabeza, dejando que su pelo le oculte la cara, y se peina los rizos con los dedos. Para ella, el cuerpo de Philos es tan querido como conocido, y a lo largo de su amorío se ha vuelto cada vez más confiado; ya no se siente cohibido ni necesita cubrirse la cicatriz. A Amara no le gusta oír que lo ningunean.

—Pues Philos es guapísimo de cara —comenta Phoebe.

—¿Guapísimo? —repite Victoria, divertida—. No te gustará, ¿no?

Las mejillas sonrojadas y culpables de Phoebe son respuesta suficiente.

—No he dicho eso —protesta, buscando a las demás para que la apoyen—. Solo porque notes que un hombre tiene un aspecto agradable no significa que quieras acostarte con él.

—Cara agradable —concuerda Británica, hurgando en el espacio que tiene entre los dientes. Esta declaración resulta tan sorprendente que hace que todas estallen en risas. Británica se encoge de hombros, despreocupada por las burlas, aunque se vuelve hacia Amara y le sostiene la mirada por un instante antes de desviar los ojos.

—Al parecer, tienes algo de competencia, Phoebe. —La voz de Victoria es sarcástica.

Amara recuerda las incesantes bromas de Victoria hacia Berenice en el burdel y sabe que esto podría prolongarse horas si nadie interviene. Coge una vasija medio llena de agua y se la arroja a Victoria.

—¡Y tú eres muy graciosa!

Victoria lanza un chillido y salpica a Amara con el agua de la fuente para vengarse, por lo que la reunión vuelve a degenerar en más gritos y saltos para evitar el agua. Cuando terminan cansándose, Amara se dirige a la cocina para buscar la comida del almuerzo y hace varios viajes. Como señora de la casa, se espera que les sirva a los demás. La cocina es diminuta; poco más que un hueco con un estante donde asar carne o calentar platillos. Una despensa con baldas se abre hacia esta, y más allá se encuentra la letrina. El aroma residual de humo de leña, del pescado asado y de excremento hace que Amara se sienta asqueada. No le sorprende que ni a Martha ni a Juvento les entusiasme cocinar aquí.

Después de servirles a las mujeres, Amara les lleva comida a los hombres que están en el atrio, el pelo le chorrea mientras camina. Juvento se queda mirándole el cuerpo, donde se le pega la tela mojada, pero apenas lo nota; está demasiado ocupada disfrutando de la manera en que Philos le sonríe.

—¡Vas ganando! —dice, mirando su lado del tablero mientras coloca los platos. Philos está tan cerca de ella, y hay tanto afecto en sus ojos, que le supone un verdadero esfuerzo no besarlo.

—¡El juego aún no ha terminado! —responde Juvento malhumorado.

En su dialecto, Philos le contesta algo que lo hace parecer menos infeliz. Cuando se aleja, Juvento suelta un comentario que suena de lo más expresivo, puntuado por una risa obscena. Amara ha trabajado como prostituta el tiempo suficiente como para reconocer los comentarios con contenido sexual, sea cual sea el idioma en que se hagan. No puede detectar nada en el tono de la respuesta de Philos, pero no le gusta del todo que sea lo que sea lo que haya dicho, haya hecho que el portero se ría aún más.

—Puedes tirarte a Juvento cuando quieras —le dice Amara a Lais en griego cuando se sienta junto a ella—. A lo mejor sería menos insufrible si tuviera una amante.

Lais levanta las cejas.

—Si me pagaras por ello, estaría más que dispuesta. —Amara piensa que está bromeando, pero, después, por la agudeza de la expresión de Lais, se da cuenta de que está ansiosa por ganar dinero. Le recuerda a cómo solía ser ella en La Guarida del Lobo.

—Si así lo deseas.

—Tú podrías cobrarle también —sugiere Lais—, y así podríamos dividirnos lo que te dé.

—No, tú te quedas con lo que yo le cobre. Serías tú la que se lo estaría ganando; de todas maneras, no hace falta contárselo a Juvento.

Por la mueca en el rostro de la flautista, Amara sospecha que Lais ya había supuesto que esa sería la respuesta de su ama. «No soy como Félix —se dice Amara—, o ni siquiera se atrevería a pedírmelo.» El temor que ha tratado de reprimir vuelve a surgir en su interior. Se vuelve hacia Británica, tranquilizadoramente enorme y fornida, parada junto a la fuente. Ningún hombre tiene permitido acompañarlas al ritual de esta noche, pero, por si Félix probara suerte durante su regreso a casa, Británica va armada.

La noche de agosto empieza a enfriarse y Victoria se dirige al atrio a por las guirnaldas. Se arreglan el pelo la una a la otra, las dos libertas sirviendo a las esclavas. Victoria ayuda a las flautistas mientras Amara coloca flores en los oscuros rizos de Martha y trata de convencer a Británica de que se ponga una guirnalda de amaranto rojo.

—La diosa estará más dispuesta a escuchar tus peticiones si te vistes para gustarle —dice Amara cuando Británica trata de esquivarla.

—No demasiado —masculla Británica, dejando al fin que Amara sujete las flores en su sitio. Con el cabello intensamente pelirrojo de la britana, la guirnalda casi parece un halo de llamas. Inclina su barbilla hacia Amara—. ¿Crees que la diosa cazadora me escucha?

Amara se coloca una mano sobre su corazón.

—Eso espero. —Las dos se vuelven hacia la pared donde se encuentra pintada Dido, una versión de Diana sagrada para ambas.

—Pido venganza. —Británica habla como si se estuviera dirigiendo a Dido.

—Pero ¿sabes escribir? —pregunta Victoria. Está ocupada garabateando algo en un listón con un trozo de carbón, uno de los cinco que dejarán en el santuario.

Martha, que es judía, no le rezará a la diosa, y ha declinado la oferta de un listón. Amara se ha sorprendido de que la sierva ni siquiera haya accedido a acompañarlas en la procesión.

—Yo puedo escribir el rezo de Británica —responde Amara. Coloca dos tiras de listón blanco sobre el banco de mármol y escribe *venganza* sobre el primero, para Británica, y *liberación* sobre el segundo, para ella. Británica escudriña las letras griegas sin entender nada.

Al acercarse el ocaso, acuerdan preparar las luces. Amara se dirige a la bodega, conteniendo la respiración para evitar el hedor, y coge las pequeñas antorchas de terracota que ella y Victoria compraron en el foro. Cuando sale, Philos la está esperando con una lámpara de aceite. Las mujeres prenden con ella sus antorchas, una después de la otra. Al verlas, Amara se pregunta cuánto tiempo estarán todas juntas bajo un mismo techo de esta manera, y no es solo el temor habitual de verse separada de Philos lo que hace que sienta una presión en el pecho. Se ha acostumbrado a este sitio, a la extraña familia de mujeres que ha reunido a su alrededor.

Amara prende su antorcha al final. No se atreve a mirar el rostro de Philos, pero le toca la mano de modo deliberado cuando estira la suya para mantener firme la antorcha, formando una conexión silenciosa entre ambos. Mira a su alrededor para asegurarse de que las antorchas de las demás estén prendidas y, después, conduce a las mujeres por el oscuro atrio. Juvento las acompaña hasta la calle.

Otras mujeres caminan por el pavimento al tiempo que sostienen antorchas o velas. Aquellas que están más lejos brillan como un reguero de estrellas en el ocaso. Hombres y niños las observan desde puertas y ventanas mientras pasan, y los vecinos se hablan entre sí. La calidez del bueno humor y los restos del calor del sol impregnan el aire. Lais y Phoebe están cogidas de la mano, y Amara recuerda cómo solía andar de esa misma manera con Dido. Espera que las flautistas no terminen separadas cuando ella y Drusila las vendan.

Se oscurece más a medida que se alejan de la ciudad, después de salir por la puerta del teatro en dirección al río. Se han colocado lámparas para guiarlas a lo largo de un estrecho camino junto a la vía principal. Pasan frente a villas y viñedos al tiempo que las luces de sus antorchas iluminan todo lo que alcanzan. Algunas de las mujeres de la procesión cantan fragmentos de melodías y Victoria se les une, con esa dulce voz que se oye con fuerza. Las palabras le son desconocidas a Amara.

Llegan al pequeño santuario dedicado a Diana que se encuentra en un recodo del río, con cipreses plantados a su alrededor. Está atestado de mujeres y llamas danzantes. A pesar de la muchedumbre, el aire es mucho más fresco aquí, junto a las oscuras y turbulentas aguas, y Amara agradece llevar su capa. No hay un ritual formal ni un sacerdote, de modo que Amara y las demás esperan su turno para atar los listones con rezos a los cipreses. Británica ata el suyo en una rama elevada, donde cuelga solo, por encima de los demás.

—¿Alguna de vosotras ha traído alguna ofrenda? —pregunta Amara. Las demás sacuden la cabeza. Se vuelve hacia Británica—. ¿Me acompañarías mientras dejo la mía?

La britana asiente; a decir por la salvaje expresión de su rostro, que tiene un aspecto todavía más siniestro por el resplandor de la llama que sostiene, Amara supone que Británica está ansiosa por ver alguna muestra de violencia que haya quedado en el recinto de la cazadora. Caminan la una junto a la otra hasta el montón de ofrendas.

Una pequeña estatua de mármol de Diana contempla a los suplicantes, y Amara la mira con detenimiento mientras esperan. La diosa de la luna siempre le hará pensar en Félix. Amara recuerda la vez en que él la comparó con Diana por su fiereza y su orgullo, y fue Diana la cazadora que en alguna ocasión le envió como señal de su odio perdurable. Pero, esta noche, no es un venado ni un perro de arcilla lo que Amara ha traído. Cuando al fin alcanza el santuario, le entrega su antorcha a Británica y se arrodilla para colocar una pequeña estatuilla de una madre y su criatura al borde del montón. Después se levanta y coge la antorcha sin mirar a Británica a los ojos.

36

Con frecuencia, Restituto ha engañado a muchas chicas.

Grafiti en Pompeya

El agua que borbotea sobre los escalones de piedra parece seguirle el ritmo a las risas de Julia. Amara jamás ha estado dentro del comedor del jardín de su anfitriona; está reservado para invitados e inquilinos. No puede imaginar un sitio más relajado para celebrar el segundo día de la Nemoralia. El recinto está pintado de un color azul profundo, con escenas del Nilo de Egipto y la diosa Isis contemplándolos a todos. Hay vino e higos dispuestos sobre una mesa de latón con las patas moldeadas con la forma de tres sátiros lujuriosos.

El festival, con su trastoque de jerarquías, significa que Británica también la acompaña como invitada. Para la sorpresa de Amara, tanto Julia como Livia le han dado una grata bienvenida a la taciturna britana, admirando su fuerza y alentándola a demostrar sus habilidades con el cuchillo.

—Es como si estuviera bailando —afirma Livia mientras observa los movimientos casi felinos de Británica en la sombreada pasarela junto al largo estanque—. De verdad que es de lo más hábil.

—Es leal —responde Amara, feliz de que, al fin, alguien que no sea Philos pueda comprender por qué quiere tanto a Británica—. La valoro enormemente.

—No puedo creer que la hayas convencido para que te enseñe a usar un arma —dice Julia—. Qué chica tan misteriosa eres. —Le da un sorbo a su vino—. Es una lástima que Rufo no haya podido pasar parte del festival contigo.

Amara ya conoce a Julia lo bastante bien como para saber que el suyo no es un comentario casual.

—Sus padres insistieron en que pasara un tiempo en casa —replica—. A mí no me lo ha mencionado, pero creo que está pensando en casarse.

—Me preguntaba si ya habías oído los rumores —contesta Julia—. No resulta nada sorprendente, dado que quiere que lo elijan el año que viene.

—Jamás le he tenido mucho afecto a Rufo —dice Livia sin quitarle ojo a cada uno de los movimientos de Británica—. Bastante consentido, si me lo preguntas.

—Todos los hombres son unos consentidos —declara Julia—. Aunque algunos mejoran con la edad. Como el queridísimo Plinio; o como mi amigo Demetrio.

—Rufo jamás me da noticias del almirante —dice Amara, ignorando el comentario de Julia acerca del liberto imperial—. Espero que esté bien.

—Los dos están bien. He tratado de convencer a Demetrio de que venga a visitarme la próxima vez que haga un recorrido de sus propiedades. Estoy segura de que, si tuviera a una nueva y bella inquilina, no tendría dificultad alguna para convencerlo.

—¿De verdad crees que podría quedarme aquí contigo?

—Por supuesto —responde Livia en nombre de su tía—. Aun si no le cayeras bien, está desesperada por alquilar ese apartamento. Nadie más lo ha querido.

—No seas mala. —Julia le da un manotazo afectuoso a Livia, que ahora está recostada sobre ella, y después se vuelve hacia Amara—. De todas maneras, es cierto, querida. El sitio es muy pequeño en comparación con el lugar en el que vives ahora, además de que es bastante oscuro, pero el jardín está a tu entera disposición.

Los ojos de Amara arden por las lágrimas de alivio que no está derramando.

—Muchas muchas gracias —profiere con la voz más firme de lo que ella se siente—. No puedo expresarte lo agradecida que estoy.

—Ni lo pienses —contesta Julia mientras agita una mano—. Y ahora, ¿crees que a tu chica le gustaría algo de comer? Quizá deberías pedirle que venga. Estoy ansiosa por preguntarle cómo es Britania; mi padre siempre sintió curiosidad por ese sitio.

Amara tenía la intención de quedarse hasta tarde en casa de Julia, pero se da cuenta de que está agotada y, con el constante rumor de las aguas, teme incluso quedarse dormida. Aún no ha caído el ocaso cuando se dirige de vuelta a casa con Británica. Las calles están menos transitadas de lo normal, la mayoría de los negocios permanecen cerrados por las fiestas.

Para su sorpresa, Amara oye voces en el comedor en cuanto entra en el atrio. Esperaba que la casa estuviera vacía: Rufo ha mandado a buscar a Philos por la tarde; las flautistas están entreteniendo a Drusila y a Ampliato en el puerto, y Victoria iba a reunirse con Crescencio. En lugar de ello, las risas de Victoria flotan sobre el aire del final de la tarde. No se espera que Amara llegue hasta dentro de unas horas.

—¿Es el amo? —le susurra Amara a Juvento, mortificada ante la idea de pillar a Rufo en compañía de su amiga.

Juvento la mira.

—Crescencio —afirma—. El gladiador.

—¡¿Ha traído a un gladiador a casa?!

—Traía capa —protesta Juvento—. Ni yo he podido verlo con claridad, y apenas estaba a unos pasos de distancia.

—Pero ¡eso es todavía peor! ¿Qué pasaría si los vecinos le dijesen a Rufo que hemos estado metiendo a hombres embozados aquí dentro?

Juvento, enfadado, se encoge de hombros.

—¿Y si nos ve a todos yendo al burdel? —responde—. Ni que esta fuera una casa llena de vírgenes vestales.

Amara sabe, por la expresión rebelde de su rostro, que cualquier rastro de autoridad que alguna vez pudo tener ha desaparecido. Si no fuera porque Británica está parada junto a ella, sospecha que Juvento sería incluso más descarado.

—Perfecto —espeta enfadada—. Yo me encargo.

Atraviesa el atrio con Británica a su lado. Cuando llega a la entrada del comedor, se detiene. Las voces han quedado ominosamente calladas. Por un momento, se pregunta si no sería mejor esperar a que hayan terminado, pero el enfado y la curiosidad son demasiado y empuja la puerta para abrirla. Victoria y su gladiador están desparramados sobre el sillón. Amara puede ver los músculos de la espalda desnuda del hombre y la tensión de sus hombros mientras se mueve. Emite un grito ahogado. Entonces Victoria la mira y se levanta de inmediato, colocándose el vestido sobre sus pechos desnudos.

—¡Amara!

El hombre no se apresura. Recoge su túnica y se la pone por encima de la cabeza antes de darse la vuelta para mirarla.

—Félix. —El impacto de verlo en su casa es tan inmenso que Amara es incapaz de decir nada más que su nombre.

—Solo dímelo —afirma Británica con su cuchillo desenfundado—, y yo lo mato.

Félix también tiene la mano sobre la empuñadura de su arma.

—Esa declaración se me antoja un poco sobrada. —Se vuelve hacia Amara y le hace una reverencia burlesca—. ¿Acostumbras a asesinar a tus invitados? Me imagino que un proxeneta muerto podría ser un escándalo no muy bienvenido para el niño rico al inicio de su carrera política.

—Vete.

—¿Ni siquiera me vas a enseñar la casa? —Félix da unos pasos casuales en su dirección, aunque Amara advierte que mantiene los ojos fijos en el arma de Británica—. Qué considerado tu amante al elegir ninfas musicales para decorar tus habitaciones. Un feliz recordatorio de cuando solías prostituirte para mí.

—¡Te he dicho que te vayas!

—Pues dile a esa perra que baje el cuchillo —responde, ya sin molestarse en afectar un tono casual—. A menos que quieras que le corte la puta garganta en el comedor de tu novio.

Amara se vuelve hacia Británica.

—Asegúrate de que se vaya, pero no lo toques. Después, vuelve.

Británica baja su mano armada con reticencia.

—Intenta algo —sisea en dirección a Félix—, y eres hombre muerto.

Amara no mira a Félix mientras pasa, pero él se detiene y la obliga a reconocer su presencia.

—Siempre cumplo mis promesas —le dice. Se miran a los ojos y, después, se da la vuelta, caminando junto a Británica hacia la puerta.

—¿Cómo has podido hacer esto? —Amara apenas puede mirar a Victoria, quieta, temblando junto al diván—. ¿Cómo has podido traerlo a mi casa?

—Lo siento.

—¡¿Lo sientes?! ¡¿Eso es todo lo que puedes decirme?! ¿De verdad has tenido un amorío con Crescencio, o siempre ha sido con Félix? —Victoria permanece en silencio y Amara adivina la respuesta—. ¡No me lo puedo creer! ¡Puta desgraciada y mentirosa!

—Por favor —responde Victoria, llevándose las manos al pecho—. Jamás quise causarte daño; no quería mentirte. Pensaba que podría convencerlo de que redujera la deuda. Es la razón por la que accedí a quedar durante los juegos. Pero cuando nos vimos, me dijo lo mucho que me echaba de menos y cómo lo estaba matando no estar conmigo, y lo dijo en serio, Amara, ¡te juro que lo dijo en serio! —Victoria empieza a llorar—. Lo amo. Siempre has sabido que lo amaba. Era demasiado no volverlo a ver. No pude soportarlo.

Británica vuelve a la habitación y cierra en silencio la puerta tras de sí. Amara apenas lo advierte.

—¡Félix no te ama! ¡Solo te está utilizando para vengarse de mí, y tú eres lo bastante estúpida como para caer en su trampa! ¡No me puedo creer que lo hayas dejado entrar en mi casa! ¿Cuántas veces ha estado aquí? ¿Ha sido hoy la primera vez? —Victoria sacude la cabeza, ahogada por sus sollozos como para responder—. ¡¿En qué habitaciones ha estado?! —Victoria sigue sin contestar y Amara la coge del hombro—. ¡Respóndeme!

Victoria se aleja de ella, atemorizada.

—Quería ver todas las habitaciones. Esta es la segunda vez que viene.

—De modo que conoce la disposición de toda la casa. —Amara suelta a Victoria y se lleva las manos a los ojos, intentando comprender la magnitud de su traición—. ¡Dime que no lo has dejado revisar mis cuentas!

—¡No! ¡Por supuesto que no!

—¡¿Y por qué dices «por supuesto»?! ¡Has dejado que entre en mi dormitorio! Estabas tirándotelo aquí hace apenas algunos minutos. —La imagen vuelve a aparecer ante los ojos de Amara y, con ella, una rabia tan intensa que no deja sitio para cualquier otra emoción.

—Eres una escoria, Victoria —le suelta con la voz tan

fría como la de Félix en su momento más cruel—. No me sorprende que tus padres te abandonaran en el basurero para que murieras. Es donde siempre has debido estar.

Las dos mujeres se miran atentas, con la crueldad de lo que Amara acaba de decir colgando entre ambas, tan oscura como el humo de las lámparas que parpadean.

—Te he defendido frente a Félix tantísimas veces —le dice Victoria—. Siempre que me decía lo poco que te importaba, cómo me estabas usando para ganar dinero. Te defendí frente a Félix, incluso después de que me pidieras que me acostara con Rufo, porque me sentía agradecida contigo, ¡porque te quería! Y todo ese tiempo, no has sido más que la hijita consentida del médico, justo como Félix siempre me lo había dicho, despreciándome. —El enfado de Victoria crece mientras habla, demasiado distraída como para notar el objeto que Británica coloca en la mesa detrás de ella—. La única persona que alguna vez consideraste a tu altura fue Dido, ¿no es así? Vosotras dos en el burdel, desdeñándonos a todos, creyéndoos mejores que todos los demás. ¡Y lo sé! ¡Siempre he sabido que me habrías cambiado por Dido en un santiamén!

La sangre se agolpa en la cabeza de Amara. Ya no puede ver a Victoria con claridad, ha vuelto al foro, durante la noche de las Saturnales. Dido está herida a sus pies y no hay nada que Amara pueda hacer excepto verla morir.

—¡Debiste haber sido tú aquella noche! —grita desenfrenada—. Si amas tanto a Félix, ¿por qué no recibiste la puñalada destinada a él? ¿Por qué lo hizo Dido? ¡Valía mil veces lo que vales tú!

—Tal vez sí —exclama Victoria, elevando los brazos al aire en un gesto de desafío—. Pero mira quién acabó en el basurero. No fui yo, ¿verdad?

Las palabras se rompen dentro del corazón de Amara como si fueran de vidrio y destrozan lo poco que le queda de autocontrol. Coge el cuchillo de Británica de encima de la mesa y, con un movimiento tan veloz que Victoria no tiene tiempo de reaccionar, la agarra del pelo y le acerca la punta del puñal a la garganta.

—¡¿Lo sabías?! ¡¿Te dijo lo que le había hecho al cuerpo de Dido?! —Victoria la mira con ojos enormes y pasmados—. ¡¿Te lo dijo?!

—No —alcanza a jadear.

—Amara. —Británica coloca una mano sobre su brazo con sumo cuidado para no precipitar algún movimiento brusco—. Calma. —Victoria gira los ojos hacia la mujer a la que ha odiado durante tanto tiempo y que parece, de manera increíble, venir en su ayuda.

—Estoy calmada —responde Amara, aunque el temblor de su brazo la traiciona.

—Debes matarla ahora —dice Británica.

—¡No! —aúlla Victoria—. ¡Por favor!

Británica coge el hombro de Amara y la mantiene firme.

—Piensa en lo que puede saber. Lo que puede decir a Félix. Acerca de tu vida, de tus secretos. —Británica la aprieta con todavía más fuerza—. Escucha. Yo digo a Rufo que ella trata de matarte primero, que yo te defiendo. Las dos decimos que yo la maté.

—Amara, no puedes hacerle caso —le ruega Victoria, mirándola con desesperación—. Jamás le diría a Félix nada que pudiera hacerte daño. Lo juro. Por favor, te lo suplico; por favor, no lo hagas. ¡Por favor!

La mirada de Amara va del rostro de Victoria a su garganta y se estremece, como si la sorprendiera ver su propia mano empuñando el cuchillo. Suelta el arma, que cae al suelo con un estrépito metálico.

Victoria se desploma sobre el sillón, sosteniendo sus dedos contra su garganta, jadeando como una mujer que ha estado bajo el agua.

Británica suelta un siseo con los dientes apretados. Coge el cuchillo y se lo guarda en el cinturón.

—Esto es un error —afirma.

Amara ignora a Británica, todavía mirando a la figura agazapada sobre el sillón, a la amiga que ha estado a punto de asesinar.

—Debo miles de sestercios gracias a ti —le dice a Victoria—. Arriesgué mi vida para salvarte; te lo di todo y tú me lo pagas trayendo a Félix a mi propia casa.

—¡Joder, y tú has estado a punto de asesinarme! —Victoria levanta la vista hasta ella con un resquicio de su anterior desafío—. Creo que estamos en paz.

—¡No quiero volver a verte nunca! ¿Me entiendes? Lárgate de esta casa de inmediato.

Victoria se levanta del sillón con algo de dificultad.

—Nunca quise elegir entre los dos. —Estira una mano hacia Amara—. No quería poner a Félix antes que a ti.

—Pero lo has hecho. —Amara se aleja un paso de ella. Las dos mujeres se miran y ya no queda un solo rastro de confianza en las cenizas de lo que fue su amistad; solo arrepentimiento.

Victoria da un paso hacia atrás, retirándose con lentitud, con los ojos bailando entre Amara y Británica, como si, incluso ahora, temiera que alguna de las dos intentara asesinarla. Después, les da la espalda para abrir la puerta y corre a través del atrio, se choca con Juvento y se lanza hacia la calle, donde, sin duda, Félix la estará esperando. Amara se sienta pesadamente sobre el diván.

—Esto es error —vuelve a decir Británica—. Te traicionará.

—¿Y qué más podría hacer ahora? —responde Amara con cansancio—. Ya le ha enseñado toda la casa a Félix. No queda nada que pueda ver.

Británica se mueve y se acerca tanto a ella que siente su aliento cálido contra la mejilla.

—Philos. —La palabra no es más que la sombra de un susurro, pero al instante Amara está electrizada por el significado de lo que implica. Se vuelve a mirar a Británica y, al ver su expresión, no pierde tiempo fingiendo que no la entiende.

—Victoria no lo sabe —murmura—. No puede saberlo.

—Y, aun así, yo lo sé.

—¿Cómo? ¿Cuándo lo supiste?

—Sois parecidos —dice Británica con sencillez—. Eres como él. Victoria también lo vería.

Amara se vuelve hacia la puerta que Victoria ha dejado entrecerrada, aquella a través de la cual acaba de dejarla escapar.

—Aunque lo sepa, ¡no podría matarla! —exclama, hundiendo la cabeza entre sus manos—. ¿Qué clase de monstruo crees que soy?

—Te arrepientes de esto un día. Créeme.

Amara observa a Británica, que sigue mirando hacia la puerta con una ferocidad asesina.

—Siempre la has odiado —masculla.

—Eso no es nada —responde Británica mientras levanta las cejas, un atisbo de diversión le cruza el rostro—. Odio a mayoría de las personas.

37

> Compré la libertad de mi esposa para que nadie pudiera limpiarse las manos sucias en su pelo.
>
> Petronio, *El satiricón*

Cuando Amara se despierta a la mañana siguiente, no pasa más que un breve momento antes de que el recuerdo de la traición de Victoria la azote de nuevo. Se queda rígida en la cama, sin querer moverse. En la parte alta del techo, la primera luz de la mañana se filtra por la ventana que da al tablino. Cierra los ojos, pero, al hacerlo, todavía puede ver el movimiento de la espalda de Félix, Victoria debajo de él. La manera en que se volvió hacia ella y, peor aún, el recuerdo de su propia furia, del cuchillo que sostuvo contra la garganta de Victoria. El sonido del metal mientras golpeaba las losetas.

Le sobrevienen unas náuseas y se incorpora; intenta controlar las arcadas. Se abraza a sus rodillas, temblando, hasta que se le pasa la necesidad de vomitar; su frente está empapada de sudor. Después, se obliga a levantarse. Abre el cofre que está al pie de su cama para sacar su ropa. La canasta tejida de lana hervida de cordero, su anticonceptivo, está en una de las esquinas, de modo que la guarda debajo de otras cosas para no tener que verla.

La tapa le pesa cuando la coloca en su lugar. Se inclina hacia delante, apoyando su peso sobre la superficie de madera, y el diseño tallado de hojas de vid y uvas se le graba en las palmas. No acaba de procesar la traición de Victoria del todo. Félix ha estado en sus habitaciones privadas, hurgando entre sus pertenencias, riéndose de ella. Quizá se ha acostado aquí, en esta misma cama, con Victoria. Igual que Amara se acuesta con Philos.

Anoche, cuando le contó la noticia, Philos se mostró sorprendentemente calmado. Será él quien le cuente a Rufo lo de Victoria hoy y destruya su reputación de la manera más eficaz posible. Fue Philos quien tuvo la idea de que afirmaran no solo que Victoria se había arriesgado a deshonrarlo al invitar a un proxeneta a la casa, sino que también había calumniado a Rufo. Al explotar su sentido de la culpa, esperan que esté menos dispuesto a descargar su ira con Amara por tener a Victoria en la casa desde un principio.

Amara abre la puerta de su dormitorio. Martha ya la está esperando junto al tocador. El rostro de la sierva es tan neutro como la cera, sin rastro alguno de los sucesos de anoche; aunque, sin duda, debe de haber oído los gritos y, en este momento, ya debe de estar al tanto de que Victoria se ha marchado.

Amara camina, se sienta frente a Martha y la recibe con el mismo saludo reservado que su sierva le brinda cada mañana. A Amara también le resulta imposible dilucidar nada a partir de la manera en que Martha la peina. La sierva siempre ha sido callada, sus manos poco gentiles. El único sonido es el suspiro del peine que roza su cuero cabelludo. Amara sabe tan poco sobre Martha ahora como desde el primer día en que vino a esta casa. Piensa en la forma inesperada en que le sonrió durante la Nemoralia, en lo solitaria que debe de ser su vida y en las pérdidas de su pasado, y se da cuenta de que debería haber hecho un mayor esfuerzo por ganarse la confianza de su sierva. Quizá entonces Martha podría haberle contado a Amara cualquier sospecha que tuviera acerca de Victoria o acerca del hombre que ha traído a la casa.

Amara no dice nada hasta que Martha termina con los rituales del cuidado de su cara y su pelo.

—¿Podrías pedirle a Británica que venga, por favor?

Martha inclina la cabeza y se marcha. La vista de la silueta de la britana, enmarcada en la entrada de su cuarto, unos minutos después, le da a Amara la primera sensación de esperanza que ha tenido en toda la mañana. A Británica no le gustan para nada los abrazos, pero se sienta junto a Amara en el sillón y le da unas palmadas en el hombro.

—Fabia también te traiciona.

—¿Qué?

—Todos estos meses que voy a la taberna, jamás me deja recado para advertirte de Victoria.

—Quizá no se haya dado cuenta.

—Debe saber —responde Británica brindándole una mirada de compasión.

El enfado hace que Amara se sienta más normal.

—Si quiere seguir comiendo, más le vale empezar a hablar.

—Ven. —Británica se levanta y le brinda su mano—. Vamos a la taberna. —Coge la mano de Amara para ponerla de pie y después mira hacia abajo, con una mezcla confusa entre salvajismo y ternura.

Las dos mujeres llevan a cabo la farsa de pedirle permiso a Philos para ir a visitar el templo por la Nemoralia, como si todavía estuviera espiando a Amara para Rufo, como si los tres no estuvieran compinchados para engañarlo. Es imposible saber si están engañando a Juvento, pero este las deja salir sin hacer comentario alguno.

Las calles están más calladas que de costumbre, los amos más generosos de Pompeya conceden a sus mujeres y esclavos un descanso del trabajo durante el último día del festival. La tienda de Vírgula está cerrada, igual que el local del tendero de la esquina. Un perro trota frente a ellas por la calle con el cuello cubierto de flores de aspecto marchito en tributo a Diana. Británica se lo queda mirando mientras masculla algo en su idioma. Se detienen y lo ven saltar sobre una de las piedras de paso del pavimento, que rasca con las patas traseras.

—Victoria va con Félix —afirma Británica mientras observan el progreso del perro al cruzar la calle.

—Supongo que crees que soy una idiota por haber confiado en ella.

—No. —Británica empieza a caminar de nuevo—. Ni yo veo esto aunque sé que es mala.

Ninguna piedra de paso permite zanjar la barrera del idioma que separa a Amara y Británica. Todas las tonalidades de significado que podrían encontrarse dentro de la palabra *mala* se reducen, como todo lo demás que dice Británica, a frases toscas y poco sofisticadas, aunque hace mucho que Amara sospecha que la mujer es todo menos eso.

—¿Por qué siempre has tenido tan mala opinión de Victoria? ¿Es porque dijo que eras una salvaje?

—Observo sus ojos. Incluso antes de que entiendo todas las palabras, lo que dice es diferente de lo que piensa. Cuando tú, Amara, sales del burdel, es diferente; cuando vuelves, es diferente de nuevo.

—Cuando yo salí, ¿ella era diferente? —repite Amara, esforzándose por comprender.

—Tú eres la más fuerte. Ella lo sabe, y a ella no le gusta. —Británica mira a Amara, el resentimiento es evidente en su cara—. Yo trato de advertirte muchas veces. Siempre te estoy advirtiendo.

—Pensaba que solo te caía mal.

Británica sacude la cabeza.

—¿Quieres preguntarme de Philos? ¿Lo que veo?

—¿Lo has observado?

—Siempre observo, después de que entiendo lo que es para ti.

—¿Y qué has averiguado? —A pesar de sí misma, Amara casi teme escuchar su respuesta.

—Nunca te protege. Félix lo mata con facilidad, más

que rápido. Pero veo sus ojos. Es bueno. —Se lleva una mano al corazón—. Confío en él. Mejor hombre para ti que los otros. —Las palabras de Británica afectan a Amara de una manera que jamás pensó que sería posible. No tener que enfrentarse al juicio de alguien más cuando ha estado cargando con el temor del castigo y de la deshonra tanto tiempo la hacen querer llorar—. No —le advierte Británica al ver su emotividad—. No lo hagas.

Llegan a la taberna de Aselina. El hedor a comida, humo y alcohol flota hasta la calle, junto con el barullo de voces. Al parecer, la mal encarada casera no ha querido darles el día libre a sus propios esclavos. Amara se coloca una mano en la boca para evitar vomitar a causa del tufo. Británica la mira, preocupada.

—¿Yo voy por ti?

—No. —Amara niega con la cabeza—. Debería hablar con Nicandro yo.

Entran por la puerta de la tienda, en lugar de hacerlo por la taberna. Nicandro está sirviendo y parece todavía más delgado y mugriento que la última vez que lo vio Amara. Hace un calor sofocante en el interior. Una olla de agua hirviendo sobre el fuego en el extremo del mostrador levanta nubes de vapor y hace que Nicandro sude profusamente, con el pelo pegado a la frente. Amara y Británica se unen a la fila. Nicandro divisa a Amara mucho antes de tener que servirles y ella lo agradece cuando lo ve volverse y gritarle a alguien más que lo ayude.

Incluso con otro esclavo más sirviendo en el mostrador, no tienen más que un brevísimo momento para conversar.

—¿Cuándo viene Fabia? —pregunta Amara—. ¿Tiene un horario fijo?

—Todos los viernes —le responde—. Temprano, de normal.

Amara asiente.

—No le digas que nos espere. —Por un instante, se

pregunta si debería compartir lo que sabe acerca de Dido, pero decide no hacerlo, mejor que Nicandro piense que su amor está en paz—. Gracias. Y cuídate.

Nicandro asiente, distraído, ya bajo la presión de los reclamos de los demás clientes, que están molestos porque se ha atrevido a perder unos instantes para hablar en lugar de servir. Al parecer, algunos de ellos consideran que el único descanso que debería tomarse un esclavo es la muerte. Amara y Británica lo dejan y vuelven a salir a la calle. Respirar el aire fresco del exterior es un verdadero alivio.

—Nicandro no estaría atrapado aquí si no fuera por Félix —dice Amara—. No puedo creer que Zoskales se lo haya vendido a esa puta.

—No existen buenos amos. —Británica mira a Amara, las dos son conscientes de su propia relación—. Un día, tú me liberas. Es diferente.

Siguen caminando por la vía principal hacia el foro. Cada esquina de esta parte de la ciudad, Amara la ha recorrido alguna vez con Dido; pero hoy, además del sentimiento de pérdida, experimenta una extraña sensación de solidaridad con Británica. Cuando llegan a la esquina del burdel, ninguna de las dos pronuncia ni una palabra, pero ambas aprietan el paso para pasarlo lo más rápido que puedan.

En el foro, las costillas de piedra del edificio atrapan el calor que se refleja del mármol blanco. Fuera del Templo de Júpiter, las voces se elevan como humo de incienso en un murmullo casi musical. No hay charlatanes que las interrumpan con sus agudos chillidos; solo hay algún que otro puesto que vende las últimas ofrendas florales a Diana. Amara elige dos espigas de gladiolos que parecen algo menos maltrechas que el resto.

—No podemos entrar al recinto del templo —le dice a Británica—. De modo que tendremos que dejarlas frente a las puertas.

Se unen a una corta fila de mujeres y esclavos que esperan junto a la entrada del Templo de Apolo, donde también se venera a su hermana, Diana. La mujer de enfrente de Amara está embarazada y se frota el abultado vientre con el tallo de flores que acaba de comprar para la diosa.

—¿La cazadora también es para el parto?

—Sí —responde Amara. Por un momento, cree que Británica le va a decir algo más, pero no lo hace.

En la puerta, un adusto asistente espera con una canasta en la que los devotos colocan sus ofrendas en silencio. No parece especialmente contento por ver a Británica, que mira por encima de su cabeza para echar un vistazo al interior del templo. La aleja con un gesto, pero Británica no se apresura a obedecerlo, por lo que Amara necesita tirarle del brazo para lograr que se mueva.

—¿Siempre la cazadora es la diosa que eliges? —pregunta Británica mientras se dirigen de vuelta al foro.

—No, mis padres veneraban a la diosa Palas Atenea por encima de todas las demás.

—Pero ahora das ofrendas a la cazadora en dos ocasiones. —Amara no le responde y Británica asiente, como si esa fuese respuesta suficiente—. ¿Philos sabe?

Británica camina entre la multitud, confiada en que Amara le seguirá el paso. Nada acerca de la manera como se está comportando la britana sugiere que le está preguntando algo que podría ser demasiado personal. «¿Sabe qué?», está a punto de preguntarle Amara. Es la respuesta que le habría dado a Victoria, pero le es imposible fingir con Británica. Solo le dirá lo que tiene en mente con mayor claridad, sin vergüenza alguna, hasta que obtenga su respuesta.

—No —le contesta Amara—. Todavía no.

Cuando regresan, Phoebe y Lais han vuelto del puerto y están agazapadas en el atrio junto a Juvento y Philos, todos susurrando juntos. Con la partida de Victoria, todos los que se encuentran en la casa, a excepción de Amara, son esclavos.

—No sabíamos nada, ama —dice Phoebe en griego tan pronto como ve a Amara—. Te lo prometo.

—Yo sé dónde ocultó todas las propinas —añade Lais—. Puedo mostrártelo cuando despejes su habitación.

El cuarto de Victoria. A Amara no se le había ocurrido revisar las pertenencias de su amiga.

—Muéstramelo ahora mismo —le dice a Lais, que está más que feliz de desmantelar la habitación de Victoria junto con lo poco que queda de su reputación.

En el momento en que entra, Amara vuelve al primer día que Victoria vino a la casa, con toda su alegría y su emoción. El dolor la embarga. Lais está hurgando entre la ropa de Victoria, apilada con cuidado sobre un banco que hay en una esquina.

—¡Aquí está! —exclama al tiempo que levanta una bolsa. Amara la coge de la mano extendida de Lais—. Creo que las usaba para darle regalos a Crescencio —afirma Lais—. O al hombre que pensábamos que era Crescencio.

Amara vierte el contenido de la bolsa en la palma de su mano. Son solo unos cuantos denarios. Imagina a Félix cogiendo las propinas robadas de Victoria, elogiándola, recompensándola con una muestra de ternura. Quizá así es como la trata en este momento o quizá está enfadado porque no le ha llevado más; un enfado que Victoria buscará calmar con todavía más información acerca de Amara.

—Podéis compartir todo esto entre vosotras —les dice Amara a Lais y a Phoebe, que está parada en el quicio de la puerta—. Toda su ropa, el dinero: todo es vuestro.

Sale al balcón. Abajo, Philos y Juvento siguen parados cerca de la puerta.

—Philos —le ordena mientras se asoma por la barandilla—. Quiero saber lo que te ha dicho el amo.

Él levanta la vista para verla, pero ella retrocede un paso y se dirige a su estudio sin esperar a verlo subir. En el instante en que Philos cierra la puerta, deja a un lado su frialdad y lo abraza.

—Hay demasiadas personas en casa —murmura él, quitándose sus brazos de alrededor del cuello, alejándose de ella—. Ya se lo he dicho a Rufo. Se ha enfadado, pero no más de lo que esperaba.

—¿Qué te ha dicho?

—Estaba más preocupado por el daño que Victoria podría hacerle a su propia reputación que por el hecho de que hubiera permitido que su amante visitara la casa.

—¿Todavía le importa tanto lo que yo piense? —pregunta Amara, sorprendida—. Tal vez no esté planeando deshacerse de mí, al fin y al cabo.

Philos se apoya contra el quicio de la puerta, frotando su talón contra el zócalo sin mirarla a la cara.

—No creo que eso le importe, aunque sí me ha preguntado si te habías creído a Victoria. Sospecho que su ansiedad tiene que ver más con lo que podría escuchar la familia de alguna novia futura.

—Ah —responde Amara—, por supuesto.

—Pero sí le he insistido en que tú no tenías nada que ver y me ha creído, que es lo más importante. —Philos la contempla con esa expresión ansiosa que ha llegado a reconocer siempre que habla sobre su relación con Rufo—. Y es posible que, si siente algo de culpa, te trate con más amabilidad, o eso espero. —Amara se estira para cogerlo de la mano, él la abraza brevemente y le da un beso en la coronilla—. Necesitamos esperar hasta esta noche, amor mío —susurra, apretándole el hombro antes de alejarse. Amara lo ve partir, oye el chasquido de la puerta y, después, apoya la cabeza contra la pared y cierra los ojos.

Al intentar despertarse, Amara siente que está enterrada bajo capas y capas de barro. Puede sentir el peso de la mano de alguien que le empuja el hombro, y la abruma una oleada de pánico, su cuerpo recuerda el burdel. Agita los brazos y no se topa más que con aire.

—Soy yo. No quería asustarte.

Philos la mira con el rostro iluminado por el brillo de su lámpara de aceite, está acostada en la calidez de su propia cama, la habitación en completa oscuridad. De todos modos, el pánico no la abandona del todo.

—¿Qué pasa?

—No pasa nada. —Philos le retira el pelo de la cara—. Iba a dejarte descansar, pero llevas dormida toda la tarde. —Amara intenta incorporarse y él la ayuda—. Estás muy pálida. ¿Estás enferma?

«Enferma y aterrada», piensa Amara.

—No. —Se acerca más a él, de manera que se quedan sentados juntos y sus rodillas se tocan—. Pero necesito decirte algo. —No se atreve a pronunciar las palabras, así que, en lugar de ello, le coge una mano y la sostiene contra su vientre, mirándolo. Él le devuelve la mirada, momentáneamente confundido. Después, su rostro parece iluminarse cuando lo comprende y oye el grito ahogado que emite.

—¿Estás segura? —le pregunta con los ojos tan abiertos que deslumbran a la luz de la lámpara. Ella asiente—. ¿Crees...? —Philos vacila—. ¿Crees que es mío?

—Sé que lo es.

—¿Cómo puedes estar tan segura?

—En primer lugar, me acuesto contigo constantemente y con él solo a veces, pero, sobre todo... —Deja de hablar, preocupada por su reacción—. ¿Recuerdas lo que sucedió en el estudio hace dos meses, cuando me asusté por no haber usado un anticonceptivo?

—Por supuesto. Ni siquiera sabía que utilizabas uno.

—Pues luego me empecé a preguntar si de verdad sería un error tan grave. Pensé que podría dejar de usarlo contigo, pero seguir usándolo con él porque, si me quedara embarazada, Rufo estaría más dispuesto a dejar que te quedaras dado que necesitaría la ayuda de un mayordomo confiable que cuidara del niño y, además... —Traga saliva avergonzada—. Además, tenemos tan pocas opciones. No sé si lograremos estar juntos o si tal vez te perderé; pero, de esta manera, no te perderé del todo.

—¡¿Querías que esto pasara?!

—¿Puedes perdonarme?

—¿Por qué tendría que perdonarte por desear un hijo mío? —Sus ojos brillan, llenos de lágrimas. Parpadea y se limpia la cara, pero las lágrimas no cesan y Amara se preocupa de que pueda empezar a sollozar. Lo coge entre sus brazos y lo sostiene, una mano le acuna la coronilla y la otra le acaricia los hombros; la misma manera en que él la consuela—. No me está permitido tener una familia —le dice—. Y jamás podré decir que soy padre. Ni siquiera soy un hombre y tú quieres tener un hijo conmigo.

Sus palabras laceran a Amara porque sabe que cada una de ellas es cierta.

—Pues no sé cómo has podido dejarme embarazada si ni siquiera eres un hombre —dice, y su voz casual espera hacerlo reír, cosa que logra.

Philos se separa de sus brazos para poder mirarla y ella detecta la ansiedad en sus ojos.

—Pero esto es demasiado peligroso para ti.

—Cientos de mujeres tienen hijos a diario. No me pasará nada. —Amara sonríe, pero en realidad ella también tiene miedo. Los dos saben que, además, la realidad es que cientos de mujeres mueren de parto. Después de todo, es justo eso lo que mató a la esposa de Philos, Restituta—. No me pasará nada —repite, acercándose a él para besarlo—. Te lo prometo. Además, todavía es pronto, ni siquiera se me nota. Cuando llegue el momento, le pediré a Drusila que me recomiende a la partera que la ayudó a dar a luz a Primo.

—Pero te estás arriesgando tanto por mí...

—No —lo interrumpe—, no solo por ti. Esto es por mí también. Quiero tener el hijo de un hombre al que ame. Esta podría ser mi única oportunidad para hacerlo.

—¿Y cómo crees que reaccionará Rufo? Es obvio que pensará que el niño es suyo. —Philos se detiene y, por la expresión de su rostro, Amara se percata de que ha llegado a la misma conclusión que ella—. El niño pensará que no soy más que un esclavo. Jamás sabrá que soy su padre. Jamás podremos decírselo.

—Pero nosotros lo sabremos. —Amara intenta sonreír de nuevo y fingir que no se siente alterada, pero se da cuenta de que le es imposible y, sin advertencia alguna y de manera repentina, llora con tal fuerza que no puede respirar. Philos la abraza y trata de tranquilizarla, pero ella no puede parar.

—Todo está bien —le dice él en griego acariciándole el pelo—. Todo está bien, amor mío, todo está bien. —Escucharlo hablar en su propio idioma, aun cuando lo está destrozando con su fuerte acento italiano, conmueve a Amara de una forma que no es posible con el latín.

—Te amo —responde ella en griego, todavía sollozando—. Te amo.

—Yo te amo también. Por favor, intenta no estar así de alterada. Todo va a ir bien. Te lo prometo.

—Rufo. —Amara al fin se controla lo suficiente como para decir su nombre con claridad—. ¿Qué sucederá si se niega a cuidar del niño? ¿Qué pasará si te obliga a irte con él?

—No lo hará. Y, pase lo que pase, te prometo que haré lo que sea para quedarme contigo. —Entrelaza sus dedos con los suyos—. Para quedarme con los dos.

Amara asiente y permite que Philos la consuele dejando que la lleve hasta la cama de nuevo. Cierra los ojos y se obliga a sí misma a creer que está a salvo, aun cuando su vida depende de los caprichos de un hombre al que le importa menos con cada día que pasa.

38

> Vaya, vaya. Así que se le olvidaron sus días de flautista. No recuerda que la compraban y vendían, y que yo la alejé de todo eso para convertirla en una mujer tan buena como cualquiera.
>
> Petronio, *El satiricón*

El olor del bar no le sienta bien en el estómago tan temprano por la mañana. Británica la obliga a comer un pan y la observa mientras mastica, asintiendo hacia ella con una mirada feroz que, tal vez, supone que es de aliento.

—Deja de mirarme así —le exige Amara—. Me estás sacando de quicio.

—Mejor que las náuseas.

—Solo mantente alerta para cuando llegue Fabia.

Están sentadas semiocultas entre las sombras de la escalera en la taberna casi vacía. Lo primero que las alerta de la presencia de Fabia es la voz de Nicandro, que conduce a gritos a la anciana hacia una mesa. Para cuando da la vuelta a una esquina y ella las ve, está atrapada porque Nicandro le bloquea la salida al estar parado detrás de ella con un tazón de guiso caliente. Nicandro le indica que se siente y los hombros de Fabia se encorvan ante la derrota.

—Estás muy bien —le dice Amara, mientras la anciana se derrumba en la silla frente a ella. La sonrisa desdentada de Británica demuestra que coincide con su evaluación.

—Qué amable por tu parte, hija.

—¿Estás disfrutando de tu nueva ama? Una pena que no se te ocurriera compartir la buena noticia del compromiso matrimonial de Félix.

—Por favor. —Fabia se relame los labios y por primera vez no toca la comida—. Félix me mataría.

—Es posible que Victoria me lo cuente todo. Podrías haber encontrado la forma de advertirme.

—Es Félix. Por favor. Mi vida no significa nada para él y mi Paris... —La mujer deja el final en suspenso.

—¿Qué pasa con Paris?

—Félix lo ha puesto a espiarme. Mi propio hijo. Rezo para que nunca sepas lo que se siente.

Amara ignora los ruegos de compasión.

—Cuéntame qué ha pasado desde que volvió Victoria.

Fabia empieza a tomar cucharadas del guiso, pero sin su entusiasmo habitual.

—La llevó a su nuevo bar para celebrarlo. La exhibe por todas partes, declarando que es su liberta y su esposa. —La boca de Fabia se tuerce, como si hubiera probado algo amargo—. Me culpas a mí, pero ¿crees que Berenice no lo sabía? Ella tampoco te advirtió. —El dolor se asienta en el pecho de Amara tan indigesto como el pan seco que Británica la ha estado obligando a comer. Hubo una época en que confió en Victoria y Berenice como si fueran sus propias hermanas—. No durará —musita Fabia, que se limpia el guiso de la barbilla—. A la larga, siempre se vuelve en su contra. Estoy segura de que solo ha logrado controlarse todos estos meses porque de lo contrario habrías visto los moretones.

Amara piensa en el olor de la pomada en la piel de Félix, su pelo aceitado y, peor, la codicia en sus ojos cuando la aferró.

—No es a Victoria a la que quiere —dice—. Aunque ojalá fuera así.

—Dice que te va a destruir. —Fabia baja la cabeza sin querer mirar a Amara a los ojos—. Y lo dice en serio.

—Lo sé.

—Primero lo veo muerto. —Es la primera vez que Británica dice algo desde la llegada de Fabia.

—¿Sabes cuántos hombres han intentado matarlo? —dice Fabia entre dientes—. ¿Qué te hace pensar que tú puedes lograrlo?

—Fabia, por favor —exclama Amara, y le coge la mano a la vieja—. No te culpo por guardar silencio antes, pero te ruego que ahora me digas todo lo que sabes.

—Tiene gente vigilando tu casa. —La voz de Fabia es tan tenue que apenas puede oírla.

—¿Pretende atacarme a mí o a mi casa?

—Victoria conoce todos tus compromisos, ¿no es cierto? Ha estado presumiendo desde hace meses.

—¿Intenta atacar a las flautistas?

—No puedo asegurarlo. —Fabia retira la mano y frunce los labios—. No es que me cuente sus planes, pero es lo que suele hacer. Atacar primero las ganancias de un rival.

—Gracias.

Fabia se encoge de hombros.

—Si me han seguido hasta aquí, puedo darme por muerta. Así que mejor te lo cuento. —Pasa el último trozo de pan por el tazón y luego se levanta para irse. Su expresión, al mirar a Amara, es despiadada—. Deberías haberle dicho que sí.

El vecindario de Amara parece diferente cuando vuelve a casa. No espera ver a nadie a quien reconozca, ya que no es así como Félix trabaja. Tiene una red tan grande de la cual depender que sabe que da igual quien la esté espiando, no será alguien que conozca. O al contrario, podrían ser muy conocidos: quizá uno de los tenderos a los que saluda todos los días, pagado o amenazado para que dé información.

Si no fuera por Británica, Amara se sentiría todavía más asustada. Mientras caminan juntas, Británica tiene la mano sobre su daga y vigila constantemente su entorno con la mirada. Pero, aunque la britana es una luchadora formidable, está sola y con toda seguridad no daría la talla frente a una pandilla de facinerosos. A medida que se acercan, la casa ya no parece la lujosa fortaleza inexpugnable que alguna vez le pareció a Amara cuando ansiaba escapar del burdel para vivir allí. En lugar de ello, mira los postigos de la tienda de Vírgula y piensa en lo fácil que sería provocar un incendio, al abrigo de la oscuridad, para quemarlos a todos mientras duermen.

—Creo que deberíamos mantener cerrada la puerta con cerrojo todo el tiempo —le dice a Juvento cuando entra a la casa.

—Ahora no. El amo viene de visita. —Juvento se lame los dientes al mirarla de arriba abajo. Amara sabe que sigue teniendo el vientre plano, pero a Juvento parecen hipnotizarle sus senos, que no solo le duelen, sino que además están inflamados por el embarazo. El portero abre la boca con una expresión lasciva en el rostro, pero detecta la presencia de Británica y la cierra de nuevo, guardándose cualquier otro comentario.

Amara coge su arpa y se sienta en el jardín, afligida por el cansancio y por el temor. Se pregunta si Rufo también estará cansado de todo esto, si le resultará difícil estar cerca de ella ahora que ya ha muerto todo lo que era genuino entre ellos. Por lo menos ha adquirido mayor habilidad para tocar el instrumento que él le regaló. La melodía que elige sigue el compás del murmullo de la fuente, y las ricas notas del arpa son tan suaves como el rocío. Alivia incluso los nervios de Amara.

La sombra de Rufo anuncia su presencia antes de que se asome bajo el sol. Se miran, pero él no se acerca, se queda un rato contemplándola. Por su expresión, Amara se da cuenta de que está disfrutando de su interpretación y prolonga lo más posible la melodía, punteando el estribillo final una y otra vez hasta que las notas mueren y solo queda el silencio, junto con las ondas en el agua.

Él se sienta a su lado.

—Ha sido hermoso. —Ella inclina la cabeza a la espera de que la bese, pero no lo hace—. Philos me ha dicho que Victoria trajo al lenón aquí.

—Lo siento tanto —murmura Amara—. Nunca quise avergonzarte. Esa mujer nunca volverá a poner un pie en esta casa, te lo prometo.

—Te lo advertí. Nunca debiste comprarla.

—Tenías razón. Lo siento.

—Una puta mentirosa como esa dirá cualquier cosa. —Rufo la mira por el rabillo del ojo, intentando medir cuánto sabe o lo que cree.

Amara se cubre el rostro con las manos.

—Victoria me contó las mentiras más terribles. No pude tolerar oír cómo te insultaba. Por favor, perdóname por haber confiado en ella; siento tanta vergüenza. —Al tocarlo, nota que su postura se relaja. Luego él empieza a besarla y sus manos son menos gentiles; entonces sabe que está buscando otro tipo de desahogo.

Al terminar, Rufo es inusualmente afectuoso. Están reclinados en el diván de su vestidor y él la abraza con fuerza, como solía hacerlo siempre. Amara sabe que ha logrado satisfacerlo. Ha aprovechado cualquier oportunidad para darle placer, a pesar de que su cuerpo se ha vuelto tan sensible que a veces ni siquiera quiere que Philos la toque.

—Recuerdo la primera vez que te hice el amor en esta casa —dice Rufo, que le acaricia con indolencia el costado.

Amara también lo recuerda. Su asombro ante todo lo que él hizo y su gratitud, tan abrumadora que parecía amor. Y Philos, parado entre las sombras cuando Rufo la levantó en sus brazos. Puede recordar con tanta claridad su presencia en ese momento. ¿Incluso entonces sentía algo por él? Se da la vuelta para besar a Rufo y decirle que lo ama, pero entonces ve la culpa en su mirada. La nostalgia de Rufo es porque sabe que la relación ha terminado, y el temor se apodera de ella. Entonces, las palabras le salen sin control.

—Estoy embarazada.

—¡¿Qué?! —Rufo casi la tira del diván por la conmoción. Debe reconocer que así no es como planeaba decírselo.

—Llevo a tu hijo en mi vientre.

—¿Cómo? ¿Cuándo? —La mira horrorizado, con los ojos tan abiertos que parecen los de la máscara de un actor.

Amara baja la vista y arruga entre los dedos la tela de su túnica, que está tirada a un lado.

—Llevo sin sangrar dos meses, pero no he querido alarmarte hasta estar segura.

—¿Alarmarme? —grita Rufo—. ¡No tienes ni idea del mal momento que es este! ¡No podrías haber elegido un peor momento!

—Lo siento. —Tira de la túnica para cubrirse y se abraza el vientre en actitud protectora—. No quería alterarte.

Rufo respira profundamente y hace el esfuerzo de tranquilizarse.

—No debería haberte gritado, pero esto no es... ideal.

—No espero que reconozcas al niño. No de manera formal, pero sí tenía la esperanza de que no te desagradara tanto.

—¡Claro que no puedo reconocerlo! Mi padre montará en cólera si empiezo a pasear por todas partes a un bastardito griego. —Se inclina al frente como si fuera a vomitar—. Me comprometo hace dos días y ahora esto.

—¿Estás comprometido?

—La familia de la novia es muy tradicional. —Rufo no hace ningún esfuerzo por no herir sus sentimientos—. Estoy seguro de que estarán encantados de que su preciosa hija se case con un hombre que acaba de dejar preñada a una concubina.

—Pero deben de saber que tienes una amante.

—A nadie le importa que un hombre tenga unas cuantas novias antes de casarse. Incluso toleraron mi estupidez de exhibirte en las Floralias, pero no este tipo de desliz.

Rufo tiene la cabeza entre las manos y sigue inclinado sobre el diván. Vacilante, Amara le acaricia la espalda y, cuando él no se la quita de encima, le masajea con cariño los hombros.

—Te prometo que te lo pondré fácil —le dice con voz tierna—. No quiero causarte una vergüenza, nunca lo he querido. Puedo vivir discretamente con Julia. No tienes que pagar mucho, solo lo suficiente para que sobreviva. Philos sería un siervo adecuado para encargarse del niño y educarlo. Aparte de eso, no tengo que molestarte para nada más.

Él suspira y deja caer los hombros.

—Eres una buena chica. Siento si te he dicho algo desagradable. —Hace una pausa mientras la deja masajearlo—. Supongo que esa sería una manera de reducir el daño.

Amara está desesperada por insistirle y hacerle prometer que le dará a Philos, pero no puede llamar demasiado su atención hacia esa parte del plan, no todavía.

—Me mudaré a donde sea cuando lo necesites.

—No quiero echarte de aquí. —Al fin, Rufo parece avergonzado. Se incorpora y le quita las manos de su espalda—. No hay una prisa enorme. —Su mirada cuando se vuelve hacia ella tiene algo de la bondad que recuerda de tiempos pasados—. Supongo que, cuando menos, esto le demuestra a mi padre que puedo darle un heredero, así que no es tan malo. —Vuelve a suspirar, esta vez con más intensidad—. Pero pensaba que sabías cómo cuidarte de ese tipo de cosas.

—Nada funciona a la perfección —responde Amara con total sinceridad.

Rufo le mira el vientre y ella se pregunta si tratará de tocarla, de apoyar la mano en su piel como hace Philos. Anoche se quedó dormida mientras la abrazaba así, arrullada por el calor de su mano. Ahora está tensa, a la espera de ver qué hará Rufo, y le alivia que le dé la espalda y que recoja su toga del suelo.

Amara también se viste, cubriendo el cuerpo que Rufo ha disfrutado hace tan poco tiempo e incapaz de librarse de una creciente sensación de vergüenza.

—No es necesario que te levantes. —Rufo estira las manos para impedir que lo abrace—. Y no hay prisa, pero habla con Julia, solo para ver cuándo tendrá libre uno de sus apartamentos.

Rufo se va y ella sube las piernas al diván, haciéndose un ovillo en un espacio lo más pequeño posible. No ha sentido la euforia que esperaba cuando Rufo no ha puesto objeciones a que se quede con Philos. Más bien, sus sentimientos son más cercanos al dolor, al darse cuenta de que siempre estarán bajo amenaza, incapaces de reconocerse por lo que son; unidos por nada más que una frágil trama de mentiras.

39

Es cierto que hay algo de verdad en esa frase de Calímaco que dice: «A la gente que es poca cosa, los dioses siempre les dan poco».

ARTEMIDORO, *La interpretación de los sueños*

Amara nunca se ha sentado con Phoebe y Lais en el tablino. Nunca fue necesario el formalismo y, quizá, tampoco quería parecerse a Félix y hacer eco de su posición como proxeneta. Las dos mujeres se quedan paradas muy juntas frente a Amara, que está al otro lado del escritorio. Lais parece recelosa y Phoebe parece tener miedo.

—He cancelado los demás compromisos, incluso la fiesta de esta noche —les informa Amara—. El riesgo que corréis es demasiado grande.

Phoebe suspira aliviada, pero Lais se tensa al darse cuenta de las implicaciones.

—¿Nos venderás?

Amara ve que Lais aprieta con más fuerza la mano de Phoebe.

—No, pero tendréis que dejar esta casa. Drusila os recibirá en su nueva casa en el puerto. A su patrón le gusta la música y cree que su casa tiene el tamaño suficiente como para poder teneros a las dos. —Amara no añade lo otro que dijo Drusila: «Si no, las venderé»—. Lo siento tanto. Esperaba que las dos pudierais trabajar para mí más tiempo y que incluso pudierais encontrar patrones.

—Como tú. —Lais sonríe, pero Amara detecta la amargura en sus ojos.

El odio de Lais no le molesta; solo la hace volver todavía más al pasado. Mira a las mujeres que tiene delante, y a las que ha vendido a tantos hombres, y se ve a sí misma y a Dido frente a Félix.

—Le ruego a Palas Atenea, la patrona de Ática, que nunca os separen. —Gira la cara para que no puedan ver sus sentimientos y sacude la mano en el aire para indicarles que pueden retirarse—. Josefo vendrá a recogeros esta tarde.

Cuando se han ido, Amara no se mueve de la silla. Se queda con la mirada fija al frente, hacia las palomas pintadas en el dintel, y las figuras se ondulan cuando parpadea para despejarse las lágrimas. El baúl de debajo de la ventana de su habitación recobra su forma oscura como una figura agachada en el suelo.

—Victoria —dice en voz alta hacia el espacio vacío.

Las lágrimas se derraman por sus mejillas y se las limpia. Sería mucho más fácil si pudiera odiar a su amiga, en lugar de sentir esa pena infinita y profunda.

Philos sigue yendo en secreto a la habitación de Amara por las noches, donde ahora ambos se sienten atraídos más por el temor que por la pasión. Se sientan acurrucados en la cama, reclinando la espalda contra la pared y repitiendo la misma conversación que ya han tenido tantas veces.

—No puedo valer gran cosa con esto —susurra Philos, señalándose la marca oculta bajo su toga—. Nunca me vendería en una subasta pública. Ese tipo de marca le quita miles al valor de un esclavo. Creo que deberías pedirme como regalo.

—Pero entonces no hay prueba de que ya no le pertenezcas, ¿o sí? ¿Eso no haría más difícil que yo te libere?

—De todos modos, tardarías años en poder hacerlo. Parecería demasiado sospechoso.

—Pero, si no te libero, ¿qué sentido tiene?

—El caso es que estaría contigo; sería un padre, y eso es más importante para mí que ser libre. El niño lo cambia todo, Amara.

—Rufo no puede negarse, ¿verdad? —Amara le ha hecho esa misma pregunta a Philos en mil ocasiones—. No pareció molestarle la idea de que vinieras a cuidar del niño. No me dijo que no en ese momento. Seguramente tiene que acceder. Tiene que decirme que sí. ¡Tiene que hacerlo!

—No te alteres —responde él, y la rodea con los brazos para atraerla hacia su pecho—. Haga lo que haga, no es tu culpa.

Las palabras de Philos no la tranquilizan, y puede sentir cómo avanza el pánico por todo su cuerpo a medida que se aferra a él, mirando hacia las sombras por encima de su hombro. Ninguno de los dos vale gran cosa para nadie más que el uno para el otro; sin embargo, eso no quiere decir que tengan una gran oportunidad de escapar de la atención ni del castigo. Amara no ha tenido esta demoledora sensación de impotencia desde que era esclava, y, aunque le avergüenza reconocerlo, a veces desearía no amar a Philos y no tener que enfrentarse a las consecuencias de elegir a un hombre que no es libre.

Por la mañana se vuelve hacia donde ha dormido Philos, aunque sabe que ese lado de la cama estará vacío. Estira el brazo y coloca la mano sobre la manta fría. Debe de estar cerca el amanecer, porque la habitación sigue a oscuras, pero el canto de las aves le dice que ya no es de noche. Oye el chirrido de la puerta delantera cuando Juvento la abre hacia la calle, y ese sonido le resulta familiar y tranquilizador. Amara cierra los ojos con la esperanza de deslizarse otra vez hacia el sueño, pero enseguida los abre con sorpresa. Juvento está gritando.

Sus pies aterrizan en los azulejos fríos y pasa a toda prisa una túnica sobre la cabeza para salir corriendo de su habitación. Martha está esperándola, con una mirada de espanto. Juntas, se precipitan por el atrio hacia la puerta. Juvento ya no grita. Ahora está parado junto a Philos y ambos hablan con voz angustiada.

—¿Qué es? —Amara mira a uno y a otro.

—En la entrada —responde Philos—. No mires...

Pero Amara ya se apresura hacia la entrada. Ve la espalda de Británica, que está arrodillada sobre algo en la acera. Amara da un paso hacia ella.

Es Fabia. La anciana ha sido arrojada en la calle y está tirada sobre el umbral de Amara como una grotesca imitación de un perro guardián. No se mueve. A su lado, alguien ha escrito un mensaje con tiza. *Infelix.* «Infortunada.»

Amara mira rápidamente hacia un lado: la tienda de Vírgula está cerrada y la calle sigue vacía. Borra las marcas en el suelo con la planta del pie.

—¿Está...?

—Dentro —dice entre dientes Británica—. La metemos. Ayudadme.

Juvento, Británica y Philos cargan a Fabia hasta el interior sin decir palabra. Queda una mancha roja oscura en la acera, donde estaba tirada la anciana. La acuestan en el atrio y Amara se arrodilla a su lado para tomarle el pulso.

—Está viva —exhala.

—Tenemos que detener el sangrado. —Es Martha, que está junto a ella—. Desnudadla. Dejadme vendar la herida.

Amara levanta la vista hacia su sirvienta, sorprendida por la tranquilidad y la falta de temor de la mujer.

—Yo la desvestiré —dice Amara—. Traed un poco

de vino y cualquier tela que se os ocurra que podamos usar como vendaje. —Martha corre por el atrio mientras Amara se inclina cerca del rostro de la anciana—. Fabia, ¿me oyes? —No hay señal de conciencia, pero Amara le sigue hablando como si fuera capaz de oírla—. Vamos a quitarte la ropa. Te traeré nueva si se rompe. —Británica le entrega un cuchillo. Aunque el padre de Amara era médico, su conocimiento sobre cómo tratar a una herida grave sigue siendo menor. Las manos le tiemblan al desgarrar la toga delgada y llena de sangre.

El cuerpo de Fabia está tan cubierto de sangre que Amara necesita un momento para localizar el origen. Es un corte profundo en la parte superior del brazo que sigue derramando sangre. Martha vuelve y le entrega a Amara la jarra de vino, que vierte sobre la herida, presionando la piel para abrirla. Sigue brotando sangre, mezclada con el vino, y Fabia gime de dolor.

—Paris.

Amara se queda helada. No sabe si Fabia está llamando a su hijo o nombrando al hombre que la ha atacado.

—Estás a salvo —murmura al mismo tiempo que la anciana vuelve a caer inconsciente.

Martha está arrodillada e inspecciona la herida, hablando consigo misma en hebreo y con las cejas fruncidas, mientras trata de recordar.

—Creo que ha perdido demasiada sangre —le dice a Amara—, pero lo intentaré. —Con esos mismos dedos ásperos con los que la peina, la sirvienta desgarra la tela y la envuelve alrededor del brazo de Fabia por encima del corte, luego coge una cuchara de madera que debe de haber traído de la cocina. Retuerce el lino con la cuchara para apretar la banda, que se hunde profundamente en la carne de Fabia. La anciana gime de nuevo—. Es para ayudarte —le asegura Martha—. Después lo aflojaré. —Cuando el torniquete está colocado, la sirvienta empieza a hacer tiras con el resto del lino para vendar la herida, rodeándola varias veces hasta que la sangre deja de gotear sobre el suelo.

—¿Cuántas veces has hecho esto? —Amara mira fijamente los movimientos ágiles y salvajes de Martha.

—Más de las que puedo recordar, antes de que huyéramos a Masada. Y, después de eso, ¿crees que los míos se sentaron sin más a esperar a que los romanos los mataran, sin defenderse? Prefirieron morir a rendirse. Que Dios me perdone por mi cobardía. —Martha levanta la vista y, por primera vez, Amara la ve. No como la sierva descorazonada y silenciosa a la que arrastraron miles de kilómetros hasta el otro lado del mundo para servir, sino como la mujer que debe de haber sido alguna vez y cuyo nombre Amara ni siquiera conoce—. Si no me crees, pregúntale al almirante de la flota sobre el salvajismo de los soldados romanos. Pregúntale por qué ahora Jerusalén no es más que cenizas. —El rostro de Martha está lleno de desprecio. Amara recuerda cuando le sirvió a Plinio en esta casa y cómo se quedó parada junto a él mientras probaba la comida, sin dar señal alguna de lo que debía de sentir. Tal vez tiene suerte de que la sierva no lo haya envenenado.

—Te creo —dice Británica, que se acuclilla junto a Martha. Las dos esclavas se miran—. ¿Fabia vivirá?

Martha le acaricia el cabello a la anciana con más cuidado del que ha ido jamás para tocar a Amara.

—Si lo hace, será solo por la voluntad de Dios Todopoderoso.

—Deberíamos pasarla a una cama. —Amara se vuelve hacia Philos y Juvento—. ¿Podéis cargarla hasta la habitación de Victoria? —Los hombres levantan con cuidado a Fabia y la transportan laboriosamente por la escalera. Juvento maldice entre dientes cuando casi se tropieza.

—Habría sido más rápido ponerla allí. —Martha

apunta hacia las habitaciones de Amara, donde todos saben que está el diván vacío.

—Rufo —responde Amara—. No quiero que descubra ningún rastro de ella.

La sierva asiente.

—No se lo diré. —Tiene la voz queda. Martha se vuelve para mirar a Amara y a Británica—. No por vosotras, ni por la vieja, sino porque no les debo nada a ellos.

Amara está con Fabia cuando muere esa noche, con Philos sentado junto a ella. Fabia nunca recupera la conciencia. El nombre de su hijo, que pronunció en el atrio, es la única palabra que ha dicho antes de pasar al inframundo.

—Félix debe de haberse enterado de que me lo contó —susurra Amara, que sigue sosteniendo la mano de Fabia, aunque su piel se va enfriando— cuando Phoebe y Lais no llegaron a casa de Cornelio.

—No puedes culparte. De todos modos, Félix iba a atacar.

Amara no contesta. Se siente culpable por Fabia, por lo que la obligó a contarle, y, sin embargo, sabe que no habría sido más sencillo ver a Phoebe y Lais tiradas de ese modo. La pena le quema los ojos.

—Victoria.

—Victoria no sabría lo que Félix iba a hacer.

—Tal vez. —Amara baja la mano de Fabia sobre su pecho hundido y se inclina para besarle la frente. No amaba a Fabia, por lo menos no del modo en que amaba a las otras mujeres en La Guarida del Lobo; sin embargo, sí le importaba. Le duele saber que la cruel y difícil vida de Fabia termina así, todavía con mayor sufrimiento. Ora a todos los dioses para rogarles que no haya sido el propio hijo de Fabia quien la haya matado y que, en lugar de ello, estuviera llamando a Paris para encontrar consuelo. Un sollozo se escapa de sus labios y Philos le coloca la mano en la espalda.

—Pediré que lleven su cuerpo a las afueras de los muros de la ciudad por la mañana —le dice él—. Podemos hacer que la incineren. Su espíritu estará en paz, más de lo que jamás ha estado en su vida.

—Gracias. —Amara se reclina contra él y Philos la rodea con un brazo—. Tenemos que dejar esta casa. Estaremos más seguros en el complejo de Julia con todos los guardias. Está mucho mejor protegido que esto.

—Lo sé.

Se quedan sentados en silencio, mirando el cadáver de la mujer. Las lámparas de aceite sobre la mesa de al lado de la cama arrojan sus luces temblorosas sobre el cuerpo inmóvil, que ahora no es más que una masa sin sentido de telas y sombras. La muerte no se siente como un augurio propicio, pero es la razón por la que Amara tendrá que pedirle a Rufo que vaya a casa, para hacerle por fin la pregunta que ella y Philos han discutido tantas veces. En unos cuantos días, Philos podría ser liberado o podrían separarlos.

40

> En cierto sentido, los ríos son análogos a los amos de los esclavos y a los jueces, porque hacen lo que quieren a su propio arbitrio, sin responderle a nadie.
>
> Artemidoro,
> *La interpretación de los sueños*

La casa con la puerta de oro es más bella bajo el cálido resplandor de inicios de septiembre, pero ahora que Amara sabe que se irá, el sitio le parece tener menos sustancia, como si la construcción en sí no fuera más real que una de las pinturas en sus muros.

Se envía el mensaje para convocar a Rufo, y Amara deambula por la casa para decidir dónde es mejor recibirlo. Cada habitación posee un recuerdo difícil. Al final se decide por el jardín. Las manos le tiemblan demasiado por los nervios como para tocar el arpa, así que mejor se sienta, con el corazón agitado, mientras lo espera.

—Me has llamado. —Amara se levanta cuando Rufo camina hacia ella. Su rostro muestra poco afecto, pero examina con cuidado su cuerpo, tal vez con la esperanza de escuchar que ha abortado.

—He hablado con Julia —le dice ella, mientras Rufo se sienta en el banco a su lado—. He pensado que será mejor que me mude cuanto antes. Sin armar un escándalo.

Rufo asiente.

—Podría ser lo mejor. En realidad, no creo que pueda seguir visitando este lugar. Por lo menos no cuando tu estado se vuelva evidente. —Le coge la mano y le acaricia los dedos—. Siento que tenga que terminar, pajarita. Te juro que nunca he amado a una mujer como te he amado a ti.

La voz de Amara tiembla de emoción, aunque no por el hombre que le sostiene la mano.

—Siempre te amaré y esa es la razón por la que sé que tengo que dejarte ir. —En ese momento se permite un sollozo en el que suelta todo el terror, la culpa y el dolor acumulados.

—Ya, mi amor —la tranquiliza Rufo, tal vez complacido por ser el objeto de tanta congoja—. Sabes que seguiré cuidando de ti. No así, pero no permitiré que ni tú ni el niño sufráis.

Amara le aprieta la mano.

—No te merezco.

—Le pagaré un año de alquiler a Julia, junto con una pequeña mesada para ti. —Amara se queda a la espera de escuchar cuál será la cantidad, pero Rufo no lo aclara, y no puede presionarlo al respecto, menos cuando todo depende de su siguiente pregunta.

—Estaba pensando... —se lanza, y el corazón le late con tal fuerza que el golpeteo en su pecho se siente como un tambor atrapado entre sus costillas—. Tal vez me pueda llevar a Philos para que cuide del niño. Es educado y sé que es confiable, lo cual será importante cuando me quede tan sola.

—Supongo que no es una mala idea. ¿Sabes que me cuidaba cuando era niño? —Amara niega con la cabeza, como si la información fuera una novedad para ella—. Me encantará prestártelo un tiempo más, aunque seguiré necesitándolo varias horas por semana, como antes.

La esperanza que iba creciendo en su corazón se desploma hasta convertirse en pánico.

—¿Prestármelo? —Su voz suena entrecortada—. ¿No podrías... no podrías regalármelo?

—Ya te vas a llevar los muchos regalos que te di, todas las joyas. Y también está la mesada, ¿o no confías en mí?

—¡Por supuesto que confío en ti! Pero pienso que podría necesitarlo unos cuantos años; se requiere mucho tiempo para educar a un niño, y un esclavo no es mucho pedir.

—No es solo un esclavo —contesta Rufo malhumorado—. Conoce todo el negocio de mi familia y lleva en él años. Es probable que Philos trabaje más en una hora que otros tres siervos en un día.

Amara conoce a Rufo lo suficiente como para reconocer cuándo está decidido y cuándo está al borde de perder los estribos, pero se encuentra demasiado desesperada como para zanjar el tema.

—Por favor, mi amor. —Intenta sonreír—. Significaría tanto para mí. Es el último regalo que te pediré —dice mientras le besa los dedos.

—Hubo un tiempo en que nunca me pedías regalos. —Rufo retira la mano y la mira con hastío—. Cuando nos conocimos, nunca me pedías nada; solo estabas agradecida de poder amarme, o eso parecía.

—Por favor. —Es imposible disfrazar el tono histérico de su voz—. Por favor, haz esto por mí.

—Eres tan transparente. ¿Crees que no sé de qué va todo esto? —Se pone de pie y Amara lo mira atenta mientras el terror crece en su pecho—. Crees que puedes quedarte con Philos unos años y luego vender al muchacho, ¿verdad? Que puesto que es tan valioso para mi negocio debe de valer algo. Pues bien, siento arruinarte tu pequeña argucia, pero está ¡marcado! Difícilmente sacarás algún dinero con él.

El pánico se apodera de Amara y se aferra a Rufo, tirándole del brazo.

—¡No quiero venderlo! Por favor, si eso es lo que piensas, te lo compraré o firmaré un contrato. Solo lo quiero para que cuide del niño. Por favor, te lo ruego. ¡Por favor!

—¡Ya te he dicho que te lo puedo prestar! —le grita Rufo—. Y eso es todo, no me colmes la paciencia. —Amara siente que sus piernas se tambalean y se vuelve a sentar. El jardín se desdibuja ante sus ojos y el rugido dentro de su cabeza ahoga el golpeteo de los latidos de su corazón. Se aferra al banco, inclinándose para evitar desmayarse—. Entiendo tu estado, y las ocurrencias y humores que eso le puede causar a una mujer. —La voz de Rufo es más amable—. No quiero discutir, pajarita. —Siente su presencia cuando se sienta junto a ella otra vez, pero cuando empieza a acariciarle la espalda su cuerpo se tensa—. No arruinemos los pocos días que nos quedan juntos. —Amara sabe que necesita controlarse, obligarse a sentarse derecha y sonreír para agradecerle su generosidad, pero es incapaz de moverse o hablar—. Como quieras. —Oye que Rufo se detiene después de levantarse y sabe que está parado a su lado, pero mantiene los ojos cerrados con fuerza y la cabeza entre las manos. Las pisadas de Rufo resuenan con fuerza e impaciencia al salir del jardín.

La fuente sigue con su tranquilo murmullo mucho tiempo después de que Rufo se haya ido de casa y Amara se queda donde él la ha dejado. Entonces nota el movimiento del aire, provocado por alguien que se acerca, y la calidez de una mano sobre su hombro; sabe que es Philos. Lo percibe cuando se acuclilla junto a ella. Si levantara la vista, su rostro estaría frente al suyo.

—Amara. —Ella no responde—. He escuchado lo mucho que te has esforzado. —Philos le levanta la barbilla con los dedos. La resignación en su cara es como el canto frío de un cuchillo contra su corazón—. No todo está perdido; aun así, podríamos seguir juntos durante años. Eso es más de lo que se les ha concedido a muchos en toda su vida.

Le cuesta gran trabajo lograr que la voz le llegue a la garganta.

—No es suficiente.

—Es lo que tenemos. —Philos estira la mano para acariciarle la cara, pero Amara no responde. En lo único que puede pensar es en lo mucho que le ha fallado. Incluso el terrible riesgo que ha asumido con su propio cuerpo, con su vida, no ha servido para nada más que para comprarles un puñado de años. Él le besa la frente sin que a ninguno de los dos les importe quién podría verlos—. Cualquier ratito que paso contigo sigue dándome más felicidad de la que jamás había imaginado.

En algún punto por debajo de los sofocantes estratos de culpa, Amara percibe el agudo filo de la rabia.

—No es suficiente —repite—. ¿Cómo puedes llamarle felicidad a eso? Es una media vida, ocultándonos todo el tiempo entre las sombras y dependiendo siempre de la buena voluntad de un hombre que puede destruirnos en cualquier momento que elija.

—Mi vida nunca ha sido otra cosa. —Amara sabe que eso es cierto. Su creencia de que podía liberar a Philos y burlar al destino una segunda vez pende entre ambos, tan insustancial como el humo. Él le coge las manos entre las suyas—. Lo siento. Traté de advertirte.

Philos sigue acuclillado a su lado y la culpa que refleja su rostro le duele más que ninguna otra cosa.

—No tienes nada de qué lamentarte. ¡Nada! —Le aprieta los dedos con más fuerza—. Podemos intentarlo de nuevo. Podría llevar algunos años, pero no me daré por vencida. No descansaré hasta que seas libre, aunque se me vaya la vida en ello.

Amara está de pie en el atrio y elige el mismo sitio donde alguna vez estuvo con Dido, cuando ambas miraban cómo se erigía la casa. Ahora la están desalojando. La mayoría de los muebles ya no están; todas las habitaciones del piso superior están vacías y han bajado los divanes al comedor. Rufo ha ofrecido prestarle algunos muebles para llevarlos al apartamento de Julia, pero el sitio es mucho más pequeño y la mayoría no entraría.

Martha ya se ha ido para reintegrarse al personal de la casa de Rufo, junto con la mesa de latón, las bases de las lámparas y el espejo de plata. Amara mira a Británica y a Philos, que cargan los últimos costales al otro lado del atrio y los bajan con cuidado junto a la puerta. Cuando los tres se hayan ido, Juvento se quedará solo en la casa para protegerla de los ladrones hasta que lleguen los nuevos inquilinos, y luego él también volverá a servir a Rufo.

Amara levanta la vista. El cuadrado de cielo deja entrar la luz y el calor del sol septembrino. Desde aquí, los cielos se ven imposiblemente lejanos. Una bandada de gorriones pasa sobre ella como pequeñas saetas negras contra el azul vibrante y le recuerda a Plinio, cuando la comparó con las aves que no pueden cantar en cautiverio. Esta casa ha sido un refugio en comparación con el burdel, pero Amara empieza a creer que nunca será libre.

—¿Lista? —Es Británica, no Philos, quien la llama.

—Creo que le echaré un último vistazo al jardín —le responde, sorprendida de la tranquilidad que refleja su voz. Avanza hacia la luz y agradece que ni Británica ni Philos se ofrezcan a acompañarla.

El calor la golpea antes de que pueda caminar hacia la luz del sol, y da un paso hacia los adoquines hirvientes. Los capullos blancos, amarillos y morados florecen en el jardín herbal que plantó con Philos, y su aroma endulza el aire, recordándole la casa de su padre. Le entristece dejar las plantas que ha cuidado con tanto cariño, pero ellas no son la razón de su última visita. Amara levanta la mirada hacia Dido. Prisco, el pintor, hizo un trabajo impecable, y, sin embargo, por primera vez Amara se lamenta de haber inmortalizado a su amiga de una manera tan cruel. Oye la voz de Victoria en su cabeza y recuerda cómo se volvió horrorizada. «¿Qué has hecho?»

El sol es abrasador y, aunque le calienta la cabeza, no se mueve. Mira fijamente a Dido, intenta descartar la escena de muerte que mandó pintar alrededor de ella. Ahora le importa poco la venganza contra Félix. Como si hubiera importado alguna vez. Como si hubiera traído a Dido de vuelta. Amara se lleva la mano al vientre, que apenas empieza a mostrar las primeras señales de estar creciendo, y le ruega a la diosa Diana, disfrazada de su amiga, que proteja a su hijo, a Británica y a Philos. Ora por aquellos que le importan más que la libertad, más que su propia vida.

Le da la espalda a Dido por última vez y, al caminar hacia la sombra del atrio, los únicos sonidos que persisten son el gentil murmullo de la fuente y sus propios pasos. Se reúne con Philos y Británica en la puerta. Ambos la acompañarán al complejo de Julia antes de volver a casa a por sus pertenencias. Británica no quiere arriesgarse a tener las manos ocupadas por si Félix ataca a Amara.

Amara le da a Juvento una moneda, que oprime contra la palma de su mano.

—Gracias por tu servicio.

El criado baja la vista para revisar el valor, asiente en agradecimiento y se guarda la moneda en el cinturón. No hay afecto entre ellos, pero, al final, tampoco gran resentimiento. El portero se hace a un lado para dejarla pasar y ejecuta su último acto de servicio. Tira de los pestillos, cuyo metal raspa contra la madera, y le da un tirón a la puerta hacia el interior, dejando entrar la luz y el ruido de la calle. Amara, Británica y Philos salen a la acera. Por un instante, Amara se queda hipnotizada por el ajetreo y sus ojos exploran a los transeúntes en búsqueda de Félix o de Paris. No hay señal de ellos, aunque eso no significa que estén a salvo. Piensa en Fabia, tirada y sangrando en esos mismos adoquines que pisa, y la recorre un escalofrío.

Se da la vuelta para mirar por última vez la casa, pero

lo único que ve es la puerta cerrándose tras ella, y oye que el cerrojo se cierra de golpe desde el interior. Los paneles de madera se erigen imposiblemente altos, cubiertos de tachones de latón, tan impenetrables como cualquier muro. Sus días en la casa con la puerta de oro se han acabado.

76 d. C.
Nominalia

41

> El pecado es dulce y disfrazarlo por el temor a la vergüenza es amargo.
> Me enorgullece que estemos unidos, cada uno digno del otro.
>
> Sulpicia, poetisa romana

La habitación es pequeña y oscura. La luz invernal se filtra por los postigos y deja entrar el sonido de la calle más abajo. Amara siente la conocida presión ondulante en el estómago. El bebé se está moviendo. Pone una mano sobre la piel tirante y se pregunta si el ser que hay debajo de ella siente la respuesta de la presión de sus dedos. El agotamiento del embarazo ha sido una inoportuna fuente de sorpresas al sentir que la energía que alguna vez dio por sentada es extraída por la vida que crece dentro de ella.

Puede oír los ruidos en la habitación de abajo. Británica debe de haber vuelto con el pan de la mañana. Reclinada sobre el codo, Amara hace palanca para levantarse de la cama. Su vientre ya está enorme y siente una presión constante por debajo de su estrecha caja torácica. Al abrir los postigos, entran los sonidos, junto con el gélido viento de febrero. Se asoma hacia la calle y ve pasar las cabezas de la gente que transita como peces en un río. Un vendedor ambulante vocifera cerca de la entrada de los Baños de Venus, poniendo sus mercancías en la cara de cualquiera que pase lo bastante cerca. Amara se agacha para ocultarse en las sombras de su habitación y cruza el áspero suelo de madera para bajar con cuidado por la escalera.

Británica está ocupada con un pequeño brasero en la esquina, calentando el agua para su bebida diaria de menta y miel caliente. Levanta la vista hacia Amara.

—¿Cómo está Luchador?

Le divierte la pasión que tiene Británica por el bebé y su creencia infalible de que lleva a un guerrero dentro.

—Pateando —responde, y se sienta en un banco.

—Bien. —Británica se sienta a su lado y coloca dos tazas humeantes sobre la pequeña mesa de madera—. Oigo que Philos sale temprano. Antes del amanecer.

—Esta mañana está trabajando para Julia. Quería arreglarle las cuentas antes de irse con Rufo.

—Suerte que le paga.

Amara se vuelve hacia ella con una sonrisa tensa y alcanza una taza para soplarle al líquido caliente. La paga que recibe Philos no es tan generosa como había esperado. Julia lo sabe y se está saltando las reglas al pagarle a Amara por el trabajo de Philos en lugar de a Rufo, que es su verdadero dueño. Por instrucciones de Amara, el dinero se entrega directamente en manos de Philos y no en las suyas, ya que recuerda cómo se sentía cuando era esclava y no tenía derecho a recibir nada de lo que ganaba. Philos mantiene a su familia con el dinero que él mismo gana, y eso es lo que merece sentir. Las palabras de Rufo vuelven a su memoria, haciendo que la bebida dulce sepa amarga: «Es probable que Philos trabaje más en una hora que otros tres siervos en un día».

—Puedo ganar dinero para ti. —Británica le da un sorbo a su taza.

—Ya te lo he dicho; no te voy a vender como gladiadora. Cuando pueda liberarte, entonces podrás pelear.

Británica coge el pan y, tras darle un trozo a Amara, coge otro para ella.

—Tienes que salir hoy. Camina para hacer que bebé salga.

—Pasaré un rato en el jardín. —Amara mira el trozo desmigajado en su mano. Esa es una constante fuente de tensión entre ellas: el poco tiempo que se atreve a salir de esta oscura casa. Tan solo caminar por la calle es suficiente para que se ponga a sudar de miedo, buscando todo el tiempo los rasgos conocidos en la multitud por si Félix o alguno de sus secuaces la están siguiendo. Ha sido así desde el asesinato de Fabia hace más de seis meses, y la ansiedad por el niño que lleva en su vientre es una carga mucho más pesada para Amara que el simple hecho de proteger su propia vida.

—En el jardín solo te sientas. Necesitas moverte —refunfuña Británica y, para ilustrar el concepto, se levanta y coge una escoba para barrer el suelo. La lanza vigorosamente junto a los pies de Amara y la obliga a cambiarlos de sitio—. ¿Crees que cuando Luchador está aquí te sientes más segura fuera? Entonces ¿qué haces? ¿Quedarte dentro para siempre?

—No. Por favor, solo déjame en paz. —Amara se reclina contra la pared y se vuelve a otro lado. Ignorar a Británica no es fácil. Este cuarto es incluso más pequeño que el que ella y Philos comparten en el piso superior. Los muros están pintados en bloques de color, con una avecita ocasional para romper la monotonía. No tienen atrio, ni comedor o estudio, y las ventanas apenas permiten que entre la luz. Sin embargo, Amara sigue estando más feliz dentro que deambulando por Pompeya. No es solo su seguridad. En esta casa, su relación con Philos es real. Allí fuera no puede reconocerlo por lo que es para ella y, en lugar de ello, tiene que cumplir con su papel de concubina abandonada.

—Entonces ve al jardín. —Británica da un golpe sordo junto a sus pies—. Ahora. —Amara se levanta y aferra la taza entre sus dedos, pero sus intentos por salir furiosa del apartamento se parecen más al pesado caminar de un pato.

Livia se encuentra charlando con otra de sus inquilinas cuando Amara llega al jardín. El cielo es opaco, con pesadas nubes grises, y los adoquines brillan, todavía húmedos por la lluvia de esa mañana. Amara elige su camino con cuidado, ya que no quiere resbalarse.

—¡Querida! —exclama Livia, y agita la mano hacia ella—. Flavia me ha estado contando el horrible robo en el taller de los pintores. Le han robado la mitad de sus pigmentos al pobre de su marido. Imagina.

—Es terrible —murmura Amara. Sigue esforzándose por recordar el nombre de todos los inquilinos de Julia, algunos de los cuales sospecha que no están muy contentos que digamos de mezclarse con una liberta soltera y embarazada.

—Justo cuando estaba a punto de empezar con un nuevo encargo —dice Flavia, que sacude las manos angustiada—. Ahora todo se ha demorado.

La brisa trae consigo un rocío húmedo. Amara se vuelve hacia el canal y ve que la superficie del agua se mueve con la llovizna. Livia también lo nota.

—Deberías ponerte a cubierto —le indica, y la coge del brazo—. No querrás pescar un resfriado en tu estado. —El comentario no excluye a Flavia, pero tampoco la invita.

—Será mejor que me vaya —dice Flavia, que inclina la cabeza hacia las dos—. Siento haberte retenido.

La mano de Livia es firme mientras conduce a Amara hacia la columnata.

—Deberías tener cuidado con salir a la humedad. Julia se preocupará cuando regrese de los baños. Tal vez deberías darte una vuelta por allí para calentarte.

—Apenas me he mojado —protesta Amara—, y Británica me acaba de preparar una bebida caliente. —Agita la taza frente a Livia.

—Qué bien. Me alegro de que alguien te esté cuidando. —Livia conduce a Amara hacia una de las habitaciones junto al jardín y hace que se siente en un banco al lado del brasero. Luego toma otro banco para ella misma—. Debes saber que su nueva novia no es nada del otro mundo —susurra en voz baja, y Amara sabe de inmediato a quién se refiere. La chica respetable con la que Rufo se ha casado y que apenas es poco más que una niña, o por lo menos eso es lo que dice Julia.

—Espero que sean felices —dice Amara.

—Pues yo no. Por lo menos no él —resopla Livia—. Siempre he pensado que es el tío más hipócrita. Estarías mucho mejor con alguien mayor, querida; alguien que sepa cómo apreciar a una mujer.

—Tal vez no quiera a ningún hombre —responde Amara—. Tú y Julia os las arregláis perfectamente bien.

—Cuidado —advierte Livia, pero hay una ligera risa en su voz—. No todos tienen tanta suerte. Todos tenemos que llegar a acuerdos. Bueno, excepto Julia, claro.

—¿Tú no?

—Sin Julia, no tendría ninguna libertad. Lo es todo para mí. —Livia parece más seria que nunca—. Es poco común que las mujeres tengamos la bendición de poder elegir, Amara, y sé lo afortunada que soy. Sería prudente que dejes que Julia te guíe y que confíes en ella.

—Por supuesto —contesta Amara, que inclina la cabeza con obediencia. No permite que Livia vea la intranquilidad que le cruza la cara por un instante.

Ya es de noche y Amara está acostada cuando Philos llega a casa. Puede oír el murmullo de su voz en la planta baja y el traqueteo de los tazones cuando Británica le sirve lo que ha quedado de la sopa que ha traído para los tres. Es probable que eso sea lo único que habrá comido Philos en todo el día. Amara piensa en levantarse para acompañarlos, pero le duele la cabeza y su cuerpo es intolerablemente pesado y voluminoso. Así que se queda acostada en la oscuridad, esperando el sonido de los pasos de Philos por la escalera y el tranquilo crujido de la puerta cuando intenta deslizarse al interior sin molestarla. La luz de su lámpara se pasea con lentitud por la habitación delante de él.

—Qué día más largo.

Philos se acerca a la cama y baja la lámpara antes de inclinarse a darle un beso.

—Tenía la esperanza de no haberte despertado.

—No, solo descansaba. —Mira a Philos quitarse la toga y doblarla sobre la ropa de Amara, que ya está en el banco, antes de apagar la luz y meterse bajo las mantas. La sensación de la piel de su amante contra la suya es reconfortante. La abraza y deja una mano reposando sobre su vientre—. Creo que el bebé por fin se ha dormido —dice ella, ya que sabe que él tiene la esperanza de tranquilizarse al sentir el movimiento en sus dedos—. Cuánto siento que hayas estado trabajando tanto.

—La elección implica que Rufo me asigna más tareas de lo normal. No durará para siempre. —Todas esas horas que Philos trabaja, aunque solo le paguen unas cuantas de ellas. Años de su vida que le son robados.

—¿Alguna vez pregunta...?

—No, está demasiado ocupado con su nueva esposa, y eso es mejor. Cuanta menos atención te preste, más probable será que nos deje en paz. —Philos se acurruca más cerca de ella—. No tienes dolores ni nada, ¿verdad? Ya debe de faltar poco. ¡Estás enorme! Como un lirón al que han engordado para las Saturnales.

Amara se ríe, que era la intención de él.

—Qué amable. Muchas gracias. —Amara pone la mano sobre la suya y sus dedos se entrelazan—. La partera dice que es probable que sea pronto. —Él le aprieta la mano y Amara puede sentir su miedo, el temor que sabe que Philos siente a medida que se acerca el parto y que es algo que ella misma comparte—. Estaba pensando que quizá en casa, cuando estemos solos, podemos usar nuestro nombre real.

—No. —Su respuesta es tan rápida que la coge por sorpresa—. Es demasiado peligroso. Imagínate que uno de los dos usa el nombre incorrecto por error. Sería sospechoso.

—Supongo que sí. —Amara se queda callada, con la esperanza de que al menos le pregunte cuál es su nombre o que le diga el suyo, pero no lo hace—. ¿No quieres saber cómo me llamaba mi padre?

—Solo si lo quieres compartir conmigo.

No es la respuesta más receptiva. Amara duda, y luego dice en griego:

—Me llamo Timarete. —El sonido de su propio nombre, de la persona que es en realidad, le provoca un nudo en la garganta.

—Timarete —repite Philos en voz baja, y ella se siente conmovida por el esfuerzo que él hace para pronunciar correctamente cada sílaba—. «Honor y virtud», significa eso en griego, ¿verdad?

—Sí. Las esperanzas de mi padre de que el nombre influyera en mi carácter fallaron un poco.

—No es cierto. Timarete es hermoso y te queda mejor que Amara. —Se inclina y le besa la mejilla.

Ella espera, confiando en que le diga su nombre real, pero él guarda silencio y solo le acaricia el pelo, quizá para darle afecto en lugar de una información que no desea compartir.

—¿No puedes decirme cómo te llamaron tus padres? Quiero saberlo.

—Tengo el nombre que me puso mi dueño, que no es lo mismo.

—Pero sigue siendo el nombre que conociste de niño. Debes de haber sentido algún aprecio por él. Más que por el que ahora tienes. —El nombre que le dio Terencio.

Philos deja de acariciarle el cabello.

—¿No podemos dejarlo así, por favor, o no tengo derecho a guardarme nada?

—Qué irracional por mi parte querer saber cómo se llama el hombre cuyo hijo llevo dentro —replica Amara, herida por su rechazo—. Ni que fuera algo tan terrible de pedir. —Se aleja y se encorva con los brazos alrededor del estómago. Se hace una larga pausa.

—Es Rufo.

—¡No lo puedes culpar de todo lo que pasa en este mundo!

—No. Ese era mi nombre, así que creo que es bastante obvio por qué no pude conservarlo.

Amara se da la vuelta para mirarlo de frente, esforzándose en moverse con todo el peso de su vientre.

—Lo siento.

—No lo sientas. Tienes razón, no es una pregunta tan terrible. Solo es que no tengo una respuesta agradable que darte.

—Solo te he preguntado porque sé que Philos fue... —Se detiene, ya que no quiere empeorar las cosas mencionando al hombre que abusó de él tantos años.

—Terencio les ponía nombres griegos a todos sus favoritos. Supongo que debería estar agradecido de que otro chico ya se haya tenido que comer el nombre de Eros, aunque siempre odié Philos, por lo menos hasta que te conocí. Ahora me gusta mucho escuchar que me digas «amado» en tu propio idioma. —Amara lo besa, y él le acaricia la mejilla con el pulgar—. A veces pienso en que cuando nuestro hijo sea mayor ya no podamos estar como ahora porque tendremos que fingir que no soy nadie para ti. Cuando eso pase, podrás seguirme diciendo que me amas cada vez que pronuncies mi nombre.

Amara lo abraza, feliz de que la oscuridad oculte sus lágrimas.

42

> Ver el propio rostro reflejado en un plato significa engendrar un hijo con una esclava, pero si el sueño es visto por alguien que es esclavo, debemos concluir que el plato refleja su propia esclavitud.
>
> ARTEMIDORO,
> *La interpretación de los sueños*

Sus dolores empiezan a mitad de la noche y la despiertan como garras que la sujetan y que luego la sueltan. Se queda mirando a la oscuridad. Nada. Luego el dolor vuelve y ella abre los ojos. No es un dolor espantoso, sino una advertencia, como el estruendo distante de los truenos antes de una tormenta.

Philos está dormido. El ritmo lento y constante de su respiración es como una caricia. No lo despierta aún, sino que se estruja más contra el calor de su cuerpo, encontrando consuelo en su presencia. Era mentira aquello que le dijo sobre querer al niño. Amara no tenía ningún deseo de ser madre cuando se quedó embarazada, como tampoco deseaba todos esos cambios en su cuerpo, el riesgo para su vida y la sombra que arrojaría un hijo que dependiera de ella. Sin embargo, a lo largo de los meses algo cambió. El amor que siente por Philos —ese anhelo constante y doloroso en su pecho— empezó a abarcar esa vida que lleva en su vientre.

El dolor crece de nuevo y Amara suelta un quejido. Philos se alerta y murmura su nombre en una pregunta medio a rastras del sueño.

—Creo que está empezando —le susurra.

En un instante está completamente despierto. Se incorpora en la cama.

—¿Estás bien? ¿Llamo a la partera?

—No. —Le coge la mano para tranquilizarlo—. Podemos esperar hasta mañana. Esta etapa dura horas cuando los dolores están tan separados. —La respiración de Philos ya no es constante, e incluso en la oscuridad puede ver el temor en sus ojos—. No tengo miedo —dice ella. Es casi verdad. Ha temido este momento tanto tiempo y, sin embargo, ahora que está aquí, siente alivio.

Las horas de la noche transcurren con solo ellos dos en ese umbral parecido a un sueño entre su antigua vida y la nueva. Entre los espasmos del parto, Amara puede hablar y moverse como si no pasara nada; sin embargo, poco a poco, los dolores aumentan y la distancia entre ellos se acorta. Se siente intranquila y camina por toda la habitación para aliviar la incomodidad, o se sienta derecha en la cama y jadea. El niño dentro de ella está despierto y, cuando se queda quieta, Philos reposa la mano sobre su estómago como para consolarlos a los dos.

Se acerca el alba y ambos se quedan en silencio, sabiendo que, después de que él se vaya a buscar a la comadrona, ya no se verán hasta que todo haya terminado. Philos se viste en la penumbra, envuelto por los cantos de las aves y el retumbar de las carretas en la calle. Ya no parece asustado, y su rostro desprende una extraña tranquilidad cuando se acuclilla junto a la cama para despedirse con un beso.

—Todo irá bien —sostiene—. Le diré a Británica que suba para acompañarte antes de ir a por la partera, y, después de eso, me quedaré abajo todo el tiempo. Es la instrucción que me dio Rufo.

Amara asiente, sin permitirse mostrar tampoco ninguna emoción. Nada que reconozca la posibilidad de que no se vuelvan a ver.

El dolor la azota en el momento en que oye el suave chasquido del pestillo, cuando él sale de la habitación y tiene que ahogar un quejido. El sudor le humedece la piel y se obliga a enterrar el pánico, cerrando los ojos y respirando profundamente a medida que la presión desaparece. En los respiros entre los espasmos, oye los murmullos entre Philos y Británica en el piso inferior, y luego los pesados golpes de los pasos de la britana por la escalera.

—¿Qué necesitas? —Británica está sin aliento y su rostro resplandece por la anticipación. Es como podría haberse visto en la víspera de una batalla. Eso provoca de inmediato que Amara se sienta más fuerte.

—Un poco de pan y menta y miel caliente. Tengo que comer mientras pueda para superar esto.

Británica asiente y se dirige a la escalera. Amara va hacia los postigos y los abre, soltando el aire en un siseo a través de los dientes cuando siente otra sacudida. Se aferra del borde de la ventana hasta que se le pasa. El sol lanza su brillo rosado, que tiñe los techos con un profundo matiz anaranjado, y la montaña a lo lejos está envuelta en una neblina azul.

Vuelve a caminar de un lado a otro por la diminuta habitación hasta que vuelve Británica. La britana la sigue por todas partes, observándola comer y beber.

—¿Quieres que me quede contigo? ¿Para el parto?

—Sí, por favor, quédate. —Amara confía en que Valentina, la partera, sea buena en su trabajo, ya que ha venido con las mejores recomendaciones de Drusila, pero sigue sin querer estar sola con desconocidos. Un golpeteo en la planta inferior la sobresalta—. Es ella —le susurra a Británica—. Ya ha llegado.

El trueno que la despertó por la noche no es nada en comparación con la tormenta que envuelve a Amara cuando se ve arrastrada de manera inexorable al sufrimiento del parto. Hay momentos en que quiere salirse de su propio cuerpo, enterrando las uñas profundamente en sus muslos y agachada sobre la enorme silla de parto de Valentina. Las dos asistentes desconocidas de la comadrona intentan calmarla sobándole la espalda y murmurando obviedades acerca del hijo sano que le dará a su patrón. Amara no puede soportar que la toquen, ni tampoco la sensación de la tela sobre la piel, así que tira constantemente de la manta que Valentina le ha puesto sobre las rodillas para proteger su pudor.

—Soy una puta —masculla cuando Valentina trata de volverla a tapar—. ¡Todo eso me la suda!

La partera, que sin duda está acostumbrada a todo tipo de comportamientos en la cámara de parto, no insiste y asiente hacia una de sus asistentes para indicarle que retire la manta del suelo donde Amara la ha arrojado.

—Ya falta poco —le dice con voz honda y tranquila—. Necesitas dejar de pelear contigo misma.

Amara grita cuando otra oleada de dolor la desgarra. No es solo su cuerpo el que se abre, sino que el suplicio desgasta su mente como un fuego abrasador que la vacía de todo, excepto de ese ritmo brutal e imbatible. Valentina está postrada entre sus rodillas.

—La próxima vez, quiero que empujes cuando sientas que viene, empuja con todas tus fuerzas. —Apenas termina de decírselo cuando Amara empieza a gritar. Seguramente la muerte sería menos terrible que esto—. Sigues luchando contra ti misma. Súbete a la ola cuando la sientas venir y expulsa el dolor de tu cuerpo.

—No puedo —gime Amara—. No puedo.

Nota que alguien la coge de la mano, y la presión en sus dedos es tan intensa que de algún modo consigue alertarla.

—Eres fuerte —le dice Británica, y Amara se vuelve hacia ella, fijando su mirada en los ojos de la britana cuando la siguiente oleada empieza a crecer. Entonces conduce toda su atención hacia el dolor. Grita, pero no de terror, sino de ira, empujando con la ferocidad que siempre ha garantizado su supervivencia.

—Sigue así —la alienta la partera—. Lo estás consiguiendo; el bebé casi está aquí. —Esta vez, cuando nota que viene la oleada de dolor, Amara empuja con todas sus fuerzas antes de que llegue, arrasando con el sufrimiento. Ya no está a merced de la tormenta, sino que es su dueña—. Ya casi lo logras. Vas bien. —Amara no se permite sentir el agotamiento que pende de ella como el sudor. El dolor vuelve a crecer, y usa hasta el último reducto de fuerza para empujar, aferrada con tal ímpetu a la mano de Británica que oye cómo grita su amiga. El bebé patea con fuerza dentro de ella y luego se desliza hacia los brazos de Valentina.

Hay un instante de silencio atónito, seguido de un alarido. Valentina ríe.

—Furiosa como su madre.

Amara está tan agotada que casi no tiene la energía para inclinarse a ver a su propio bebé. A su hija. Intenta inclinarse hacia donde está agachada la partera, pero siente como si hubiera un fuego entre sus piernas que la quema con cada movimiento.

—¿Está sana?

Valentina ha acostado a la bebé sobre la manta en el suelo y la inspecciona, masajeándole las extremidades y pellizcándole. La niña llora con furia cada vez que la exploran. Amara hace una mueca ante el sonido.

—Está sana —concluye al fin Valentina—. No le encuentro ningún defecto. No hay razón para deshacerse de ella. —Amara estira los brazos porque quiere cogerla, pero Valentina le entrega la niña a una de sus asistentas, que también está acuclillada junto a los pies de Amara—. Recuéstate en la silla y exhala lentamente. —Valentina le oprime el vientre de manera firme con el cordón estirado en las manos—. Otra vez. —El peso cambia por todo el cuerpo de Amara cuando la pesada carga que ha estado llevando tantos meses se desliza para salir de ella. La comadrona sonríe aliviada. Ha terminado la parte más peligrosa del alumbramiento.

—Por favor, quiero cogerla.

—Te la traeré a la cama después de bañarla.

Desesperada por ver a la niña, Amara trata de ponerse de pie, pero, para su propio asombro, no es capaz. Toda la fuerza ha abandonado su cuerpo con el parto. Una de las asistentes de Valentina le acaricia el hombro y le murmura que espere. Siente que le cae agua en la piel y se da cuenta de que es la mujer, que la está limpiando. Y entonces ve la sangre. Hay tanta acumulada en el suelo, salpicada en sus piernas, en las sábanas mojadas. Son las secuelas de la violencia. Amara piensa en Félix y en toda la sangre que ha derramado; sin embargo, su fuerza y su poder no son más que una sombra. No se necesita nada para quitar una vida, pero se requiere de todo para darla. La asistenta confunde la expresión en el rostro de Amara.

—Es toda por el parto —la tranquiliza—. Ya no sangras tanto. Ha pasado lo peor.

Con la ayuda de Británica se tambalea hacia la cama, con más telas envueltas alrededor de su cuerpo para detener el flujo de sangre. Observa que Valentina masajea con aceite y fenogreco la delicada piel de su bebé antes de quitárselos con una esponja con agua. La niña grita para protestar y a Amara le duele el cuerpo por el anhelo de tenerla. Cuando por fin le llevan a la niña, perfectamente arropada, Amara está a punto de llorar.

Su carita está roja y arrugada y su boca apretada en un puchero; sus ojos azules, muy abiertos, no dejan de parpadear. Se le antoja extraña y familiar al mismo tiempo. Amara le acaricia la cabeza, que está cubierta con una suave pelusa, y las lágrimas se derraman por sus mejillas.

Británica se inclina para mirar.

—Como rana —dice con una gran sonrisa. Amara

suelta un resoplido de risa y las dos mujeres revelan su alivio con un torrente de risas que casi llega al grado de la histeria. Valentina intercambia miradas con sus asistentas.

—¿Tu patrón desea que lo visite en persona? —La elección de las palabras de Valentina es cautelosa. La bebé nunca tendrá legalmente un padre, pero el reconocimiento informal de Rufo y su apoyo implican, cuando menos, que Amara conservará algún vestigio de su estatus como concubina.

—No, creo que no. Pidió que lo informara su mayordomo. —Amara piensa en Philos, que espera abajo, y las lágrimas amenazan con abrumarla de nuevo.

—¿Qué mensaje debo darle de tu parte al mayordomo para que lo comunique?

—Que tiene una hija sana y que, si está dispuesto, le propongo llamarla Rufina. En honor a su padre.

En las horas posteriores al nacimiento de Rufina, Amara no puede dormir a pesar del agotamiento. No tiene una nodriza, ya que no puede pagarla, así que coloca a la niña sobre su pecho, intentando alentarla a que coma. Valentina le deja consejos y lociones, por si la leche de Amara se retrasa o le duelen los pechos, mientras que las asistentas queman incienso para endulzar el aire. Británica le trae un guiso a Amara y coge a la bebé, murmurándole palabras de aliento al pequeño ser, al que sigue llamando Luchadora.

Transcurre una larga y dolorosa espera antes de que Philos pueda visitarla. Amara envía a Británica a buscarlo en cuanto Valentina se va, y el corazón le late con fuerza cuando oye sus pasos corriendo por la escalera. Se queda allí, parado en la puerta, y, a pesar de toda la incertidumbre a la que se enfrentan en ese momento, Amara solo siente dicha.

Philos se sienta a su lado y desliza un brazo alrededor de sus hombros al tiempo que le besa la frente. Puede sentir la intensidad de su alivio.

—¿Quieres cogerla?

Él asiente y se queda por completo quieto mientras Amara le pasa con cuidado a Rufina.

—¡Es tan diminuta! —Philos se queda mirando fijamente a la niña como si no fuera capaz de creer lo que ve. La sostiene con tal ternura que el corazón de Amara, ya de por sí tocado por todas las emociones, le duele todavía más—. No le has enviado ningún mensaje a Rufo sobre tu propia salud. He tenido que preguntarle a Valentina si estabas a salvo y me ha prometido que estarás bien. Me lo ha jurado. Estás bien, ¿verdad?

—Sí, solo muy cansada.

—Ahora puedes dormir. Yo la cuido, tú descansa. —Se inclina para besar a Rufina y luego la mira fascinado—. Es tan perfecta.

—Británica piensa que parece una rana.

Philos ríe.

—Tal vez un poquito, pero es una rana perfecta.

—Sí que ha pateado como una rana cuando ha salido. —Amara se desliza en la cama para quedarse acostada. Philos le canturrea con suavidad a su hija y ella los mira a los dos, con el cuerpo destrozado que se le relaja al fin ahora que él está aquí. Cierra los ojos y se dice que solo será un momento antes de caer profundamente dormida.

43

> Muéstrenme a un hombre que no sea esclavo; uno es esclavo del sexo, otro del dinero, otro más de la ambición; todos son esclavos de la esperanza o del temor.
>
> Séneca, *Cartas de un estoico*

La primera noche después del parto es el último sueño ininterrumpido que se le concede a Amara. El ritmo salvaje de la bebé por las noches la arrastra a un estado de agotamiento más allá de cualquier cosa que pudo imaginar. Los gritos de Rufina la despiertan cada hora, y, la tercera noche, cuando Philos le entrega otra vez a la niña para que la alimente, Amara solloza y trata de esconder la cabeza bajo la manta.

Philos también está extenuado y ya no es tan ágil, por lo que se tropieza con torpeza al vestirse mientras lucha por salir de casa en las madrugadas, trabajando sin parar hasta el anochecer, cuando el tormento empieza de nuevo para los dos.

Los días de celebración y visitas familiares que habrían seguido al nacimiento de una hija si Amara estuviera casada o fuera rica se han convertido ahora en un extraño estado de aislamiento. Británica la atiende e incluso aprende a bañar y arropar a Rufina, asegurándose de que Amara no haga otra cosa que no sea alimentar a la niña o dormir. Julia también la hace sentirse menos sola. Su casera la visita todas las mañanas y le lleva regalos de comida y juguetes. Unos cuantos días después del nacimiento, Julia le insiste en que la acompañe al jardín.

Se sientan juntas, envueltas en mantas, mientras que la bebé duerme plácidamente en el regazo de su madre en un cruel contraste con sus noches de vigilia.

—Tienes que decidir a quién invitarás a la ceremonia de nombramiento —dice Julia, que estira la mano para darle un sorbo al vino dulce que está en la mesa contigua.

—No estaba segura de si sería apropiado llevarla a cabo.

—¡Tonterías! —Julia agita su copa para dar énfasis y el líquido oscuro salpica contra el borde—. Si te preocupa el tamaño del apartamento, estaré encantada de ser la anfitriona. —Julia es demasiado educada como para mencionar que Amara podría temer el coste.

—Eres tan amable, pero ya has hecho demasiado por mí.

—Amara, vas a tener que aprender a ser más como mi madre. Nunca declines un obsequio. Ya de por sí es difícil traer a este mundo a un hijo ilegítimo como para aferrarte a tu orgullo.

Rufina suspira hondo en brazos de Amara, con una respiración satisfecha y ruidosa. Julia la observa con una mirada dulce poco usual en ella, al tiempo que Amara tranquiliza a la niña.

—¿Cómo era tu madre?

—Ah. —Julia dirige la mirada al otro lado del jardín, como si imaginara su figura parada allí, y, aunque sonríe, su expresión se ensombrece por la melancolía—. Era la mejor y la peor persona que puedas imaginar. Pero es justo decir que me enseñó todo lo que sé y no pasa un día en que no esté agradecida con ella.

—¿Tu padre siempre la apoyó?

—Sí, aunque nunca superó la amargura de que dejara de usarla como concubina y la pensionara. En aquella época yo tendría unos diez años. Antes de eso, era su favorita y su vida giraba alrededor de la felicidad de mi padre. Él le regaló esta casa. Puedo recordarlo aquí, en el jardín. Cuando llegaba, abría los brazos y esperaba que lo recibiéramos corriendo para escuchar con gran atención cada una de sus palabras. —Julia ríe al ver la expresión de Amara—. No era fingido. Yo sí amaba a mi padre y, como su única hija sobreviviente, disfruté de privilegios que son inimaginables para la mayoría de las hijas ilegítimas.

—¿Tu madre lo amaba?

—Sí, y eso era una desgracia. La compró cuando era muy joven y luego la liberó para que fuera su concubina. Siempre fue generoso, pero en realidad no merecía la adoración que le brindaba mi madre como si fuera un dios. Fue un error que después decidió que no cometería su hija. —Julia toma otro sorbo de vino—. Un error que quizá tú no cometiste con Rufo.

—Alguna vez pensé que lo amaba.

—¿Hasta que te enteraste del contrato? —Amara asiente, ya que no quiere comunicarle cuál fue el verdadero momento en que murió su afecto—. Debo admitir que fue una sorpresa, incluso para una vieja cínica como yo, pero ahora que se ha casado estás a salvo. No puede revocar tu libertad y, a la larga, quizá pronto, encontrarás otro patrón.

La mirada cargada de significados de Julia la pone intranquila. No tiene intención de dejar a Philos, pero es difícil que lo reconozca en voz alta, en vista de que Julia no sabe nada de la relación.

—Estoy segura de que habrá multitud de hombres pegándose por llegar a la puerta de una concubina abandonada con una recién nacida.

Julia ríe.

—Qué ingenua puedes ser. ¿Crees que la prueba de tu fertilidad no te hace valiosa? Y prácticamente no te han abandonado, querida. A pesar de sus defectos, Rufo sigue reconociéndote, y llevas el apellido del almirante. Además, querría pensar que mi amistad vale de algo.

—Vale mucho. De verdad, no sé qué habría hecho sin tu apoyo.

—No te está obligando a halagarla, ¿verdad? —Es la sarcástica voz de Livia a su espalda. Al volverse, la ve acercándose despacio e inclinándose para ver a Rufina—. Hola, ranita —la saluda Livia, y se le llenan las mejillas de hoyuelos al sonreír con afecto. Se sienta al lado de Julia y se apoya en ella; Julia le pone una mano sobre la rodilla—. Espero que no te importe, pero le he pedido a tu mayordomo que me redacte un contrato esta mañana. Es un joven muy útil, ¿verdad? Y qué bonitos ojos tiene.

—Siempre y cuando le hayas pagado —responde Julia en nombre de Amara.

—¡Claro que le he pagado! —Livia parece ofendida. Bebe de la copa de vino de Julia—. Me ha contado que, cuando terminen las elecciones, se hará responsable del cuidado de la niña.

Por su comentario, Amara se da cuenta de que Livia debe de haber interrogado al detalle a Philos, porque él nunca ofrece de manera voluntaria ninguna información sobre su vida.

—Sí, eso es cierto. También ayudó a educar a Rufo.

—¿En serio? No creía que fuera tan mayor. Es extremadamente apuesto.

—Espero que no hayas coqueteado con el pobre chico. —Julia mira a Livia con las cejas levantadas. Entre ellas se cruza una mirada llena de significado, casi divertida, pero más enigmática. Livia sonríe.

—Sabes que nunca lo haría. —Deja la mano reposando sobre la de Julia, y el gesto es tan íntimo que Amara se vuelve hacia su hija, haciéndole arrumacos y fingiendo que no ha visto nada.

Esa noche, cuando Amara le cuenta a Philos la propuesta de Julia de organizar una ceremonia de nombramiento, se muestra muy entusiasmado con la idea. Se sientan juntos en la cama y él le rodea los hombros con un brazo. La lámpara de aceite lanza una sombra larga y ondulante sobre las paredes. Los frescos de su habitación son de los más económicos, con patrones geométricos en blanco y negro, y es difícil distinguir la pintura de las sombras. Rufina está agarrada del pecho de Amara para una de sus incesantes comidas y su chupeteo es, a la vez, incómodo y un alivio para la presión de la leche.

—Cualquier cosa que afirme que ha nacido libre le hará la vida más fácil. —Philos acaricia con afecto los deditos del pie de su hija, que están atados debajo de la faja—. Nunca habría imaginado que alguna hija mía llevaría una lúnula. —Hay cierta veneración en la forma en que dice la palabra. Se trata del collar que indicará el estatus libre de Rufina y que la colocará en una categoría diferente como ser humano a la de su padre, e incluso a la de su madre, que lleva la mancha de un pasado como esclava.

—Pero me sabe mal que Julia lo pague todo.

—No lo habría ofrecido si no quisiera hacerlo. Además, debo de haberles ahorrado una buena cantidad de dinero. Su último contrato con el proveedor de vino de los baños era un acuerdo espantoso.

—Livia ha dicho que hoy la has ayudado.

—Eso ha sido para una compra personal. Es evidente que le gustan las cosas buenas de la vida. —Philos suena más divertido que crítico.

—Creo que está bastante embelesada contigo.

Él se ríe.

—No creo que sea su tipo, y no solo porque sea un esclavo.

Amara sonríe, pero siente la mención incidental de su esclavitud como si estuviera metiendo el dedo en una herida que nunca sana.

—Estaba pensando —dice Amara mientras cambia

a la bebé hacia su otro pecho— que, cuando Rufina sea un poco mayor, deberíamos tratar de conseguir tu libertad. Puedo pedírselo a Rufo como gesto de agradecimiento por tus cuidados hacia ella. O podemos ofrecerle de nuevo comprarte. Tal vez Julia me preste el dinero.

—Podemos intentarlo, pero creo que deberíamos disfrutar del momento que tenemos ahora en lugar de sufrir todo el tiempo por el futuro. —Philos le acaricia el hombro donde reposa su mano.

—Pero tu trabajo es tan duro y recibes tan poco a cambio...

—Pero eso basta para mantenernos si le añades la mesada de Rufo. Además, estamos juntos, en relativa seguridad. Muchos matrimonios ni siquiera tienen tanto.

—Le he preguntado a Valentina sobre el entrenamiento como partera. No se ha mostrado muy alentadora.

—Quizá no le guste la idea de competir con la hija de un médico. —Philos le besa la sien—. Mi amor, apenas has dado a luz hace una semana. Creo que te puedes permitir un poco de tiempo para poner tu vida en orden antes de empezar a ofrecerte para traer al mundo a los bebés de otra gente.

Amara se muerde el labio y la ansiedad la carcome.

—Pero su dote...

Philos ríe.

—¡Nació hace cinco días! —Se mueve para quedar frente a su rostro y le acaricia la mejilla—. Sé por qué te preocupas; lo entiendo, pero no tendrá tu vida ni la mía. Te lo prometo.

Amara ya le ha contado a Philos su propio viaje hacia la esclavitud, la dote que sus padres nunca ahorraron y que obligó a su madre a venderla después de la muerte de su padre para no ver cómo su hija se moría de hambre. El inicio de su largo y despiadado recorrido hasta Pompeya y hasta las manos de Félix.

—No puedo soportar que no seas libre —dice, incapaz de detener las palabras, a pesar de que sabe cuánto daño le harán—. A veces siento que no me permite respirar.

—Lo sé. —Philos coloca la mano que tiene libre sobre Rufina, en tanto que la otra descansa suavemente sobre la mejilla de Amara—. Esa es la razón por la que importa tanto la protección de Julia. —Philos no concluye lo que piensa, pero de todos modos Amara puede oírlo en su mente. «Por si acaso me alejan de vosotras.»

44

> Pero aquellos que ves con apariencia parecida y rostro como el de sus dos padres, estos brotaron del cuerpo del padre y de la sangre de la madre... De dos corazones que respiran al unísono en una pasión mutua, donde ninguno domina al otro ni es dominado.
>
> LUCRECIO, *De la naturaleza de las cosas*

Rufo no asiste a la ceremonia de nombramiento de Rufina, como tampoco lo hace su verdadero padre. Amara no está segura de si esto facilita las cosas, si ver a Philos como un esclavo ignorado en la Nominalia de su propia hija será todavía más doloroso que su ausencia. Tenía algo de esperanza de que Rufo fuera quien le regalara la lúnula, pero, en lugar de eso, su antiguo patrón envía un fastuoso plato de frutas y un caballito de juguete sobre ruedas. Es Julia la que le regala el precioso collar que implica la libertad de la niña: una media luna pequeña con una delicada cadena. Está hecha de plata y, al ver el amuleto sobre la piel de su hija, Amara siente un poco de alivio para el apremio que pesa en su corazón. Empieza a creer que Philos tiene razón: esta niña no repetirá los destinos de sus padres, sino que tendrá el suyo propio.

El sacerdote entona oraciones para purificar a la niña y quema ofrendas de granos y vino sobre el altar de Julia. Hace predicciones para el futuro de Rufina en la dirección hacia donde flota el humo: un matrimonio feliz y numerosos hijos. Amara sospecha que la arenga es la misma para la ceremonia de cualquier niña; sin duda, es lo mismo que les prometió el sacerdote a sus propios padres hace años en Afidnas.

La reunión es muy pequeña: Julia, Livia, Británica, Drusila y Primo. Amara no puede evitar imaginar a todos los que faltan. Se imagina mostrándoles su hija a sus padres y piensa en cuántos aspavientos habría hecho su madre y cómo habría sonreído su padre. Imagina también la felicidad de ver a Dido cargando en brazos a su hija. Intenta no pensar en Berenice o en Victoria.

Ya han pasado varios meses desde que Amara vio por última vez a Drusila, pero la presencia de otro niño hace que la ocasión sea más relajada. Primo está muy ocupado disfrutando de los regalos de Rufina, en especial del caballito con ruedas que traquetea de un lado a otro sobre las baldosas. Amara tenía un poco de miedo de que Drusila no se presentara, y sospecha que, si la invitación no hubiera venido de Julia, es muy probable que se hubiera mantenido alejada. Amara ya no es alguien que valga la pena conocer, por no mencionar que le sigue debiendo dinero a Drusila. Por el momento, esta no da señal del enfriamiento en su relación, sino que carga a Rufina con la facilidad de una madre, meciéndola y sonriendo.

—¿Tus padres tenían los ojos de ese color? Es tan bonito.

—Mi padre —Amara miente—, pero sospecho que ese azul es porque todavía es una bebé. Sin duda se oscurecerán con el tiempo.

—Tiene tu boca —afirma Drusila, y tuerce los labios en una sonrisa traviesa—. Espero que se haya librado de la nariz de su padre.

Julia ríe.

—Querido Rufo. No es ningún Adonis. En definitiva, debemos orar porque la niña se parezca a su madre.

Amara sonríe como aceptación del elogio. Es demasiado pronto para saber el aspecto que tendrá su hija, ya que su rostro sigue pareciéndose más al de una rana que al de un humano, pero Amara no puede evitar ver algunos rasgos de Philos. La finura de las facciones, el espacio amplio entre sus ojos de color azul grisáceo que le da una apariencia casi felina. «Sus ojos se volverán marrones», se dice.

—¿Cómo te trata la vida de casada? —le pregunta a Drusila.

—Ampliato me acaba de comprar un telar —responde ella con una sonrisita de suficiencia— para impresionar a los visitantes con mis logros femeninos. Aunque todavía no se ha puesto nada de lo que le he tejido. Ni siquiera su devoción llega a tales grados.

—¿Estás hablando de mi padre? —Primo, como todos los niños pequeños, tiene un talento para escuchar a escondidas—. Me prometió que más tarde jugaría conmigo a las tabas.

—Ah, y ha adoptado a Primo.

Julia aplaude y todas las mujeres exclaman sus felicitaciones. Drusila asiente como agradecimiento, y es obvio que está muy complacida. Amara se alegra por ella, pero no puede evitar la punzante sensación de envidia. Todo en Drusila proclama su riqueza. La exquisita tela de su túnica, la delicada esencia de rosas que lleva...; pero quizá, más que nada, su aire de felicidad. Parece justo lo que es: una mujer que ha asegurado el futuro de su hijo y el suyo.

Las primeras semanas de Rufina pasan tan rápidas como lentas. Los días transcurren, mezclándose unos con otros. Poco a poco, Philos está más tiempo en casa, y también hay momentos, cuando Amara está con él y con Británica, en que puede simular que son una familia. Por insistencia de Británica, también empieza a aventurarse fuera del complejo de Julia. Empieza con un breve paseo matutino por el mercado, junto a la arena que hay detrás del jardín de Julia, primero con la britana y luego ella sola.

Cada día se va volviendo todo más fácil. Para cuando Rufina cumple los dos meses, Amara se ha vuelto menos cuidadosa. Deambula por el mercado, paseándose entre los puestos de comida y con el corazón animado por la vista de tanta vida a su alrededor. Habla con su hija en griego y la carga para ver el puesto de artículos de piel, apuntando a los talismanes que cuelgan, mientras la vendedora le sonríe con indulgencia. Hermero sigue vendiendo flores en la esquina de la plaza, pero no se le acerca; el recuerdo de su última visita con Victoria continúa siendo muy doloroso.

Cuando llega a la arena, se detiene para mirar el enorme edificio detrás del cual brilla el sol. Más rápido que el pensamiento, un brazo la rodea por la cintura y siente la presión de algo afilado contra las costillas. La conmoción es todavía más grande que el terror.

—No grites. —Se vuelve para mirarlo. El rostro de Félix es tranquilo, y la única emoción que muestra es una sonrisa encantadora, como si estuviera saludando a una querida amiga—. No te voy a hacer daño si te quedas quieta.

—Suéltame. —Quiere sonar imperiosa, pero su voz es un murmullo.

—Nos vamos a sentar en aquel banco. —Félix apunta con la cabeza hacia el asiento que alguna vez compartieron ella y Victoria contra el muro del viñedo.

—No. —Amara aferra a Rufina y su pecho se agita a medida que crece el pánico.

—No te pongas histérica. —Su voz es razonable, incluso tranquilizadora—. Te prometo que no te haré daño. —Vuelve a presionar con fuerza la punta del cuchillo contra sus costillas—. A menos que te resistas.

Amara camina con él hasta el otro lado de la plaza con la respiración sofocada, como si se estuviera ahogando. Félix la dirige al banco y durante todo el camino se dedica a hacer comentarios constantes y sonrientes en los puestos por los que pasan, como si estuviera ayudando a su agotada esposa a sentarse para descansar.

—No ha estado tan mal, ¿verdad? —afirma con tono agradable cuando se sientan el uno junto al otro. Su brazo sigue rodeándola, con la daga oculta bajo su manto.

—¿Qué quieres?

—Ese no es un saludo muy amigable. ¿No me vas a preguntar por Victoria o por cómo va mi negocio?

—Que te den.

Félix se ríe.

—Te he echado de menos, Amara.

—Si me retienes aquí, Británica vendrá a buscarme.

—No tengo intención de retenerte. Ya tengo una esposa adorable. Por cierto, cuando le dije que iba a verte me dio un mensaje para ti. ¿Quieres oírlo?

—No me interesa nada de lo que pueda decir Victoria.

—Te ruega que la perdones. —Amara no responde, y su expresión se endurece—. ¿De verdad creíste que te dejaría en paz, que permitiría que te rieras en mi cara? Como si solo te estuvieras riendo de mí. —Félix echa la cabeza hacia atrás, como si contemplara las vides que trepan por la pared—. ¿Puedes creer que hubo un tiempo en que te consideré una rival? Qué tonto. Y allí estabas tú, abriéndole las piernas a un esclavo. ¡Un esclavo! —Se ríe tanto que sacude los brazos, y Amara está aterrorizada de que la corte por accidente—. Eres todavía más estúpida que mi esposa. ¿Qué te dijo él para lograr que tiraras tu vida por la borda?

Amara se obliga a mantenerse impávida.

—No sé de qué me hablas.

—¿Esa es su bastarda? —Félix inclina la cabeza hacia Rufina. Amara abraza con más fuerza a su hija, intentando alejarla de su vista—. Cuando Victoria me lo contó, debo admitir que pensé que era una puta mentira. Ese muerto de hambre que solía ir a recogerte al burdel. ¡¿A ese elegiste?!

—No sé lo que te ha contado Victoria, pero no es cierto.

—Entonces ¿vamos a jugar? —Félix le acaricia las costillas con el canto de la hoja hasta que ella se sienta rígida y con la mirada fija en él—. ¿Ya tengo tu atención? —Su voz es tenue. Cuando Amara no contesta, le oprime el cuchillo un poco más.

—Sí —gime ella.

—Buena niña. —Félix sonríe, y el odio se atora en la garganta de Amara como un hueso de aceituna, lo bastante amargo como para asfixiarla—. La primera vez que Victoria me mostró tu encantadora casa, me fascinó ver el baúl en el tablino, colocado justo debajo de la ventana de tu habitación. Estoy seguro de que sabes a cuál me refiero. Ese tipo de baúl donde una chica como Victoria podría subirse si quisiera mirar a tu dormitorio y ver qué estabas haciendo por la noche. En especial dado que tuviste la suficiente consideración como para mantener una lámpara encendida que iluminara toda la cama. —Félix sigue mirándola a los ojos y Amara sabe que es incapaz de ocultar su temor.

»Victoria protestó, pero al final siempre hace lo que yo quiero. —Félix se encoge de hombros—. ¿Sabes? No deberías odiar tanto a mi esposa. Me ocultó tu secreto más de medio año y solo decidió traicionarte cuando le conté cómo nos acostábamos cuando venías a pagarme la deuda; también le dije que pensaba que serías mejor esposa que ella. Como puedes imaginar, cuando salió con su escabrosa historia, pensé que podría haberla inventado por despecho. —Félix se inclina más hacia Amara, y ella protege a Rufina, ya que no desea que ninguna parte del cuerpo de su atacante toque a su hija—. Pero ¿sabes qué me convenció? La obligué a repetirme exactamente lo que vio esa noche. No una vez, sino cientos de veces. Describió con tantos detalles insufribles cómo te folló, como si el recuerdo se proyectara en su memoria, y, en cada ocasión, su narración era la misma. Porque era verdad. —Lanza un suspiro largo y satisfecho—. Ambos sabemos que Victoria no tiene la suficiente inteligencia como para memorizar una mentira tan elaborada como esa. Para contarme con precisión cómo te tocaba y cuándo. —Félix se sacude asqueado—. Aunque pensé que se había inventado la parte de los sollozos. ¿De verdad haces eso? ¿Lloriquear con él cuando termina?

Amara se obliga a mirarlo sin parpadear ni demostrar la repugnancia que amenaza con dominarla.

—¡Todo eso es mentira!

—Entiendo por qué querrías mantenerte firme en tu historia. Si consideramos lo que sucedería si alguna vez llega a descubrirse... —Félix vuelve a sonreír y el rostro se le arruga divertido, de modo que cualquiera que los esté mirando nunca imaginaría que la está amenazando—. ¿Cuánto está pagando Rufo para mantener a la bastarda que su esclavo tuvo con una puta? —Amara desvía la vista y no responde—. ¿Cuánto me pagarías a mí para tener la boca cerrada?

—Eres muy ingenuo si crees que Rufo se molestaría en escuchar cualquier cosa que viniera de ti.

—Coincido: podría ser que no lo hiciera al principio. Pero, después de leer la carta varias veces, me pregunto si no podría empezar a sumar dos más dos. Me pregunto cómo obtuvo Philos su actual puesto, si le pediste quedártelo. Si alguna vez dijiste o hiciste cualquier cosa que pareciera sospechosa. Digo yo que al menos podremos estar de acuerdo en que el ricachón interrogaría a Philos. A los esclavos siempre los interrogan bajo tortura. Tu amante no se vería tan guapito después de eso, ni aunque consiguiera cerrar la puta boca.

Amara nota que le arden los ojos. Rufina se ha quedado dormida, acurrucada contra su pecho, como si los precarios brazos de su madre fueran un sitio seguro.

—¿Cuánto quieres?

—Creo que un pago mensual de veinte denarios lo cubriría.

—¡No nos quedará nada con qué vivir!

—Me temo que eso es lo que pasa cuando te lanzas a los brazos de un esclavo. Tal vez habría sido más inteligente aceptar la oferta de otro hombre en lugar de tirarte a un don nadie. —Esa es la única referencia que hace Félix a su rechazo, pero Amara puede sentir su enfado en la forma en que su cuerpo se endurece. ¡Su ira de que haya elegido a un esclavo en lugar de a él!—. Y luego está el asunto de tu preciosa hija. —Su voz es suave, como si estuviera arrullando con cariño a la niña.

—No la toques.

—Qué bonita lúnula trae puesta. Sería una pena que la perdiera.

—Nadie tiene el poder de esclavizarla. Soy una liberta.

—Poco importa si se revela quién es el padre.

—Un niño siempre es libre si la madre era libre en el momento de darlo a luz —le grita Amara—. Deja los jueguitos de una puta vez.

Félix sonríe, disfrutando de la confusión que le ha provocado.

—¿De verdad no lo sabes? Ya no estamos en Grecia, Amara. —Está al borde de la risa, y su sincero regocijo le hiela la sangre—. Dejaré que su padre tenga el placer de explicarte la situación. —Félix se acerca con la daga, que oprime de nuevo contra ella—. Cuando lo haya hecho, creo que descubrirás que el precio es barato. De hecho, es tan barato que podría subirlo en algún momento dado. —Félix estira la mano hacia Rufina y, aunque Amara intenta volverse para alejarse, está atrapada por el cuchillo, y eso la obliga a permitir que Félix ponga las yemas de los dedos sobre la cabeza de su hija. El temor y el odio se retuercen con tal fuerza alrededor de su corazón que es incapaz de detener las lágrimas que le queman los ojos al salir—. Todos los días de tu vida, Amara, sabrás que tengo el poder de destruir a todos los que amas. —Félix retira la mano—. Ven aquí la semana que viene para pagarme. Mismo lugar y mismo día. Y no traigas a esa perra británica. —Retira el brazo y se levanta de manera abrupta para alejarse entre la multitud sin mirar atrás.

Amara no está segura de si sus piernas serán capaces de llevarla de vuelta por el mercado. Cruza por el jardín de Julia con la cabeza gacha, esperando que su amiga no la vea, ya que sabe que no será capaz de ocultar su angustia. No solo es la amenaza lo que le provoca náuseas, sino la repentina sensación de verse expuesta. Todos esos momentos de vulnerabilidad con Philos han sido revelados y vistos a través de los desdeñosos ojos de Félix. Sus dedos buscan a tientas el pestillo de su apartamento y, cuando logra entrar, se deja caer en un taburete junto a la mesa. Sus movimientos erráticos despiertan a la niña, que empieza a dar alaridos. Amara intenta desanudarse la toga para alimentarla, pero tiembla tanto que la bebé tiene la cara roja de rabia antes de que lo logre. En cuanto Rufina se coge de su pecho, Amara empieza a sollozar y sigue haciéndolo cuando Británica vuelve con la comida.

—¿Qué pasa? ¿Luchadora está enferma?

—Félix —dice Amara con voz entrecortada—. Lo sabe. Sabe lo de Philos porque Victoria se lo contó.

—¡Victoria! —Británica enseña los dientes con expresión de absoluta ferocidad—. ¡Te digo que mejor muerta!

Amara deja la cabeza reposando sobre una mano y sigue llorando, incapaz de contradecirla.

—Félix me ha dicho que me ruega que la perdone.

—Yo la perdono —gruñe Británica—. Cuando los

cuervos le sacan los ojos. —Se arrodilla en el suelo al lado de Amara—. Deja que lo mate.

Se miran a los ojos sin fingir que la sugerencia de Británica es más que tentadora.

—Es demasiado peligroso. Victoria sabría quién lo hizo y buscaría venganza.

—Los mato a los dos.

Amara sacude la cabeza.

—Tengo que pagarle. —Británica suelta una grosería por la frustración—. No puedo arriesgarme a perderte; no puedo arriesgarme a que vinculen el asesinato conmigo. No es que dude de ti, pero es demasiado peligroso.

—Cuando cambies opinión, lo hago. —Británica se levanta y se yergue encima de Amara, mirándolas a ella y a la niña—. Y ahora ¿cómo le pagamos?

—Venderé el arpa que me regaló Rufo. Eso nos comprará unas cuantas semanas.

—Era para dote de Luchadora.

—Esto es más importante —responde Amara, que desvía el rostro, avergonzada—. Si no le pago a Félix, ¡ella no tendrá la oportunidad de casarse, ni de tener una dote, ni nada!

Británica golpea la pared con la mano y su cuerpo se retuerce por la frustración, por toda la venganza que no puede cobrarse.

—Es como estar allí —exclama, y Amara sabe a la perfección adónde se refiere.

Amara y Británica casi no hablan durante la mayor parte de la tarde. Están unidas por una sensación de impotencia, pero por poco más. No solo es el dinero lo que le hace perder la esperanza a Amara, sino la amenaza contra la seguridad de Rufina. Las palabras de Félix se repiten una y otra vez en su mente mientras acaricia la lúnula de su hija, como si el amuleto pudiera ejercer su propia protección mágica.

No la consuela tampoco que Philos trabaje hasta tarde. Amara oye su llegada y el tono alegre de su saludo, seguido del murmullo furioso de Británica y de la exclamación asustada de él. Cuando irrumpe en la habitación del piso superior, Rufina está dormida en su cuna y Amara está sentada, rodeándose el pecho con los brazos.

—Británica dice que Félix te ha amenazado. —Philos se deja caer en la cama a su lado—. Dime, por favor, que no os ha hecho daño a ninguna de las dos.

—No lo ha hecho, pero sabe lo nuestro. ¡Victoria se lo ha contado todo! —Amara le aferra la mano—. Quiere veinte denarios al mes o se lo contará a Rufo.

—Pero ¡eso es casi todo lo que tenemos!

—Lo sé. —Si Amara esperaba que ver a Philos la haría sentirse mejor, la mirada de derrota en sus ojos solo empeora su propia sensación de impotencia—. Félix ha dicho otra cosa. Sobre Rufina. Que, si se supiera que eres su padre, la esclavizarían, pero eso es mentira, ¿no es cierto? Solo estaba torturándome. Un hijo siempre tiene el estatus de la madre cuando nace; ¡todos lo saben! —Al principio interpreta la expresión turbada de Philos como prueba de que Félix ha mentido, pero, cuando él solo la mira con los labios entreabiertos y no le ofrece ninguna confirmación, empieza a entrar en pánico—. No es verdad. Dime que no es verdad. Un hijo siempre tiene el estatus de la madre.

—En general.

—¿Qué quieres decir con «en general»?

—A veces se puede revocar —contesta Philos con la expresión más seria que le haya visto jamás—. Si una mujer liberta o que es libre tiene una relación no autorizada con el esclavo de otra persona, su unión se puede declarar ilegal. Eso quiere decir que sus hijos son esclavos del propietario del padre. —Forma un puño y se lleva los nudillos a los labios—. ¡Pensaba que lo sabías!

Amara lo mira boquiabierta.

—¿Rufina sería esclava? ¿Le pertenecería a Rufo?

—A Hortensio. —Amara suelta un gemido de angustia—. Pero eso no pasará. —Philos la sostiene de los brazos para mantenerla quieta—. Le pagaremos a Félix. Nadie se enterará jamás. —Amara solo lo mira con los ojos muy abiertos por el miedo—. Y, aunque nos descubrieran, se trata de un proceso legal. No puedo imaginar que Rufo quisiera un escándalo, en especial ahora que lo han elegido. Sería mucho más fácil matarme y dejar sola a la niña. Por eso cualquier participación de Julia, cualquier reconocimiento público de que Rufina ha nacido libre, sirve para protegerla.

—Pero no puede ser esclava. ¡No puede! ¡Nunca permitiría que Hortensio la tuviera! —Amara recuerda la forma en que el padre de Rufo le recorrió el cuerpo con las manos, apretándola como si estuviera parada en un mercado de esclavos, y lo imagina como dueño de su hija—. Moriría antes de permitir que la tocara.

—Hortensio no se la llevará —le dice Philos, que intenta calmarla—. Está a salvo aquí. Nadie la tocará. Es libre.

—Cuando te vas a trabajar para Rufo, no lo puedo aguantar. ¡No puedo tolerar que sea tu dueño! Pero me suicidaría si ella fuera esclava.

—Eso no va a pasar. —Philos la besa—. Te lo prometo.

—Debería haber matado a Victoria. Británica tenía razón.

—¡Por supuesto que no deberías haberla matado! No seas ridícula. Si alguien tiene la culpa, ese soy yo. —Amara sabe lo que dirá y trata de interrumpirlo, pero él insiste—. Nunca habría imaginado que no sabías todos los riesgos a los que nos enfrentábamos, y lo siento. Desearía no haber traído tanto dolor a tu vida.

—No es tu culpa. —Amara le rodea el cuello con los brazos y se acerca a él—. No te culpo de nada de esto. —Quiere reconfortarlo más, decirle que no se arrepiente de amarlo y que nunca se arrepentiría de tener a su hija, pero en ese momento, con la imagen de Hortensio en su mente, no puede forzarse a decirlo.

45

Ama, te pido que me quieras.

Grafiti en Pompeya

El arpa les compra un mes. Durante ese tiempo, reducen sus gastos de manera drástica, ahorrando todo lo que pueden para que el dolor de cada pago sea menos intenso. Philos baja de peso, y, a pesar de sus protestas, Amara sospecha que hay días en que no come para ahorrarles el gasto de los alimentos. El dinero no es su única dificultad. La amenaza de Félix se cuela en cada área de sus vidas. Ocasiona tensión en su amistad con Británica, la hace sentir constantemente ansiosa acerca de su hija y corroe la sensación de seguridad que siempre había sentido entre los brazos de Philos. Cuando su cuerpo se recupera lo suficiente como para dar los primeros pasos hacia la intimidad, Amara no puede deshacerse de la sensación de que Félix los mira. Es como si la hubieran arrastrado de vuelta a los primeros días de su relación, y, si no fuera porque Philos es tan amoroso y paciente, sospecha que habría perdido toda capacidad para experimentar placer.

Los pocos momentos en que Amara siente que la oscuridad se esfuma de su hogar son cuando ve a Philos bañar o vestir a su bebé, absorto en el amor por su hija. Su tranquilidad calma a Amara, aunque detesta la razón por la que puede permanecer tan imperturbable. Sabe que su estoicismo es el resultado de toda una vida sin control alguno; de la comprensión que adquirió desde su infancia en cuanto a que las únicas cosas que alguna vez lograría dominar serían sus propias emociones.

Por insistencia de Philos, Amara permanece cada vez más tiempo con Julia, permitiendo que su relación arroje una sombra de protección sobre Rufina. Con el paso de las semanas, Amara empieza a pasar más tiempo con Julia y con Livia que en casa. Julia siempre la presenta a sus diferentes invitados como la liberta del almirante, y siempre deja que se sepa su nombre completo: Gaia Plinia Amara. A su pesar, Amara empieza a disfrutar de estas noches fuera de la oscuridad de su apartamento, sin las constantes y extenuantes necesidades de su hija. Se reclina en el comedor externo de Julia con los demás invitados, sin tener que preocuparse por el coste de los alimentos y del vino. Su única obligación es ser encantadora y, gracias a los exhortos de Livia, comienza a tocar la lira frente a los demás de nuevo, agradecida de no haber vendido su instrumento.

Cuando Amara llega a casa por las noches y se escurre dentro de la cama junto a Philos, él le pregunta sobre las personas a las que Julia ha invitado. En la oscuridad, le resulta difícil interpretar su expresión, pero puede sentir la tensión en su cuerpo y oír lo forzada que parece su voz. Jamás discuten lo evidente, pero Amara sabe que Philos no es tan ingenuo como para no comprender la que sería la ruta más fácil para salir de sus dificultades financieras; la manera más segura de eliminar la amenaza que pende sobre su hija. No necesitan discutir su vida anterior como concubina de un hombre rico. En lugar de eso, el pasado descansa junto a los dos dentro de su misma cama, tan tangible como una tercera y silenciosa presencia.

Amara sigue buscando a Valentina, y sus acercamientos a la partera para que le consiga trabajo no son del todo infructuosos. El proceder de Valentina se vuelve un poco más amable después de que Amara la visite con los invaluables pergaminos de Plinio acerca de las plantas, además de diversos remedios herbales para aliviar enfermedades que su padre le enseñó a elaborar. Sin embargo, a pesar de todos sus esfuerzos por congraciarse con ella, Amara sabe que aprender un nuevo oficio le llevará mucho tiempo y que hay pocas oportunidades para que logre ganar lo que necesita con la suficiente velocidad como para mantener alejado a Félix.

Es en mayo, poco después de las Lemuralia, cuando Amara ve a una figura conocida reclinada en compañía de su casera. El impacto que siente no es tanto por la presencia de Demetrio, que ha temido durante tanto tiempo, sino por el hecho de que Julia no la haya avisado de que las acompañaría. Amara sabe que se le han adelantado. Julia le hace un gesto a Demetrio, sin duda para avisarlo de que se acerca su presa, y él se vuelve hacia ella. El liberto del emperador es mayor de lo que recuerda, aunque la intensidad detrás de sus ojos oscuros sigue siendo la misma.

—Felicidades por el nacimiento de tu hija —le dice al tiempo que se levanta para saludarla. Su mirada se pasea por su figura ahora voluptuosa; es demasiado educado como para quedarse mirándole los pechos—. La maternidad te sienta bien.

—Rufina es una pequeñita adorable —comenta Livia—. Todos le tenemos un enorme cariño.

Amara coloca una mano sobre su corazón en reconocimiento a los halagos que acaba de recibir, pero se siente aliviada de que Demetrio no exprese deseo alguno de conocer a la criatura. Amara no está segura de si podría soportar que Philos la trajera.

—¿Has venido a visitar tus propiedades?

Se sientan juntos y Julia se cambia al sillón contrario, donde Livia está reclinada.

—Entre algunos otros deberes. —Se vuelve hacia Julia—. Siempre es un placer visitar a los viejos amigos.

—¿Y te quedarás mucho tiempo en Pompeya?

—Dependerá de lo bienvenido que sea. —Responde mirando a su anfitriona, pero es a Amara a quien dirige su respuesta. Ella siente cómo se sonroja y sabe que debe de parecer como si fuera a causa del placer que siente, más que por la ansiedad.

—No seas ridículo, como si tuvieras que preguntarlo. —Julia agita una muñeca de manera afectuosa en dirección a Amara—. Querida, ¿te molestaría mucho tocar algo para nosotros? Me da mucha pena abusar de tu generosidad, en especial porque apenas acabas de llegar, pero tu voz es tan relajante.

Julia ni siquiera hace el intento de parecer sutil, y, si no se sintiera bajo tantísima presión, Amara quizá se reiría de su atrevimiento.

—Por supuesto —murmura, pero antes de que pueda siquiera levantarse para ir en busca de su lira, uno de los sirvientes de Julia se la entrega. Ante eso, Demetrio mira a Amara y levanta una de sus cejas. Hay cierta calidez en su diversión, sin rastro alguno de burla, y, a su pesar, Amara le devuelve la sonrisa.

—Espero que no seas así de autoritaria con todos tus invitados —le dice a Julia—. Ni pienses que voy a empezar a cantar si me lo pides. Han pasado demasiados años desde que me veía obligado a agasajar a los presentes con tal de poder comer.

Amara lo mira, sorprendida. No se estará refiriendo a su pasado como esclavo, ¿verdad? Totalmente reclinado en el sillón, les sonríe a Julia y a Livia, que están acurrucadas la una con la otra, tan satisfechas como un par de gatos. Nada en su proceder sugeriría que es un hombre que acaba de hacer una confesión vergonzosa. Quizá no ha sido más que una expresión, no una indicación de que alguna vez se haya visto obligado a entretener a los presentes.

Las cuerdas de la lira se notan tirantes bajo los dedos de Amara cuando empieza a tañerlas para asegurarse de que el instrumento esté bien afinado. Comienza a tocar el himno de Safo a Afrodita, una canción que siempre interpretaba con Dido y con Drusila y que conoce tan bien que hay poco peligro de que cometa ningún error. Para su alivio, Demetrio empieza a hablar con Julia en lugar de fijar su inquietante atención sobre ella.

Lo escucha hablar sobre sus propiedades y sospecha que las preguntas de Julia están pensadas para presumir de su riqueza, del mismo modo que ha logrado presumir de las habilidades artísticas de Amara. Por la conversación, parece que Demetrio no solo posee viñedos y olivares, sino también un gran territorio de pesca frente a las costas. Amara trata de concentrarse en su presentación y hace todo lo que puede para bloquear la incesante letanía de riquezas.

Julia y Livia insisten en que Demetrio también hable de su vida en Roma, pero él no revela nada sobre sus negocios a nombre del emperador Vespasiano y solo se limita a pronunciar elogios de lo más generales hacia su señor. Su discreción le recuerda un poco a Philos o, incluso, a Segundo. El servicio siempre deja su marca. Se empieza a preguntar, a su pesar, cómo es que Demetrio ha terminado siendo propiedad de la familia imperial, cómo obtuvo su libertad, si lo esclavizaron en Grecia o si, al igual que ella, había nacido libre.

El tema que parece no cansarlo jamás es la transformación de su ciudad adoptiva, Roma. Se esfuerza por describir el nuevo Templo de la Paz y la prolongada construcción del Anfiteatro Flavio.

—Podrías meter la arena de Pompeya casi diez veces dentro —le explica a Julia—. La escala es inimaginable. Se invirtió la riqueza entera del gran Templo de Jerusalén en su construcción. —Sus palabras despiertan un eco en la mente de Amara. Recuerda a su antigua sierva, Martha. «Pregúntale al almirante por qué ahora Jerusalén no es más que cenizas.» Amara continúa tañendo las cuerdas de la lira, ya sin cantar, a fin de escuchar mejor lo que dicen—. Ya no la reconocerías como la ciudad que alguna vez visitaste. Su grandeza no se parece a nada que alguna vez esperé atestiguar; y eso lo digo como un hombre que creció a la sombra del Templo de Zeus.

—¿Eres de Olimpia? —Amara no puede evitar interrumpirlo—. ¿Creciste en la ciudad sagrada? —Demetrio asiente, y no parece desagradarle su interés, aunque tampoco ofrece mayor información—. Mi padre siempre quiso hacer una peregrinación hasta allí para ver la estatua de Zeus antes de morir.

—Eres de Ática —responde Demetrio en griego. Es una afirmación, no una pregunta, y Amara no sabe si lo ha adivinado por su acento o porque lo averiguó de Plinio—. Dicen que Palas Atenea siempre deja su marca sobre aquellos que vienen de su propio reino. Me pregunto si eso se aplica en tu caso.

En su mente, Amara puede ver la estatuilla de vidrio de la patrona de Ática en la casa de sus padres. Palas Atenea, diosa de la sabiduría y de la estrategia, más amada que cualquier otra inmortal en la ciudad en la que nació. La diosa que Amara abandonó a favor de Venus, la patrona de Pompeya. Como quizá Demetrio también alguna vez abandonó a los dioses de sus padres.

—He oído —le responde Amara en latín— que el Templo de Minerva en Roma rivaliza con cualquier cosa que podría encontrarse en Ática.

Intercambian una mirada de entendimiento.

—De la misma manera en que Roma supera a Atenas en todos los aspectos —contesta Demetrio. En ese instante, Amara casi podría estar viendo a su propio padre. La conocida y torcida sonrisa que reservaba cuando hablaba acerca del poderío de Roma. «Todo lo que tienen lo cogieron de nosotros, Timarete. Nunca lo olvides.»

—Griegos —exclama Livia poniendo los ojos en blanco—. Sois todos de lo más insufribles con vuestro desdén. Como si no nos diéramos cuenta de lo que pensáis.

—Dado que el dominio de Roma sobre Atenas no presenta duda alguna —dice Demetrio, todavía divertido—, creo que nos podrías perdonar nuestras pequeñas bromas. —Le sonríe a Amara—. Y tú tienes toda la razón acerca del Templo del Capitolio, aunque es solo una de las muchas maravillas de la ciudad.

Amara inclina la cabeza, repentinamente nerviosa ante la posibilidad indeseada de que le extienda una invitación para llevarla allí.

—Deberías ver el trabajo que se está haciendo en nuestro propio Templo de Venus —tercia Julia—. Quizá no seamos tan sofisticados aquí en Pompeya como lo son en Roma, pero todavía hay algunos lugares que bien vale la pena visitar. —Se pone de pie—. ¿Nos acompañas, Amara?

Amara mira hacia el jardín y a las sombras que se extienden por este.

—Necesito alimentar a Rufina —dice con cierta tristeza, como si le pesara no poder aceptar la invitación.

—¿Acaso tu antiguo patrón no te ha proporcionado una nodriza? —Demetrio parece disgustado, aunque resulta difícil determinar si su desaprobación se dirige hacia ella o hacia Rufo.

—No tiene importancia. Puedes acompañarnos más tarde, querida —le dice Julia a Amara, interrumpiendo la pregunta de Demetrio para ahorrarle mayor vergüenza. Amara les hace una profunda reverencia a todos y, mientras se aleja, oye las palabras que Julia le masculla a Demetrio: «Esas cosas se rectifican con facilidad».

Cuando Amara vuelve, Philos está en casa, Rufina dormida en el piso de arriba. Verlo, sentado e inclinado sobre unas tablillas de cera en la pequeña y oscura habitación, hace que su pecho se comprima. Se inclina para besarlo y él la mira con una sonrisa. Es el tipo de intercambio abierto de afecto que otros amantes dan por sentado, pero que sigue siendo preciado para ellos dos.

—¿Ya has comido? —Se dirige hacia el brasero, desesperada por hacer algo por él.

—No tengo mucha hambre. ¿Por qué no comes tú?

—Voy a cenar con Julia más tarde.

—Entonces sí querría un poco, gracias; pero deja algo para Británica.

—¿Más trabajo de Rufo?

—No, mucho mejor que eso. Julia me ha pasado algunas cuentas que quiere que revise para una amistad suya, de modo que es trabajo pagado.

—¡Eso es maravilloso! —exclama Amara, aunque su estómago se hunde al pensar en lo mucho que le deben a su casera y en lo furiosa que estará Julia cuando rechace a Demetrio. Le da vueltas a la comida, un caldo de conejo que Británica compró el día anterior y que han intentado estirar para que dure un par de días. Ahora es el momento en que debería contarle a Philos lo de Demetrio, para que planeen juntos cómo debe llevar el asunto. Amara se vuelve hacia la mesa. Revisa las tablillas de nuevo y una profunda arruga cruza su frente. Imposible no notar los oscuros círculos bajo sus ojos y el aire de agotamiento que lo envuelve como una especie de capa. Le caen en la mano unas gotas del caldo de la olla hirviendo. Amara inhala con fuerza y retira la olla del calor. Philos no se vuelve cuando ella lo sirve en un cuenco. Huele un poco mal.

Se sienta al otro lado de la mesa y coloca el plato frente a él.

—Muchas gracias. —Cierra las tablillas y vuelve a sonreírle—. Recuerdo que una vez me dijiste que te incomodaba que yo te sirviera; ahora a mí me incomoda comer sin que tú lo hagas.

—He comido de sobra hoy; te lo prometo. —Ante las palabras de Amara, al fin coge su cuchara y empieza a comer mientras ella continúa—. Recuerdo ese día. Fue la tarde en que decidí comprar a Victoria, después de la visita de Fabia. —Amara piensa en todo lo que ha sucedido desde entonces, y suspira—. Desearía haberte escuchado.

—La querías. Me habría resultado fácil decirte que dejaras a Victoria allí, pero también dudo que hubieras hecho caso a ese consejo. —Amara piensa en el otro consejo que le dio Philos y que también ignoró. El día en que le rogó que lo dejara. Si no hubiera permitido que el amor la guiara en ese entonces ¿cómo sería su vida ahora?—. Pareces melancólica —le dice—. Espero que no te culpes. Sabes que yo no lo hago.

Philos la mira con sus amables ojos grises colmados solo de preocupación. La hacen sentir atemorizada. No de Julia, ni de Demetrio, y ni siquiera de Félix, sino de sí misma y del dolor que sabe que es capaz de producir. En su mente, ya no está mirando a Philos, sino a Menandro, cuando rompió la lámpara a sus pies. Se recuesta en su banco.

—Voy a revisar a Rufina —dice con voz ahogada. Philos se queda abajo, sorprendido, mientras ella sube deprisa por la escalera.

Rufina está dormida, pero parece intuir la presencia de su madre cuando Amara se inclina sobre su camita; respira y se mueve bajo las mantas. Amara se deja caer al suelo y se abraza las rodillas, incapaz de tolerar la sofocante sensación de amor. Le duele lo mucho que ama a esta niña, a esta pequeña personita que se suponía que liberaría a su padre, pero que solo ha atrapado a su madre.

—Está bien. —La voz de Philos es suave cuando se acuclilla junto a ella. Pasa el brazo por encima de sus hombros y ella oculta la cara contra su pecho, sollozando—. ¿Qué sucede, amor mío?

—Tengo tanto miedo de perderte. —No es más que

una verdad a medias, pero es lo máximo que se atreve a decir.

Philos continúa acariciándole el pelo, su barbilla descansa sobre su cabeza.

—¿A qué viene todo esto? —Amara no le responde, sino que llora todavía más—. Sea lo que sea, sabes que puedes contármelo.

Amara desea contarle lo de Demetrio, confesarle el terror que siente. Decida lo que se vea obligada a decidir, necesita pedirle consejo a Philos o, por lo menos, advertirlo de la existencia del otro hombre, de la inminente amenaza y oportunidad que representa otro patrón. Y, sin embargo, ¿no avergonzaría a Philos ser cómplice de su venta? Sin duda ningún hombre querría admitir que está dispuesto a prostituir a la madre de su hijo, incluso a cambio de la supervivencia de la familia. Quizá sería más amable tomar la decisión a solas. Amara se aferra a Philos con el rostro todavía hundido contra su pecho.

—Perdóname —le dice con la voz ahogada en su túnica para no tener que mirarlo a los ojos—. No es nada en particular. No sé qué me ha pasado. Es solo que estoy muy sensible desde el nacimiento de Rufina. —Se incorpora al tiempo que se limpia el rostro y se obliga a sonreír. La niñita empieza a llorar, alterada por todo el ruido, y Amara se levanta rápida—. Más vale que la alimente. Tú vete y termina de cenar. —Le da la espalda y se inclina sobre la cuna. Philos le coloca una mano sobre el hombro.

—Solo si de verdad estás segura de que estás bien. Podría quedarme aquí con las dos.

—Estaré bien. Te lo prometo. Por favor, ve a cenar. —No se da la vuelta cuando se marcha. Se sienta sobre la cama y empieza a alimentar a su hija. Las líneas blancas y negras de la pared parecen difuminarse mientras las mira, distorsionadas a través del velo de sus lágrimas, que transforman el mundo en un mar de grises.

46

> Pero las lágrimas no pueden apagar la llama;
> inflaman el rostro y derriten el alma.
>
> Grafiti en Pompeya

Demetrio está sentado a solas en el comedor exterior, mirando hacia el jardín. Amara tiene un breve momento para estudiarlo antes de que la vea; está completamente relajado y es evidente que se siente más que cómodo en su propia compañía. La riqueza y el poder se posan a su alrededor, tan ligeros como los pliegues de su lujosa túnica. Presiona una mano contra su rostro. Sigue notando sus ojos calientes por haber llorado antes, pero el ocaso debería ocultar cualquier imperfección en su piel. Amara ha representado una infinidad de papeles en su vida, y se dice que esta no es más que otra máscara, quizá no más difícil de llevar que cualquier otra.

Demetrio la ve cuando llega hasta él, una mirada astuta en el rostro.

—Julia ha insistido en que estaba demasiado cansada como para comer. Una sugerencia todavía más sutil que la de su comportamiento anterior. —Le habla en griego y Amara nota que su voz es más profunda en su idioma natal. También hace que su tono sea más difícil de interpretar.

—Puedo irme si así lo prefieres.

—De ninguna manera podrías imaginar que eso es lo que preferiría. —La mira fijamente a los ojos, no con deseo, sino para evaluarla. Ella no desvía la mirada—.

Entiendo, por lo que me dijo el almirante, que alguna vez trabajaste en el burdel de la ciudad. No actúas como ese tipo de puta.

—¿Tan extensa es tu experiencia con las putas de los burdeles?

—No era mi intención ofenderte. —Sonríe ante su irritación—. Pero tu historia es algo estrafalaria. La explicación de Plinio de que te contrató para que lo auxiliaras con sus investigaciones sería irrisoria si proviniera de cualquier otro hombre, pero lo conozco desde hace el tiempo suficiente como para estar familiarizado con su insaciable curiosidad. —Amara casi sonríe ante esta descripción de su benefactor. Demetrio la sigue observando—. Le tienes mucho cariño, ¿verdad?

—La palabra *cariño* ni empezaría a expresar la gratitud que siento hacia él.

—¿Y qué hay de tu joven patrón, del padre de tu criatura?

—También estoy en deuda con él.

—Pero no le tienes el mismo aprecio que le tienes al almirante. —Una de las comisuras de la boca de Demetrio se curva en una sonrisa—. Plinio me contó que le rogaste que te contratara como secretaria en los términos más apasionados y desesperados. —Amara no baja la mirada, aunque sus mejillas se enrojecen por la mortificación—. De no haberte visto con él en Miseno, jamás habría creído tal historia; ni siquiera de Plinio. Una puta de burdel que trata de seducir al almirante de la flota romana no por medio de su cuerpo, sino de su mente.

Amara no se permite mostrar rastro alguno de la vergüenza que siente.

—Me alegra que mi historia te haya divertido tanto.

—He estado en servicio mi vida entera. Créeme que no me estoy riendo de ti. —Le sirve una copa de vino y coge una para él—. ¿Por qué terminó tu último acuerdo? Y no temas que te vaya a juzgar por despreciar a tu anterior patrón; prefiero la franqueza.

—El acuerdo se basaba tan solo en la pasión que sentía por mí, y cuando terminó por agotarse también se agotó su patrocinio. ¿Acaso hay alguna otra razón por la que acaban tales cosas? —Amara da un sorbo al vino. Algo en la frialdad de Demetrio la tranquiliza—. El deseo de su familia por que se casara también tuvo algo que ver.

—¿Lo amabas?

—¿Amas tú a la mujer que hace de tu concubina en Roma? —Amara lo observa fijamente para que no quede duda de que ella lo somete al mismo escrutinio al que la está sometiendo él.

—Estoy agradecido con ella, y ahora esa gratitud ha cogido la forma de una pensión por todos los años que me ha servido en el pasado. —Le da vueltas al vino dentro de la copa—. Pero no has respondido a mi pregunta.

—Porque creo que eres lo bastante inteligente como para deducir la respuesta tú solito.

Demetrio lanza un bufido.

—La respuesta de un político. —Le hace un gesto para que se siente junto a él—. Ven aquí. —Son apenas unos pasos los que dividen uno de los sillones del otro, pero Amara no tiene ninguna duda de la línea que está a punto de cruzar. Sus movimientos son fluidos y no muestran señal alguna de vacilación. Ha acumulado sus tristezas y sus culpas para esconderlas a gran distancia detrás de una pared de hielo. Experimentará todos esos sentimientos más tarde. Demetrio le coloca una mano, cálida y pesada, sobre la pierna—. No te propongo un acuerdo como el anterior, basado en absurdas expectativas románticas, pero la verdad es que me intrigas, *Plinia* Amara. Me gustaría ver si nos adaptamos. Te sugiero que vengas conmigo a Estabia unas cuantas semanas y, si nos entendemos bien, te llevaré a Roma. De lo contrario, puedes volver a tu vida en Pompeya.

—¿Y qué hay de mi hija? —Amara plantea la pregunta con calma porque la idea de dejar atrás a Rufina, de lo que eso significaría en realidad, es un dolor que aún no ha empezado a comprender.

—Estoy más que dispuesto a cubrir los gastos del alquiler, de una nodriza y de todo lo demás para garantizar que se la cuide aquí en tu ausencia. Julia me ha dicho que tienes un mayordomo confiable. Podemos pagarle lo que pienses que se requiera. —Demetrio le retira uno de los rizos del pelo, acomodándolo detrás de su oreja para poder verla bien—. Créeme, la suma que nombres no me parecerá más que una minucia.

Amara sabe que no es un cumplido relacionado con lo que ella vale, sino una afirmación de su riqueza.

—¿Y tendré permitido verla?

—En caso de que decidamos redactar un acuerdo, estoy seguro de que podría dispensarte de tus servicios durante un mes o más cada año para que la vieras y pusieras en orden cualquier otro asunto que pudieras tener aquí. —Amara se queda mirando al suelo, consciente de que la está observando y de que es capaz de notar cada expresión que cruza por su rostro—. Puedo darte hasta mañana para que consideres mi propuesta si eso es lo que necesitas.

—¡No! —Demetrio levanta las cejas, sorprendido. Amara cierra la mano con fuerza, enterrándose las uñas en la palma. En su mente, puede ver a Philos trabajando en casa y a Rufina durmiendo, y la idea de abandonarlos a los dos es una agonía que va más allá de lo que puede tolerar. Si vuelve ahora, jamás tendrá la fuerza suficiente para darle a Demetrio la respuesta que su hija necesita—. Quiero decir que no..., eso no será necesario. —Inclina la cabeza—. Por supuesto que me siento honrada de aceptar tu propuesta.

Sus inquietudes no han pasado desapercibidas.

—No suenas muy entusiasta que digamos. —La voz de Demetrio es seca.

Amara se obliga a mirarlo directamente a los ojos.

—Es solo que un cambio de suerte de tal magnitud es... abrumador.

Detecta en su rostro algo que parece tranquilizarlo.

—Solo si estás segura —masculla, ya sin ocultar el deseo en su voz.

Apenas tiene un instante para prepararse antes de que la coja entre sus brazos, el tiempo suficiente para evitar empujarlo de manera instintiva. Quizá Demetrio intuye su reticencia o, al menos, decide no agarrarla de manera forzosa. Se acerca a ella y la besa con suavidad en los labios, pasando un dedo por la base de su garganta. Su mano es cálida cuando la coloca contra su esternón y sabe que podrá detectar los latidos de su corazón. Sus caricias no son desagradables en sí. Amara lo besa, aplastando la culpa que experimenta, bloqueando los recuerdos de Philos y tratando de no pensar en lo diferente que se siente al abrazar al hombre al que ama. Demetrio se vuelve más apasionado y la atrae, y su entrenamiento con Félix sale a la luz. Les ha brindado placer a incontables hombres; los movimientos, la manera de tocarlos, todo ello está arraigado en su interior. Pero, cuando empieza a bajarle la túnica del hombro, lo detiene.

—Ya no soy ninguna puta de burdel. —Presiona los dedos con firmeza contra sus labios, como para sellarlos—. Puedes esperar hasta Estabia para disfrutarme.

Hay un tono de mando en su voz, un retorno a la frialdad que le ha mostrado antes. Cuando él le sonríe en respuesta, Amara sabe que no lo ha juzgado mal. Demetrio se aleja de ella y coge su copa de vino.

—Está bien, querida —dice con un dejo de diversión en la manera en que pronuncia la expresión de cariño—. Como desees.

Amara se despierta mucho antes de que la luz empiece a colarse a través de las contraventanas. No ha podido decirle nada a Philos la noche anterior. Quiso hacer el amor con ella y fue demasiado egoísta como para negarse, sabiendo que podría ser la última vez que la tocara con ternura, la última vez que se sentiría tan cerca de él. Cuando lloró diciendo que estaba aterrada de perderlo, no era mentira, incluso aunque no se mereciera su consuelo.

Ahora, contempla el perfil de su amante y el vaivén regular de su respiración. Por encima de su silueta, puede ver a Rufina a través de los barrotes de su cuna, su diminuta boca apretada en un mohín, sus pobladas pestañas contra sus mejillas. Amara jamás imaginó que fuera posible sentir un amor como este. No creyó, después de perder a sus padres, que alguna vez volvería a tener una familia. Su deseo por tocar a Philos es tan abrumador que le coloca una mano sobre el hombro. Debe de haber estado a punto de despertarse, porque incluso esa leve presión hace que empiece a moverse. Abre los ojos, mirando directamente a los suyos, y le sonríe.

Las palabras que Amara querría decirle, la confesión que sabe que debe hacerle, se evaporan ante esta muestra de felicidad. No soporta destruir a su familia, aún no. En lugar de eso, se acerca para besarlo y se promete que se lo dirá más tarde. Se levantan en silencio para no despertar a Rufina, quien por suerte ha empezado a dormir durante varias horas de una tirada. Philos le entrega su túnica a Amara y le retira el pelo de la parte de atrás cuando se la pone, acariciándole los hombros mientras coloca sus rizos. Una vez que los dos están vestidos, Amara despierta a su hija para alimentarla, intenta no pensar en lo pronto que tendrá que abandonar a su bebé.

—Hoy voy a trabajar con Livia —le dice Philos—, y Británica piensa pasar el día con Luchadora. ¿Tú estarás con Julia como siempre?

—Sí, tiene a un invitado que se está quedando con ella. —Amara hace una pausa y trata de encontrar las palabras que podrían preparar a Philos para la revelación que habrá de destrozarlos, pero él se inclina para darle un suave beso en los labios antes de que tenga la oportunidad de decir nada más. Se pregunta, al verlo marcharse, si sospecha algo, pero sin querer saberlo.

Amara logra pasar el resto de la mañana con Julia, Livia y Demetrio sin mostrar señal alguna de la angustia que anida en su corazón. Acepta las felicitaciones de sus amigas y las insinuaciones de Livia con gracia, agradecida por tener tanta práctica para ocultar sus sentimientos. La emoción de Julia compensa sus frecuentes silencios y Amara se obliga a sonreír hasta que le duelen las mejillas, mientras los demás desmantelan la vida de su familia aquí en Pompeya. Julia sugiere que Amara viaje a Estabia en cuanto encuentren a una nodriza adecuada para Rufina, algo que Livia declara que no tardará más que un par de semanas. Amara asiente para mostrarse de acuerdo, aunque la idea de dejar a su hija le pesa como una piedra dentro del pecho.

Una lluvia torrencial repentina las ahuyenta del jardín y, con una sensación de horror, Amara se encuentra a solas en la biblioteca con Demetrio, después de que Livia sugiriera que quizá querría escucharla leer.

—Después de todo —declara Livia con una traviesa mirada mientras se aleja—, ¡le funcionaba de maravilla al almirante!

El sonido de la lluvia, que cae como un torrente sobre el techo, ahoga el latido del corazón de Amara mientras ella y Demetrio se miran. El hombre mayor tiene la espalda girada hacia la ventana, cuya tenue luz hace que su silueta destaque como si fuese una estatua del foro. Amara busca el tono de voz imperioso de la noche anterior, esperando volver a controlarlo con su frialdad.

—¿Qué quieres que te lea? —le pregunta en latín, buscando entre los pergaminos amontonados sobre los estantes de Julia.

—Nada. —La palabra en griego la detiene por completo mientras Demetrio se acerca a ella. Está muy próximo, el aroma de lavanda de su loción capilar domina el leve perfume de la lluvia. Mira su rostro, las profundas arrugas que le surcan la piel y el hueco profundo bajo sus ojos—. Sí, soy viejo —comenta con sequedad. Un dedo suave le recorre la mejilla—. Como Hades y Perséfone.

Hay cierta autoburla en su voz, así como autoridad, y Amara descubre que no sabe cómo interpretar a este hombre, ni cómo responder ante él. Decide depender de lo más evidente, de lo que aprendió de Félix, pero le atrapa la muñeca antes de que su mano pueda alcanzarlo.

—No. Quiero tocarte.

Amara deja que su mente se quede en blanco cuando Demetrio la apoya con suavidad contra la pared y su mano se desliza entre sus piernas. De alguna manera, es peor que la esté tocando como lo haría un amante, no con los dedos incautos y avariciosos de los hombres del burdel. Se estremece cuando le desata la túnica a la altura del hombro, exponiéndole los senos al aire frío, insistente en su fallida búsqueda por brindarle placer. Amara permite que sus párpados se cierren y empieza a utilizar todo el repertorio de gemidos aprendidos de Victoria, deseosa de que termine. La respiración de Demetrio se agita, Amara abre los ojos para ver cuánto le queda y emite un grito ahogado de estupor.

Philos está parado, inmóvil, en la puerta, con un montón de tablillas de cera entre los brazos y una mirada de horror en la cara. Sus ojos se encuentran, la angustia es patente entre ambos, y después se da la vuelta y se aleja.

47

No siempre una mujer finge amor
cuando suspira y se aferra a un hombre
en un estrecho abrazo.

LUCRECIO,
De la naturaleza de las cosas

Amara recurre a las reservas de engaño que ni siquiera imaginaba que poseía para poder superar el resto de su encuentro con Demetrio. Su grito ahogado pasa como exclamación de éxtasis y sus temblores parecen ser las secuelas del placer. Es una actuación tan convincente que apenas necesita tocar a su nuevo patrón para llevarlo a su propio clímax. Pero, en lugar de tener el tiempo para derrumbarse con su conquista, Demetrio se ve obligado a detener a Amara para que pueda controlar los temblores que la recorren. La intensidad de su reacción parece sorprenderlo y complacerlo.

—No creo que Estabia nos haga falta a modo de prueba —murmura, acercándola más a él—. Te quiero en Roma conmigo.

Amara siente que tiene que soportar cien años de sonrisas y risas fingidas antes de tener la oportunidad de volver a casa. Tan pronto como entra en la cocina y ve el rostro de Británica, sabe que Philos debe de haberle dicho algo.

—Está con Luchadora —dice Británica señalando al techo—. Jamás lo veo así.

Amara sube la escalera a toda prisa y empuja la puerta de la habitación. Rufina duerme en su cuna y Amara mira a su alrededor en busca de Philos. Está de espaldas a ella, reclinado contra la ventana que da a la calle, como si añorara escapar de allí.

—¿Cuánto tiempo llevas entreteniendo a los invitados de Julia? —le pregunta sin darse la vuelta—. ¿Y cuándo ibas a decírmelo?

—Esa ha sido la primera vez. Lo juro. Te lo juro.

Se vuelve a mirarla.

—No sé si te creo. —Por su tono de voz, Amara determina que no es una acusación, es solo la afirmación de un hecho.

—Te prometo que es cierto, Philos. Te lo prometo. Y hoy no me ha sido posible rechazarlo sin ofender a Julia. Sabes lo mucho que nuestra vida depende de ella, lo mucho que la vida de Rufina depende de ella. Solo siento que me hayas visto... —Amara no puede seguir. En lugar de ello, repite la escena en su mente, como Philos debe de haberla visto; el cuerpo semidesnudo de la mujer a la que ama, agitándose bajo las caricias de otro hombre. Se lleva una mano a la boca—. No sabes cuánto lo siento.

—Solía recogerte del burdel —dice Philos casi en silencio—. No es como si no supiera lo que te han obligado a hacer. Y jamás, en ningún momento, sentí nada más que tristeza por ti; pero hoy... —Traga, como si fuera incapaz de soportar el recuerdo—. No puedo sacarme la imagen de ti de la cabeza. Parecía que lo estabas disfrutando.

La sangre se agolpa en las mejillas de Amara.

—No lo estaba disfrutando. Soy una prostituta. ¿Cómo crees que las mujeres como yo logran que los clientes les paguen? ¿Llorando y rogándoles que se detengan? ¿Luchando, como Británica, para que les arranquen los dientes?

—Lo siento. —El rostro de Philos parece colapsarse ante su evidente angustia—. No debería haber dicho eso.

—Atraviesa la habitación y estira los brazos con cautela hacia ella, que se arroja dentro de su abrazo y se aferra a él, aunque nota que no la estrecha como suele hacerlo. Se percata de que huele a lavanda; es el aroma que Demetrio le ha dejado en la piel—. ¿Cuánto tiempo va a quedarse? ¿Tendrás que... verlo de nuevo? —En el largo silencio que sigue, Amara se queda mirando a la pared hasta que nota que los patrones geométricos en blanco y negro quedarán grabados en su retina—. ¿Cuánto tiempo va a estar aquí? —repite Philos, con voz ahora menos gentil.

Amara lo suelta, saliendo del círculo protector de sus brazos.

—Se va a convertir en mi patrón.

—Pero si lo acabas de conocer. —Philos se la queda mirando, incrédulo, hasta que Amara observa cómo el dolor de la comprensión atraviesa su pasmo—. ¿Cuánto tiempo hace que conoces a este hombre?

—Lo conocí en Miseno.

—¡¿En Miseno?! ¿Cuando visitaste a Plinio? Pero ¡eso fue hace meses!

—No pasó nada en aquel entonces, ¡te lo prometo! Y ayer fue la primera vez que lo vi desde...

—Ayer. Cuando estuviste llorando y diciendo que no soportabas pensar en perderme. Es cuando lo aceptaste como patrón, ¿no es así? —El rostro de Philos parece de piedra—. ¿Hay algo más que quizá hayas olvidado decirme?

No hay forma de suavizar las palabras, no existe manera alguna de escapar de su impacto.

—Me va a llevar a Roma.

Philos se sienta lentamente sobre la cama.

—A Roma —repite atontado—. Me vas a abandonar y te vas a marchar a Roma. Con él. —Amara sabe, al ver su mirada de asco, justo lo que Philos está imaginando—. Ni siquiera sé cómo se llama. ¿Quién es?

—Se llama Demetrio. —Las lágrimas de Amara empiezan a caer y le duele pronunciar cada palabra al saber la destrucción que provocan, pero de todas maneras prosigue—: Es un liberto imperial. Es uno de los hombres más ricos de Campania. Te pagará para que cuides a Rufina. Pagará la dote de nuestra hija. Y si Rufo alguna vez accede a venderte me dará el dinero para comprarte y para darte tu libertad.

Philos la mira fijamente y puede ver su propio pesar reflejado en su rostro. Después, cierra los ojos, como si eso pudiera alejar su dolor.

—No es que no comprenda las razones por las que lo has hecho, Amara. Créeme que no, pero es la manera como lo has hecho lo que me resulta tan difícil de perdonar.

—Philos, por favor...

—Llevo toda mi vida sin tener ningún control. ¡Ningún maldito control! Ni sobre mí mismo ni sobre lo que les pasa a las personas a las que quiero. Y sé que tú entiendes lo que se siente. Y esa es la razón por la que no puedo comprender cómo has podido comportarte de esta manera. Mintiéndome, guardando todos esos secretos, dejándome sin opción alguna. Como si no importara nada. Como si me poseyeras. ¿Acaso es así como te sientes? ¿Crees que porque yo soy un esclavo y tú eres libre tienes el derecho de gobernar nuestra vida? ¿De gobernar mi vida?

—¡No! ¡Claro que no pienso eso sobre ti! No es lo que sien...

—Entonces ¿por qué has actuado de ese modo? —La mira como si fuese una desconocida.

—¡No te quería avergonzar! —exclama Amara—. Pensé que me agradecerías que tomara la decisión a solas; que te ahorrara la humillación de entregarme a otro hombre.

—¿Y crees que encontrarte así con él hoy me «ha ahorrado» alguna humillación? ¿Que debería «agradecértelo»?

Su desprecio la hiere y la hace reaccionar con crueldad.

—¡Solo estoy haciendo esto porque no hay nadie más en esta familia que pueda ganar un maldito denario! ¿Quién crees que va a proteger a nuestra hija? ¿Crees que el amor de mis padres bastó para liberarme de la esclavitud? Habría cambiado su amor por una dote una y mil veces. Nada tiene sentido sin dinero. Nada.

Se miran y Amara se siente asqueada, incapaz de retirar lo que acaba de decir, lo que ha implicado acerca del valor de Philos.

—Suenas igual que Félix —le dice. Se levanta de la cama, camina al banco donde está su capa y la envuelve a su alrededor, le tiemblan las manos de enfado y angustia.

—Philos, por favor, no te vayas. Por favor, habla conmigo.

Philos explota.

—¿Ahora quieres hablar? —le grita—. ¿Cuando está ya todo decidido? ¿De qué cojones quieres hablar? ¿O solo te vas a sentar ahí a decirme cómo tengo que vivir mi inútil vida en tu ausencia? —Camina hasta la puerta. Amara se levanta y corre tras él.

—¡No puedes marcharte así! ¿Adónde vas?

Se da la vuelta para enfrentarla.

—¡Voy a pasear un momento! ¿Lo tengo permitido o me vas a enviar de vuelta a mi amo por desobediencia? —Rufina empieza a llorar y Amara ve que vacila, alterado por la angustia de su hija. Trata de cogerlo por el brazo, pero, en lugar de acercarlo a ella, el gesto solo reaviva su furia. Philos levanta las palmas de las manos, advirtiéndole que no lo toque, y sale por la puerta.

Amara oye sus pasos, que bajan por la escalera a pisotones, al mismo tiempo que se inclina para recoger a su hija, que llora. Se quita la túnica del hombro y se pone a Rufina contra el pecho, sintiendo la intensidad de su hambre. Rufina no deja de agitarse bajo las mantas, de modo que la desenvuelve para sentir el calor de su cuerpo contra el suyo propio. Le acaricia la cabeza, suave con su oscuro cabello como pelusa, y siente que su corazón empieza a partirse. La idea de permitir que una persona desconocida alimente y consuele a su bebé, sin dejar nada más que un vacío entre sus propios brazos, es un tormento que no se parece a nada de lo que Amara haya experimentado jamás.

La leche tranquiliza a Rufina y, después de comer, se desparrama felizmente contra el pecho de su madre. Sin querer molestarla con su llanto, Amara la acuesta sobre la cama y se acurruca alrededor del cuerpecito, mordiéndose el puño para no hacer ruido. Rufina gorgorea, agita sus puñitos y da patadas en el aire, ajena a la pena de su madre. Amara mira los movimientos del bebé, que presionan la oscuridad dentro de su propio corazón, y permite que la embargue el vacío, sabiendo por larga y amarga experiencia que la única manera de sobrevivir es enterrando el dolor y siguiendo adelante, a donde sea que Fortuna quiera llevarla. Se acerca todavía más para que el rostro perfecto de su niña quede a un suspiro del suyo.

—Nunca tendrás la vida de tu madre —le susurra, colocando un dedo cerca de la mano de su hija para que sus deditos se lo envuelvan—. Nunca tendrás la vida de tu padre. —Amara le besa la frente—. Serás libre.

48

Las mujeres que han vengado.

Grafiti en Herculano

Las predicciones de Livia en cuanto a que encontrarían a una nodriza adecuada en solo un par de semanas resultan ser demasiado optimistas, aunque solo se demoran una semana más. De esos veintiún días, los últimos de Amara en Pompeya, Demetrio se encuentra presente durante los primeros cinco, y es eso lo que exacerba todavía más la división entre ella y Philos. El aroma a lavanda flota por toda la casa, y cuando ella y Philos se miran no hay manera de evitar el conocimiento compartido de lo que ella hace a diario; no hay forma de negar los secretos que ella le guardó. Philos se muda al pequeño almacén que hay al lado de la cocina y duerme en el suelo junto a Británica.

Su cordialidad hacia Amara y sus escrupulosas discusiones acerca de cómo le gustaría que criara a Rufina se sienten incluso más frías que su enfado. Hay solo un momento en que se resquebraja su autocontrol, cuando intenta agradecerle a Amara el sacrificio que hace por su hija; pero, cuando ella responde con sus propias lágrimas y jura que siempre lo amará y le ruega que la crea, Philos se levanta y abandona la habitación.

Los últimos días son los peores, las horas se deslizan entre los dedos de Amara como granos de arena. Había imaginado que querría pasar cada momento posible con Rufina, pero, en lugar de ello, le parece cada vez más doloroso verla sabiendo que tendrá que abandonarla, y, una vez que llega la nodriza, Amara ya no soporta estar en casa.

La amistad de Británica, su presencia primordialmente silenciosa, es el mayor consuelo para Amara, y es Británica quien la ayuda con el más peligroso de sus últimos actos en Pompeya: volver a La Guarida del Lobo.

Llegan a la taberna de Félix, no al burdel, y el sitio le recuerda a Amara a uno al que Félix la llevó en una ocasión; un zulo pequeño y mugriento, oscuro incluso de día. Una mujer se afana por limpiar la superficie del mostrador. Levanta la vista y ve a Amara y a Británica paradas en la puerta, bloqueando la poca luz que entra, y emite un chillido. Es Berenice.

—¡Gallus!

Alertado por el chillido de Berenice, aparece una figura familiar, los pies primero, por una escalera que se encuentra en la esquina. Gallus frunce el ceño ante la vista de las dos exlobas y mueve la cabeza en dirección a Amara.

—¿Y tú qué quieres?

—Esa no es una manera muy agradable de saludar a los viejos amigos —responde Amara mientras camina hacia el mostrador—. ¿Qué más querríamos sino ver a nuestra querida Berenice? Y a Victoria, claro está. ¿Por qué no mandas a buscarla?

Gallus se para delante de Berenice como para protegerla.

—Mi esposa no es tu esclava.

—No —responde Amara—. Es la tuya.

—¿Qué tal si vas tú a por Victoria? —Esta vez, quien habla es Británica, dirigiéndose a Gallus. La mano de la britana se encuentra sobre la empuñadura de su daga y mira directamente a los ojos de su anterior verdugo sin rastro alguno de temor—. No nos gusta esperar.

Amara vigila a los clientes que están detrás de ellos

mientras Británica se enfrenta a Gallus. Dos bebedores los miran boquiabiertos desde una esquina, pero a ninguno de los dos parece apetecerles unirse a una pelea. No ha sido una casualidad que Amara y Británica hayan elegido un momento tranquilo de la mañana para ir al lugar. Los dedos de Británica se cierran sobre la empuñadura de su daga, como si estuviese a punto de desenfundarla. La britana es más alta que Gallus y está en mucho mejor forma. Amara no tiene duda de quién ganaría en una pelea de cuchillos, y al parecer tampoco la tiene Gallus.

—Ve a por ella —le grita el liberto de Félix a su esposa. Berenice se escurre entre sus dos examigas y sale a la calle.

—Te vas a arrepentir de esto —masculla Gallus en dirección a Amara.

—Lo dudo —responde ella, en un eco deliberado de la manera en que habla Félix, con la misma cadencia entrecortada de su voz. Amara sonríe ante la mirada de sorprendido reconocimiento en el rostro de Gallus.

El burdel está solo a unos pasos, pero Berenice tarda una cantidad incómoda de tiempo. Amara y Británica esperan en la calle en lugar de quedarse en el espacio cerrado de la taberna. No tienen ninguna duda de que su anterior amo se va a presentar junto con su esposa; su mayor preocupación es que también esté tramando una emboscada. Al fin, se presentan Félix y sus dos mujeres, y Amara siente que el pecho se le comprime cuando ve a Victoria, cuya cabeza ahora está cubierta, sin ningún tipo de sentido, con el velo de una respetable mujer casada. Pero eso no es lo que hace que Amara emita un grito ahogado. Las manos de Victoria reposan protectoras sobre su vientre. Está embarazada. Félix observa la reacción de Amara y sonríe.

—¿Vienes a ofrecernos tus felicitaciones? —pregunta a la vez que hace una reverencia a sus dos anteriores putas. Británica le muestra los dientes y sisea—. Sigues con esos modales tan maravillosos de siempre, por lo que veo.

Berenice coloca un brazo protector alrededor de los hombros de Victoria.

—Me dijo lo que le hicisteis. —Mira con ojos acusatorios a Británica y a Amara—. Cómo la amenazasteis con degollarla, como un par de malnacidas.

—Y, sin embargo, hela aquí; sana y salva —contesta Amara.

—Por desgracia —añade Británica.

—No creo que sea muy inteligente que os paréis aquí en la calle, insultando a mi esposa —comenta Félix, besando la cabeza de Victoria—. No si queréis volver a casa de una pieza. —Victoria no dice nada, sino que baja los ojos al suelo.

—Entonces —espeta Amara— nos pararemos en tu puta taberna y la insultaremos allí dentro. Hay cosas que necesitamos discutir.

Amara ve la chispa de furia en los ojos de Félix, aunque su sonrisa no varía ni un ápice. Hace un ademán ostentoso hacia la entrada en un exagerado gesto de bienvenida. Hay una pausa cuando él y Británica se quedan parados frente a la puerta, ninguno de los dos dispuesto a dejar su retaguardia vulnerable al otro, pero entonces Félix se da la vuelta y pasa por el umbral adrede, como si quisiera azuzar a la britana mostrándole un blanco entre sus hombros. Cuando ven al conocido proxeneta y prestamista, los dos clientes que todavía quedaban en la taberna se levantan y se van. Félix asiente en dirección a Gallus.

—Espera fuera, junto a la puerta. Que nadie nos moleste.

Victoria y Berenice se agazapan junto al mostrador mientras que Amara y Británica se apoyan en la pared contraria. La sororidad que se profesaban está irreparablemente destruida. Félix se encuentra en medio de ellas, dominando el centro de la habitación.

—Tú dirás —le dice a Amara—. Y más te vale que merezca la puta pena.

—No te voy a pagar ni un denario más —responde ella—. Es algo que vas a aceptar, y tendrás que jurar que no le harás daño alguno a mi familia.

Félix se ríe.

—¿Y se puede saber cómo harás valer esa estúpida demanda?

Británica desenfunda su arma, una daga larga de aspecto aterrador.

—Tú tocas a Rufina, yo te mato.

—Recuerdo lo que pasó el primer día que utilicé un cuchillo contra ti, puta —responde Félix, sin dignarse a estirar la mano hacia su propia arma—. ¿Lo recuerdas tú?

En su mente, Amara vuelve a ver a Británica en el burdel, a Félix sosteniendo una hoja contra su rostro, con una mano cogiéndole la pierna en una amenaza silenciosa de violencia sexual. Fue la única vez en que Amara vio temor en el rostro de Británica.

—Soy Senovara de los icenos —afirma Británica, dando un paso hacia delante; su daga elevada, su intención de luchar inconfundible. Inclina la cabeza en dirección a Félix, como un halcón que contempla a su presa—. Obedécela o mueres.

Félix desenfunda su arma. Empiezan a dar vueltas en absoluto silencio, los dos mirando la forma en que el otro se mueve, ambos desprovistos de todo más que de la esencia pura de quienes son: dos asesinos despiadados. En la periferia de su visión, Amara se percata de Victoria, que solloza entre los brazos de Berenice, pero no se vuelve para verla. No puede apartar los ojos del rostro de Británica, deseando que su amiga triunfe, sin atreverse siquiera a imaginar su derrota.

Es Félix quien hace el primer movimiento, una finta

para comprobar la respuesta de Británica. Ella lo evade con facilidad y responde con un movimiento de agresión concentrada que está a punto de alcanzarle el brazo. Y, entonces, le parece a Amara que el par se pone en constante movimiento, atacando con tal rapidez que no puede ver si alguien está herido. Su baile es tanto repulsivo como grácil, impulsado por un salvajismo y una velocidad que son horrorosos de atestiguar.

Amara emite una exclamación cuando Félix asesta una estocada que está segura de que resultará fatal, y, sin embargo, Británica lo evade, desvaneciéndose de su alcance como humo. Félix se lanza contra ella antes de que tenga la oportunidad de recuperar su posición por completo, impulsándola hacia las mesas de atrás. Vuelve a atacar y Amara teme que esta vez no vaya a fallar, y, sin embargo, Británica salta hacia atrás y brinca sobre una de las mesas que hay a su espalda. En el pequeñísimo instante de sorpresa, Británica patea a Félix, golpeándolo con fuerza en la cara. Cae de espaldas sobre el suelo y ella salta sobre él, tirando su arma lejos, con la rodilla contra su pecho y la daga contra su garganta.

—Ríndete ante mí.

El silencio es absoluto. Incluso Victoria está demasiado pasmada como para seguir llorando. Amara camina lentamente hasta donde Félix se encuentra tirado sobre el suelo, con la cara ensangrentada. La mira y es a Amara a quien le da su respuesta, no a Británica.

—Jamás me rendiré ante ti. —Ella abre la boca, absolutamente sorprendida, y Félix sonríe—. ¿No era lo que esperabas? Juré por todos los dioses que te destruiría. Seguirás pagando, Amara, porque cada denario que me das te recuerda que me perteneces. Siempre me pertenecerás. ¿No te gusta? —Gira los ojos hacia Británica—. Entonces deja que me mate. Pero ¿qué crees que sucederá después? ¿Crees que no he escrito tu secreto en mi testamento? ¿Que si me asesinas no destruirás a tu propia hija?

—Es mentiroso —gruñe Británica.

Félix sigue mirando fijamente a los ojos de Amara.

—Sabe que no estoy mintiendo —responde.

—Deja que se levante. —La voz de Amara está congestionada de rabia—. No puedo arriesgarme.

Al principio, parece que Británica no la obedecerá. La furia de su rostro, al verse privada de matarlo, es aterradora de contemplar. Y, sin embargo, se mueve y hace lo que Amara le pide. Victoria se apresura a donde se encuentra Félix tan pronto como se pone de pie, pero él la empuja a un lado.

—¡No me toques, joder! —gruñe, y Amara sabe, por la manera en que Victoria se acobarda frente a él, que sufrirá más tarde por la derrota de su marido.

—Te pagaré —accede Amara—, pero, si dañas a Philos o a Rufina, si no te mantienes en silencio, no solo te mataré a ti, sino a toda tu familia también. —Lanza una mirada a Victoria, cuyas manos cubren su vientre con temor—. Tu criatura por la mía, en pago por tu traición.

—Pues sí que tienes una gran confianza en las capacidades asesinas de la perra britana —dice Félix mientras se limpia la sangre del rostro e inspecciona la mancha roja que se le queda en la palma—. Pero me parece poco probable que una mujer pueda efectuar una matanza de ese calibre. Ha tenido suerte hoy, pero ¿cómo le iría si se enfrentara no solo a mí, sino a mi casa entera? ¿De verdad crees que ella sola podría matar a Paris, Gallus y Thraso? Y siempre existe la trágica posibilidad de que alguien la atacara en algún callejón oscuro. Me pregunto quién podría protegerte en ese caso.

—Mis hermanos me vengan si tú me tocas —le dice Británica a Félix—. Todos estamos juramentados. Ya saben de ti.

—No tienes ningún maldito hermano —responde Victoria, con los ojos temerosos y abiertos como platos—. No a menos que planees despertar a los muertos.

Británica le sonríe, desdentada, y se retira la túnica sobre el brazo hasta donde su pálida piel muestra un nuevo tatuaje negro. La marca de un gladiador.

—Tengo muchos hermanos ahora. Morir en venganza es un honor para mí.

—¡¿La has vendido como gladiadora?! —Félix no puede ocultar su sorpresa.

—Se ha juramentado por su propia voluntad —responde Amara, acercándose a la puerta. Británica está junto a ella; su daga desenfundada, la seguridad de la calle a unos pasos de distancia—. Quizá no debiste abandonarla tan a la ligera. Siempre hay un precio a pagar por subestimar a una mujer.

Epílogo

> Ahora llegamos a los ejemplos de la cambiante Fortuna, que son innumerables. Porque ¿qué grandes dichas trae sino después de los desastres o qué enormes desastres desata sino después de enormes dichas?
>
> Plinio el Viejo, *Historia natural*

El barco no se mueve con la misma celeridad que el cuatrirreme de Plinio a Miseno. El pequeño barco mercante no va a recorrer la travesía entera, sino que solo los llevará hasta Pozzuoli. De allí, viajarán el resto del trayecto por tierra. El viento azota el pelo de Amara. Observa la costa mientras pasa frente a sus ojos, la enorme silueta del Vesubio se yergue sobre la bahía, su cumbre envuelta en nubes. Se acercan al muelle de Pompeya, pero el barco no disminuye la velocidad.

Venus se levanta sobre su columna gigante, la guardiana de su ciudad. Amara piensa en el rezo que alguna vez le ofreció a la diosa durante la Vinalia, hace tantísimo tiempo, en compañía de Dido. «Que los hombres caigan ante mí como esta ofrenda cae ante ti, Gran Afrodita. Que pueda conocer el poder del amor, si no conozco su dulzura.»

Desde aquí, sobre la cubierta, puede ver las paredes de la ciudad y el Templo de Venus; más allá, ocultas de su vista, se encuentran todas las calles por las que caminó, el foro, La Guarida del Lobo, la casa de Rufo, con su puerta de oro, y el jardín de Julia. En este instante, en algún lugar de Pompeya, Philos cuida de Rufina. La gente a la que más ama está en esta ciudad, junto con aquellas a las que odia más que a la muerte. Amara eleva una oración silenciosa, esta vez no a Venus, sino a la deidad a quien debió su primera alianza: Palas Atenea. «Bríndale sabiduría a Philos, bríndale victoria a Británica, protege a Rufina; esto te ruego, diosa de mis padres, diosa de mi corazón.»

Amara se lleva una mano al pecho. No hay peligro alguno de que regale su corazón; no queda nada de él que pueda dar. Las últimas palabras que le dijo Philos antes de marcharse a Estabia regresan a su mente. Solo tuvieron el más breve momento a solas y él tomó la mano de Amara como alguna vez lo hizo en la calle: con su pulgar frotando el suyo. «Estarás mejor sin mí.» En ese instante, comprendió que todavía la amaba, pero la idea le trae poco consuelo ahora, cuando lo está dejando atrás. El barco desciende y, al elevarse de nuevo, la baña de espuma. La sensación es fría contra su piel. Amara no se inmuta.

—Perdida en tus pensamientos, amor mío.

Demetrio se le acerca, mirando hacia la bahía. Después se vuelve y estudia su rostro sin ternura alguna. La frialdad de sus ojos coincide con la de los suyos. Incluso aquí, frente a los elementos, el vasto azul del mar y del cielo, y las montañas que están detrás, puede sentir su atracción. Recuerda las palabras que alguna vez le dijo a Philos. «Nada tiene sentido sin dinero.» El odio se enrosca alrededor de lo que le queda de corazón; no hacia Demetrio, sino hacia ella misma. Sonríe.

—Estoy pensando en el futuro.

Él señala hacia la popa.

—Entonces, deberías mirar en esa dirección.

Amara le hace caso y le da la espalda a Pompeya. Un grupo de esclavos, agazapados sobre la cubierta frente a ella, resguardan su equipaje. Eleva los ojos hacia el cielo y ve a las gaviotas dando vueltas muy por encima de su cabeza. A su pesar, algo en su alma parece elevarse. Acaba de dejar atrás a su hija, a su amante y a su corazón; pero está viva y no tiene miedo. Y está viajando hacia Roma, la ciudad más poderosa del mundo.

Agradecimientos

Estoy profundamente agradecida con el equipo completo de Head of Zeus, no solo por el apoyo que me han dado con este libro, sino también durante el proceso de publicación de *Las lobas de Pompeya*. Sobre todo, gracias a mi maravillosa editora, Charlotte Greig, que fue una fuente inagotable de aliento y consejos: fue divertidísimo trabajar contigo. Gracias también a Kate Appleton por su incansable labor publicitaria y a Jade Gwilliam, Jessie Sullivan, Lottie Chase y Dan Groenewald por su increíble apoyo en la venta y comercialización de la historia de Amara. Gracias también a Madeleine O'Shea, que me animó a convertir a Philos en un personaje principal: no puedo esperar a que volvamos a trabajar juntas en la siguiente etapa de esta travesía. Todo mi agradecimiento a Katrina Harvery, Anna Nightingale, Clare Gordon, Clémence Jacquinet y Matt Bray.

El diseño de la portada para la trilogía es extraordinario; gracias, Holly Ovenden, por llevar mis palabras a los lectores a través de tus increíbles trazos.

El apoyo de los libreros ha sido una absoluta bendición. Estoy más que agradecida con todo el mundo de Waterstones que apoyó a *Las lobas de Pompeya* como libro del mes y a todas las librerías independientes que han promovido la novela. En especial, gracias, Dan Bassett de Cribbs Causeway, por tu amistad; y gracias, Revekka Maria de Piccadilly, por tu amabilidad al invitarme a la librería y por todas tus interesantes ideas acerca de la herencia griega de Amara.

Estoy en deuda con mis compañeros autores que me

dieron su apoyo de tantísimas maneras, incluyendo a Buki Papillon, Laura Purcell, Nikita Gill, Caroline Lea y Jennifer Saint. En particular, trabajar con Jenny Saint en eventos conjuntos y después compartir tantas reflexiones, esperanzas e ideas fue uno de los puntos culminantes del año pasado. Gracias también a la doctora Sophie Hay, arqueóloga, por todo su apoyo, amistad y consejos; en especial en relación con Julia Felix, la mujer verdadera detrás del personaje de mi libro. También a la doctora Jane Draycott por compartir su fascinante trabajo acerca de la práctica médica doméstica romana. También estoy más que agradecida con todos los que han reseñado mi trabajo en *bookstagram*, en la prensa y más allá. Gracias de corazón a Liv Albert, Gen McMenemy, Jenny Williamson y Kate Armstrong por invitarme a sus fabulosos pódcast.

La escuela en casa ha ocupado un lugar preponderante para mí a lo largo de los últimos dos años, como también lo ha hecho para muchísimos padres de familia. Estoy más que agradecida con mi maravilloso hijo Jonathon por tolerar tanto y por ser la personita más alegre e imaginativa. Ahora, te toca tener un libro con tu nombre escrito en él y, además, ¡es azul! Gracias a mi madre, Suzy Kendall, por darme la oportunidad de escribir, por brindarme el enorme regalo del tiempo y por ser la mejor abuela del mundo.

Tengo suerte de tener amigos y familiares increíblemente solidarios cuyo amor significó tantísimo, incluso durante una época en la que no siempre nos fue posible vernos. Gracias a Andrea Binfor, Lingling Hu, Dan Jones, Samira Ahmed, Kristina Holt, Trilby Fox-Rumley, Bethan Francis, Anna Sahalayeva, Eugenie Harper, Tom Harper, Ruth Grey Harper y Alexander Harper. Gracias también a mi familia de trabajo en *ITV News Anglia*; en especial a Chris Warner, Gary Mabee y Neil Barbour, quienes me mantuvieron cuerda mientras cubría la pandemia.

Gracias a vosotros, Liza De Block, Kiya Evans, Shabnom Khanom y a todo el equipo de Mushens Entertainment. No puedo creer el número de países a los que está llegando *Las lobas de Pompeya* gracias a vuestro increíblemente tenaz trabajo y determinación.

Mi máximo agradecimiento para Juliet Mushens, quien no solo ha sido (como siempre) una agente excepcional, sino también una queridísima amiga. No puedo agradecerte lo suficiente, Juliet, todo lo que haces por mí. Este libro ha sido modelado por tus discernimientos y recomendaciones; y tu generosidad, tu tiempo, tu amabilidad y tu sentido del humor lo han significado todo para mí. Los correos electrónicos, los mensajes de texto, las llamadas y los memes...: los aprecio todos y cada uno de ellos.